특별한 휴가

퇴직 1년 차, 3대가 함께 사는 이야기

특별한 휴가

이미란 지음

바른북스

유치원 1년, 초등학교 6년, 중학교 3년, 고등학교 3년, 대학교 4년, 이렇게 학생으로 17년, 1982년에 발령받아 퇴직하기까지 교사로 41년이니, 총 58년을 매일 학교 교문을 넘어가서 학교 울타리 안에서 살았다. 정지 버튼을 눌러볼 생각도 안 하고 앞만 보고 달렸더니 주위에서 종료종을 울려서 강제 종료시킨다.

가보지 않은 길을 걸어야 하는 두려움이 있었다. 앞으로 나아가기보다 머뭇머뭇 뒤를 돌아보기도 하고, 가장자리에 서서 보기도 했다. 공연, 전시회, 여행 등을 다니며 세상의 가운데 서서 보고, 책을 맘껏 읽음으로 세상의 안쪽을 들여다보며 퇴직 후 1년이 지났다.

큰딸과 사위, 손자, 손녀랑 남자 셋, 여자 셋이 같이 사니 외로울 새는 없었다. 아들, 며느리, 손녀가 한 달에 한 번씩 찾아와서 아홉 식구가 함께 보내는 시간이 즐거웠다. 막내와는 수시로 통화하며 긴 이야기를 나눴다.

이제 강제로 멈추게 한 종소리가 아니라, 내 인생에 특별한 휴가를 알리는 축복의 종소리였음을 깨닫게 되었다. 열린 문으로 들어가서 시원한 샘물을 마시고, 상쾌한 향기를 맡으며, 다양한 색채의 세상을 보게 되었다.

초등학교 입학 후 숙제로 쓰던 일기가 어느덧 습관이 되어 지금도 쓰고 있다. 세월이 쌓아 올린 보물 같은 퇴직 후 1년간 쓴 일기를 다시 펼쳐보고, 우리 가족들에게 고마운 마음을 전하고, 많은 사람들과 의미 있는 생각과 경험을 함께 나누고 싶었다.

일기의 원본 그대로 날짜순으로 나열하면 생동감이 적을 것 같아서 주제별로 다섯 가지 주제로 분류하였다.

1장은 「가보지 않은 길」은 새로운 삶에 대한 두려움, 새롭게 익숙해지는 삶, 3대가 한 지붕 아래서 살아가는 일상의 이야기를 담았다.

2장 「뒤돌아보는 길」은 삶의 흔적인 발자국을 뒤돌아봄으로써, 현재의 나를 만든 과거를 재조명하는 이야기를 모았다.

3장 「가장자리에서 보다」는 당연하게 받아들였던 것을 새롭게 보거나 다른 관점으로 보게 된 것을 언급했다.

4장 「가운데 서서 보다」는 공연 관람, 전시회, 특강, 여행으로 아름다움을 경험하고 정서적 에너지를 충전하며 생각을 키운 것을 서술했다.

5장 「안을 들여다보다」는 책을 통해 넓고 깊은 세계를 만나며, 나 자신을 성찰하는 내용이다. 책으로 깨닫게 된 명문장을 깊이 새기려고 그대로 옮겨놓았고, 내 생각도 적었다.

일기라서 주제만 다루지 않고 하루에 있었던 다양한 이야기가 자연스럽게 끼어들어 있기도 하다. 또한, 그날그날 쓴 일기라서 같은 생각을 여러 번 언급한 것이 보였으나 마음의 궤적이라 생각하고 그대로 두었다. 사실에 근거한 논문이 아니라 하루를 보내며 중얼거리면서 쓴 글이라 의문스러운 부분이나, 반론의 여지도 있을 수 있어서 일방적인 제 생각이라는 걸 미리 밝혀둔다.

퇴직 전에 쓴 일기를 보니 달리기만 하느라 챙겨주지 못한 신랑과 자녀들에게 너무 미안하다. 퇴직 후 특별한 휴가를 보낼 수 있도록 도와준 가족들에게 사랑을 가득 담아 감사의 마음을 전한다.

2024년 3월 이미란

차례

여는 글

① **가보지 않은 길** ＊ 012

② **뒤돌아보는 길** ＊ 126

③ 가장자리에서 보다 * 156

❹ 가운데 서서 보다 ✳ 222

❺ 안을 들여다보다 * 302

닫는 글

1

가보지 않은 길

✳

인생의 94%를 학교 울타리 안에서 보내다가
울타리 밖으로 나왔다.
눈앞에 펼쳐진 길은 두렵고
가보지 않은 길을 바라보며, 서성이며
어디로 가야 할지 막연했다.

가까이에서 품어주는 가족과
주변의 함께하는 지인들과
뚜벅뚜벅 걸었던 이야기를 일기로 썼다.

*

2월 일기

❖ 새 술은 새 부대에

학교에서 동고동락했던 업무용 노트북을 반납했다. 그동안 연결되었던 고리를 모두 끊어버린 느낌이다. 친구처럼 함께하며 내 곁을 지켜준 손때 묻은 것들과 안녕이다.

워드나 인터넷 사용하려면 노트북이 필요하다. 작은 글씨가 잘 안 보여서 모니터를 큰 것으로 선택했다. 새 노트북과 함께 새로운 출발이다. (2. 27.(월) 일기)

❖ 강을 건너면 배는 두고

출근할 때는 해보지 못한 모닝커피를 마시면서 FM 음악 방송을 들었다. 「보통 사람을 위한 팡파르」가 설레게 흘러나오고, 이어서 베르디의 「개선행진곡」이 나오는데 가슴이 벅찼다. 나를 향해 몰아치는 음악이었다.

"강을 건너고 나면 배는 강에 두고 가야 한다."(『라틴어 수업』 한동일)라는 문구를 다시 떠올려 본다. 배를 강에 두고 씩씩하게 걸어가련다. (2. 28.(화) 일기)

3월 일기

❖ 바쁜 것이 더 익숙해

밤에 잠이 안 와서 뒤척이다 새벽녘에 겨우 잠들어서 아침에 일어나기가 어려웠다. 그래도 일어나려고 겨우 눈을 뜨고 있는데, 신랑이 학교 안 가니 더 자라고 한다. 그 말에 안도감이 느껴서 다시 누웠다. 마냥 게으름을 피워도 된다는 인증을 받았다.

느지막이 일어나서 점심을 먹고, 신랑이랑 넷플릭스 영화를 봤다. 영화를 계속 보는 게 익숙하지 않아서 뭔가 일을 해야 할 것 같아, 가족 단톡방에서 내려받은 사진을 정리했다. 앨범 제작 사이트에 접속해서 편집하며 바쁘게 일하는 것이 더 마음이 편하다.

(3. 1.(수) 일기)

❖ 낯선 곳의 문을 열고

퇴직했음을 실감하는 첫날이다.

어제는 손자 루이가 "새 학기가 시작되어 기대되고, 떨리고, 두렵다."고 하더니, 아빠가 사준 새 가방과 새 운동화를 신고는 신바람 나서 집을 나선다. 덩달아 즐거워서 등교 모습을 동영상으로 찍어서 가족 단톡방에 올렸다.

루이, 루아를 비롯한 주변 사람이 새로운 각오로 출발하는 날인데 나만 그냥 집에만 있는 것을 받아들이기 힘들어서 나도 그 시간대에 가방 메고 나서고 싶었다.

대학 친구인 경희와 용선이를 고속 터미널에서 만나기로 하고 버스에 몸을 실었다. 오랜만에 타는 버스라서 그런지 차멀미가 나고 힘이 들었다. 머리는 출근 안 해도 된다는 것을 아는데, 내 몸은 규칙적인 리듬에서 벗어난 행동에 적응하지 못한 걸까?

아침이면 밥 먹고 부지런히 학교 정문을 넘어 날실과 씨실로 꽉 짜여서 보내는 것처럼 몸과 마음이 분주하게 살아왔다. 3년 동안 못 만났던 친구들과 회포 푸는 즐거운 틈에도 '이 시간에 여기 있어도 되나?' 걱정이 올라왔다.

하나의 문이 닫히고 새로운 문을 열고 발을 떼었다. 가보지 않은 길이라 두렵지만, 든든하게 응원해 주는 가족과 친구들과 함께 힘을 내어 걸어가련다. (3. 2.(목) 일기)

❖ 퇴직 인사드립니다

신랑이 어머니를 찾아뵙고 퇴직 인사드리자고 해서 추모 공원에 갔다. 어린 정훈이와 지은이를 잘 키워주셔서 정년까지 교사의 길

잘 걷고 퇴직하게 됨을 감사드렸다. 퇴직한 눈으로 세상 떠난 분들을 바라보니 '세상에 끈을 붙잡고 있지 말고, 놓아주는 연습을 해야겠다.' 생각했다. (3. 3.(금) 일기)

❖ 나도 날게 될 거야

주변에 명소가 여러 곳 있지만 가보지 못한 곳이 많다. 추모 공원에서 가까운 예당 호수 주변의 둘레길을 걸어봤다. 호수 위에 둘레길이라 나무가 없어 더울 때는 걷기 힘들 텐데, 오늘 같은 추운 날씨에는 햇볕이 따뜻해서 걷기에 딱 좋았다. 주말에 복잡할 때나 갈 수 있던 곳을 평일에 즐기면서 호수 주변을 걸었다.

우리 지역에 유명한 황새마을도 지금껏 못 가봐서 찾아갔다. 조류 인플루엔자의 위험 탓에 황새 가까이 가는 것은 어렵고, 먼발치에서 황새를 보고, 박물관에서 전시된 사진과 영상을 보았다. 황새가 알에서 깨어난 후 이틀까지 제대로 서지도 못하고 비틀거리다가 엄마, 아빠 황새가 물어다 준 먹이와 물을 먹고, 65일이 되자 날아오르는 모습이 보였다.

새끼 황새가 비틀거리는 이틀째 모습이 퇴직 후 이틀째인 나를 보는 것 같았다. 새끼 황새가 눈도 못 뜨고 잘 서지 못하면서 비틀거리다가, 점프하듯 나는 연습하더니 둥지를 떠나 날아가는 모습을 보았다. 그 날아가는 모습에 가슴이 뛰었다.

퇴직하고 새로운 일상을 맞이해야 하는 것이 평생을 살던 학교라는 알에서 깨어난 것 같았다. 어떻게, 어디를 가야 할지 길이 안 보여 비틀거리지만 65일이 지나면 날게 될 것이다. 퇴직의 걸음마가 익숙해져서 새로운 세상으로 날개를 펴고 날아오르게 될 생각에 가슴이 벅찼다. (3. 3.(금) 일기)

❖ 손때 묻은 자료를 정리하다

학교에서 챙겨온 짐을 쌓아두기만 했다가 정리하기 시작했다. 철제로 된 선반에 정리하려니 보관하기 불편해서 간단한 나무 선반을 구매했다.

옛 자료를 종류별로 분류하며 다시 읽어보니 손때 묻은 자국마다 추억이 얽히고설켜서 떠올랐다. 선반에 차곡차곡 쌓인 흔적들이 허둥허둥 살아온 나를 위로한다. (3. 5.(일) 일기)

❖ 노트북에 프로그램 설치로 씨름하다

노트북을 구입한 업체에서 한글과 컴퓨터 무료 이용권을 받아서 정품 등록을 하는데, 잘 안되어서 너무 오래 씨름했다. 이런 정도는 간단히 해낼 줄 알았는데, 설명서 내용이 이해 안 되어서 한참 걸렸다. 이제는 이런 씨름이 일상이 될지도 모르겠다. (3. 11.(토) 일기)

❖ 딸에게 못 해준 것을 퇴직하고 손주들에게

손주들 밥을 먹여 등교시켜야 할 것 같아서 늦잠의 유혹을 뿌리치고 일어나서 아침을 준비했다. 식후에 후식으로 과일까지 먹이고, 등교하는 모습을 사진 찍었다. 카메라를 대면 여러 가지 포즈를 취해줘서 웃게 된다. 매일 찍는 것을 아는 루아는 시키지 않아도 먼저 포즈를 취하며 사진을 찍으라고 한다. 깔깔거리면서 사진을 찍고 즐겁게 노래 부르며 등원한다. 허둥지둥 출근하느라, 딸들과 아들에게 해주지 못한 것들이 생각나서 미안한 마음이다.

등교시키고 나서 커피를 마시며 FM 클래식 방송을 듣는다. 머릿속으로 오늘 할 일의 순서를 짜며 흘려듣거나, 허둥지둥 일하면서 스쳐 가는 음악을 듣는 것이 아니라, 오로지 음악에 집중하며 듣는다. 지금껏 경험하지 못했던 여유로운 시간이었다. (3. 13.(월) 일기)

❖ 프로필 사진, 이걸로 바꾸자

교직의 마지막으로 담임을 맡았던 것은 2011년, 홍성여중 1학년 10반이다. 그 학생들과 수학 동아리를 하며 매주 토요일마다 캠프를 하고, 창의력 챔피언대회, 동아리 경진대회, 세계 수학 교구 전시회 등 많은 활동을 했었다.

동아리장을 하던 성찬이가 내 퇴임을 알고 같이 점심을 먹자고 하고, 현정이는 점심 먹고 등산하자고 했다. 친구들에게 연락해서 날짜를 조정했으나, 개인적인 사정이 생겨서 못 오게 되어 박성찬, 한현정, 노영주 3명이 나왔다. 용봉산 근처 식당에서 점심을 먹고 산을 오르기 시작했다.

수직으로 계속 올라가는 코스로 등산하는데 현정이는 날아갈 듯하고, 성찬이는 평지를 걷듯 하고, 영주는 체력이 바닥이 났는지 힘들어한다. 나는 젊은 제자들의 속도를 따라가기 버거웠으나 그래도 위풍당당하게 용봉산 정상에 올랐다.

"쌤의 프로필 사진을 이걸로 바꾸자."가 목표라며 기념사진을 찍었다. 현재 프로필 사진은 작년 Math Tour(용봉산에서 수학 찾기) 할 때 바위에서 학생들과 'π'를 몸으로 표현한 것이다. 자신들의 모습으로 바꿔 달라는 사랑스러운 투정이다.

용봉산에서 내려와 카페에서 즐거운 수다가 이어졌다. 교사와 제자 같은 느낌이 아니라 오랜 친구를 만난 듯 너무나 편안했다. 간호사인 영주와 현정이, 회사에 취업한 성찬이 이야기로 시간 가는 줄 몰랐다. (3. 18.(토) 일기)

❖ **퇴직해서 좋은 점**

유튜브로 예배드리고, 노트북 앞에 앉아 출판하려는 『함께 쓰는 수학 일기』원고를 편집했다. 여전히 오타가 있고 문맥이 어색한 부분이 있다. 수업하고 업무처리 하면서는 도저히 시간 내기 어려웠을 것이다. 이제는 퇴직했으니 이렇게 도서 출판에 매달려서 하루를 보내도 된다. (3. 19.(일) 일기)

❖ **손주들과 함께 부르는 노래**

종일 출판할 책을 편집하고, 5시쯤 루이, 루아가 오면 그때부터는 같이 논다. 유튜브에서 「개똥벌레」와 「마법의 성」 노래를 틀어놓고 같이 불렀다. 한글을 뗀 루아가 화면 자막을 보면서 큰 소리로 신나게 부른다. 루이는 내 어깨에 기대고, 루아는 무릎에 앉아서, 박자에 맞춰 몸을 좌우로 흔들며 같이 노래 부르는 것이 꽤 즐거웠다.

루아랑 온갖 인형을 꺼내서 역할 놀이를 밤늦게까지 했다. '빨강 머리 앤'처럼 상상력이 풍부해서 늘 새로운 소재로 즉흥적으로 이야기를 만드는 게 꽤 흥미롭다. (3. 20.(월) 일기)

❖ 출판할 책 편집

『함께 쓰는 수학 일기』를 편집하느라 거의 노트북하고 지낸다. 작년 수업 시간과 수학 동아리 활동을 음미하면서 문맥을 다듬고, 커피 한 잔, 녹차 한 잔 마시며 하루 종일 편집한다. 몸이 뻣뻣한 것 같아서 신랑이랑 용봉산 둘레길을 걷고 와서 또 노트북 앞에 앉는다. 얼른 마무리해서 출판사로 보내야 다른 일이 손에 잡힐 것 같다. (3. 23.(목) 일기)

❖ 어떻게 살 것인가?

노트북 앞에서 출판할 책의 원고 수정만 하니 몸이 뻐근해서 스트레칭하며 TV를 본다. 세계의 경이로운 길도 보고, 스코틀랜드 사람들 삶도 보고, 양을 치는 사람들도 보고, 자연 다큐멘터리도 봤다.

문득 '도대체 난 왜 그렇게 치열한 삶의 길을 걸어왔을까?' 생각되었다. 다큐멘터리 속의 사람들처럼 덜 먹고 덜 입고 양들을 산에 데려다주고, 양들과 더불어 자연 속에서 한평생 살아도 되는 인생인데, 그냥 달려만 가는 삶을 너무나 당연하게 여기며 살았다. 그 냥 내가 사슴이었더라면, 날아가는 새였다면, 자연과 더불어 고요 히 살았더라면…. (3. 24.(금) 일기)

❖ 행복으로 가는 길

김영미 쌤 아들 장영진의 결혼식에 박선화 쌤과 함께 기차 타고 가면서 많은 이야기를 했다. 하고 싶었던 민화를 배우러 주 1회 서 울로 다니며 열심히 그려서 개인전을 준비하고 있단다. 80세 택시 기사님의 "밥 먹고 살 수 있으면 부자다."라는 말도 건강한 삶의 철 학이라 생각되었다. 주례 없는 현대식 결혼식에서 김영미 쌤이 아 들의 결혼에 덕담을 자상하게 하는 것이 매우 따뜻하게 와닿았다. 결혼식 덕분에 오랜만에 이순주 쌤, 장혜경 쌤, 이영미 쌤과 점심 을 먹으며 이야기 나누는 즐거운 시간이었다. (3. 25.(토) 일기)

❖ 자발적 고난

양경옥 권사님 부부, 백민숙 집사님 부부와 만났다. 10년 만에 외손자를 보신 이경수 집사님이 "사람이 느낄 수 있는 기쁨의 한 계치까지 가서 폭발할 것 같았다."고 하셨다. 오랜 기다림 끝에 맞 이한 강력한 기쁨이 느껴졌다.

오늘 설교인 누가복음 말씀 "지금 울고 있는 자는 웃게 된다는 것이 이 세상에서 힘들었으나 장차 하나님 나라에서 웃을 수 있 다."고 하셨다. 실은 내가 늘 의문스러운 내용이다. 단지 고난의 구렁텅이에 빠진 사람을 위로하려고 나중에 웃게 된다고 달래는 것은 절대 아닐 것이다. 현재 울고 있어야만 나중에 웃을 수 있는가? 현재 편안하게 웃으며 사는 사람은 나중에 웃을 수 없는 걸까?

고통 후에 기쁨이 더 감동적이라는 건 겪어봐서 알고 있다. 누구나 고통은 없고 기쁘게 살기를 원한다. 꼭 고통을 겪어야만 기쁨을 느끼는 걸까? 울었던 사람만 웃게 된다면, 웃기 위해 자발적으로 고통의 구렁텅이로 들어가 울어야만 한다. 고통의 보자기 속에 기쁨이 들어 있는 걸까? 그래서 하나님께 여쭈었다. 인간이 바라는 기쁨과 웃음은 고난, 가난, 슬픔, 질병의 보자기를 풀어야만 만질 수 있나요? (3. 26.(일) 일기)

❖ 할머니 닮은꼴 루아

출판할 도서 『함께 쓰는 수학 일기』를 계속 편집하고 있다. 읽을 때마다 손볼 게 보여서 벌써 네 번째 수정했다. 낮에는 책상에 쭈그리고 앉아서만 있으니 몸이 막대기처럼 굳은 것 같다. 너무 힘들어하니 친구들 만나러 외출했던 신랑이 홍예공원을 산책하자고 한다. 내가 너무 안 움직이고 있다.

루아가 작은 구슬을 색깔별로 촘촘히 붙이는 보석 십자수를 시작했다. 시간이 지나면 뒤에 풀이 마른다는 루이의 말에 힘들지만 울면서 계속한다. 힘들면 나중에 하라고 했건만, 장시간 앉아서 기어코 완성했다. 완성 작품을 들고 사진을 찍었는데, 사진 속에도 눈물이 보인다. 아무리 힘들어도 참고 끝까지 해야 직성이 풀리는

내 성격을 닮았다. (3. 28.(화) 일기)

❖ 함께라서 좋다!

아침 식사로 루이가 좋아하는 치킨을 에어프라이어로 구워서 먹었다. 기분이 좋은지 「학교 가는 길」 노래를 만들어서 "옷을 입고 가방 들고 신발 신고 학교에 간다네~."를 부르면서 신이 났다. 아침부터 기분이 방방 떠서 등교하는 모습을 보니 덩달아 기분이 좋다.

루아는 머리 묶고 등교 준비 끝나면 안방에 와서 "아직 유치원 가려면 시간이 남았어요." 한다. 사진을 찍으라는 거다. 루아가 먼저 사진 찍을 배경을 정하고 여러 가지 포즈를 취한다. 깔깔거리며 보내는 루아와 나의 아침 풍경화다.

신랑의 정기 검진일이라서 천안에 같이 갔다. 도롯가에 벚꽃이 많이 피었고, 목련도 만개한 봄나들이다. 검사 결과 염증이 없고 좋아졌으니 현재 먹는 약이 체질에 맞는 거니까 계속 먹으라고 한다. 오는 길에 은혜가 주문한 새우볶음밥과 루이가 주문한 감자만두를 샀다.

은혜가 강의가 늦게 끝나서 신랑이랑 유치원에 가서 루아를 데려와 아파트 놀이터에서 놀았다. 엄마들이 지켜보는 가운데, 유치원에서 돌아온 아이들이 이리저리 즐겁게 뛰논다. 나더러 '무궁화 꽃이 피었습니다' 놀이를 하잔다. 내가 술래를 하고 루아와 친구들이 온 놀이터를 돌아다니면서 온갖 포즈를 취한다. 지나가는 제비와 참새들도 땅바닥까지 내려와서 아이들과 같이 종종거리며 놀

왔다. (3. 29.(수) 일기)

❖ 가보지 않은 길

큰딸 은혜가 일찍 출근했기에 루아를 챙겨서 유치원 버스 타는 곳으로 데리고 갔다. 업고 가다가 뛰어가다가 하면서 깔깔대며 즐겁게 갔다. 유치원 버스에 탄 아이들과 차 밖에서 배웅하는 엄마들이 눈을 마주치며 하트를 날린다. 나와 루아도 하트 날리고 차가 멀어질 때까지 손을 흔들었다.

비봉농장에 갔더니 어느덧 새싹들이 돋아나서 쑥과 머위잎을 땄다. 가져간 책『내가 슬프지 않은 이유』를 모두 읽었다. 극심하게 고통스러운 삶의 모습을 보면 구토가 난다는 표현에 동질감을 느꼈다. 영화 장면 중 학교폭력으로 억울하게 당하는 장면을 보다가 구토가 나서 꺼버린 적이 있다.

출판사에서『수학과 함께 걷다』의 수정본을 보내왔다. 열 번 정도 검토했는데, 지난번에 안 보인 오류가 또 보인다. (3. 30.(목) 일기)

❖ 아직도…

묘한 꿈을 꾸었다.

"늦잠을 자고 있는데, 신랑이 깨워서 시간을 봤더니 8시 50분이다. 1교시 수업 시간이라 늦어서 학교에 늦는다고 전화하려고 전화번호를 찾는데, 아무리 찾아도 없다. 전화번호 찾느라 30분이나 지나서, 차라리 그냥 가야지 하고 걸어가는데 내 손에 짐이 너무 많다. 짐만으로도 무겁고 힘든데, 다리를 절뚝거리면서 학교를 향해 힘겹게 걸어갔다."

실제와 전혀 안 맞지만, 출근 시간에 맞추려고 늘 긴장했던 마음은 고스란히 보이는 꿈이다. 아직도 학교에 지각하는 꿈을 꾸다니….

주말에만 가던 온천을 평일에 갔다. 사람들이 많지 않아 노천탕에서 파란 하늘을 바라보며 여유롭게 온천을 즐기고, 식당에서 맛있는 어죽을 먹었다. 햇볕이 뜨겁게 내리쬐었으나, 시원한 솔바람을 맞으며 용봉산 둘레길을 산책했다. 이런 호사를 누리게 되는 날이 오다니! (3. 31.(금) 일기)

4월 일기

❖ 사위가 차려주는 밥상

루아가 노래를 작사, 작곡한다. "이쪽으로 쿵, 저쪽으로 쿵 친구들과 재밌게 쿵쿵쿵~."과 같이 가사를 만들어서 흥겹게 노래 부르니 덩달아 즐겁다.

사위 승진이가 주방을 맡고 쇠고기를 구워 점심을 차려줘서 편히 앉아서 밥상을 받았다. 식사 후 독일 영화 「마지막 한마디」 6개 에피소드를 오후 내내 봤다. 사람들의 심리 묘사가 참 신선하게 다가왔다. 신랑은 작가가 중간에 할 말을 제대로 못 썼다고 했으나, 난 행동의 표현으로 자연스럽게 사람의 심리를 잘 드러낸 것 같아 의미 있게 봤다.

승진이가 냉면을 끓여줘서 또 편하게 식탁에 앉아서 저녁상을 받았다. 오랜만에 냉면을 맛있게 먹으니 아버지 생각이 났다. 냉면 만 보면 아버지 생각이 난다…. (4. 1.(토) 일기)

❖ 난 참 바보처럼 살았군요

자료 보관 상자를 정리했다. 정보가 포함된 것은 그냥 버릴 수가 없다. 학교에서 근무할 때는 파쇄기에 주욱 넣어버리면 금방 되는 것을 일일이 손으로 찢느라 시간이 한참 걸렸다.

예전에 썼던 일기 출력물이 있어서 다시 읽어보았다. 전체를 읽기에는 시간이 걸려서 그냥 손에 잡히는 것 하나만 읽었는데 하필 속상한 글이다. 내 업무 관련하여 잠도 못 자고, 학교에서도 쉬는 시간까지 그것에 매달려서 너무 힘들게 PPT까지 준비한 이야기다. 학교의 실적을 올려주는 것이니 학교를 위해서였을까? 학교를 운영하는 교장, 교감 쌤의 실적을 높여주려는 배려이었을까?

누구를 위해서가 아니라, 나에게 주어진 일이라서 잘하고 싶은 마음이었다. 최선을 다하는 것이 미덕이라 여기는 문화에 젖은 탓이다. 아니다. 천성적으로 너무 최선을 다하는 성격 탓이다. 잠을 못 자고, 가족들 챙기는 것도 못 하고, 교사들끼리 이야기하는 시간도 포기하고, 최선을 다하는 성격은 무엇을 위한 것일까? 불빛만 보면 날아드는 하루살이 같은 성격…. 누구의 탓도 아니다. 바보처럼 살았던 나의 모습을 보았다. (4. 3.(화) 일기)

❖ 마음을 여는 만남

양경옥 권사님 부부와 백민숙 집사님 부부랑 오랜만에 만나서 점심을 먹고 차를 마셨다. 이정환 집사님은 전주 이씨 왕손의 직계로 종중의 일을 하신 이야기, 이경수 집사님은 대가족이 함께 살던 이야기, 신랑은 겨울바람 같았던 아버님 이야기 등 모두 자신의 이야기를 한다. 우리 모임의 특징은 남의 이야기가 아니라, 본인들과 자녀들의 삶이나 믿음 생활 이야기다. 정치 이야기나 남의 이야기가 아니라 서로서로 격려하는 대화다. 다음 모임은 바닷가에서 회를 먹기로 하고, 모임의 이름을 짓자고 해서, '왕족과 친구들'로 정했다.

서부면에 그저께부터 대형 산불이 발생했다. 진화 작업은 계속되었고, 감사하게도 하나님이 비를 내려주셔서 오늘 16시 완전히 진화되었다. 헬기 21대, 소방차 133대, 지휘차 2대, 진화차 19대, 산불진화대와 공무원 3,375명이 투입된 엄청난 화재였다.

(4. 4.(화) 일기)

❖ 퇴직으로 바뀐 규칙적인 하루 스케줄

루이, 루아에게 밥을 먹여서 등교시키려고 서둘러 준비해서 간식까지 먹였다. 손주 입에 먹을 것이 들어가는 것, 이것이 나의 기뿜이다. 등교하는 모습을 사진 찍으라고 포즈를 취하고 깔깔거리면서 등교하는 것 바라보는 것, 이것이 행복이다.

그러고 나면 커피를 마시면서 1FM 클래식 방송을 듣는다. 다음은 책을 읽는다. 요즘은 기일혜 권사님의 책을 여러 권을 사서 계속 읽으며, 믿음으로 걸어가신 길에 감동하고 있다. 다음은 노트북 앞에 앉아서 출판하려는 책 원고를 편집한다.

점심을 먹고 나서 신랑이랑 홍예공원을 산책한다. 자연을 눈에 담고 자연에 스며들고 싶기도 하지만, 건강을 유지하려면 운동해야 한다는 의무감으로 나설 때도 있다.

유치원 다녀온 루아랑 보드게임 등으로 놀이하면 어느새 저녁 식사 챙길 시간이다. 식구들이 모두 모이면, 루이가 학교에서 있었던 이야기, 루아의 유치원 이야기 들으며 식탁이 들썩이게 저녁을 먹는다. 루이, 루아가 잠들면 난 또 맘껏 책을 본다. 때로는 밤늦게 영화를 본다. (4. 5.(수) 일기)

❖ 눈에 담고 싶다

쑥 뜯으러 농장에 갔는데, 작년보다 1주일이나 빠르게 벌써 두릅이 나왔고, 머위가 지천으로 올라왔다. 신랑은 두릅을 따고, 난 머위와 쑥을 뜯었다. 가시오갈피 순도 너무나 예쁘게 올라와서 땄다. 점심에 나물을 데쳐서 먹고. 위층 교장 쌤과 옆집 지호네, 아래층 연우네에 두릅과 머위를 나눠드렸다.

선민(3기 수학 동아리장)이가 전화했다. 개교기념일이라서 학교에 나를 보러 갔는데, 내가 없어서 다른 선생님에게 여쭈었더니 정년 퇴직하셨다는 소리를 듣고 놀라서 전화했단다. "너무 깜짝 놀라서 현기증 나요."란다. 내가 정년퇴직한 것이 현기증이 난다니…. 퇴직할 때 재학생들에게 알리지 않았고, 당연히 졸업생에게도 알리지 않았었다.

충남도서관 「오로라와 우주 이야기」 특강에 참석했다. 흥미로운 주제라서 아이들도 많이 참석했다. 하고 싶은 일을 열심히 하며 사는 모습이 감동스러웠고, 같은 지구에 살면서 그런 장면을 현장에서 직접 볼 수 있다는 것이 부러웠다.

가장 인상적인 것은, 자신이 찍은 3대 걸작 사진을 소개하는데 최고의 사진으로 백지를 보여준 것이었다. 너무나 격동적으로 오로라가 춤추는 것을 카메라 렌즈로 보고 싶지 않고, 눈에 담고 싶어서 찍지 않았단다. 그렇게 여러 번 가고, 오래 기다려서 오로라의 폭풍을 보게 되었는데, 그 순간에 오로지 눈에 담고 있었다고 한다. (4. 7.(금) 일기)

❖ 벚꽃 없는 벚꽃 축제

벚꽃이 보고 싶어 신랑이랑 축제장에 갔다. 작년보다 날씨가 따뜻해서 꽃이 일찍 폈는데, 비가 와 이미 져서 벚꽃을 볼 수가 없었다. 지구 기온이 점점 더워지는 것이 실감 난다.

백종원 거리에서 국밥을 먹고 예산시장 구경을 갔다. 막걸리, 꽈배기, 커피집 등 기다리는 줄이 길어서 전통시장에 활기가 느껴졌다. 놀라운 것은 둥근 식탁에서 삼겹살을 사다가 현장에서 구워 먹는 야외 공간에 사람이 너무 많아서 테이블 번호표를 발급하며 기다리는 장면이다.

김영미 쌤이 거제도에서 온 맛있는 어묵을 들고 찾아오셔서 어제 따온 두릅을 나눠드리고 이야기를 나눴다. 승진이가 에어프라이어에 구워 먹는 게 쫄깃쫄깃 맛있다며, 어묵탕 말고 계속 구워서 먹자고 한다.

독일에 사는 지은이가 삼겹살로 수육을 만들고, 쌈장, 무생채를 만들어서 양상추에 싸서 먹었다며 사진을 올렸다. 한국식으로 요리하고 챙겨 먹는다고 해서 흐뭇하다. 페이스톡으로 요리하는 모습과 집안의 모습, 집밖에 공터에 닭을 키우는 모습 등 비춰줘서 가까이 옆에 있는 듯하다. (4. 8.(토) 일기)

❖ 책임감을 내려놓다

예배 마치고 농장에 갔더니 어제 누군가 두릅, 가시오갈피, 머위를 많이 따갔다. 봄에 올라온 선물인데, 주인 없는 틈에 몰래 채취한 것이 서운했다.

저녁때 전은경 쌤과 산책하며 이야기를 나눴다. 농장에서 따온 두릅을 나눠드렸더니, 은경 쌤은 친정 엄마가 만드신 쑥버무리, 시어머니의 쑥개떡, 신랑의 수제 바나나빵을 챙겨주셨다. 허리와 손이 아프면서도 주변 사람들이 겪는 힘든 일을 적극적으로 도와주는 성격이라, 하시는 일이 많아서 건강이 걱정된다.

책임감과 이별했다. 수석 교사라서 수시로 내 수업을 공개했어야 했다. 다른 교사들이 수업을 공개하도록 권유하고 컨설팅해야 하는데, 부담스러워하는 수업을 공개하도록 권유하는 책임감을 이제는 내려놨다. 모든 학생을 수업으로 끌어들여야 하는 책임감에서도 놓였다. 책임감으로 누르던 것은 사라지고, 온전히 나로 살면 된다. (4. 9.(일) 일기)

❖ 마음을 연결하는 만남

심숙희 쌤이 정년퇴직한 나와 김혜선 쌤에게 점심을 사주셨다. 함께 근무한 지 거의 5년이 지났지만, 예전처럼 의기투합하여 김훈태 쌤까지 4명이 모임을 만들기로 했다. '아름다운 동행'으로 단톡을 만들고 총무는 내가 하기로 했다.

김혜선 쌤, 정민옥 쌤, 이병원 쌤 모임도 교과가 영어, 수학, 음악, 미술로 다양하니, 생각과 마음을 모아 공유 일기를 써서 출판하자고 제의했다. 동의하지만 자신 없다며 가끔씩 써보겠단다. 내가 자꾸 일을 벌이나 보다. (4. 10.(월) 일기)

❖ 파도 소리 들으며 맞이한 아침

자명종 소리에 일어나서 아침 식사를 준비한다. 잡곡(수수, 서리태, 기장, 보리, 은행)을 좀 더 많이 넣어서 밥을 짓고, 미역국 끓이고, 두릅 데쳐서 무치고, 가시오갈피 순 데쳐서 무치고, 느타리버섯, 당근 양파를 넣어서 볶았다. 셀러리도 잘라서 초고추장 찍어서 먹게 준비했다. 특별히 영양제를 챙겨 먹지 않고 밥과 반찬만으로 건강을 유지하는 것이 목표다.

끓이는 것으로 인해 집 안에 습도가 높아서 창문을 열었더니, 바람이 어찌나 많이 부는지 바람 소리가 신기하게 파도 소리 같다. 마치 바닷가에 나와서 파도 소리 듣는 듯 즐거웠다. 바다를 보고 싶어 하는 나를 위한 하나님의 선물이다!

나물을 무치는데, 어젯밤에 늦게까지 읽다가 미처 못 읽은 기일혜 집사님의 책을 읽을 수 있다는 기대감이 올라왔다. 예전에는 자려고 누우면 '이제야 쉬네!' 했는데, 요즘은 아침에 눈 뜨면 '이제 책 읽을 수 있네!'로 무게중심이 옮겨졌다.

신랑 친구가 암 수술하고 퇴원한다면서 돈으로라도 건강을 기원하는 마음을 전하고 싶단다. 인터넷뱅킹으로 50만 원을 송금했더니 친구가 금방 확인하고 고맙다는 답을 한다. 친구의 아픔을 함께 나누며 서로 힘이 되어주는 것이 삶이다. 인생은 문제를 해결하기 위해 사는 것이 아니라, 삶에 대한 그림을 그리는 것이다.

(4. 11.(화) 일기)

❖ **봄을 배부르게 먹다**

농장에서 신랑은 두릅, 가시오갈피, 엄나무 순을 따고, 난 쑥, 머위, 돌나물을 뜯었다. 내려오면서 쑥버무리 용도로 쌀을 빻아달라고 아는 방앗간에 의뢰했던 것을 찾아왔다. 점심으로 두릅과 돌나물을 넣고 비빔밥을 해서 먹었는데, 식당에서 파는 비빔밥보다 맛있어서 배부르게 먹었다.

온천을 가기 전에 수암산에 올라갔다. 약간의 오르막이 있고, 길이 잘 다져져서 오르기 편했다. 주변에 봄이 흐드러지게 펼쳐졌다. 파란 하늘에 비친 겹벚꽃이 만발하여 온 세상에 향기가 가득했다. (4. 14.(금) 일기)

❖ 감쪽같지요, 바글바글해요

루아가 오빠 쓰던 색연필을 물려받았다. 케이스에 쓰인 '김루이' 옆에 살짝 줄을 그어서 '아'로 만들고 "할머니 감쪽같지요!"한다. 오빠 것을 물려받는 것이 기특하고, 벌써 감쪽같다는 단어 사용하는 것이 신기하다.

루이는 방과 후 수업으로 승마하러 승진이랑 나가고, 루아는 목욕탕에 가고 싶다고 해서 은혜랑 다녀와서 장난감을 가지고 신나게 놀았다고 자랑한다. 목욕탕에 사람들이 많았느냐고 물었더니 "바글바글했어요."라며 바글바글에 엑센트가 강했다. 어느덧 루아의 어휘가 많이 늘었다. (4. 15.(토) 일기)

❖ 블랙이글스 에어쇼 관람

유튜브로 아침 7시 영락교회 예배를 드리고, 해미공군부대에서 열리는 블랙이글스 에어쇼를 보러 가족들이 모두 갔다. 비행기 8대가 이륙을 준비하는 모습이 너무나 애틋했다. 연습을 많이 했다고는 하지만 위험한 곡예를 하러 이륙하는데, 비행하는 사람에게 정비사와 도열한 군인들이 손을 흔들어 주는데, 난 그것이 왜 애잔하게 느껴지는지~.

비행기로 자유자재 곡예하고 하트 등 재미있는 그림을 그리는 묘기에 연신 박수갈채가 터졌다. 중간에 비행기 1대가 갑작스럽게 빠르고 낮은 속도로 비행하는 깜짝쇼를 했다. 루아가 너무 놀라서 울고, 도중에 여러 번 놀라고 무서워했다. "할머니도 무서워서 울었어." 했더니, 할머니도 그랬다는 것에 얼른 나에게 안기더니 더이상 그 이야기를 하지 않는다. 놀랄까 봐 귀를 막아주면서 돌보는 것보다 공감해 준 것이 더 위로되었나 보다.

방독면 체험, 모형항공기 날리기 체험 등 비행기에 대한 즐거운 추억을 가득 담았다. (4. 16.(일) 일기)

❖ 하고 싶은 일을 할 수 있는 자유

아침에 눈을 뜨면 '책 봐야지.' 하는 기대감이 올라온다. 도서관에서 대출한 『컬러의 힘』과 E-Book으로 수학 관련 책들을 읽으면 시간 가는 줄 모른다.

박선화 쌤이 충남도서관 2층 갤러리에서 개인전을 오픈했다. 자주 접하지 못했던 민화 작품인데, 선화 쌤이 작품 설명과 제작 과정을 이야기해 주니 더욱 흥미로웠다. 주변 지인들과 관람객으로 전시회장이 풍성했다. 지은이 1학년 때 담임이셨던 서용주 쌤을 만나서 도서관 4층에서 셋이 점심을 먹었다.

교직이 천직이라며 곁눈질할 틈 없이 오로지 수업만 생각하며 살았는데, 하고 싶은 것을 할 수 있는 때가 되었다. 날개를 펼치고 날아갈 수 있는 문의 열쇠를 받았다. 아직은 더듬거리며 문을 찾고 있지만…. (4. 18.(화) 일기)

❖ **출판 계약을 마치다**

『수학과 함께 걷다』의 원고를 보내고, 메일로 여러 차례 수정을 거쳐 드디어 출판 계약서를 작성했다.

『함께 쓰는 수학 일기』도 계약서 쓰고, '저자 소개, 책 소개, 핵심 문장'을 작성해서 밤늦게 모두 보냈다. '수학'의 멋을 보여주는 공연의 시작이다. (4. 19.(수) 일기)

❖ **할 수 있는 일과 할 수 없는 일**

루이는 아침 9시에 학교 스포츠 활동을 하고, 오후 2시에는 학교에서 신청한 승마 체험하는 등 스케줄이 바쁘다.

지은이에게 다녀오려고 짬짬이 프랑크푸르트행 비행기 티켓을 검색했다. 지은이는 이가 아파서 병원 예약했더니 진료는 1주일 뒤였기에, 그때는 아픈 게 나아서 스케일링만 해줬단다. 그 이후에 다시 아파서 타이레놀 2알을 먹었더니 얼굴이 붓고 입이 잘 벌어지지 않아서 먹기도 힘들단다. 독일에서는 뭐든지 예약해야 하고, 예약 후 오래 기다리는 시스템이 문제라고 한다. 지은이를 위해 내가 할 수 있는 일은? 오직 기도다. 주님 지은이가 얼른 낫게 해주세요. (4. 22.(토) 일기)

❖ 나무들의 봄 단장

농협에서 퇴비를 사서 농장에 갔다. 신랑은 감나무에 퇴비 주고, 나는 머위 줄기를 자르고 껍질을 벗겼다. 삼색 조팝나무에 죽은 가지가 많아서 깔끔하게 정리하고, 소나무를 타고 올라가는 넝쿨을 잘라주었다. 넝쿨에 싸여 힘들었던 소나무와 조팝나무가 나에게 고맙다고 인사한다. (4. 25.(화) 일기)

❖ 맛있는 선물

아들 정훈이가 제주도로 학회 갔다가 택배로 보내준 오메기떡을 택배로 받았다. 이렇게 편하게 앉아서 아무 수고도 안 하고 맛있는 떡을 먹을 수 있다는 것이 너무나 감사하다.

저녁에 사돈댁에서 보내준 김치가 너무 맛있어서 밥을 더 먹었다. 김치가 맛있어서 김치만 있어도 뚝딱 밥을 먹을 정도로 너무나 솜씨 좋은 우리 사부인이시다. (4. 29.(토) 일기)

5월 일기

❖ 맛이 가득한 집들이

양경옥 권사님이 이사하셔서 집들이를 갔다. 환기가 잘되고 전망이 좋아 카페 같은 분위기였다. 이경수 집사님이 아침 일찍 청포대에서 회를 떠 오셔서 너무나 맛있게 먹었다. 이정환 집사님이 함께하지 못해 아쉽다. 과일과 차를 나누며 이야기꽃을 피운 즐거운 시간이었다. (5. 3.(수) 일기)

❖ 루이, 루아의 비밀 작전회의

은혜네가 빗속에서 캠핑하고 오후에 돌아와서 추웠다며 뜨거운 물로 샤워한다. 빗속의 캠핑이 평생 추억이 되겠지.

안방에서 책을 보고 있고, 신랑은 잠깐 침대에 누웠다가 잠이 들었다. 루아가 말랑카우를 까서 내 입에 넣는다. 할아버지는 주무신다고 했는데도 잠자는 할아버지 입에도 넣는다. 자고 있던 신랑이 그것을 먹느라 잠이 깨서 허허 웃는다.

낮에는 계속 비가 부슬부슬 왔는데, 저녁에 해가 나서 산책하러 갔다. 하루라도 안 걸으면 벌써 다리가 삐거덕거리고 몸도 뻐근하다.

거실에서 TV를 보고 있는데, 루이가 루아를 안방으로 오라고 불러들여서 작전회의를 한다. 이어서 루이가 나와서 할아버지에게 인터뷰하겠단다. "할아버지는 뭐 좋아하세요?" 한다. 리모컨이 좋다고 답했더니, 너무 비싼 것은 안 되고 15,000원 이하로 하란다. 할아버지가 손수건이 좋다고 하니, 이번에는 "할머니 뭐 좋아하세요?" 한다. 양말이 좋다고 하니 회의한 기록장에 적는다. 아빠, 엄마에게도 인터뷰한다. 그때 은혜가 인터넷으로 구매한 구두가 택배로 왔다. 루이가 그것을 15,000원에 사겠다고 한다. 그래서 내일 어버이날 선물로 주겠다고 해서 엄마 구두를 포장지도 안 뜯고 샀다.

루아에게 용돈이 얼마 있는지 물어서 둘의 용돈을 모아 4명으로 나누니까 15,000원이었던 것 같다. 회의한 내용을 수첩에 적고, 각자 사인까지 했다. 둘이 어버이날 이벤트를 하느라 속닥속닥하는 모습이 어찌나 사랑스러운지! (5. 7.(일) 일기)

❖ 사랑을 나누는 어버이날

어버이날 기념으로 은혜가 신랑과 나에게 각각 용돈을 줬다. 루이와 루아도 감사의 편지와 함께 여러 번 작전회의 하고 용돈을 모아 준비한 선물을 줬다. 신랑에게는 비타민 젤리, 나에게는 배에 붙이는 온열 패치를 선물해서 고맙고 기분이 좋았다. 정훈이와 희원이는 전화로 인사하고 이번 주말에 오겠단다. 지은이도 페이스톡으로 사랑의 인사를 했다.

아버님 선물로 봄 점퍼를 사고, 좋아하시는 인삼 젤리를 챙겨서 다녀왔다. 돌아가신 엄마, 아버지께 못 해드렸던 것이 자꾸 생각나는 날이다. (5. 8.(월) 일기)

❖ 서툰 농부의 하루

농장에 가서 머위를 잘라서 머윗대 껍질을 벗겼더니 손바닥이 새까맣게 되었다. 신랑은 밭에 풀을 뽑고 비닐을 씌우고, 장에서 산 오이와 고추 모를 심고 계곡에 고여 있는 물을 떠서 줬다. 오전만 하면 될 줄 알았는데, 잔손이 많이 가서 하루 종일 걸렸다.

저녁에는 충남도서관에서 추진하는 외부 강사 특강을 들으러 갔다. 법의학 전공하시는 분이셨는데 편안하고 이해하기 쉽게 강의하셨다. 아직도 배움에 대한 열기가 식지 않았나 보다. (5. 12.(금) 일기)

❖ 루이+루아+지호=하하호호

은혜가 대학원 동문회장이라 스승의 날 행사를 추진하러 서울로 올라가고, 정훈이네가 내려오는데 교통체증으로 예정보다 늦어졌다. 루이, 루아는 11시부터 엘리베이터 문 앞에서 계속 기다렸다. 점심은 감자 만두를 해주고, 저녁은 떡국을 끓여주었다. 루이, 루아, 지호가 메모리 게임을 하고 장기 두면서 너무 재미있게 놀더니, 지호가 오늘 자고 가자고 한다. 사진을 많이 찍고, 이야기 많이, 많이 하고, 놀이도 많이, 많이, 많이 하니 사랑의 띠로 묶여서 정말 즐거웠다! (5. 13.(토) 일기)

❖ 감동, 감동, 감동의 물결

아침 일찍 고속버스를 타고 센트럴시티 터미널에서 덕환이를 만났다. 오랜만에 만난 덕환이는 살이 빠졌고, 성격은 쾌활했다. 지하철을 타고 가서 중랑천 장미축제장을 걸었다. 3km 정도 되는 곳에 다양한 종류와 다양한 색상의 장미가 너무나 아름답게 가꾸어져 눈을 호강시킨다.

너무나 진한 감동의 이야기를 들었다. 신랑이랑 아침저녁으로 1시간씩 성경 공부를 한단다. 시각을 잃은 둘째 아들이 일반 학교 영어 교사를 하고 있으며, 며느리는 외고에서 프랑스어 강사를 하고 있다. 집에 와서 유튜브로 "김헌용 밥은 먹고 다니냐"를 검색했더니 아들 며느리의 이야기가 나온다. 너무나 사랑스러운 며느리와 사려 깊고 쾌활한 성격의 아들 모습에 또 한 번 감동했다. 덕환이 가방에서 책 3권과 유산균 2박스가 나왔다. 나는 겨우 기일혜 권사님 책 1권을 들고 갔는데 너무 많은 선물을 받았다.

저녁을 먹고 루이가 산책하러 나가겠다고 한다. 이유는 내포 시내에 쓰레기가 너무 많아서 줍겠단다. 누가 시킨 것도 아니고, 숙제도 아닌데, 스스로 줍겠다고 나선다. 혼자 가게 둘 수가 없어서 은혜랑 루아가 따라나섰다. 루아는 덩달아 신났다. 쓰레기봉투에 버려진 쓰레기를 가득 주워 왔다. 깨끗해진 도로보다 더 맑은 루이, 루아다. (5. 15.(월) 일기)

❖ 하루해가 짧은 봄날

장날이라 시장에서 대파 모와 부추 씨앗을 사서 농장에 갔다. 신랑은 풀을 뽑고, 밭을 갈고 씨 뿌리느라 뙤약볕에서 일했다. 나는 쑥을 뜯고, 머위 줄기 통통한 것을 잘라서 껍질을 벗겼다. 신랑은 심는 것, 난 수확하는 것에 관심이 많다. 오는 길에 떡집에 쑥 가래떡을 해달라고 쑥을 맡기고, 루이, 루아가 좋아하는 증편을 사 왔다. (5. 16.(화) 일기)

❖ 먹는 즐거움! 나누는 행복!

쑥가래떡이 다 되었다고 떡집에서 전화가 왔다. 쑥을 낫으로 벤다는 소리를 들어서 줄기째 잘랐는데, 하얀 솜털이 있는 쑥만 뜯어야 한단다. 그래서 밤늦게까지 그것을 모두 다듬어서 해주셨다니 미안하고 고마웠다. 서로 좋은 일이라며 보약이니 쑥떡 많이 먹으라고 환하게 웃으신다. 맛도 좋고, 색깔도 너무 예쁜 쑥떡을 보니 기분이 좋다. 아버님, 큰고모님께 보내드리고, 최선묵 교장 쌤, 옆집, 아랫집에 루이, 루아가 배달했다. 루이, 루아는 먹는 것보다 이웃에 가져다드리는 것을 더 좋아한다. (5. 17.(수) 일기)

❖ 루아와 함께하는 산책

오늘따라 루아가 울면서 잠이 깼다. 첫 마디가

"할머니, 할아버지 따라서 홍예공원 산책 갈래."였다.

꿈속에서 같이 산책하려고 신발 신다가 잠이 깨는 바람에 못 가서 속상해한다.

신랑이 정기 검진 날이라서 천안에 같이 갔다. 여러 가지 검사도 하고, 골다공증 예방을 위해 6개월에 한 번씩 맞는 주사도 맞았다. 천안 간 김에 대형 마트에서 쇼핑을 했다.

하원하는 루아를 데리러 유치원에 갔더니, 꿈속에서 못 갔던 홍예공원 산책하잔다. 배고플세라 빵과 물을 싸 들고 홍예공원으로 갔다. 루아는 늘 달리기 시합을 하자고 하면서 "준비, 땅!" 하고 달린다. 도착 지점에서 다시 달리기 시합하는 "준비, 땅!" 하고 달리고, 도착 지점에서 다시 달리기를 10번은 한다.

공원에서는 숨바꼭질, 그네 타기, 철봉을 하면서 신나게 놀고, 가져간 빵을 먹었다. 바닥 타일 무늬로 하트, 길쭉한 것, 네모, 세모 등이 상상력이 가득한 루아에게는 즐거운 이야깃거리이고 놀잇감이다. (5. 18.(목) 일기)

❖ 부지런히 만나도 몇 번이나 볼 수 있을까?

전만성 쌤, 오덕근 쌤 부부랑 점심을 먹었다. 전시회 축하 인사와 안부를 나눴다. 두 분 모두 건강하시고, 자녀들이 적성에 맞는 일을 찾아 잘 지내고 있다고 한다. 식당 밖에서 커피를 마시다가 박기성, 남영자 권사님 부부를 만났다. 오랜만에 만나서 옛날 추억을 떠올렸다. 이제 나이가 있어서 부지런히 만나도 몇 번 못 만난다고 하신다. 그 말에 의기투합해서 강원도로 이봉연 교수님을 뵈러 갈 날짜를 잡았다.

출판사와 최종 점검을 마치고 잔금을 송금했다. 월요일에 인쇄하고 책을 찍는다고 한다. 글을 다섯 차례 검토하고, 디자인 수정하기를 반복하느라 두 달이 걸렸다. (5. 19.(금) 일기)

❖ 먹거리 풍성! 이야깃거리 가득!

유튜브로 예배를 드리고, 농장에 가서 울타리인 회양목 전지를 했다. 새로 산 기계를 사용하니 훨씬 편리하다고 한다. 머위 줄기 데쳐서 장아찌를 담그고, 취나물을 데쳐서 무쳤다.

은혜네 교회의 전교인 체육대회가 화젯거리였다. 전교인 O, X 퀴즈에서 최후의 8인에 루이가 선정되었다고 한다. 경품 추첨에서 루아가 꿀 한 통을 받았다. 떡, 빵, 먹을 것이 풍성하고 루이, 루아의 이야깃거리도 쏟아졌다. (5. 21.(일) 일기)

❖ 자주 못 만나도 연결되어 있어

코로나로 만나지 못했었던 동생 규환이 내외를 만나러 갔다. 고속버스 터미널에서 점심을 먹고, 경실이는 수업이 있어서 먼저 가고, 지하철을 타고 규환이의 '창조비즈니스센터'로 갔다. 조카들이 원하는 일을 찾아 즐겁게 하고 있단다.

내가 고교 1학년부터 집을 떠나 있어서 규환이와 함께 지낸 기간이 많지 않았다. 결혼 후 8년 지나서 규환네 집에 놀러 갔을 때다. 경실이가 "형님 커피 드려요?" 했을 때, "1/3잔으로~." 했더니 "으~악." 소리를 질렀다. 자주 만나지도 못했는데, 규환이도 항상 커피를 1/3잔만 달라고 했단다. 둘이 마주 앉아 커피를 마신 적이 없는데도 식습관이 너무 닮았다.

이야기를 한참 나누던 중, 복 받기가 목표인 크리스천이 안타깝다고 했더니, "우리는 이미 복을 받았고, 더 이상의 복이 뭐 그리 의미가 있어?"라는 규환이의 답이다. 경실이와 함께 국경 없는 음악 치료회 활동으로 선교와 봉사하고 있으며, 주 1회 버스킹으로 전도하는 등 욕심부리지 않고, 크리스천의 향기를 날리며 살고 있었다. (5. 22.(월) 일기)

❖ 배움은 계속된다

충남도서관 레이저커팅기 사용법 교육에 참석했다. 두꺼운 종이를 섬세하게 자르는 것을 배워 한소리팀이 선교 갈 때 수학적인 도구를 준비해서 활용해 보고 싶다. 그런데 레이저커팅기는 아크릴이나 MDF 같은 나무를 자르거나 깎는 것이란다. 전혀 생각지 못했던 신선한 배움이다. 나무판에 사진도 새길 수 있다니 다음 기회에 배워봐야겠다. (5. 23.(화) 일기)

❖ 선물받는 것은 즐거워

승진이가 인도네시아 여행을 마치고 왔다. 선물로 신랑한테 발렌타인 술, 나에게는 캡슐 에센스, 루이에게는 반팔 티셔츠 2개를 선물했다. 회색 바탕에 도안이 있는 티셔츠가 예쁘다고 했더니 루이가 나에게 선물해서 난 선물을 2개나 받았다.

오전에는 신랑이 농장에서 예초기로 풀을 깎았다. 점심을 먹고 둘이 충남도서관에 갔다. 2층에서 커피를 마시고 3층에 가서 대출이 안 되는 잡지류를 읽고, 톨스토이 소설과 괴테의 『이탈리아 기행』을 대출했다. (5. 24.(수) 일기)

❖ 설레는 루이, 너무 잘 큰 루아

신랑은 아침 7시에 아버님 모시고 천안 병원에 정기 치료하러 가고, 승진이는 7시에 회사 출근, 은혜는 강의 시간에 맞춰 7시 50분에 출발하고, 루이도 7시 50분에 등교했다.

루이는 코로나로 인해 한 번도 못 갔던 체험학습을 아산으로 가는 날이다. 아침부터 은혜가 유부초밥을 만들고, 포도와 바나나를 넣어주고, 과자와 음료수를 챙겼다. 8시 20분까지 학교로 오라고 했는데, 루이는 7시 20분부터 나가겠다고 서두른다. 소풍 간다고 설레서 잠 못 자던 우리들의 어린 시절을 보는 것 같아 온 식구들이 덩달아 설레었다. 소풍 가는 즐거움을 노래해 보라고 했더니 즉석에서 작사, 작곡하여 노래를 부르기에 동영상으로 찍으면서 집안 가득 웃음꽃이 피었다.

루아가 양 갈래로 동글동글 묶어달라고 해서 묶어주고 유치원 가려고 신발을 신으려다 말고 응가 마렵다고 한다. 하필 할아버지가 안 계신 날이라 유치원 버스 놓치면 걸어가야 한다. 그래도 더 급한 것이라 응가를 시켰다. 아슬아슬하게 놓칠 것 같아서 루아에게 계속 뛰자고 해서 처음부터 끝까지 뛰어가서 결국 유치원 버스를 태워 보냈다.

'홍성뮤즈앙상블'이 홍성문화원에서 지원하는 생활체감형 동아리에 선정되어, 동아리 운영 안내 모임이 있어서 참석했다. 버스 시간이 애매해서 너무 일찍 도착했다. 그래서 가져간 괴테의 『이탈리아 기행』을 읽으면서 기다렸다.

선정된 17개 동아리 소개와 인사를 나누고, 활동 안내를 받고, 버스 터미널까지 걸어가서 시내버스로 돌아왔다. 하필 오늘따라 아버님의 진료가 너무 늦어져서 신랑이 루아 데리러 갈 시간까지 못 온다고 한다. 발이 편한 운동화를 신고 유치원으로 걸어갔다.

루아가 나오기를 기다리는 사이에 원장님이 나오셔서 "루아가 너무 잘 컸다!"고 칭찬하셨다. 며칠 전 당황스러운 상황에 루아가 원장님 옆으로 서서 했던 행동을 해 보이시면서, 루아와 나눴던 대화를 들려주며 진심 어린 칭찬을 하셨다.

집으로 돌아오는 길에 루아는 또 달리기 시합을 하자고 하는데, 세 번만 하고 난 너무 지쳐서 그냥 걸어가자고 달래서 걸어왔다. 루아도 힘들다며 중간에 업어달란다. 오늘 걸음 수를 봤더니 13,000보나 걸었다.

특강 시작 10분 전에 신랑이 와서 밥 먹을 시간이 없어서 빵과 두유를 차 안에서 먹으며 충남도서관에 갔다. 「사서가 들려주는 책 이야기, 구운몽」을 들었다.

강사님은 우리나라 최고의 고전이 『구운몽』이라 생각하신단다. 마지막 구절이 남아 있다.

> "장자가 꿈에 나비가 되었는데, 꿈속의 나비 입장에서 보면 나비가 현실에서 장자가 된 것이라 장자가 꿈에서 나비가 된 것인지, 나비가 꿈에서 장자가 된 것인지, 끝내 분별할 수 없었느니라."

하루 종일 병원에서 보낸 신랑이 힘들었으면서도 강의를 듣고 나오면서 "이런 강의가 참 좋아. 이런 강의를 들으면 여행하는 것 같아." 한다. 나도 그렇다. (5. 25.(목) 일기)

❖ 온 세상이 초록 초록~

농장 회양목에 넝쿨 식물이 덮였고, 웃자란 나무들이 키 재기를 하고 있어서 전지를 해줬더니, 깔끔한 신사의 모습이다. 온 세상이 초록으로 덮여서 내 마음도 초록으로 물들었다.

지난여름 폭우로 계곡 옆에 든든히 버티고 서 있던 바위가 무너지고 계곡 위쪽의 자갈들이 떠내려와서 계곡 물길 지도를 바꿔놨다. 물웅덩이가 있어야 물을 떠서 밭에 주는데, 물이 고일 자리가 얕다. 오이, 가지, 고추 모를 사다가 심었는데 그냥 말라버렸다. 모를 산 비용으로 사 먹는 게 더 나을 것이다. 풀 뽑고 물 주는 노동력을 제외하더라도. 그러나 무농약으로 키우며 열매 보는 재미는 돈으로 비교할 수 없다.

작약꽃이 진한 색과 연한 색이 어우러져 예쁘다. 돌나물, 애기똥풀 등 흔한 꽃인데 너무 예쁘다. 풀이지만 너무 예뻐서 뽑지 못했다.

올해 독서 목표 50권 중 32권째 읽고 있다. 1권을 완독하기보다는, 여러 권을 놓고 이것 30쪽 정도 읽다가, 다른 것 20쪽 읽고, 또 다른 것 30쪽 읽는 습관이 있다. 읽은 내용에 대해 여운을 느끼며 음미하면서 시간을 두고 천천히 읽는다. 동시에 3권 정도를 읽는 것이 내 생각 리듬과 잘 맞는다.

충남도서관 온도락 특강 「음식으로 건강 관리하는 법」을 들었다. 신랑이 도서관 나오면서 한마디 한다. "심장은 피를 돌게 하는 것이 아니라, 피를 뿜어서 보내는 역할을 하지, 계속 돌게 하는 것은 아니다."

맞는 말이기는 하지만, 이제 어떻게 잘 죽을 것인가에 더 집중해야 하는 나이인데, 잘못된 부분을 찾으려 하기보다는 열 가지 중에서 딱 1개만 잘해도 그것을 말해주자고 의견을 냈다. (5. 26.(금) 일기)

❖ 손주들의 뮤지컬 공연

승진이가 루이랑 농장에서 캠핑하려고 했는데, 비가 와서 아쉽게 접었다. 은혜네 식구들은 대전 화폐박물관과 지질박물관에 갔고, 신랑이랑 나는 농장에서 소나무 타고 올라가는 넝쿨을 제거하고 여기저기 손 볼 곳을 둘러봤다.

루이, 루아가 뮤지컬 공연을 하겠다고 한참 대본을 짜고 있다. 주제는 「토끼와 거북이」로 정하고 연습한다. 루이가 루아에게 어떤 역할을 하고 싶은지 물었더니 거북이를 하겠단다. 이기고 싶어서 거북을 선택한 것일까? 한참 대본 연습하더니 티켓을 만들고 로열석, A석, B석 신청을 받았다.

저녁 식사 후에 할아버지, 할머니, 엄마, 아빠는 소파가 있는 쪽으로 앉게 하고 둘이 개사한 노래로 공연을 시작한다. 엎드려서 기고 뛰는 연극과 노래로 열렬한 박수를 받았다. 이어서 퀴즈를 내고 상품을 준단다. 루이가 낸 퀴즈다.

1. 거북이가 산까지 올라가는 시간이 얼마나 걸렸을까요?
2. 토기와 거북이 이야기 시대는 언제일까요?

이제는 질문 만드는 것을 즐긴다. 루아에게 뮤지컬 공연 소감을 물었더니, "부끄러웠어." 한다. 겨우 가족들 앞이지만 긴장되었나 보다. (5. 27.(토) 일기)

❖ 바늘귀 꿰어주는 손주들

주일예배를 드리고 충남도서관에 갔더니 주차장이 만차라서 임시 주차장까지 갔는데, 거기서도 겨우 주차했다. 도서관에 들어가서 3층에 올라가니 거기도 앉을 자리가 없다. 도서 검색용 컴퓨터가 있는 자리에서 『음악 인류』 책을 읽었다. 내가 기본적으로 알고 있는 음악적 사실보다는 음악이 끼치는 영향이 궁금해서 선택했는데, 내가 예상한 것과는 방향이 달랐다.

1층 유아 층에서 은혜, 루이, 루아가 있고, 우리는 3층에 있다가 중간에 서로 연락해서 2층에서 만나서 차와 과자를 먹으며 놀기도 했다.

돌아오는 길에 독일 여행 관련 도서 2권을 대출했다. 루아는 1권, 루이는 5권, 은혜는 2권, 우리 식구가 10권 대출했다. 루아에게 도서관과 키즈 카페 중 어디가 더 좋으냐고 했더니 도서관이 더 좋단다. 일찍 글을 익힌 덕에 책 읽는 재미를 안다.

루이, 루아가 신나는 실험을 한다. 여러 가지 물체(지우개, 자, 체온계, 블록, 필통, 장난감 등)를 화장실로 가져가서 세면대에 물을 가득 채우고 1개씩 넣어보면서 "뜬다, 안 뜬다."라며 즐거워하기에 얼른 달려가서 사진과 영상을 찍었다. 많은 호기심으로 세상을 들여다보고 있다.

시력이 너무 떨어져서 바느질하려니 바늘귀가 안 보인다. 끙끙

거리고 있는데 루이, 루아가 해주겠다고 나선다. 손주들이 자원하여 나의 눈이 되어주었다. (5. 28.(일) 일기)

❖ **개미와 베짱이**

가뭄으로 오이, 가지, 고추가 말라버려서 다시 모를 사서 심었는데 드디어 달콤한 비가 왔다. 농장에 가면 계곡에 물을 떠서 채소들의 갈증을 덜어주지만 자주 가지 못해서 햇빛, 바람, 비에 의지하기에 수확량은 적다. 그러나 무농약이고 유기농법으로 흙과 가까이 지내는 것이 더 큰 즐거움이다. 가뭄으로 계곡도 거의 바닥이 드러났었는데, 물이 콸콸 흐르고 물 흘러가는 소리가 북 치는 연주처럼 마음을 흔들었다. 새가 노래하고 초록으로 물든 나뭇잎들이 춤을 춘다. 지난번에 심은 상추는 몇 개가 싹이 났고, 쑥갓은 싹이 날 기미가 없다.

농장에 가면 풀 뽑고, 심고, 물 주고, 전지하는 등 일거리만 눈에 보이는 신랑은 개미! 자연에 심취해서 사진 찍고, 책 읽고, 낮잠 자

며 놀기만 하는 나는 베짱이다. (5. 29.(월) 일기)

❖ 지은이를 위한 기도

많은 신경을 써서 편집한 도서 『함께 쓰는 수학 일기』가 택배로 왔다. 함께 글을 쓴 학생들에게 책을 나눠주고 소감을 나누는 출판 기념회를 할 장소를 알아봤다. 퇴직했는데 학교에서 하는 것은 부담스러워서, 학교 앞 '가족 어울림 센터'로 예약하고, 같이 일기를 썼던 수학 동아리 학생들에게 안내했다.

클라리넷을 전공하는 지은이 연주 영상이 유튜브에 여러 개 올라와 있어서 매일 본다. 들을수록 더욱 좋아지는 클라리넷 소리다. 요즘 연주회가 많아서 입술이 자꾸 튼다고 한다. 면역력이 떨어져서 그럴 수 있다니 걱정된다. 페이스톡으로 통화를 했더니, 아프지는 않고 트는 것만 불편하다고 해서 다행이다. 너무 바빠서 운동할 시간이 없어 집에서 실내 자전거를 타고, 못 가던 수영도 다녀왔단다.

지은이는 레슨보다 자기가 연주하는 걸 좋아한다. 한국에서는 아이가 흥미가 없어도 부모가 억지로 시켜서 재미가 없었던 것 같은데, 독일에서는 본인이 하고 싶어 하고, 억지로 하기보다는 즐겁게 하는 분위기라고 한다. 클라리넷을 배운 지 2년이 넘은 아이가 한 곡을 마쳐서 부모님 앞에서 연주했는데, 지켜보던 아빠가 우리 아이가 이런 곡을 연주한다는 것에 감동해서 울기까지 하셨단다. 서로 즐기는 레슨 시간을 보내며, 이제는 레슨의 즐거움을 느낀다니 내가 기분이 좋다.

이번 주 목요일에는 연주회가 있단다. 6월은 한 주에 두 번씩이나 연주회가 있어서, 새로운 곡을 연습해야 하고 리허설과 연주회 하느라 너무 바쁜 시간을 보내는 지은이를 위해 더욱 기도해야겠다.

(5. 30.(화) 일기)

❖ 「길 위의 인문학」 참가

신랑이랑 충남도서관에서 추진하는 「길 위의 인문학」에 참가했다. 오전에는 특강이 있고, 오후에는 당진 기지시줄다리기 박물관, 영탑사, 면천 두견주 전수 교육관, 면천읍성 객사를 탐방했다. 우리나라의 지역별 줄다리기와 여러 나라의 줄다리기하는 줄과 풍속을 새롭게 알게 되었다. 2015년에 한국, 베트남, 캄보디아, 필리핀 줄다리기가 인류무형문화유산으로 등재되었단다.

오후 탐방 중 가장 인상적인 것은 1,100년이 되었다는 은행나무였다. 다른 씨가 날아와서 은행나무 가지에 뿌리를 내리고 더불어 살고 있단다. 지지대를 받친 모습이 마치 지팡이를 짚고 선 할아버지 같은 안쓰러움과 삼국 시대부터 살아오던 사람들 모습과 삼국 통일된 고려 시대부터 우리 역사를 지켜보았을 장엄함이 느껴졌다.

(5. 31.(수) 일기)

6월 일기

❖ **출판 기념회 및 평가회**

출판한 책 저자 12명이 모였다. 학교 수업을 마친 학생들이 두서 넛씩 모여서 오는데 너무 반가웠다. 고등학교에 진학한 학생들까 지 모두 와서 출판한 책을 펼쳐본다.

은혜가 학생들에게 줄 음료수를 사주고, 전은경 쌤 남편분이 맛 있는 케이크를 만들어 보내주셔서 먹는 즐거움까지 추가되었다. 그동안의 이야기와 출판에 대한 소감을 나누고, 칠판에 롤링페이 퍼를 작성했다. 학생들이 신기해하고 기뻐하면서, 한편으로는 더 잘할 걸 하며 쑥스럽다고 한다. 이런 경험이 삶의 귀한 주춧돌이 될 것이다. (6. 2.(금) 일기)

❖ **오빠 어깨너머로 배운 독후감 쓰기**

큰고모님이 구순이라 친정 식구들을 모두 초청해서 축하 시간을 가졌다. 고모님 세 분과 자녀들과 손주들까지 하니 30여 명으로 풍 성했다. 집안의 대표들이 큰고모님과 관련된 추억담 하나씩을 이 야기하니 더욱 화기애애한 분위기였다.

은혜가 루이, 루아에게 주말인데 어디 가고 싶냐고 했더니, 도서 관에 가고 싶단다. 도서관 2층 갤러리에 그림 전시회에 가서 "전시회 잘 보고 갑니다."라고 방명록에 감사의 글도 남겼다. 실내에서도 읽고, 바깥으로 나와서 솔바람과 함께 맑은 공기 마시면서도 읽었다.

독후감 노트를 꺼내서 루이가 학교 숙제를 하고 있다.

루아: 오빠 독후감이 뭐야?

루이: 책을 읽고 느낌과 생각나는 것을 쓰는 거야.

오빠 노트를 열심히 들여다보더니 A4 용지를 꺼내서 오빠 노트처럼 줄을 죽죽 긋고, 『백설 공주』 읽은 독후감을 쓴다.

"백설 공주가 토끼를 조아하는 것 갔았어요. 사과가 생각났어요." 한글을 전혀 가르쳐 주지 않아서 소리 나는 대로 쓴다. 느낌은 '토끼를 좋아하는 것 같다.', 생각나는 것은 '사과가 생각났다.'이다. 오빠 말을 충실하게 따랐다. 오빠 어깨너머로 배운 루아의 첫 독후감이다. (6. 3.(토) 일기)

❖ 밭을 개간하여 생강을 심다

시장에서 생강을 샀다. 올해 처음으로 생강을 심으려고, 생강 파시는 할머니께 심는 방법을 여쭈어서 배웠다.

생강을 바로 밭에 심을 여건이 아니다. 산 밑에 땅을 개간해서 생강밭부터 만들어야 한다. 더구나 밭을 만들 곳까지 가는 길에는 풀이 너무 많아서 예초기로 풀을 깎아야 한다. 긴 풀이 잘려서 날아오고, 돌도 튀어 오르니 복장을 무장하고 보호용 마스크를 써야 한다. 돌멩이가 많고, 나무뿌리가 깊고 커서 사람의 힘과 삽만으로 감당하기에는 너무 버겁다. 농기구로 흙을 더 부수고 밭을 갈아서 제법 밭 모양이 나왔다. 생강을 심고, 그늘을 좋아한다고 해서 풀로 덮어

주었다. 마지막으로 낫을 갈아 두는 것으로 오늘 작업 완료다.

힘든 작업을 마치니 그제야 세상이 눈에 들어온다. 다양한 색깔과 모양의 예쁜 꽃들이 많이 피었다. 보랏빛 엉겅퀴, 미색 초롱꽃, 진분홍 삼색 조팝, 노란 감꽃, 하얀 어성초꽃이 만발했다. 흰 앵두, 자두, 산수유, 산딸기가 열리고 길에는 뱀딸기가 얼굴을 내밀었다. 초록으로 물든 산속에 꽃과 열매의 향연이 벌어졌다. (6. 5.(월) 일기)

❖ 손주들과 함께 부르는 노래

공휴일이라 루이, 루아가 농장에 가고 싶단다. 농장에 준베리가 아직 안 익었을 거라고 예상했는데, 예년보다 기온이 높아서 벌써 익었고, 수확의 적기였다. 루이가 어렸을 때 준베리를 잘 먹어서 아껴두며 잘 챙겨 먹였었다.

나무가 너무 커 손이 닿지 않아 준베리 가지를 잘라서 땄다. 루아는 쉬지 않고 열심히 준베리를 땄고, 루이는 전지가위로 나무를 타고 올라가는 넝쿨 자르는 일을 더 좋아했다. 준베리를 따면서 다 같이 노래하니 더 즐거웠다.

"내가 서 있는 곳 어디서나 하나님을 예배합니다. 내 영혼 거룩한 은혜를 향하여, 내 마음 완전한 하나님 향하여, 이곳에서 바로 이 시간, 하나님을 예배합니다. ♬"

준베리를 수확하는 자리, 그곳이 바로 예배 자리였다.

계곡에서 물총 놀이 하고, 간이침대를 무대 삼아 춤추고, 승진이가 그늘막과 텐트를 쳐줘서 낮잠도 잤다. 정자에 있으면 시원한 바람이 온몸을 시원하게 감싸주고 새들의 지저귐과 계곡의 물소리, 초록으로 물든 나무들의 휘파람 소리가 공연장 같다. 사위와 손주들과 함께한 농장이 로열석이다.

흰 앵두가 익어서 땄다. 가족 단톡방에 흰 앵두 사진을 올렸더니, 정훈이는 "메추리알이 나무에 달렸네!", 지은이는 "진주가 나무에 달려?"라고 반응한다.

루아가 "오늘 수확이 많았네!" 한다. 수확이 뭐냐고 했더니, "땅에서 캐거나 나무에서 따는 거지"란다. 어려운 용어인데 유치원에서 배웠나 보다. (6. 6.(화) 일기)

❖ 2차 「길 위의 인문학」 참여

충남도서관 「인문학 기행」을 신랑과 함께 참가했다. 오전에는 국가 숲길에 대한 강의, 오후에는 이응노 생가, 충의사, 예산 석조사면불상, 면천읍성, 당진 솔뫼성지를 탐방했다.

국가 숲길에 대한 다양한 정보를 접하게 되었고, 우리 지역을 해설사와 함께 탐방하는 의미 있는 프로그램이었다.

탐방 중 누렇게 익은 밭을 두 곳이나 보게 되어 관심이 쏠렸다. "보리밭이다.", "밀밭이다."라며 토론했다. 결국 한 사람이 껍질을 벗겨서 밀밭으로 확인됐다. 그러자 밀밭에 대한 추억담이 쏟아진다. 탐방의 주제와 관련 없이 「길 위의 인문학」은 또 다른 이야기가 만들어진다. (6. 7.(수) 일기)

❖ 손자와 탁구를 치다

루이가 아파트 안내 게시판에서 "커뮤니티 센터에 탁구장이 있어서 누구나 칠 수 있다."를 봤단다. 엄마보고 탁구 치러 가자, 아빠보고 탁구 치러 가자고 한다. 할아버지가 듣고, "할머니랑 가는 게 좋지." 한다. 그래서 만사 제쳐두고 장롱 속에서 긴 세월 잠자고 있던 라켓을 꺼내서 커뮤니티 센터 탁구장으로 갔다. 루아도 간다고 덩달아 따라나섰다.

루이에게 라켓 잡는 법, 서는 자세, 서브 넣는 법, 공을 치는 법 등을 설명하고 반복 연습을 시켰다. 루아가 심심할 것 같아 루아에게 공을 보내며 노는 동안, 루이는 계속 서브 연습을 한다. 날씨가 덥지만, 루이가 탁구를 배우고 싶은 열기가 더 뜨겁다. 초등학교 때 운동을 전문 코치한테 배우는 게 행복 티켓을 구매하는 거나 마찬가지다. (6. 11.(일) 일기)

❖ 6월의 매력 산딸기

산딸기는 1년에 딱 열흘 정도만 열매를 맺기 때문에 이 시기를 놓치면 싱싱한 산딸기를 맛보기가 쉽지 않다. 뙤약볕에, 가시에, 힘든 여건 속에서 산딸기를 땄다. 식구들 모두 맛있다며 잘 먹는다. 주변 사람들과 나눠 먹으려고 루이, 루아에게 아파트에 사는 친구들 집에 산딸기 배달을 시켰더니, 방문한 집마다 반겨주는 것이 좋았는지 계속 산딸기 배달을 가겠다고 한다. 어릴 때 이웃집 여기저기에 떡을 돌리던 기억이 난다. 아파트에서도 그렇게 나눠 먹을 집이 많아서 좋다!

우리 아파트에서 애완동물로 거북이를 키우시는 분이 있다. 아프리카에서 온 거북이라 날씨가 27도 이상이어야만 밖에서 산책시킨단다. 기온 탓으로 못 나오다가 처음으로 산책을 나와서 아파트 꼬마들이 난리 났다. 먹이는 치커리잎과 민들레잎만 먹는단다. 루아를 비롯한 아이들이 아파트 화단에서 민들레 뜯어다가 먹이 주고 조심조심 거북이 등에 손을 대본다. (6. 18.(일) 일기)

❖ **커팅플로터 연수 참가**

두꺼운 종이나 비닐 등을 아주 섬세하게 자를 수 있는 커팅기 연수를 여러 번 도전했었다. 신청 기간 첫날에 못 하면 이미 신청 인원 마감되었고, 출석 못 하는 사람이 생기면 참가할 수 있는 대기자였다. 두 번을 대기자로 있었으나 기회가 없었다. 이번에는 신청 첫날에 접속해서 겨우 신청했다.

커팅기로 하트 퍼즐과 스트링아트 용도로 두꺼운 종이를 잘라서 탄자니아, 시리아 등으로 선교 나갈 때 수학 체험 활동하는 게 목표다. 잉크스케이프와 일러스트를 할 수 있어야 한다. 이번 기초과정은 개념 설명만 했고, 중급은 4회에 걸쳐 프로그램 사용법을 연수한단다. (6. 20.(월) 일기)

❖ **무너진 계곡 지키기**

물길이 보이지도 않고, 전기도 들어오지 않으며, 당연히 핸드폰이 터지지도 않는 산속에 농사를 짓겠다고 밭을 개간했었다. 어찌나 서툴지 오이 모를 사서 열심히 키워도 열매 맺어 따 먹어본 오이가 몇 개 없다. 그래도 봄이 되면 기대에 부풀어 신나게 물 주고 풀 뽑는다. 작년에 옥수수를 심고 이번에는 수확하리라 기대에 찼는데, 멧돼지가 와서 단 1개도 안 남기고 다 먹었다.

억새에 묻혀서 보이지 않던 물길을 찾아서 큰 돌로 서툴게나마 Y자형 계곡을 만들었다. 그런데 지난여름 폭우에 계곡의 틀을 잡아주었던 큰 돌이 무너졌다. 계곡의 형태는 바뀌었고, 물길의 폭이 좁아졌다. 농장 만들던 초기에는 포클레인으로 큰 돌을 세웠지만, 그때 만든 다른 계곡을 거쳐야 하고, 그때 심었던 나무들이 많이 자라서 포클레인을 진입시킬 수 없다.

더 큰 걱정은 큰 돌이 무너지니 계곡 바로 옆에 심은 나무들이다. 올해 또 폭우가 내리면 든든히 막아주던 돌이 없어서 흙이 금방 무너져 내릴 것이고, 결국에는 주변 나무들이 쓰러질 것이다. 그렇다고 큰 돌을 다시 일으켜 세울 힘은 없다.

해결책은 시멘트로 틈을 메워야 한다. 허물어지려는 흙담과 쓰러진 큰 돌 사이에 작은 돌멩이를 넣고 시멘트를 물에 개어서 채웠다. 그렇게 메우는 작업을 며칠째 하고 있다. 체력에 한계가 있어서 하루에 할 수 있는 만큼만 하고 있다. 내가 할 수 있는 일은 오로지 여기저기 작은 돌멩이를 모으는 일뿐이다. 신랑은 시멘트 1포대가 40kg인데, 그것을 등에 지고 계곡이 있는 곳까지 나르는 일이 너무 힘들어서 하루에 3포대씩만 하고 있다. 장마가 시작되기 전에 마쳐야 한다.

산 중턱에 매우 큰 참나무가 항상 말을 건넨다. 소나무들이 손을 흔들어 환영해 준다. 시기마다 피어나는 산속의 풀과 꽃들이 예쁘다. 그래도 계곡이 있어야 더 푸근하다. 계곡아, 잘 버텨주렴.

(6. 21.(수) 일기)

❖ 서툰 농부의 즐거운 탄성

봄이 되면 꿈에 부풀어 씨앗과 모종을 산다. 풀을 뽑고 땅을 부드럽게 일군 후 쑥갓 씨앗을 뿌렸었다. 아무리 기다려도 싹이 나오지 않더니, 드디어 하나님이 햇볕과 비와 바람으로 씨앗 속에서 잠자던 쑥갓을 불러내셨다. 풀이 더 많아서 숨은 그림 찾듯이 풀 속에서 겨우 쑥갓을 찾았다.

아침부터 농장에서 무너진 계곡의 돌쌓기 작업하고, 이어서 따가운 햇살 받으며 산딸기 따고, 귀가해서 간단한 점심 먹고 14시에 출발해서 당진문예의전당으로 연극 공연을 보러 갔다. 늦을세라 마음이 급한데, 도로에 신호등이 너무 많고 신호 대기는 길어서 아슬아슬하게 도착했다. 연극 「늘근도둑이야기」는 위트 넘치는 개그로, 서툰 농부의 지친 하루를 날려버리는 웃음과 감동 가득한 공연이었다. (6. 24.(토) 일기)

❖ 딸 같은 아들, 딸 같은 며느리

바쁜 일정 중에도 정훈이네가 한 달에 한 번씩은 찾아와서 너무나 반갑다. 이번 달에는 루이네가 가족여행을 떠나 지호가 심심할세라 걱정했는데 오자마자 장난감을 꺼내서 혼자서도 잘 논다. 가위가 어디 들었는지도 알아서 척 꺼내고, 자기가 잘 갖고 놀던 병아리도 찾아서 논다. 정훈이가 자기 집에 발 디딜 틈이 없다며 더 큰 집으로 이사 가야 할 것 같다는 말이 실감 난다. 지호가 온갖 장난감을 꺼내서 방 안 가득히 섞어놓고 논다. 여러 종류의 장난감으로 융합한 놀이가 아이들의 상상력을 더 길러주니 맘껏 놀게 해줬다.

요즘 한창 색종이 접기에 빠져서 희원이가 가방에 색종이를 챙겨 다닌다고 한다. 비행기를 제일 먼저 접더니, 로켓, 딱지, 종이배를 대충 꾹꾹 누르는 것이 아니라 야무지게 꼭꼭 접는다. 공간 감각이 있고, 손이 야물다.

날씨가 더워서 시원한 냉면 먹으러 갔더니 식당 밖에 대기자가 너무 많았다. 그래서 다른 식당으로 갔더니 식당 안에 대기자가 가득하다. 수다 떨며 기다렸다가 냉면을 먹고 카페로 갔다.

지호는 카페 내부가 마음에 들었는지 여기저기 둘러보며 깔깔 웃으며 놀면서 사진을 찍었다. 집에 와서 또 장난감을 가득 꺼내놓고 놀이를 한참 했다. 저녁 먹고 나자, 희원이는 장난감을 정리하고, 정훈이가 깔끔하게 청소한다. 주변 사람들이 말한다. "딸은 집에 오면 집 정리를 싹 해주고 간다." 우리는 아들이 와도 집 정리를 싹 해주고 간다. 딸 같은 아들이다! 딸 같은 며느리다! (6. 25.(일) 일기)

7월 일기

❖ **독일 여행 전날의 걱정거리**

아침 식사하는데 어금니가 이상하더니 밥을 거의 다 먹었을 때 뭔가 덩어리가 있었다. 어금니 씌운 것이 떨어졌다. 내일 독일로 출발해야 하는데, 이를 치료하느라 못 가게 되려나, 아니면 이가 불편한 것 참고 16일간을 보내야 하는지 걱정되었다. 휴지에 싸서 치과에 갔더니 떨어져 나온 것을 금방 붙여준다. 걱정거리를 해결한 의술이다. (7. 1.(토) 일기)

❖ **바로 이 맛이야!**

비는 멈췄으나 습도가 높아서 후덥지근하다. 낮에는 못다 읽은 조용기 목사님의 『제3의 눈, 영의 눈』 책을 읽었다. 금방 읽고 끝내고 싶지 않아서 매일 조금씩 읽고 있다.

큰고모님 댁에 물받이 수리하려고 신랑이 친구를 불러서 같이 고치고 왔다. 큰고모님이 고기 육수랑 과일 등 맛있는 것을 보내주셨다.

저녁 식사 후에 홍예공원 산책하려고 하니, 루아가 같이 가겠다며 킥보드를 타고 따라나선다. 루아는 바닥에 줄만 보면 달리기 시합하자고 해서 또 한참을 뛰었다.

도중에 하늘을 보더니, 까만 밤이 아닌 낮인데 달이 나왔다며 계속 신기하다며 본다. 비가 많이 와서 하천에 물이 많이 흐르는 것을 보더니, "물은 몇 살이에요?" 예상치 못한 질문이라 답변을 못했다.

한참 가다가 다리 아프다며 업어달라고 해서 할아버지 등에 업혔다가 땀이 나서 축축하다며 킥보드를 타고, 다시 힘들다고 해서 내가 업었으나 무더위에 뛰었더니 힘이 들었다. 은혜한테 차를 가지고 공원으로 와달라고 하고, 셋이 나란히 긴 그네를 타며 기다렸다. 루아가 할머니 무릎 베고 다리는 할아버지한테 올리고 누워서 말했다. "좋다! 바로 이 맛이야!"

행복한 웃음을 하늘 가득 날렸다. (7. 24.(월) 일기)

❖ 무더운 여름나기

루아의 수족구병이 가라앉자, 루이에게 증세가 나타났다. 주일학교에서 수영장 간다고 손꼽아 기다렸는데, 사람들 많이 모이는 곳에 가면 안 될 것 같아서 포기하고, 은혜네 식구들이랑 농장에 계곡으로 갔다. 요즘 비가 와서 물이 많고 그늘이라 시원해서 저녁 늦게까지 놀았다.

신랑은 어제부터 시동생과 아로니아밭에 풀을 예초기로 깎았다. 날씨가 너무 더워서 오전만 했다. 시동생이 아버님 댁에 심은 옥수수가 익었다며 따 와서 찜통에 쪄서 먹었더니 너무 맛있어서 배부른데도 계속 먹었다. (7. 29.(토) 일기)

❖ 지구 환경을 지키자

연일 폭염 경보다. 캐나다 산불이 연일 계속되는데 끄지 못하고 있고, 그리스 산불도 피해가 엄청 크다고 한다. 폭염이 산불의 원인이고, 또한 산불로 인한 이산화탄소와 메탄의 발생이 지구온난화에 영향을 줘서 지구 기온이 상승하여 폭염을 겪는 악순환이 된다.

유튜브로 드리던 예배를 오늘부터 현장 예배로 드렸다. 오랜만의 출석이라 앞쪽에서 예배드리고 싶었으나, 차가운 에어컨 바람에 등이 꽁꽁 얼어서 뒷자리로 이동했다. 얼었던 등이 예배 마치고 햇볕에 주차한 후끈한 의자에 앉으니 녹았다.

루이가 많이 커서 빨래 갤 때 은혜 것인지 루이 것인지 헷갈린다. 은혜도 때로는 루이 바지를 입고 다닌다고 한다. 지은이가 입었던 티셔츠나 정훈이가 입었던 옷도 주인을 구분하지 않고 입는다. 헌 옷이라 남한테 주기는 미안하고, 버리면 쓰레기를 발생시키니 내가 입으면 오히려 지은이와 정훈이가 곁에 있는 것 같다.

허리 사이즈와 취향이 비슷한 승진이와 신랑 옷도 구분하기 어렵다. 청바지를 개다가 누구 것인지 몰라서 둘에게 물었더니 둘 다 모른다. 그래 아무나 입으면 어때! 같이 살면서 같이 입으면 되지. (7. 30.(일) 일기)

❖ 수학 클리닉 강의

충남교육연수원에서 수학 1급 정교사 자격 연수에서 수학 클리닉 강의 요청이 있어서 갔다. 너무 오랜만에 하는 강의라 걱정이 살짝 되었지만, 강의를 시작하니 예전의 분위기가 살아나서 즐거웠다.

수학 클리닉에 대한 개념과 사용법을 설명하고, 클리닉을 하지 않아도 되는 예방으로, 수업이 변화되어야 하기에 '나도 선생님 프로젝트, 협력학습, 함께 배움' 방법을 설명하고 사례를 보여주었다. 클리닉 상담했던 경험으로 알게 된 학생들의 고민 사례를 제시하고, 실제 상담하는 실습 시간도 가졌다.

신랑은 나를 태워다 주고 기다리는 사이에 공산성을 걸었다. 저녁을 먹고 좀 시원해진 7시경 홍예공원에서 산책했다. 걷는 게 건강을 유지하는 보약이다. (7. 31.(월) 일기)

8월 일기

❖ 언제봐도 즐거운 만남

오랜만에 정순이 부부와 만났다. 정갈하고 맛있는 장어로 점심 식사 후 정순이가 관장으로 있는 노인종합복지관으로 갔다. 건물 중앙으로 자연광인 햇볕이 비춰서 전체가 환했고, 층마다 예쁜 소품을 비치하는 등 구석구석 세심한 손길로 따사로운 분위기였다. 차를 마시면서 그동안 살아온 이야기와 내년에 일본 자유여행 계획을 나눴다.

복지관을 둘러봤더니 노인들이 건강하게 살아가는 건강 수명을 늘리기 위한 정책과 다양한 시설이 갖춰져 있었다. 노인들이 오고 싶은 곳으로 자리매김한 정순이의 손길과 마음이 느껴졌다.

(8. 2.(수) 일기)

❖ 추억을 소환하고 토닥토닥

영미 쌤이 벤츠를 샀다고 해서 시승식으로 드라이브를 했다. AI가 운전을 편하게 해주는 기능이 있고, 차 내부가 화사하다. 시승 기념으로 막국수를 사주신다고 해서 유명한 맛집으로 갔다. 50분 기다릴 만한 가치가 있게 정말 맛이 좋았다.

정미소 하던 곳을 개조한 카페에 갔더니, 정미하던 기계를 비치해서 정겨운 분위기였고, 천장이 매우 높아서 떠들어도 시끄럽지 않았다. 서로의 추억을 소환해서 이야기를 나눴다. 영미 쌤은 생각지도 않았던 벤츠를 사게 된 이야기, 연자 쌤은 대학에서 무용하던 추억, 나는 배드민턴하던 기억을 떠올려서 나누었다. 잊고 지냈던 옛이야기를 나누면서 남은 생을 집착하지 않고 살아가자고 했다. 자신의 삶을 그대로 드러내면서 스스로 위로받고, 서로를 품어주었다. (8. 3.(목) 일기)

❖ 도서관에서 보낸 하루

은혜가 매일 충남도서관에 간다. 시원하고 집중도 더 잘된다고 한다. 그래서 루아는 유치원 보내고 루이랑 셋이 도서관에 갔다. 『가난한 사람이 더 합리적이다』라는 책인데, 경제 이야기라 집중하기 어려워서 일부러 가져갔다. 이 더위에 추위가 느껴져 챙겨간 잠바를 입고 읽었는데, 정말 집중하기 좋았다. 한편으로는 이렇게 낮은 온도로 에어컨을 가동하여 지구온난화가 가속될 것 같아 걱정되었다.

도서관 식당 점심 메뉴로 돈가스는 매진되어서 떡국으로 먹었다. 높은 의자에 앉아서 파란 하늘과 뭉게구름 뭉실뭉실한 풍경을 보면서 식사하는 것도 꽤 즐거웠다.

1층 어린이 코너에 빈 좌석이 없고, 심지어 유아실도 아기들을 동반한 부모들이 많고, 구석구석 사람들이 꽉 찬 도서관에서 저녁때까지 꽉 찬 하루를 보냈다. (8. 4.(금) 일기)

❖ **호국원에서 아버지, 엄마와 나눈 이야기**

아버지 기일에 태풍이 우리나라에 상륙할 것 같다는 예보가 있어서 미리 다녀왔다. 아버지와 엄마가 계신 호국원 주변 산에 나무들이 더 자랐고, 새들의 노랫소리 들리고, 하늘은 파랗고 구름은 뭉실뭉실해서 내가 위로받는 듯했다.

"규환네 식구들 믿음 생활 잘하고 있고, 은혜와 정훈이 부부 건강하고, 증손주들 예쁘게 크는 모습도 보고 계시지요. 지은이 연주하는 것 들으셨지요. 살아 계실 때 헌신적으로 보살펴 주심에 감사해요. 하늘에서도 계속 지켜봐 주세요."

예전에 맛있게 먹었던 추억의 콩국수 식당에 갔더니 여전히 맛있었다. 양이 너무 많지만, 맛있어서 모두 먹고 덕분에 저녁 식사는 들어갈 자리가 없었다. (8. 7.(월) 일기)

❖ 몸에 나쁜 것은 먹지 않기

은혜는 서울에서 교육, 루아는 유치원 돌봄 프로그램, 신랑은 농장에 가고, 나랑 루이만 남았다. 루이는 문제집을 풀고, 난 책을 읽었다. 맘껏 책을 보는 시간이 좋아서 이렇게 행복을 누려도 되나 싶기도 하다.

4시에 유치원에서 루아를 데리고 충남도서관에 가서, 루이는 보드게임 활동에 보내고, 신랑은 3층에서 책을 보고, 나랑 루아는 1층 유아실에서 루이가 마치는 6시까지 있었다.

루아가 배고프다고 해서 2층 카페에 가서 초코케이크를 사준다고 했더니 "엄마가 몸에 나쁜 것 먹지 말라고 했어."라며 안 먹겠단다. 교육문화동 매점에 가서 먹고 싶은 것 고르라고 했더니 여전히 엄마가 몸에 나쁜 것 먹지 말라고 했다며 아무것도 안 고른다. 그냥 물을 먹겠다고 한다. 배고픔을 참으면서 나쁜 것을 안 먹는 인내력이 대단하다.

2층 전시실에 갔더니 「홍성전통시장 사람들」이라는 주제로 어반드로잉 전시회가 있어서 루아랑 감상했다. 루아에게 가장 마음에 드는 그림을 고르라고 했더니 5개를 골랐다. 그냥 스쳐 가면서 보는 것 같은데도 그 순간에 뭘 느꼈나 보다. 5개 고른 것이 모두

최미경 쌤 작품이다. 여러 명의 작품이 섞여 전시되었는데, 쏙쏙 골라내서 선택하는 걸 보면 같은 화풍을 감지하나 보다. 이번에도 역시 방명록에 "잘 보고 갑니다. 루아"라고 서명도 했다.

1층 유아실에서 책을 10권 읽었더니 루이가 활동을 마치고 왔다. 루이가 자기도 책을 고르고 싶다면서 3권, 루아 3권, 난 1권, 신랑 1권을 대출했다. (8. 9.(화) 일기)

❖ 3대가 같이 사는 빨래 이야기

빨래가 매일 해도 가득하다. 루이가 겨우 섰을 때부터 누군가 빨래 너는 걸 보면, 자기도 빨래 하나 꺼내서 탁탁 털어서 줄에 걸쳐 놓았다. 지금도 빨래를 널면 여러 명이 붙어서 한다. 신랑은 옷걸이에 윗옷을 걸어서 베란다에 널고, 루아는 양말 등 소품을 널고, 루이는 빨래로 놀이하듯 장난을 친다.

빨래를 갤 때 루아는 열심히 짝을 찾아준다. 여섯 식구가 두 켤레씩이면 벌써 24개니, 그렇게 짝만 찾아줘도 도움이 된다. 6명 각각의 옷장에 넣어주면 빨래 개는 일이 끝난다.

빨래를 개는데 루이의 장난기가 발동되었다. 내 덧신 양말을 신고, 모델 워킹 자세로 걸으면서 즐거워한다. 자기 양말과 다른 형태의 양말이 재미있나 보다. 그런데 은혜가 "엄마, 내 청바지가 없어." 하더니 루이 옷장에서 찾아간다. 아기 때는 구분이 되었는데 이제 비슷비슷해지니 헷갈린다.

"어! 그것 내 티셔츠인데."라고 했더니

"이것 시원해서 내가 입으려고."

"이것 내 것 아닌데, 누구 거야?"

"그거 내 것이다."

사위가 청바지가 없어졌단다.

"아버님, 옷장에 혹시 제 청바지 있나 봐주세요."

"어! 이것 내 것인데."

"어쨌건 저 오늘 입을 것 없어서 일단 입고 갈게요."

내 옷과 다른 형태의 옷을 보면서 익숙해지고, 다른 사람의 옷도 입어보며 이렇게 사는 것이 3대가 사는 즐거움이다. (8. 10.(수) 일기)

❖ **쑥쑥 성장하는 루이**

현장 예배드리고 와서 유튜브로 또 예배를 드리는 중에 정훈, 희원, 지호가 왔다. 루이가 지호랑 놀고 싶어서 외삼촌에게 "할머니가 일요일에 집에 오래요."라면서 나를 팔았단다. 다음 주에 오려고 했다가 당겨서 이번 주에 온 거다.

루이, 루아, 지호 셋이 점토 놀이, 유치원놀이, 호텔놀이, 보드게임, 인형 놀이 등 너무나 잘 논다. 도중에 바둑알로 알까기를 하는데, 지호가 방법을 전혀 몰라서 루이가 설명을 해주었더니, 루아는 오빠가 지호만 챙긴다며 서운한 눈치다.

점심은 김치찌개, 고등어구이, 가지볶음으로 먹고, 저녁은 치킨으로 먹었다. 도중에 옥수수와 초코케이크 등 먹을 것이 가득해서 놀면서 계속 챙겨 먹었다. 루이는 이번에도 정훈이와 장기를 한판

두었다. 저녁을 먹으면서 근무하는 회사, 연구소, 학교생활 에피소드를 나눴다. 각자 바쁜 시간 중에 이렇게 식구들이 모여서 서로의 고민과 생각을 나누는 시간이 우리 삶에 시원한 샘물이다.

너무 많이 먹고 운동은 못 해서 정훈네 배웅하고 신랑과 루이랑 셋이 아파트 주변을 걸었다. 루이의 질문이 계속되었다. 고등어, 임연수어, 조기의 크기가 같을 때 가격이 어떻게 되느냐? 문어, 낙지, 오징어의 가격 비교, 새우, 꽃게의 가격 비교, 굴, 조개의 가격 비교 등등….

우리나라에 인구가 얼마나 느는지 줄어드는지 등 이야기가 점점 많아지더니 결국 집에 들어와서 통계청 국가통계포털을 검색해서 이것저것을 알아보았다. 1950년대부터 20년 간격으로 우리나라 인구의 증감과 남녀의 비율, 각 나라의 평균 연령, 우리나라 성씨별 사람 수, 지능의 비교 등…. 루이의 호기심과 관심이 아주 많고, 생각하는 것도 기발했다. 특히 우리나라에 성씨 중에 김, 이, 박, 최씨 순으로 인구수가 많을 거라는 예측은 아주 정확했다. 검색하다가 눈에 띈 사이트에서 지능검사를 40분간 몰입해서 했다. 루이가 키만 크는 것이 아니라 생각도 쑥쑥 크고 있다. (8. 13.(일) 일기)

❖ **루아와 달리기 시합**

은혜네가 이사 갈 집에 가구들이 시간차로 배달되어 은혜는 계속 대기하고 있고, 루아는 유치원 가고, 루이는 엄마가 준 문제집을 혼자서 풀고 만화로 된 삼국지 보고, 게임도 하면서 보냈다. 엄마가 오면 피아노 학원 간다고 말하려고 계속 기다리다 늦게서야 피아노 치러 갔다. 아직도 엄마에게 자신이 하는 것을 다 이야기하고 싶은 걸 보니 아기 같다.

저녁 식사 후 신랑이랑 홍예공원 산책하러 간다고 했더니 루아가 따라나섰다. 루아는 킥보드를 타고 가다가 바닥에 가로줄 무늬만 보면 달리기 출발선이 연상되는지 달리기 시합하자고 해서 이 무더위에 오늘도 달렸다. 지는 게 용납 안 되는 루아이기에 항상 조금의 차이로 져주어야 한다. 그것도 져주는 표가 나지 않게 힘들게 뛰고 아슬아슬하게 져야 한다. 그렇게 세 번을 이기더니 내가 안쓰러운가 보다. "이번에는 내가 천천히 뛰어서 져줄게." 하더니 정말 천천히 뛰어서 할머니 기를 살려 준다. 루아랑 공원에 가면 이렇게 여러 번을 달리느라 땀이 흠뻑 난다. (8. 14.(월) 일기)

❖ 계곡에서 보낸 시원한 여름나기

공휴일인데 승진이는 근무란다. 남아 있는 가족들끼리 어디를 갈까 상의하다가 농장에 갔다. 오랜만에 갔더니 그동안 비가 자주 와서 계곡에 물이 많았다. 야외용 의자 3개와 긴 테이블을 놓고 옥수수와 빵을 먹으며 물놀이했다. 계곡 속 나무 그림자 아래에 의자 놓고 앉아서 발을 담그니 너무 시원했다. 매미 소리와 계곡 물소리로 귀가 즐겁고, 잠자리, 나비 등이 날아와서 춤을 추며 눈을 즐겁게 했다. 루아에게는 깊은 곳이 있어서 튜브를 타고 놀게 하고, 비치볼을 던지고, 바닥에 돌을 주워서 게임을 하는 등, 즐거웠던 하

루를 가득 사진에 담아 가족 단톡방에 올렸다. (8. 15.(화) 일기)

❖ 만남으로 마음 연결하기

성숙이를 봐야겠다는 생각이 너무 강하게 일었다. 교회 일로 너무 바쁜 성숙이지만 최소한 점심은 먹을 것 같아서 내가 기차 타고 목포로 내려가서 점심만 먹고 오려고 마음먹었다. 돌아오는 기차표를 예매하려면 성숙이 일정에 맞춰야 하기에 전화했더니 장거리 왔다가 금방 가면 서운하다며 자고 가라고 한다.

기왕이면 종옥이와 경숙이도 만나자고 한다. 너무 오랜만에 전화해서 당장 내일 만나자고 했더니, 경숙이는 의사가 잠을 많이 자라고 했다며 컨디션 조절 중이란다. 종옥이는 갑작스러운 요청에 일정을 조정하느라 답하지 못했다. 여러 번 카톡이 오가면서 저녁이 되어서야 목포에서 만나기로 했다. 결국 돌아오는 일정은 다음 날 새벽 첫차로 올라오기로 했다. 갑작스러운 추진이지만 모두 보게 된다니 벌써부터 설렌다.

전은경 쌤, 노가연 쌤이랑 카페에서 만나 합력하여 선을 이루는 믿음 생활 이야기로 마음이 연결되었다. 반가운 얼굴을 맞대고 소나무 숲 전망을 바라보니 현재의 순간에 감사함을 느꼈다. 맛집 순례하자며 우렁쌈밥을 먹었는데, 입안 가득한 싱그러운 풍미로 즐거웠다. 겨우 두 달에 한 번 만나지만 서로의 삶을 토닥이는 기다려지는 시간이다. (8. 16.(수) 일기)

❖ 10년 만의 만남

8시 기차 타고 출발하여 익산에서 호남선으로 갈아타고, 기차 안에서 종옥이와 경숙이를 만났다. 옛 모습만 기억하니 할머니가 된 서로를 얼른 알아보지를 못했다.

성숙이가 목포 맛집에서 주꾸미와 전복의 특별 요리를 사줘서 맛있게 먹었다. 그동안의 회포를 다 풀어내기에는 너무 짧은 시간이라 대추 생강차, 무화과, 빵으로 그리움을 채워가며 소녀 시절의 과거와 노년이 된 현재의 삶을 나눴다.

경숙이가 개인 사정으로 먼저 집으로 가게 되어 기차역에 데려다주고 오다가 목포 해상케이블을 탔다. 낙조에 물든 바다, 섬, 산, 도시가 너무나 아름다웠다. 바닷가 산책로를 걸으면서 서로의 이야기는 더욱 깊어졌다.

우리 삶에는 수시로 문제가 다가오며 그것을 해결하며 사는 것이 인생이고, 문제를 믿음으로 푸는 우리는 크리스천이다. 중고등학교 때 늘 함께했던 친구들인데, 결혼하고 경숙이는 서울, 종옥이 청주, 성숙이 목포, 나는 홍성 이렇게 동서남북으로 흩어졌다. 눈앞에 삶을 치열하게 사느라 만날 여유가 없어서 마지막으로 함께 만났던 것이 10년 전이다. 할머니가 되어 만났지만, 다시 50년 전 그때로 돌아가서 이야기를 나누며 밤이 깊어 갔다. (8. 17.(목) 일기)

❖ 틈을 메우는 긴 대화

믿음으로 엮였던 우리가 못 만난 시간이 길어서 할 이야기가 너무 많았다. 못 만남으로 생긴 틈을 메우려는 긴 이야기로 밤을 보냈다. 교회에서 중추적인 일을 하는 성숙이, 성경 통독 모임을 이끄는 종옥이, 교회에서 여러 가지 활동하는 경숙이에 비해 나만 봉사를 못 하고 있다. 앞으로는 1년에 한 번씩은 만나자고 했다. 번개처럼 갑자기 만날 날이 정해져도 아무도 아프지 않고 만날 수 있었으면 하는 마음이다. 교회 일로 바쁜 성숙이의 일정에 맞춰 새벽 5시 20분에 일어나서 성숙이가 목포역으로 데려다줬다. 7시 기차를 타고 올라왔더니 10시에 은혜가 홍성역으로 마중 나와 있었다.

『겐샤이』 책을 가져가서 기차에서 짬짬이 읽고, 창밖을 많이 내다봤다. 루소가 인간다움을 회복하기 위해 자연으로 돌아가라고 했듯이, 시간 날 때마다 자연을 보며 닮아가려고 한다. 독일에서 기차 타고 여기저기 다니면서 보던 풍경이 생각나고, 독일의 숲과 나무가 그리워진다. (8. 18.(금) 일기)

❖ 이제는 여선교회 활동하자

여선교회 활동을 시작하려고 13여선교회 월례회에 참석하러 교회로 갔다. 엠마오 카페에서 예배를 드리고, 점심을 함께 먹었다. 예전부터 익숙한 회원과 낯선 얼굴도 있었다. 내일 우리 여선교회 헌신예배 준비로 찬양 연습도 했다.

기차 타고 다니고, 피곤해서인지 목이 아프기 시작했고, 목소리가 잠기기 시작한다. 하필 내일 몇 년 만에 헌신예배 참석해서 같이 특별 찬송해야 하는데 목소리가 안 나오고 기침이 자꾸 난다.

(8. 19.(토) 일기)

❖ 두 번째 코로나 감염

몸이 아파서 끙끙 신음 소리가 절로 나오는 상태로 겨우 눈을 붙였더니 잠을 잔 것 같지 않다. 혹시나 해서 은혜더러 코로나 자가진단 키트로 검사해 달라고 했더니, 우려했던 양성 반응이 나왔다. 얼른 아이들은 살림 준비가 안 된 이사 갈 빈집으로 보내고, 남편은 거실에서, 나는 안방에 있기로 했다. 주일예배에 참석하고 오후에 13여선교회 헌신예배 드리려고 했는데 누군가 길을 막고 있다.

열이 나서 계속 은혜가 해열제와 홍삼 가루를 줘서 먹고 있다. 바닥에 닿는 부분이 아파서 똑바로 누워도 옆으로 누워도 아프고, 앉아 있을 수도 서 있을 수도 없다. 책을 보거나 노트북으로 음악을 듣는 것조차 힘들었다. 신랑은 죽을 사다가 가득 담아서 주고, 쌍화탕을 끼니마다 주는 등 먹을 것을 넘치게 준다. 평소 내가 먹던 것의 3배는 되는 것 같다. 그래도 잘 먹어야 이길 것 같고, 나중에 후유증 없게 하려면 무조건 먹어야겠다고 생각되어 열심히 먹었다. (8. 20.(일) 일기)

❖ 시간아 얼른 흘러가라

목이 아프고 기침 나고 열나는 기본 증세는 견딜 만한데, 근육통이 가장 고통스럽다. 특히 침대에 닿는 부분이 모두 아프다. 똑바로 누우면 등과 엉덩이가 아프고, 오른쪽 옆으로 누우면 어깨부터

1. 가보지 않은 길　　**77**

옆구리가, 왼쪽 옆으로 누우면 왼쪽 어깨와 옆구리가 아파서, 자세를 바꿔 뒤척거리지만 아픈 위치만 바뀔 뿐이다. 그래서 앉으면 엉덩이가 아프니 바닥에 닿은 부분이 없게 서 있어야 한다. 서 있기는 너무 힘들다. 이러지도 저러지도 못하며 근육통이 얼른 지나가기를 기다린다. 부엌살림을 전혀 모르는 신랑이 죽을 데우고 반찬을 내오고 설거지를 열심히 하며 이것저것 챙기고 있다. 아무리 애를 써도 잠을 못 이뤄 밤을 꼬박 새웠다. 저절로 신음 소리가 나오기도 하고, 소리를 내야 버텨지기도 했다. (8. 21.(월) 일기)

❖ 평범한 일상생활이 축복이다

밤새 끙끙거리다 새벽녘에 잠이 들었다. 아침에 눈을 뜨니 통증이 없었다. 침대에 닿는 부분이 아프지 않다는 것이 축복이었음을 깨닫게 되었고, 평소의 삶으로 돌아옴을 감사했다.

견딜 만해서 성경을 통독하고, 충남도서관 E-Book 검색해서 『인간으로서의 베토벤』을 대출해서 노트북 화면으로 읽었다. 글자 포인트를 18로 크게 확대해서 읽으니 돋보기를 쓰고 책 보는 것보다 편리했다. 예전에 제목이 마음에 들어서 구매했다가 못 읽고 있던 『철학 수학』도 읽었다. 수학을 철학과 연결한다는 기대에 차서 읽다가 수학자 이야기만 나와서 미뤄뒀었다. 혹시 뒤쪽에서 철학과 연결되려나 기대한다.

루이는 학교 마치면 평소 습관대로 이사한 집이 아니라 이곳으로 오기에, 루이가 하교하고 오는 것을 기다리게 된다. 은혜가 유치원 하원 버스 기다렸다가 루아 데려와서 목욕시켰더니 평소대로 루아가 수건으로 감싸고 안방으로 자연스럽게 들어왔다. "할머니 아야 해서 아직 안방에 들어오면 안 돼." 하고 내보낼 수밖에 없는 여건이 얼른 끝났으면 좋겠다.

20일(일) 주일예배와 여선교회 헌신예배, 21일(월) 아름다운 동행 점심 모임, 22일(화) 앙상블 연습, 3개의 모임이 모두 무산되었다. 얼른 일상으로 돌아가야지. 평소와 똑같이 지낸다는 것이 축복이라는 걸 절실히 깨닫고 있다. (8. 22.(화) 일기)

❖ 『수학과 함께 걷다』 도서 출판

여러 번의 수정을 거쳐 드디어 『수학과 함께 걷다』라는 제목으로 두 번째 도서가 출판되었다. 책의 서문이다.

"수학은 아름답다. 색종이 1장으로 수십 가지의 문양을 접은 모양이 꽃밭 같고, 나무 막대로 여러 가지 패턴의 구를 조립하면 보석 같고, 연필이나 막대로 수학적 원리를 적용하여 멋진 입체를 만들면 별처럼 아름답다.

수학은 신비롭다. 불규칙한 도형으로 보이는 속에 규칙적인 패턴이 들어 있고, 원주가 지름의 3.1415926535…의 무한한 비율임을 알아내었다. 소수의 특성을 관찰하여 암호로 사용하고 있고, 애니메이션에 파도를 그리기보다는 방정식을 사용하면 실제 모습처럼 섬세하게 제작할 수 있다.

수학은 즐겁다. 스도쿠나 로직 등 수학적 문제 해결이 즐겁고,

하노이탑의 수학적 원리로 복잡한 길을 찾았을 때의 환희가 있다. 미래를 예측할 수 있고, 식을 여러 가지 방법으로 해결하는 통쾌함이 있고, 기하를 대수로 해결하고, 대수를 기하로 놀이처럼 즐기게 해준다. (중략)

수학 동아리(Math Love) 학생들은 수학에 흥미와 관심이 많고, 수학적으로 생각하는 것을 즐긴다. 그래서 수업 시간에 생각했던 것을 기록하고, 일상생활하면서 떠올랐던 수학적인 생각들을 공유했다. 수학 관련 대회 준비 과정과 결과에 대해서 공유하고, 수학 캠프, 동아리 활동, 수업 시간이나 개인 프로젝트 등을 나누고자 한다. 수학 동아리 활동 등으로 묻혀 있는 자신의 보물(잠재력)을 끌어올리고, 서로의 생각을 모아 공유하면서 동반 성장하리라 기대한다." (8. 24.(목) 일기)

❖ 털고 일어나다

코로나 격리 권장 기간인 5일이 지나서 오늘부터 해제다. 아직 기침이 나고, 가래가 있고, 목소리가 아직 안 돌아왔다. 먼저 대청소를 하고, 안방 이불을 모두 세탁했다. 문화원에서 중창단 연습을 했는데, 여전히 기침이 나서 소리 내기 힘들었다. 방 안에서만 5일을 지냈더니 햇병아리같이 일상이 어설프게 느껴진다. (8. 25.(금) 일기)

❖ 신뢰 사회로 가는 길

농장이 산속이고, 소나무와 참나무 숲으로 둘러싸인 정자에서 푹 자고 일어났더니, 오랫동안 고생하던 기침이 나은 경험이 있다. 기침이 안 가라앉아서 정자에서 자보려고 농장에 갔다. 눈앞에 감나무와 회양목이 넝쿨 식물에 덮여서 숨을 못 쉬는 것 같아 제거하느라 땀이 흠뻑 났다. 기침이 낫기를 기대하며 잠을 자려 했으나, 잠이 들지 않아서 아쉬웠다.

문화회관에서 「옹알스」라는 코미디 공연이 있어서 우리 집 6명이 가려고 예매했었다. 예매할 때 자녀가 2명 이상이면 다둥이라 50% 할인이라고 해서 은혜네 4명은 할인받아 끊었다. 당일 주민등록등본 확인한다고 한 것을 잊고, 티켓 받으러 갔더니 등본이 없으면 티켓을 취소하고 다시 끊으라는 거다. 갑자기 공연 안 보고 집에 오고 싶었다. 다행히 우리보다 늦게 온 은혜가 휴대폰에 저장해 둔 주민등록등본을 보여줘서 통과되었다. 그래도 눈앞에 아이 2명을 보면서도, 못 믿는 사회가 속상했다. 마음이 불편하니 공연조차 심드렁했다. 우리나라는 얼마나 지나야 신뢰 사회가 될까?

(8. 26.(토) 일기)

❖ **외식도 부담스러운 나이**

1부 예배만 드리다가 2부 예배 참석하니 못 뵈었던 권사님과 전도사님이 반가웠다. 점심으로 칼국수 먹으러 갔더니 여전히 사람들이 많아 30분 정도 기다렸다. 콩칼국수가 어찌나 맛있는지 배가 너무 부른데도 다 먹었다. 결국 저녁을 먹지 못했다. 배가 너무 부른 것이 밤새도록 이어지고 배가 뻐근하다. 이제는 배가 불편해서

외식도 겁난다. (8. 27.(일) 일기)

❖ **코로나가 가져온 좋은 점**

코로나로 인해 1주일간 방안에만 있었더니, 다리가 무겁고 소화도 안 되는 불편함이 있었다. 그러나 장점도 있었다. 첫 번째는 평생 부엌 근처에는 안 오고 전혀 부엌일을 안 하던 남편이 아침밥을 하고, 설거지도 가끔 하게 되었다.

두 번째는 집 안에서만 지내는 것이 별로 불편하지 않고 익숙해졌다. 현관문을 전혀 나서지 않고 있어도 불편하지 않다. 평생 아침밥 먹으면 허둥지둥 현관문을 나섰는데, 현관문 밖으로 발을 내딛지 않고 그냥 집안에서 책보고 음악 듣고 넷플릭스 보면서 나만을 위해 시간 보내도 되는 삶이 다가왔다. 그것을 마냥 즐기고 싶다.

영미 쌤 벤츠 시승식 때 점심을 샀기에 내가 밥을 사겠다고 했다. 영미 쌤이 차로 나를 태우고, 다음에 연자 쌤, 훈태 쌤을 태우고 이탈리아 식당으로 갔다. 피자, 파스타, 밥 세 종류를 맛있게 먹고, 전망 좋은 카페에 갔다. 차를 마시면서 교사 생활의 추억담과 현재의 삶 이야기로, 생각과 마음을 나누는 즐거운 시간이었다.

(8. 28.(월) 일기)

❖ **피보나치수열에 빠지다**

기후 재앙이라는 말을 실감한다. 비가 너무 자주 오고, 비로 인해 창문을 닫았다가 열었다가 하며 계속 신경을 썼다.

읽고 있는 책 『음악의 심리학』에 소개된 사이트의 링크를 따라가다가 처음 접하는 수학에 빠져들었다. 영재교육원에서 나도 강의했던 피보나치수열의 기발한 패턴인데, 이걸 미리 알았으면 더 좋은 수업으로 구성했을 텐데, 학교에 있었을 때는 너무나 일이 많아서 이런 연구에 골몰할 수 없던 게 안타깝다. 지금이 훨씬 연구하기 좋은 조건이다. 피보비치 패턴에 대한 신비함에 빠져서 종일 자료를 찾고, 정리하며 하루를 보냈다.

은혜가 서울 가서, 내가 유치원 하원하는 버스를 기다렸다. 루아가 손을 번쩍 흔들며 반가워한다. 마트에 가서 루아가 좋아하는 것 사러 가자고 했더니, 통통 튀는 공처럼 투스텝으로 흥겹게 뛴다. 루아 속도에 맞춰 옆에서 뛰어가며 동영상을 찍고 가족 단톡방에 올렸다.

루이가 좋아하는 돼지고기 불고기를 하고, 옥수수를 넣어서 밥을 지었다. 루이, 루아가 맛있게 먹는 것을 보니 덩달아 맛있다. 루아가 메모리 게임을 네 번 하더니, 그 카드를 연결하여 즉흥적으로 이야기를 지어낸다. 루아의 놀이 방법은 내 예상을 뛰어넘어 다채롭고 흥미진진하다. (8. 29.(화) 일기)

9월 일기

❖ 글 쓰고, 노래하고

출판한 책 소개를 의뢰하러 신문사를 방문하고, 돌아와서 신문 기사에 올릴 내용을 고민해서 작성하고 메일로 보냈다. 신문에 출판한 도서를 안내하는 기사만 쓰려고 하다가 광고도 하기로 했다. 더 많이 판매하고 싶어서 광고하는 게 아니라, 수학의 맛을 더 많은 사람에게 알리는 것에 초점을 뒀다.

오랜만에 이원용 교수님 부부와 만나 불고기 정식을 먹었다. 아름다운 믿음과 따뜻한 마음이시라 언제 만나도 반갑다.

중창단 연습 시간에 맞춰 홍성문화원에 갔다. 파트별로 녹음해서 들어보며 부진한 부분을 연습하고, 단톡에 올려서 각자 집에서 연습하기로 했다. 소리 내지 않다가 2시간 동안 노래하니 목이 잠긴다. 그래도 나에게는 노래가 활력소다. 종일 일정이 빽빽하게 이어진 하루였다. (9. 1.(금) 일기)

❖ 지치도록 탁구 치다

오늘 날짜로 승진이가 천안으로 발령 났다. 은혜가 혼자서 아이들을 돌보는 것이 걱정되지만 월요일 아침에 가서 주중에도 한 번 오고, 금요일이면 오니 다행이다. 모두가 바쁜 시간을 보내야 하는 것이 마음이 쓰인다.

남영자 권사님이 다니신다는 탁구장에 같이 갔다. 시내버스를 타고 성결교회 앞에서 권사님 차로 체육관으로 갔다. 탁구대가 14개 있고 동아리 회원들이 모두 재미있게 탁구 치고 있었다. 너무 오래 탁구를 안 쳤더니 힘 조절이나 속도 조절이 안 되고, 몸은 잘 움직여지지 않았다. 자동연습 기계로 연습하며 감을 잡아보려 했는데, 그것도 나에게는 버겁고 숨이 차서 공을 줍는 것이 숨 고르는 시간이었다. 갑작스러운 운동으로 온몸의 근육이 잠에서 깨어나는 것 같았다. 잠자고 있던 라켓과 함께 추억을 부추기며 실컷 뛰었다. (9. 4.(월) 일기)

❖ **근육통이 습관이 되었나…**

아버님이 어지럽다고 하시는데, 원인을 찾는 정밀검사를 하려면 입원해야 한단다. 신랑이 아버님 모시고 병원에서 지낼 옷, 이불, 용품을 챙겨서 단국대병원으로 출발했다.

혼자서 『책은 도끼다』를 읽으며 시간을 보내는데 온몸이 아프다. 2차 코로나 걸렸을 때 온몸이 부서질 것같이 아프더니 이제는 가만히 있다가도 그렇게 쑤셔온다.

신랑이랑 홍예공원 산책하면 좀 나을 텐데 혼자 나가기 뭣해서 실내 자전거를 탔다. 타는 동안 좀 나은 것 같다가, 타고나서 30분 정도 지나면 또 몸이 쑤셔온다. 이제는 몸을 가만히 두면 아픈 체질로 바뀐 것인지…. (9. 5.(화) 일기)

❖ 대중교통 타고 다니기

남영자 권사님은 탁구장 갈 여건이 안 된다고 하셔서 혼자서 가 보기로 했다. 11시에 나가서 10분 기다려서 시내버스 타고, 홍성 세무서 앞 정류장에서 내려서, 탁구장까지 20분 정도 걸어갔더니 12시가 되었다. 혼자서 자동 연습기로 2시간 정도 치고 나니 감이 조금 오는 듯하다.

돌아오는 길은 40분 걸어서 정류장에서 시내버스 시간 기다리 고, 20분 버스 타고 내려서 10분 걸어서 집에 왔다. 늘 남영자 권사 님 차로 내 시간에 맞춰 이동하는 것은 죄송하니 혼자서 이동해 봤 다. 산책하면 1시간 30분 걸리니 1시간 걷는 것은 괜찮을 것 같다. 그런데 산책은 쉬면서 하는데, 쉬지 못하고 걷고, 탁구장에서 지치 게 운동하고 걷는다. 시간 소모가 많고, 힘에 부친다. (9. 6.(수) 일기)

❖ 감동적인 몽골국립예술단 공연 관람

아버님이 2박 3일 만에 퇴원하셨다. 아버님 간병으로 지쳐 있는 신랑을 위해 미역국을 끓여서 루이, 루아랑 같이 저녁을 맛있게 먹 었다. 도청 문예회관에서 몽골국립예술단 초청 공연이 있어서 신 랑, 루이, 루아랑 넷이 서둘러 갔다.

몽골의 전통춤이 너무나 흥겨웠고, 드넓은 벌판에서 마음껏 소 리가 퍼져나가게 노래했을 몽골인들의 기상이 느껴졌다. 특히 한 사람의 목소리에서 두 가지 음이 나온다는 '후미'는 너무나 강한 충격적 소리였다. 몽골오케스트라가 「서천 아리랑」을 연주하고 우리 전통춤을 추는, 서로 다른 문화를 절묘하게 조화시킨 공연도 아름다웠다. 몽골의 문화, 음악, 춤 등이 흥미로워서 몽골에 가보고 싶어졌다. (9. 7.(목) 일기)

❖ **아픔은 어디나 있다, 대처하는 것이 삶이다**

정훈이가 음식만 먹으면 복통을 느껴 화장실로 달려간단다. 정훈이가 태어났을 때부터 내가 음식 먹으면 화장실로 달려갔었다. 5년 동안 계속 그러다가, 6년근 알로에를 두 그루 먹고 기적처럼 나았다. 내일 정훈이가 집에 온다고 해서 신랑과 기억을 더듬어서 알로에 농장을 찾아갔다. 거의 40년 전이라 기억은 가물가물하고 여태 하는지도 모르면서 무작정 갔다. 다행히 농장을 찾았는데, 사람이 없어서 안내판을 보고 전화했더니 출타 중이란다. 6년 된 알로에잎을 사고 싶다고 했더니 창고 안에 있는 저울로 재어서 가져가고 돈을 두고 가란다. 창고에 들어가서 재었더니 1개가 거의 1kg이고, 1kg당 7,000원이라고 해서 7개를 사겠다고 전화했더니, 주인도 없으니 1개 더 가져가고 50,000원 두고 가란다. 8개를 가져와서 신랑은 껍질을 벗기고 나는 정훈이가 쉽게 꺼내 먹기 좋게 잘라서 통에 담느라 종일 걸렸다. 알로에 껍질은 모아서 효소를 담갔다.

앙상블 연습하는 날인데, 한 분은 다리를 다쳤고, 한 분은 어지러워서 링거를 맞고 있고, 한 분은 개인 사정으로 못 나와서 5명이 연습했다. 참석한 심 쌤도 어깨가 아프다고 한다. 아프고 다치는 삶이 주변에서 자주 일어나서 삶이 버겁게 느껴진다.

저녁에 은혜가 루이, 루아랑 와서 불고기랑 감자채볶음을 했다. 저녁 먹고 루아는 할머니랑 자겠다고 한다. 세 종류의 보드게임을 하고 한참 놀다가 목욕시키려 했더니 욕조에 물을 받아서 같이하자고 한다. 장난감까지 꺼내서 물놀이를 얼마나 오래 했는지 끝나고 나와보니 10시 50분이다. 업고 자장가를 불렀더니 금방 잠이 든다. (9. 8.(금) 일기)

❖ 9식구 모여서 하하 호호

지호가 온다고 루이, 루아가 우리 집에 와서 기다린다. 기다리는 동안 인형과 동물 인형을 14개 꺼내서 한참 놀이했다. 인형들을 숨바꼭질시키느라 이리저리 숨기고 찾느라 바쁘기도 하고 재미있기도 했다.

지호네 식구들이 오자 현관문에서부터 루이, 루아의 대대적인 환호성이 길게 이어졌다. 점심으로 만두를 쪄서 먹고, 자연 놀이터로 갔다. 아이들을 위한 다양한 프로그램과 놀이기구들이 있어서 쉴 새 없이 부지런히 돌아다니며 놀았다. 루이, 루아, 지호가 펌프로 물을 끌어 올리고, 모래 놀이 하는 것을 즐거워했다. 줄을 잡고 밑으로 빠지지 않고 통과하는 타잔놀이로 에너지가 모두 소진되고 땀이 송골송골 나는데, 계속 시도하여 결국 성공했다.

저녁은 은혜네서 고기 구워서 먹고, 은혜네 입주 축하, 내 생일, 정훈 희원의 결혼기념일 축하로 케이크에 촛불 켜고 노래를 세 번

했다. 9식구가 모여 앉아 이야기 나누니, 화려한 여행이나 부를 추구하기보다는 가족이 함께 모여 맛있는 음식을 먹고, 함께 웃을 수 있는 시간이 가장 큰 행복이다. (9. 9.(토) 일기)

❖ 손주들 입에 먹을 것 들어가는 즐거움

우리 집으로 하교한 루이와 루아를 데려가려고 은혜가 와서 같이 저녁을 먹었다. 저녁 메뉴가 카레라 하니 루이, 루아의 반응이 좋지 않았다. 그래도 야채를 듬뿍 넣었기에 몸에 좋으니 먹자고 했다. 막상 먹더니 루이, 루아의 반응이 너무 좋다. 루이가 자기 몫을 다 먹고, 엄마가 남긴 것까지 다 먹고, 루아도 자기 몫을 다 먹고 더 달라고까지 한다. 손주들 입에 먹을 것 들어가는 것이 어찌나 즐거운지! (9. 11.(월) 일기)

❖ 밥 많이 먹어야지~

루이가 하교하고 현관문 들어오며 "할머니 카레 남았어요?" 한다. 카레도 남았고, 고등어도 구웠다고 하니 "오늘 밥 많이 먹어야지."라며 즐거워한다. 루아도 카레랑 고등어를 어찌나 맛있게 먹는지! 맛있게 먹는 것을 지켜보는 것, 그것으로 이미 나는 배불렀다. (9. 12.(화) 일기)

❖ 파이(π) 사랑

원주율(π)과 추억이 참 많다. 원주율에 대한 애착도 크다. 그래서 블로그에 「신비로운 수학」으로 수학자들의 원주율 연구에 대해 작성했다. 관련 자료를 찾고, 예전에 내가 만들었던 원주율 포스터도 뒤적이며 종일 매달렸다. 다른 블로그에서 이렇게 자세한 것은 없었기에 내가 만들고도 뿌듯하다.

아직도 의미 있는 자료 개발하는 것이 신난다. 노트북과 씨름하는 나의 작업을 들여다본 루이의 경고다. "할머니, 퇴직했어요~."
(9. 13.(수) 일기)

❖ 다시 서는 교단

갑작스러운 출산으로 인해 강사 구하기가 어렵다면서 봉사활동을 해달라고 장혜경 쌤이 부탁했다. 차마 거절하지 못하고 K 중학교 출근하는 첫날이다. 알람을 맞춰서 일어나고 7시 30분에 집을 나서서 신랑이 차로 데려다줬다. 여유가 있던 아침 시간이 다시 분주한 세상으로 바뀌었다. 낯선 학교에 들어서니 교장 선생님이 커피를 주시며 맞아주셨다.

2학년은 수준별 A반이라 8명만 있어서 수업하는 것이 즐거웠다. 지난 금요일에 장혜경 쌤에게 미리 활동지 파일을 메일로 보내서 출력을 부탁했었다. 수업을 마치고 나오는데 여학생 1명이 이해가 안 되었는데, 이제 확실하게 알게 되었다고 한다. 그런 말들이 내가 수업을 계속하게 하는 힘이 된다.

1학년은 21명인데, 수업 내용과 관련 없이 즉흥적으로 떠오른 자기 생각을 큰 소리로 말하는 학생이 있었다. 동위각, 엇각에 대해 5분이면 되는 설명인데 30분이나 걸렸다. 떠들며 설명을 안 듣는 학생이 있어서 수업 진행이 어려웠다. 학생들이 경청하는 태도를 가지고 수업에 적극적으로 참여하고 성장함으로써, 아름다운 구성원으로 사회에 배출되어 바람직한 어른으로 살아가는 것이 나의 바람이다. (9. 18.(월) 일기)

❖ 수업 자료 제작이 취미

일찍 일어나려는 긴장감으로, 저녁마다 신랑이랑 넷플릭스 영화를 보는 즐거움을 잠시 보류했다. 학교 시스템은 교사가 개인 사정으로 수업하기 어려운 경우에 다른 교사가 대체하여 수업해야 한다. 대체 수업할 교사를 못 구해서 힘들어하기에 도와주려 출근했는데 신경이 많이 쓰인다.

수업 마치고 교무실에서 내일 수업 준비를 한다. 학생들 수준에 맞춰 고민해서 활동지를 만들고, 이해하기 쉽게 설명할 방법을 고민하여 수업 자료를 만든다. 담임이나 행정업무로 바쁜 다른 교사들에게 미안하기도 하다. 교사들이 친절하고 따뜻한 분위기라서 마음이 편안하다. (9. 19.(화) 일기)

❖ 욕심부렸나 보다

출근한 지 한 주가 지나서, 스스로 수업을 돌아보았다. 깊은 생각을 끌어내는 문제에 도전했을 때, 더 많이 배우고 흥미를 느낀다는 것이 내 수업 철학이라 이전 학교에서 사용했던 학습지를 적용해 보기도 했다. 이 학교 학생들에게는 새로운 방식의 난도 높은 문제에 도전하는 것이 힘들었나 보다. 교과서를 중심으로 쉬운 개념지도로 선회해 봐야겠다. 욕심을 부렸다는 생각이 든다.

(9. 21.(목) 일기)

❖ 건강을 챙기는 것이 효도

정훈이가 아침저녁에 1시간씩 걷는 운동을 하고, 아침을 안 먹는 간헐적 금식을 한단다. 커피와 음료수를 먹지 않으면서 체중이 줄고 컨디션이 좋다고 한다.

지은이는 과자나 간식을 안 먹고, 유튜브 운동을 따라 하며 건강 관리를 한단다. 건강을 챙기니 고맙다. (9. 22.(금) 일기)

❖ 할머니가 최고야!

주일예배를 드리러 간 교회 입구에서, 전도사님이 내가 출판한 책 2권을 사인해 달라고 하신다. 목사님께서 구매하셨다니 관심을 가지고 봐주셔서 너무 감사하다.

신랑은 밤나무 주변 풀을 깎으러 농장으로 갔고, 난 빨래와 청소를 하고, 미뤄왔던 부엌 장식장을 정리했다. 찾기 쉽게 분류하고 목록을 붙였더니 깔끔하고 편리하다. 은혜네 식구들이 예배 마치고 와서, 농장에 보관 중인 캠핑 장비를 가지러 다녀올 동안 루이, 루아는 집에서 놀기로 했다. 루아는 안방 침대에 올라가서 한창 신나게 춤을 춘다. 어찌나 신나게 추는지 바라보는 내가 더 즐거웠다.

이어서 보드게임을 하는데 루아가 게임에서 지면 속상해서 안 한다고 할 것 같아서, 루이가 은근히 져주는 척하더니 결국은 이겼다.

농장 다녀온 은혜네 식구들이 집에 가려고 엘리베이터 앞에 섰는데, 루아가 나에게 귓속말로 한다. "할머니가 최고야!"

루아 덕분에 보약을 한 사발 마신 것처럼 에너지 넘치고, 신랑 덕분에 햇밤을 깨물었더니 가을이 온몸을 감싼다. (9. 24.(일) 일기)

❖ 블로그를 운영하는 이유

학교는 배우는 곳이고, 수업 시간은 의미 있는 배움의 터전이 되어야 한다. 가끔 아까운 시간만 때우는 학생들을 바라보는 것이 힘들다. 수업이 힘들어서가 아니라, 배움으로 즐거움을 경험해 보지 못한 아이들이 안쓰럽다. 배움이 즐거우면 마음이 넉넉해져서 정서적으로 더 안정되고, 안정되어 수업에 임하면 잘 배우게 되고, 그래서 즐거움을 경험하는 선순환이 된다. 교과 내용만 전달하며 진도만 나가는 것은 안타깝다.

루이, 루아가 우리 집으로 하교하여, 역할 놀이를 재밌게 한다. 레고로 유치원을 조립하고, 캐릭터들의 이름을 짓고, 창의적으로 스토리를 만들어서 논다. 은혜가 와서 저녁을 같이 먹고 집에 가자고 하니 그냥 할머니랑 여기서 자겠다고 한다. 내가 아침 일찍 출근하니, 새벽에 은혜가 와야 하는 번거로움으로 보내야 했다. 출근하니 이것저것 걸린다.

'지오데식 구'에 대하여 그동안 실시했던 자료를 정리를 해서 블로그에 올렸다. '지오데식 구'에 대해 전혀 모르는 사람이 보고 따라 할 수 있게 정리하느라 시간이 오래 걸렸다. 여기저기 자료를 찾지 않아도 블로그만 보고도 이해할 만하게 하는 것이 목표다. 방문자가 소수일지라도 40년간 교직의 노하우를 필요한 사람에게 나눠주고 싶어서다.

블로그 1개 올리려면 자료를 찾고, 정리하고, 이해하기 쉽게 그림으로 준비하느라 많은 시간이 소요된다. 수학은 문제 풀이가 아니라 생각하는 힘을 기르는 것이다. 오늘 올린 블로그로 '지오데식 구'의 수학적 원리를 익히고, 따라 해봄으로써 수학 근육이 길러지기를 응원한다. (9. 25.(월) 일기)

❖ **눈높이 맞추기**

1학년 '작도' 수업한 활동지를 걷어서 학습 이해도를 점검했더니 학생들이 제대로 이해 못 한 부분이 파악됐다. 컴퍼스가 안된다는 소리만 하며 시간 보내는 학생들이 있었는데, 대부분 컴퍼스로 호를 그리는 조작부터 서툴렀다.

2학년은 '닮은 도형'의 기본 설명과 간단한 문제 풀이 후에 문제 만들기 수업을 했다. 욕심부리지 않고, 학생들을 순회하며 개별적으로 봐주면서 천천히 진행하니 나도 덜 힘들고, 학생들의 이해도 높아진 것 같다, 한 주가 지나니 이곳 학생들과 어떻게 호흡해야 하는지 감이 온다. (9. 26.(화) 일기)

❖ 자세히 보아야 예쁘다

신랑이 아버님 모시고 천안 병원에 가느라 새벽 6시 30분에 집을 나섰다. 덩달아 나도 출근을 서둘러야 했다.

1학년 학생들이 작도에 대해 잘 알게 하고 싶어서, 진도가 늦어지더라도 다시 수업했다. 컴퍼스 조작하는 것이 서툰 것을 고려하여 종이를 돌려서 호를 그리는 법을 안내했다. 작도 원리를 다시 설명하고 개별 확인을 해가며 천천히 진행했더니 학생들이 이해하는 것이 느껴졌다. 인정 욕구 탓인지 1개를 성공하면 맞는지 봐달라며 앞으로 나온다. 수업을 잘 따라오도록 수업 흐름을 잡으니 나도 힘이 났다.

2학년은 닮음비, 넓이의 비, 부피의 비를 설명하고 응용문제를 풀었다. 수학적 이해가 아닌 눈치로 답만 찾는 학생들에게 수학적 사고로 서술하는 법을 연습시켰더니 길이 보이는지 흥미로워한다.

운동부라 피곤한데 공부하겠다는 의지로 수업에 몰입하는 학생, 수학이 어려워서 수업 시간에 더 집중하려는 학생, 가정적으로 어려움을 겪는 학생들에게 자꾸 눈길이 간다. 모든 학교가 똑같은 방식으로 교육과정을 운영하기보다는 이런 학교의 특성에 맞는 교육과정을 운영할 수 있는 자율권이 주었으면 한다. (9. 27.(수) 일기)

❖ 지호와 함께하는 즐거운 추석

추석 연휴 첫날이다. 은혜네는 시댁으로 떠나고, 정훈이가 아침 7시에 홍성으로 출발했다고 카톡에 메시지를 남겼다. 12시가 되어도 안 와서 전화했더니 아직 화성이란다. 결국 오후 4시가 되어, 9시간 걸려 왔다. 이런 교통체증은 처음이라 먹을 것을 챙기지 않아서 굶고 고생하며 왔단다. 명절 때마다 치르는 고생을 어떻게 개선하면 좋을지 생각 중이다.

자고 간다니까 지호가 "야호!" 즐거워해서 덩달아 신났다. 이제는 어디에 어떤 장난감이 있는 줄 알아서 잘 갖고 논다. 지호가 게임 방법과 규칙을 정해서 진행하는 공놀이를 했다. 우리 부부, 정훈이, 희원이, 지호 5명이 둘러앉아서 주고 싶은 사람에게 공을 던지고 받는 놀이인데, 못 받으면 탈락을 시키되 한 번의 기회를 준다는 것인데, 모두가 깔깔 웃으며 재미있게 했다.

희원이 말이 "지호가 루이 오빠 같은 오빠를 낳아 달라."고 했단다. 지호에게 "계속 엄마에게 루이 오빠 같은 오빠를 낳아 달라고 조르면, 낳아주니까 계속 조르렴." 했다. 차마 못 했던 말을 지호 덕에 에둘러서 했다. (9. 28.(목) 일기)

❖ 반가운 만남을 위한 자발적 고생

막내 시동생 식구들이 와서 추석 차례 예배를 드렸다. 집에서 명절 음식 준비도 신경 쓰이지만, 교통체증으로 장거리 이동해서 오는 것도 고생이다. 아침 식사 후 후식과 차를 마시며 모두 둘러앉아서 은혜, 정훈, 지은, 친척들 이야기, 아버님 건강 상태 등을 나눴다. 도로에서 너무 지칠 것 같아 보내면서도 걱정이다. (9. 29.(금) 일기)

10월 일기

❖ 평면으로 만든 입체별

평면으로 된 육각별, 팔각별, 십각별 모양으로 잘라서 조립하여서 입체로 조립하는 입체별과 씨름했다. 기본 형태는 완성했고, 변형하여 육각별 3개로 조립한 것에 3개를 더 추가하면 더 화려할 것 같아서 다방면으로 시도했는데, 완성 못 했다. 처음부터 6개 조립으로 설계되어야 한다. 실은 십각별도 제대로 조립된 것 같지 않아서 다시 도전해 보려 한다. 실패를 몇 개 했지만, 원리를 생각하고, 조립하며 생각하고, 완성작을 감상하는 것이 커다란 즐거움이다. (10. 2.(월) 일기)

❖ 루이, 루아와 김밥 만들기

은혜가 하루 종일 교육이 있어서 루이, 루아를 데리고 농장에 갔다. 밤이 여기저기 떨어져 풀 속에 숨어 있어서 보물찾기하듯이 찾아서, 가시가 있는 껍질을 발로 비벼서 벗겼다. 가지와 오이도 따고, 계곡에 물을 조루에 담아서 뿌리며 물장난을 신나게 했다.

집에 와서는 김밥 만드는 재료를 준비해서 신랑, 루이, 루아가 김밥을 만들었다. 사서 먹으면 간단하지만, 재료 준비해서 직접 만들어 먹으니 재미있고, 우리가 만든 김밥이라는 애착도 있고, 맛도 더 좋았다. (10. 3.(화) 일기)

❖ 체험 수학으로 수학과 친해지기

마지막 수업하는 날이다. 비록 현재는 작고 부족한 것 같지만 내가 하고 싶은 일을 찾아서, 날개를 펼치고 날게 될 날이 온다는 이야기를 해주었다.

제일 마지막 시간은 동아리 활동인데, 보드게임반 12명에게 수학을 체험시켜 주고 싶었다. 지난번 활동은 한 번의 가위질로 그림 부분만 남기는 것을 했는데, 수동적인 학생 없이 다양한 시도를 하며 적극적으로 활동했었다. 이번에는 기하와 만나는 실뜨기를 챙겨갔다. 대부분 알 것으로 예상한 우리나라 전통적 실뜨기를 해본 학생이 반 정도였다. 모든 학생이 호기심과 자발적 의지로 주어진 미션을 성공시켰다. 먼저 익힌 학생이 다른 학생을 도와주는 협력하는 모습이 자연스럽게 일어났고, 생활 속 기하를 친근하게 받아들였다.

짧은 기간이지만 정들었던 선생님들과 작별 인사를 나눴다. 성실하고 책임감 강한 선생님들이시라, 단 1명도 배움에서 멀어지지 않는 교육정책이 추진된다면, 모든 학생을 행복한 길로 이끄는 것을 기쁘게 하실 것이다. (10. 5.(목) 일기)

❖ 최고가 아니어도 괜찮아

무료 독감 백신 접종을 해주는 날이라 보건소에서 맞고, 중창단 연습하러 갔다. 연습이 부족해서 발표일까지 곡의 완성이 어려우니 '중창단 해체하고 지원금을 반납하자.'는 의견과 '계속 유지하자.'로 분분했다. 박용현 작가가 『파우스트』를 읽고 "자신의 생각이 오독일 수 있다. 그러나 자신만의 오독도 의미가 있다."는 글과 연결지어서, "우리들의 소리가 전문가들이 보면 부족하지만, 우리만의 특성 있는 노래를 하자."라고 했다. 마지막까지 우리가 할 수 있는 최선을 다하기로 했다.

신랑과 루이가 TV 앞에서 아시안 게임 중계를 봤다. 야구 경기의 규칙, 축구 경기의 작전, 배드민턴의 기술, 탁구의 기술과 규칙, 양궁, 핸드볼, 레슬링, 조정 경기, 수영, 육상경기, 필드하키 등 경기를 보면서 규칙을 익히고, 응원하면서 같이 보니까 경기를 보는 즐거움도 배가 되었다.

시간강사 수당이 입금되어 보람되게 쓰는 방법을 고민하다가 나눠주기로 했다. 신랑과 자녀들의 식구 수에 비례해서 계좌이체 했더니 내 기분이 좋다. (10. 6.(금) 일기)

❖ 루이, 루아의 눈으로 세상을 보다

은혜가 2박 3일 교육이 있어서 루이, 루아가 우리랑 주말을 보내게 되었다. 농장에 밤을 주우러 갔는데 루이, 루아가 적극적으로 밤을 줍지 않았다. "우리가 다 가져가지 말고 멧돼지, 고라니, 다람쥐가 와서 먹게 남겨두자."며 다람쥐가 쉽게 찾을 수 있게 진열까지 해놨다.

청양 축제 리플릿이 눈에 띄어서 아이들을 위한 놀이도 있을 것 같아서 물어물어 찾아갔더니, 마을 대항 체육대회였다. 농촌에 아이들이 없어서 어르신들이 대부분이고, 자석으로 된 화살을 던지는 경기를 하고 있었다.

짜장면 먹고 싶다고 해서 청양시장으로 갔더니 시골 분위기가 물씬 나서, 루이가 "1960년대로 온 것 같다."고 한다.

중국 음식점에서 뭘 시킬지 신랑과 의견이 분분한데, 루이가 메뉴를 보면서 '짜장면 둘, 군만두 하나, 등심탕수육 하나'를 시켰다. 오히려 남편은 짜장면 3개라 하는데, 루이는 그것은 많고, 탕수육도 등심으로 지정해서 주문한다. 어느덧 식당에 가면 우리 부부는 머뭇거리고 있고, 손자가 알아서 척 주문한다.

배불러서 음식을 남겼다. 루아가 "먹을 만큼 시켰어야지, 지구를 지켜야지." 한다. 음식을 남겨서 버리면 지구 환경에 안 좋다는 유치원 교육의 힘을 느꼈다. 지구를 지키려고 남은 음식을 싸 와서 저녁 식사로 먹었다.

축제장에서 트램펄린 탄다고 기대했던 루아가 아쉬워해서 가족 어울림센터로 갔다. 쉬지도 않고 여기저기 다니면서 신나게 논다. 루아 또래 아이에게 유치원 다니느냐고 묻더니 그 아이와 어울려서 문 닫는 시간까지 놀았다.

그래도 더 놀고 싶다고 해서 아파트 놀이터로 갔다. 그네 타러 갔더니, 한 아빠가 아이를 데리고 그네를 탄다. 아기가 몇 살이냐니까 두 살이라고 해서 우리 아이는 여섯 살이라고 했다. 그 아빠가 "우리 아가는 5년이나 더 있어야겠네." 하신다. 그 소리를 듣고 루아가 "2+5=7, 그러면 일곱 살인데…."라며 갸우뚱한다.

아시안 게임에서 일본과 축구 결승전이 있다고 신랑과 루이가

TV를 차지했다. "재미없는 축구를 왜 보는지 모르겠어."라며 루아
는 '꼬모'가 재밌단다. 루아와 '메모리 게임'을 다섯 번 했는데, 한
번도 못 이겼다. (10. 7.(토) 일기)

❖ 손주들과 보낸 주일

주일예배에 루이, 루아를 데려갔다. 낯선 교회의 주일학교 예배
를 보라고 할 수 없어서, 어른들이 보는 예배를 같이 드렸다. 다윗
이 골리앗을 상대로 전투에 나가는 부분을 설교하셨다. 사울의 최
선, 다윗의 최선, 하나님의 최선에 대한 말씀이 은혜로웠다. 사울
이 자기의 투구와 갑옷과 칼을 줄 정도의 최선을 다한 것이, 다윗
에게는 전혀 도움이 안 되었고, 하나님 앞에서도 의미가 없다는 것
이다. 인간이 하는 최선의 노력에 대해 생각하게 되었다.

다윗이 조약돌 5개를 주워서 전투하러 나갔다고 하자, 루이가
킥킥 웃는 소리가 난다. 엄청난 골리앗을 상대로 겨우 조약돌을 챙
기는 것이 너무 웃겼던 거다. 루이는 어려운 강의나 설교도 모두
집중해서 듣는다. 그래서 아이들이라고 꼭 단순한 이야기나 공연
만 접근해야 한다는 생각에 동의하지 않는다.

전만성 쌤 개인전에 루이, 루아를 데리고 갔다. 미술전을 여러
번 데리고 다녔더니, 루아는 그림의 특성도 잘 찾고, 작품을 흥미
롭게 본다.

이응로 생가에 갔다. 붉게 물든 나뭇잎을 배경으로 사진 찍는 사
람들이 많았다. 가을을 느끼며 생가 주변을 산책했다.

4색 정리 보드게임으로 도마뱀을 주변 색과 모두 다르게 배치하는 것을 했다. 처음에 그냥 조립하다가 안 되니까, 전부 해체하고 다시 시도하면서 방법을 찾는다. 실패를 통해서 원인을 찾고 해결하는 길을 찾아서 성공하는 것을 지켜봤다. (10. 8.(일) 일기)

❖ 비록 무화과나무가 무성치 못하며

오랜만에 홍예공원을 지나서 용봉산 둘레길을 걷고, 용봉사까지 올라갔다가 왔더니 다리가 뻐근하다. 둘레길에서는 다양한 모양의 나뭇가지와 잎을 뽐내는 나무들을 보는 게 재밌다.

오늘 뮤즈앙상블 연습 안내 문자에 올린 글이다.

"비록 무화과나무가 무성치 못하며 포도나무에 열매가 없으며 감람나무에 소출이 없으며 밭에 식물이 없으며 우리에 양이 없으며 외양간에 소가 없을지라도 나는 여호와로 인하여 즐거워하며 나의 구원의 하나님으로 말미암아 기뻐하리로다(하박국 3:17~18)."

"비록 뮤즈 중창 단원 모두 참석하지 못하며, 우리 소리가 쉰 소리 나고, 음정을 제대로 못 내고, 박자를 못 맞추더라도 나는 음악이 있음에 감사하고, 노래할 수 있음에 감사하며 이렇게 살게 해주신 여호와로 인하여 즐거워하며 나의 구원의 하나님으로 말미암아 기뻐하리로다."

뮤즈앙상블 연습 장소인 문화원에 일찍 도착해서 읽고 있던 책 『은혜』를 마저 읽었다. 틈틈이 책 읽는 시간 갖는 것도 또 하나의 즐거움이다.

오늘부터 하은하 쌤이 오셔서 반주를 해주시니 화음이 더 잘 어우러지고 곡도 더 다듬어지는 것 같다. 우리 스스로 만족감이 커졌고, 선정했던 곡에 대해 애착이 갔다. 무화과나무의 열매가 없어도 여호와로 인하여 기뻐하리라는 마음으로 시작한 연습이었는데, 작은 열매를 보여주셨다. 걸음 수를 확인해 보니 18,824보, 13.88km를 걸었다. 운전을 안 해서 길러진 잘 걷는 능력이다.

(10. 20.(금) 일기)

❖ 책 속 주인공 카냐와 함께

미국 소설 『가재가 노래하는 곳』을 읽기 시작했다. 처음부터 너무나 안쓰러운 아이의 이야기에 눈물이 쏟아져서 끝까지 읽을 수 없을 것만 같다. 한참 울면 콧물까지 흐르고….

뒷부분은 괜찮아질 것 같긴 한데, 책을 읽지 않고 있어도 주인공 카냐가 머릿속에서 계속 맴돌고 있다. 조금 읽다 보면 자꾸만 울컥해지는 것은 가을 탓인가. (10. 25.(수) 일기)

❖ 차분한 루아, 장난꾸러기 루아

은혜 강의가 늦게 끝나서 루이, 루아가 할머니 집에서 자겠다고 한다. 유치원으로 루아를 데리러 갔더니, 얌전하게 2층에서 내려와서 신발을 찾아서 신고, 유치원 선생님께 공손하게 인사를 한다. 유치원을 벗어나자마자 안아달라고 하고, 할아버지가 안았더니 몸을 이리저리 흔들며 신이 났다. 장난을 치고 싶다고 한다. 차에 타서도 이것저것 만지면서 계속 장난을 치고 싶단다. 집에 도착해서 왼쪽 신발을 발로 차서 던지고, 오른쪽 신발을 다른 쪽으로 차서 던지고, 겉옷을 벗어서 던지고, 계속 장난을 치면서 깔깔댄다.

"루아야, 유치원에서 너무 얌전히 있어서 지금은 장난을 치고 싶어?"했더니, 그렇단다.

루이도 유치원에서 교육활동 모습 보내준 사진 보면 반듯하게 앉아서 설명을 듣는 모범생이었다. 루아도 유치원에서 얌전하게 선생님 말씀을 듣는 모범생 모습의 사진이었다. 그런데 역시 아기다. 장난치고 놀고 싶은 것을 꾹 참고 집에 와서 장난을 친다. 아무도 유치원에서 조용해야 한다고 하지 않았는데 스스로 얌전하게 행동한다.

지난번에 왔을 때 멸치를 아몬드랑 같이 볶은 것 먹고 싶다고 해서 볶았다. 쇠고기미역국을 끓였더니 루이는 냄새만 맡고도 "할머니 오늘 저녁은 쇠고기미역국이지요!" 한다. 루이, 루아가 오니 집안 공기가 활기차다. (10. 26.(목) 일기)

❖ '함께'라서 아름다운 세상

뮤즈앙상블 정기연주회 리플릿과 플래카드를 준비하려고 심숙희 쌤과 만나서 광고사 두 곳을 방문했다. 가격과 디자인을 협의하고 중창단 사진을 보내주겠다고 했다.

중창 단원 3명이나 못 와서 5명이 연습했다. 나이가 있고 건강이 약해지니 한참 소리 내는 것도 힘들고, 숨을 길게 끌기도 힘들지만 서로의 목소리를 모으는 게 즐겁다. 연습 시간이 부족해서 중간에 쉬는 시간이 없다. 쉬면서 맛있는 것 먹으면서 이야기 나누면 더 가까워진다. 그런데 그런 시간도 없이 서로 자기 파트 연습해서 노래로만 대화하는데 우리는 말로 하는 대화보다 더 익숙하고 가깝게 느껴진다.

연습 마치고 집에 올 때, 평소 안 타던 번호의 시내버스를 탔다. 기사님께 노선을 여쭈었더니 우리 아파트 이전에 내려서 걸어야 했다. 내리자마자 어떤 아주머니가 다가와서 이쪽으로 조금 올라가다가 오른쪽으로 꺾어서 쭉 가라고 친절하게 알려주신다. 내가 초행이라 여겨서 챙겨주신 것 같다. 내가 사는 아파트인데, 설명이 친절해서 열심히 듣고 고맙다고 인사했다. 조금 가다가 걱정되는지 다시 따라오셔서 길을 또 보여주며 설명하신다. 참 기분이 좋았다. (10. 27.(금) 일기)

❖ 오늘 명절이야!

정훈이네가 3시간이나 걸려서 왔다. 1시간 40분이면 왔었는데, 가을이라 사람들이 많이 이동하나 보다.

내포 축제가 열린 홍예공원으로 은혜네랑 같이 돗자리를 챙겨서 갔다. 공룡 모양에 바람을 넣어 설치된 미끄럼틀이 아이들이 눈길을 끄는데 너무 오래 기다려야 한다. 다른 놀이도 못 하고 1시간 줄 서서 기다리는 것은 비효율적이다. 번호표를 제공해서 가족들이 다른 체험 하다가 시간 맞춰 오는 것이 좋겠다고 제안했다. 루이, 루아가 정말 현명하다. 구태여 그렇게 오래 기다리지 않겠다고 한다. 뒤쪽에 공룡 풍선의 꼬리 잡고 흔들고 신나게 노는 것으로 만족하고 다른 놀이를 찾았다.

공원에 지정된 세 곳을 찾아가 스탬프를 받으면 선물을 준단다. 산책 겸 걸었는데, 특히 루아와 지호가 신나게 뛰어다니며 스탬프를 받아서 예산국수를 받았다. 손등에 그림도 그리고 포토존에서 사진도 찍고, 여기저기 구경하다가 집에 와서 삼겹살을 구워 먹었다.

올 때마다 정훈이가 루이와 장기를 둔다. 꽤 오랜 시간 두더니 "루이가 너무나 많이 늘어서 겨우 이겼다." 한다. 가족 모두 참여할 놀이로 젠가를 했다. 돌아가면서 1개씩 빼는데 긴장감과 폭소가 연발되었다. 다음 놀이는 '의자 쌓기 놀이'에 도전해서 각자 열심히 쌓았다. 식구들이 모여서 함께하는 시간이 너무 즐겁다.

함께 보냈던 순간들을 찍어서 가족 단톡방에 올렸다. 오늘따라 유난히 많이 올렸더니, 지은이가 "오늘 명절이야!" 한다. 지은이 오면 사진 더 많이 찍어야지. (10. 28.(토) 일기)

❖ 올해 다섯 번째 가족 앨범 만들다

두 달마다 가족 앨범을 책으로 제작하고 있다. 10월의 마지막 날이라 올해 다섯 번째인 9~10월 것을 만들려고 가족 단톡방에 올라왔던 사진 중에서 앨범에 삽입할 사진을 골랐다. 두 달 동안의 사진을 보니, 당시의 기억이 새록새록 나면서 다시 즐거워진다.

지은이 사진이 없어서 보내라고 연락했더니, 바로 찍어서 보내왔다. 며칠 전에 키보드를 샀다며 연주하는 사진을 보냈다. 뮤직슐레에서 학생들이 한 곡을 완성하면, 연주할 때 지은이가 피아노로 반주해 줬더니 굉장히 좋아하더란다. 그래서 집에 피아노는 없으니 대신 키보드로 연습해서, 앞으로도 학생이 클라리넷 곡을 완성하면 지은이가 반주해 주려고 한단다. 중학교 때까지 피아노를 배운 덕이다. 연주한 곡이 아름답게 느껴지고, 자부심이 고취될 것이다.

(10. 31.(화) 일기)

11월 일기

❖ **겨울의 문턱에서**

율무 아몬드 차를 사고, 요양보호사님이 요구한 압력밥솥도 챙겨서 아버님을 뵈러 갔다. 거동이 불편하시니 누워계시는 시간이 많아지셨다.

오랜만에 농장에 갔더니 아직도 가지가 열리고, 겨우 한 나무만 살아남은 고추도 땄다. 깻잎을 먹으려고 심었던 들깨를 잘라서 두드렸더니 깨가 쏟아진다. 처음으로 들깨를 수확했다. 풀 속에서 자라던 머위에 새순이 올라와서 땄다. 풀에 치여서 자라지 못하던 부추도 몇 개 수확했다. 단감을 따고, 영산홍 꽃나무 전지하고, 정자에 쌓인 낙엽도 쓸었다.

돌아오는 길에 홍성장에서 쪽파를 샀다. 농산물이 가득해서 다듬고 정리하느라 계속 부엌에서 일해야 했다. 깨를 물로 깨끗이 씻고 일어서 말리고, 부추를 다듬어 김치 담그고, 파김치 담그고, 아버님 댁에서 가져온 늙은 호박의 껍질을 벗겨 호박죽을 쑤었다.

아버님이 아주 힘들어하신다는 연락을 받고 신랑이 119를 불러서 의료원 응급실로 갔다. 다행히 병원에서 증상이 가라앉아서 몇 시간 계시다가 귀가하셨다. 아버님 병환에 대해 형제들 단톡방에 올렸더니 모두들 걱정한다. (11. 1.(수) 일기)

❖ 마음뿐 몸은 따라가지 못한다

병아리콩과 밤을 넣은 잡곡밥, 황태김칫국, 부추김치, 배추김치, 멸치볶음, 머위나물, 살구장아찌, 가지나물이 아침 메뉴다. 조미료 전혀 없는 자연식이다.

아버님의 건강 상태가 걱정되어 시동생들이 내려와서 아버님을 뵙고, 이런저런 이야기를 많이 하고, 집 대청소를 했다. 어제보다 많이 나아지셔서 다행이다.

앙상블 파트 연습 후, 자체 평가하려고 발표곡을 녹음했다. 들어보니 간절하게 불렀는데 감정이 안 느껴지고 평이하고 평면으로 들린다. 마음뿐 감정 표현이 안 되고, 성대가 흔들려서 바이브레이션이 자동으로 된다. 어쩌나. (11. 3.(금) 일기)

❖ 수학 꽃이 핀 축제에서 부스 운영

충남수학축제에 수학 클리닉 부스 운영하러 아침 7시 20분에 오윤경 쌤을 만나서 출발했다. 준비해 간 게시물을 부스의 3개 벽면에 붙이느라 분주했다. '나에게 수학이란?', '수학하면 떠오르는 것', '수학의 뇌'는 S 중 나소영 쌤과 D 고 오윤경 쌤이 준비해 주시고, 나는 『수학과 함께 걷다』에 학생들이 썼던 수학 시, 수학 그림, 플라톤 도형과 연결된 성찰 이야기를 전지 3장으로 출력해서 게시했다.

과학교육원이 외곽에 있어서 접근성이 불편하니 부모님이 데려오는 학생들은 대부분 초등학생이다. 초등학생들이 수학에 대해 고민하는 것이 안타깝다. 함께 온 학부형님과 클리닉 대화한 것이 더 효과를 낼 것 같다.

교육감님이 부스를 순회하시다가 수학 클리닉 부스에 관심이 많다고 하시며 여러 가지 질문을 하셔서 답변드렸다. 같이 순회하시던 분 중에 한 교수님께서 내 답변이 너무 감동적이었다고 전해달라고 했다는 말을 들었다.

수석 쌤(신동진, 남순미, 김미영), 수학 쌤(이우열, 이대영, 이명희)들과 반갑게 만나 짧고 굵은 대화를 나눴다. 이런 활동을 할 수 있는 모든 여건이 또 하나의 감사 제목이다.

마칠 즈음 김영미 쌤 연락을 받고 신창휴게소에서 만나 괴산으로 문상갔다. 상가에서 세상을 뜨신 친정 아버님 이야기를 들으니, 친정아버지 생각에 그리움이 밀려왔다. (11. 4.(토) 일기)

❖ 아버님을 위한 시간

아버님 씻겨드리고 식사를 챙기기 위해 신랑이 아침에는 새벽 5시, 저녁 5시에 간다. 점심은 요양보호사가 오셔서 해주시는데, 토요일, 일요일은 쉬시니, 점심 진지까지 챙겨드리러 가니 오늘도 세 번 다녀왔다.

주일 1부 예배 마치고, 신랑은 아버님 뵈러 가고, 난 호박죽을 쑤었다. 아버님이 씹지를 못해서 죽으로 드신다고 해서 두 번째로 쑤었다. 호박 껍질을 벗기기 힘들어서 일단 찜통에 살짝 쪄서 단단한 것이 살짝 부드러워졌을 때 껍질을 벗기고 잘라서 삶았다. 찹쌀을 불려서 갈고, 찜통에 넣고 눋지 않도록 저었다. 2개의 통에 담아서 아버님과 둘째 고모님 드시라고 신랑 편에 보냈다. (11. 5.(일) 일기)

❖ 가족이 둘러앉아 함께하는 식사

지은이와 페이스톡을 하는데 루아가 끼어들어 이야기하며 깔깔 웃었다. 맛있게 먹은 닭볶음탕 이야기, 친구가 어떤 지역을 놀러 가려고 사전 정보 검색하다가 내 블로그에서 지은이 뮤직슐레가 나왔단다. 독일에 사는 사람들도 내 블로그를 접속해서 정보를 얻었다는 것이 신기하고 보람 있다.

여러 가지 장난감을 꺼내서 나더러 유치원을 만들라 하고, 루아는 집을 만들고, 캐릭터 인형들로 이야기를 꾸며서 한참 놀았다. 저녁 식사 준비하는데 루이는 찰밥, 루아는 미역국을 해달라고 하고, 은혜가 좋아하는 갑오징어를 데치고, 점심때 먹었던 고등어구이로 상을 차렸다. 루이는 밥이 맛있다며 두 그릇을 먹고, 루아는 입이 작아서 늦게 먹는다더니 끝까지 잘 먹었다.

루아가 유치원에서 배운 '칠전팔기', '역지사지,' '솔선수범'의 한자 숙어를 노래로 한다. 어찌나 예쁜지 동영상 찍어 가족 단톡방에 올렸다. 내일 아침에 아이들 미역국 먹이라고 담아 보냈다.

(11. 6.(월) 일기)

❖ 아버님을 향한 마음

신랑은 새벽 5시에 일어나서 아버님께 간다. 깜깜하고 춥지만 밤새 걱정되어 서둘러 가는 거다. 계속 죽만 드셔서 오늘 아침은 찰밥과 된장국을 준비해 달라고 한다. 따뜻하게 데워서 항상 떠드렸는데, 오늘은 숟가락으로 직접 드셨단다. 맛있게 드셨다니 나도 기분 좋다. (11. 7.(화) 일기)

❖ 루루 남매와 룰루랄라~

수덕사를 지나 덕숭산에 갔다. 예전엔 좁은 산길이라 가보지 못했던 정혜사인데, 도로를 포장해서 올라가기 수월했다. 40여 년이나 근처에 살았지만 처음 가 봤다. 산속에 푹 파묻혀 아름다운 풍경을 보며 본인의 도만 닦으며 살았을 스님들이 상상되었다. 가을의 정취를 흠뻑 느끼고 내려와서 어죽을 먹었는데, 양이 많았지만 맛있어서 다 먹었다. 어떤 부부가 한 그릇을 시켜서 둘이 나눠 먹고 있는 것을 보았는데, 우리도 곧 그렇게 먹을 수밖에 없을 것 같다.

은혜 퇴근이 늦어서 루이, 루아가 우리 집에서 자기로 했다. 루이는 하교하여 놀고 있었고, 루아를 데리러 5시 30분에 갔다. 여전히 얌전히 걸어 내려와서 유치원 밖에 나오면 공이 튀듯 팔짝팔짝 뛰는데, 오늘은 차에 타더니 눈물을 주르륵 흘린다. "오늘 치즈핫도그 간식 나온다고 했는데, 할머니가 너무 빨리 와서 간식을 못 먹었어…." 할 수 없이 내가 유치원에 다시 들어가서 선생님께 루아가 간식 못 받아서 울고 있다고 했더니 치즈핫도그를 주신다. 그 간식을 차에서 먹으며 기분이 풀어졌다.

루이가 레고로 팽이 돌리는 장치를 조립했다. 팽이에 다양한 모양과 크기의 레고를 번갈아 가며 조립해 보며 팽이가 회전하는 시간을 재었다. 누가 시킨 것도 아닌데 계속 시간을 재면서 기록하고, 그 장치로 인해 회전 시간이 다르게 된 이유를 나름 분석하는 것이 흥미로워서 계속 들여다봤다.

김치찌개를 했는데, 작년에 은혜 시댁에서 보내주신 김장 김치를 다 먹어서 다른 김치로 했다. 루이가 "할머니, 오늘 김치찌개에 물을 많이 넣었어요? 덜 맵고, 뭔가 좀 부족해요." 예민하게 알아차린다. 루이를 위해서는 사돈댁 김치가 필요한데 다 떨어져서 걱정이다. (11. 9.(목) 일기)

❖ **어깨동무하며 함께 걷는 길**

아침 7시에 은혜가 루이, 루아에게 입혀 보낼 옷을 챙겨서 등교 준비를 시켜주러 왔다. 마침 은혜 생일이라 미역국을 끓이고, 생선 굽고, 어제 먹던 김치찌개까지 내놓으니 루이가 먹을 것이 너무 많다고 한다.

오후에 김명옥 권사님께 사전에 양해를 구했던 우리 교회 성가대 드레스를 빌렸다. 사이즈 표시가 없어서 김향희 쌤이랑 모든 드레스를 입어보며, 작으면 '소', 맞으면 '중', 크면 '대'로 구분했다. 본인한테 맞는 드레스를 세탁하고 다림질하도록 했다. 공연 날짜가 다가오니 중창단 연습도 더 정교하게 다듬어지고 있다.

김혜선 쌤, 정민옥 쌤, 이병원 쌤과 저녁을 먹고 차를 마셨다. 함께 근무했던 끈이 여전히 서로의 마음을 엮어주어 어깨동무하며 걸어가는 좋은 벗이다. (11.10.(금) 일기)

❖ **부활절 특별새벽예배**

신랑이 매일 새벽 5시에 아버님 아침진지 챙겨드리러 나갈 때, 밥(죽)이나 반찬 등 식사하실 수 있게 챙겨드리느라 덩달아 나도 잠이 깬다. 어차피 잠이 깨서 이번 주부터 추수감사절 특별새벽기도회가 있어서 유튜브로 드렸다.

우리 교회는 5시라서 못 일어나고, 5시 30분에 영락교회 예배를 드렸다. 우리 집 세 남자(신랑, 사위, 손자)는 일찍 자고 일찍 일어난다. 세 여자(나, 딸, 손녀)는 늦게 자고 늦게 일어난다. 어릴 때부터 체질이 밤늦게까지는 있어도 새벽은 너무 힘든데, 신랑이 일찍 나가느라 덩달아 잠이 깨서 다행히 예배를 드릴 수 있었다.

(11. 12.(일) 일기)

❖ 엄마, 십일조 꼭 해야 돼

지은이와 45분이나 영상통화 했다. 운전면허 준비와 교회 출석
이야기를 했다. 유튜브 영상으로만 예배를 드려서 믿음이 흔들릴
세라 걱정이다. 독일은 기독교 국가이고 기독교인이지만 교회 출
석은 잘 안 하는 편이라고 한다. 교회 등록되면 월급에서 십일조를
세금으로 미리 떼니, 교회 출석 안 하나 싶었다. 그래도 십일조 내
며 독일인 교회로 출석하라고 했다. 그랬더니 드레스덴에 있을 때
부터 지금까지 십일조를 하고 있단다. 십일조 하면 수중에 그만큼
돈이 부족할 것 같지만 신기하게도 돈이 안 떨어졌단다. 난 여태 십
일조 못 하고 있다고 하니까 "엄마 십일조 꼭 해야 돼. 다음 달부터
하지 말고 당장 이번 달부터 십일조 꼭 해야 해." 못 하고 있는 것을
하나님이 지은이 입을 통해서 말씀하신 것 같다. (11. 13.(월) 일기)

❖ 뮤즈앙상블 정기연주회 리플릿 디자인

리플릿 관련 자료를 얼른 인쇄소에 넘겨야 연주회 이전에 홍보
할 수 있다. 어젯밤에 계속 디자인을 고민해서 2개를 만들고 중창
단 단톡에 올려서 의견을 들었다. 난 사진이 큰 것이 좋은데, 단원
들은 작았으면 하는 의견이다.

인쇄소에 리플릿 자료를 보내고, 광고사에 플래카드와 백드롭
디자인을 의뢰했다. 손을 댈수록 좋아지니 멈추지 못하고 계속 편
집하는 성격이다. 이렇게까지 안 해도 된다는 것을 알면서도 계속
매달려 수정한다. (11. 15.(수) 일기)

❖ 하나님이 꿈을 통해 보여주시다

유튜브로 영락교회 새벽예배 드리고 다시 잠이 들었다. 꿈속에서 예배를 마치고 집에 오려고 하는데, 교회가 엄청 높은 산에 있고, 집에 오려면 겨우 한 사람만 지나갈 정도로 뾰족하게 높은 돌로 된 봉우리를 걸어서 내려가거나, 아주 가파른 계곡으로 내려와야 한다. 신랑은 뾰족 돌로 된 봉우리로 걸어서 내려갔다. 난 높은 곳은 무서워서 계곡 쪽으로 조금 내려갔으나, 무서워서 더는 내려가지도, 도로 올라가지도 못하는 사이에 사람들이 모두 갔다. "하나님 저는 무서워서 내려가지도 올라가지도 못하겠어요. 어떻게 해요?" 기도했다. 그때 갑자기 산봉우리와 계곡 같던 모습 전체가 마루가 쫙 깔린 평평한 바닥이 되었다. 밟아도 되느냐고 묻고 걸어서 나왔다. 정말 신기한 꿈이다.

계속 지은이가 한 말이 생각났다. 하나님이 지은이의 입을 통해 말씀하신 거다. 십일조는 부담되니 조금만 할까 고민하다가 정확하게 하기로 했다. 말라기 3:10에 "온전한 십일조로 나를 시험하여 내가 하늘 문을 열고 너희에게 복을 쌓을 곳이 없도록 붓지 아니하나 보라."고 약속하셨다. 온라인 계좌로 입금할 수 있어서 보냈더니 마음에 평화가 가득하다.

이제는 어떻게 살아가느냐가 아니라, 어떻게 죽을 것인가에 초점을 맞춰 살아가려고 한다. 내가 이득을 보는 것이 아니라, 주님께 영광 돌리며 살아가련다. (11. 19.(일) 일기)

❖ 사랑의 띠로 연결된 가족

어제 신랑이 감나무에 감 한 송이만 남겨둔 사진을 찍어서 '까치밥'이라며 가족 단톡방에 올렸다. 배고픈 까치를 위해 감을 따지 않는 마음은 다른 누군가를 위한 따뜻한 배려다. 오늘 정훈이가 단톡방에 까치가 와서 감을 먹고 있는 사진을 올렸다. 아빠 까치밥 사진으로 그런 모습이 유심히 보이게 되어, 아들이 연관된 사진을 찍어 올리는 걸 보니, 떨어져 있어도 사랑과 관심의 띠로 연결된 것 같다. (11. 20.(월) 일기)

❖ 연주회 전날의 긴장감

연주회 전날이다. 합창단보다는 적은 8명이고, 중간에 사회도 보고, 솔로도 들어가니 오늘부터 긴장된다. 대회도 아니고, 입시도 아닌데 신경 쓰인다. 발표회 관련 행사 준비와 제반 문제를 고민하려니 합창단원일 때와 사뭇 다르다. 중간에 음이 틀려도, 시간을 못 맞춰도 괜찮은데 이 불안감은 뭘까….

루이가 김치찌개를 해달라고 해서 냉장고를 뒤져서 남은 묵은지로 찌개를 했다. 루아를 유치원 돌봄 시간에 맞춰 데려오고, 신랑이 아버님 저녁 챙겨드리고 온 후, 넷이 맛있게 먹었다.

루아는 오늘따라 계속 정리를 한다. 장난감이 들어 있는 서랍을 가지런히 정리하고, 책꽂이도 정리했다. 물만 얼른 뿌리는 샤워하고 후다닥 나오자고 하니까 물을 한참 뿌리고 싶단다. 그래서 물을 받아서 한참 놀면서 목욕했다. 10시 20분이 지나도 잠이 안 온다고 해서 옆에 같이 누웠다. 반달에서 보름으로 넘어가는 달이 바로 창으로 비쳤다. 구름이 지나가며 달을 가렸다가 나타났다 반복한다. 루아는 달이 너무 예쁘다면서 계속 달에 심취한 모습이다. 달을 보고 시를 쓴 감성 풍부한 이태백 시인이 연상되었다.

(11. 23.(목) 일기)

❖ **홍성뮤즈앙상블 정기연주회 개최**

열심히 준비했던 발표회 날이다. 홍성문화원 대강당에서 첫 무대는 '자연'을 주제로 하여 꽃, 별, 강물 등을 노래하고, 두 번째 무대는 '삶'을 주제로 하여 자연 속에서 희망을 품고 살아가는 삶을 노래하며, 마지막 무대는 '사람'을 주제로 하여 자연과 더불어 살아가는 사람들의 노래다.

초등학교 때부터 합창단 발표회는 여러 번 했으나 중창단으로는 처음이라 긴장되었다. 단원은 소프라노 심숙희, 김미경, 김향희, 메조소프라노 모은주, 김미연, 알토 이선자, 이미란, 장재복, 반주 하은하, 총 9명이다. 초청연주인 하모니카 합주와 기타 합주로 더욱 풍성한 가을밤을 수놓았다.

가족으로 신랑, 은혜, 루이, 루아, 정훈, 지호가 왔고, 교사 이연자, 전은경, 노가연, 정민옥, 이병원 쌤, 지인으로 이원용 교수님 부부, 이종각 교수님 부부가 축하해주러 오셨다. 리플릿을 보고 30년 전 제자 윤신영이 축하해 주러 와서 깜짝쇼처럼 반갑게 만났다.

(11. 24.(금) 일기)

❖ 루이, 루아, 지호, 세 겹 줄은 쉽게 끊어지지 않는다

루아가 긴 이름의 '국립서해안기후대기센터'를 가자고 한다. 유치원에서 견학을 갔었는데 좋았단다. 추운 날씨라서 실내 활동하는 곳이라, 어제 온 지호네랑 몰려갔다.

비의 정원은 바닥 밟는 것에 따라 비 내림을 조절하며 우산을 쓰고 정취를 즐길 수 있다. 비 오는 것을 좋아하는 루이는 일부러 그 비를 쫄딱 맞고 즐거워한다. 모래가 쌓인 높이와 깊이를 색깔로 보여주는 놀이터, 계절별 그림을 터치하는 사계절관, 일기 예보 기상 캐스터 실습, 태풍과 용오름 등 기후 관련 체험이 풍성했다. 감동적인 자연과 기술력이 돋보인 사진 전시회를 흥미롭게 보고, 사계절 포토존에서 루이, 루아, 지호의 재미있는 사진을 가득 찍고, 과학 수학 중심의 책이 비치된 곳에서 취향대로 각자 책을 골라 읽었다.

다녀와서 루이, 루아, 지호, 정훈이가 각자 주제를 정해서 만들기를 하느라 방바닥이 장난감과 레고로 가득 찼다. 자기가 만든 것을 설명하고 신랑과 나에게 평가하란다.

정훈이 생일 축하 파티를 했다. 정훈, 루이, 루아, 지호가 촛불을 같이 껐다. 맛있는 초코케이크에 웃음소리가 뿌려져서 순식간에 먹었다. 머리에 땀이 송골송골 나면서 신나게 논다. 거실에 요를 깔아줬더니 루이, 루아, 지호 셋이 한 이불을 덮고 놀이하느라 잠을 안 잔다. 그렇게 깔깔거리고 놀다가 루아와 지호가 한 베개를 베고 잤다. (11. 25.(토) 일기)

12월 일기

❖ 책과 함께하는 특별 휴가

밖은 영하의 맹추위가 계속되고 눈으로 덮였다. 밖에 나갈 일 없이 집 안에서 멋진 풍경을 감상하며, 종일 책을 본다. 오늘 『토지 7』을 읽고 있다. 일제강점기인 1910년대 간도에 그 사람들과 살고 있는 느낌이다.

책을 보면서 많은 생각을 하게 되고, 과거와 현대, 러시아와 영국과 프랑스 등 세계를 품고 있다. 전혀 심심할 새가 없고, 풍성하고 행복하고 감사하다. 책을 읽을 수 있는 지금이 특별한 휴가다!

신랑이 유튜브로 유럽 BEST 50을 보고 있어서 같이 봤다. 편하게 앉아서 멋진 유럽 여행하는 것이 즐겁다. 현장에서 느끼는 즐거움도 있지만, 여행지에 가서도 볼 수 없는 것을 자세히 보여주니 흥미진진하다. 영상으로만 봐도 행복을 느끼는 내 성향을 주심에도 감사하다. (12. 22.(금) 일기)

❖ 정훈-희원-지호 즐거운 헝가리 여행

지호가 장거리 비행이 힘들까 봐 걱정했는데, 종이접기하고, 비디오도 보면서 잘 보냈다고 한다. 강을 낀 호텔에서 바라본 멋진 풍경, 우리나라와 다른 분위기의 놀이터에서 신나는 지호, 아름다운 성, 금빛으로 빛나는 부다페스트의 하늘 등 매일 사진이 날아왔다.

모처럼의 가족여행으로 정훈, 희원, 지호 얼굴이 모두 장밋빛이다. 다시 또 가고 싶다고 하고, 헝가리 파견 근무하고 싶단다. 다녀와서 수시로 지호가 헝가리 이야기를 한다. 가족을 더 큰 사랑의 띠로 묶은 여행이었나 보다. (12. 24.(일)~12. 31.(일) 일기)

❖ 루이를 기다려야 TV도 재밌어

신랑이 TV를 보며, "루이가 오는 걸 기다리면서 봐야 재미있는데, 루이가 안 온다고 생각하니 재미가 없네." 한다. 늘 학교 마치고, 방과 후 프로그램을 하고, 피아노 학원에 갔다가 우리 집으로 들어오면서 "다녀왔습니다!" 인사하고, 할아버지랑 권투를 한판 한다.

그런데 토요일이라 루이가 안 온다. 루이가 오면 같이 TV를 보는 것도 아닌데, 아침부터 루이 안 온다는 생각에 허전한가 보다.

(12. 30.(토) 일기)

1월 일기

❖ 정훈이네 1월 방문

지호가 오기를 매일 기다리고 기다리는 루루 남매다. 정훈이가 현관 번호를 알지만, 일부러 지호가 누르는 현관 벨소리는 축제를 알리는 팡파르가 되어, 루루 남매가 환호성을 지르면서 얼싸안는다. 어른들이 같이 놀아주지 않아도 셋이 계속 놀이 방법을 찾아서 신나게 논다. 벽에 부착된 칠판에 한 사람은 마커로 그림을 그리고, 한 사람은 그려놓은 그림을 따라가며 지우는 놀이, 괴물이 나타나서 대적하여 싸우는 놀이, 어른들에게 주문받은 음식을 장난감 재료로 요리하는 놀이, 작은 캐릭터 인형들로 유치원놀이 등 신바람 나게 논다.

이번에는 레고를 모두 쏟아놓고 루아와 지호가 하얀 정사각형 판에 레고 조각으로 각각 주제를 정해서 건축물 및 공간 구성하는 놀이다. 루이가 레고 조각을 1개 들고 설명하면, 루아, 지호가 가위바위보를 해서 이기면 가져가서 꾸밀 수 있다. 한참 시간이 걸려서 건축물이 완성되었다. 자신이 꾸민 건축물을 설명하라고 했더니, 루아는 식물원이라고 하고, 지호는 놀이공원이라고 한다. 재미있게 놀고 나면 여자아이들은 정리를 해야만 하는 성격이다. 판에서 레고를 제거하고 레고 박스에 담으면 된다. 그런데 특이한 방식으로 정리를 한다.

루아가 레고 조각을 1개씩 왼손에 올려놓기→지호가 그것을 작은 판에 옮겨 담기→작은 판에 가득 담기면→레고가 떨어지지 않게 둘이 조심스럽게 잡고→ 레고 통에 옮겨 담는다. 어른들이 손으로 서너 번만 담으면 될 것을 둘이 아주 바쁘게, 부지런히 정리한다. 아무도 생각지 못할 정리법으로 끈기 있게 끝까지 하는 태도가 신기해서 어른들 모두가 재미있게 들여다봤다. (24. 1. 13.(토) 일기)

❖ 아버님을 향한 아들의 손

아버님의 거동이 불편해지시니 신랑이 대부분의 시간을 아버님을 위해서 보낸다. 평일은 아침과 저녁 진지만 챙겨드리지만, 토요일과 일요일은 요양보호사가 안 오셔서 점심까지 챙겨드려야 한다. 게다가 이번 주는 개인 사정으로 월, 화요일도 못 오셔서 4일 내내 아침, 점심, 저녁 세 번을 다녀왔다. 호박죽, 고기죽, 팥죽, 닭죽 등으로 돌려가며 드리고, 면도와 목욕을 시켜 드리고 온다. 잠깐 집에서 쉬고 다시 아버님께 가느라 개인 일정은 엄두도 못 낸다.

다행히 식사를 잘 드시고, 기억력도 좋으시고, 평소와 같이 아버님의 생각과 말씀하시는 모습이 여전하시다. 신랑의 친구들이 여행을 다녀오고 운동을 하며 자신을 위해 시간을 보내고 있지만, 신랑은 오로지 아버님을 위해 모든 시간과 정성을 쏟는다. 언젠가 이 세상과 이별하시는 아버님께 효도해야 한다는 의무감일까? 장남으로서의 책임감일까? 아니다. 함께 겪어온 추억의 아름다운 마무리를 하는 거다. (24. 1. 25.(목) 일기)

❖ 솟아나는 감사

떡국을 끓이려고 멸치를 넣는 순간 끓어오른 감사한 마음이 FM 음악 방송을 들으며 식사하기까지 계속 솟아올랐다.

창밖에는 비가 내리고 차들이 분주히 지나가는 도로를 바라보며, 추운데 밖에 나갈 일 없이 편안하게 집 안에서 겨울을 느끼는 것에 감사!

논농사를 짓지 않아도 많은 손길을 통해 쌀을 추수하고 찧어서 익혀서 가래떡으로 만들고 썰어서 마트 진열장에 올려주니 감사!

바다에 나가 그물을 던지지 않아도 멸치를 잡아서 말려서 우리 집 근처 마트 진열장에 올려주니 감사!

바다에서 다시마를 뜯고, 김을 뜯어서 말리고 먹기 좋게 손질까지 하고, 포장해서 마트 진열장에 올려주니 감사!

닭을 키우지 않아도 달걀을 수시로 편리하게 사서 먹을 수 있으니 감사!

우물에 가서 물을 길어오지 않아도, 발로 밟기만 해도 물이 나오고, 장작을 구해서 불을 붙이지 않아도, 버튼 하나로 불을 켜서 국을 끓일 수 있으니 감사!

배추, 마늘, 고추, 파 농사를 짓지 않아도, 김치를 담그지 못해도, 현관 앞까지 김장 김치가 배달되니 썰어서 접시에 담기만 하면 되는 것이 감사!

시동생이 맛있는 석굴을 택배로 보내줘서 바다에 안 가도 집 안에서 시원한 굴을 껍질만 벌려서 먹으니 감사!

음식의 맛을 느낄 수 있고, 삼킬 수 있고, 소화시킬 수 있으니 감사!

작곡가들이 아름답고 감동적인 곡을 만들고, 오랫동안 연습으로 숙련된 연주자들이 연주한 것을 녹음하고, 그 곡을 방송국에서 보내주니 방안에서 생생하게 들으며 먹을 수 있으니 감사!

맛있는 것을 얼굴 맞대고 같이 먹을 수 있는 남편이 있으니 감사! 부르면 만사 제쳐놓고 달려와서 함께 이야기하고 맛있는 것 먹을 수 있는 은혜, 승진, 정훈, 희원, 지은, 루이, 루아, 지호가 있음에 감사! 수시로 음성이나 화상통화로 대화하는 지은이가 있음에 감사!

길을 예비하시는 여호와이레, 승리케 하시는 여호와닛시, 치료자이신 여호와라파, 평강을 주시는 여호와살롬, 하나님께 감사 찬송을 드립니다. (24. 1. 28.(월) 일기)

2월 일기

❖ 놀려도 신나고, 챙겨줘서 더 신나고~

장난감 곤충 모형이 너무나 실물 같아서 볼 때마다 몸이 움츠러든다. 장난치는 것을 좋아하는 루이, 할머니가 놀라는 걸 재미있어하는 루아, 공룡을 좋아하는 지호가 그 곤충을 나한테 살짝 올려놓고 깔깔대며 놀린다.

'아가새농장'에서 손바닥에 모이를 주면 앵무새 여러 마리가 손에 앉아서 맛있게 먹는다. 난 겁나서 못 한다. 손가락에 꿀을 찍어서 앵무새에게 주면 혀로 핥아먹는 게 정말 신기하지만 차마 내 손가락을 내밀지 못한다. 루아가 억지로 내 팔을 끌고 손가락에 꿀을 발라서 기어코 먹이를 주게 한다.

은혜, 루이, 루아랑 대전 아쿠아리움에 갔을 때였다. 신기한 물고기 보는 것이 무척 재밌었다. 2층 양서류관 가는데, 루이가 앞서가며 뱀이 있는 곳을 미리 파악하고, 창 앞에 루이가 팔 벌려서 가리고 섰다. "할머니는 여기 보지 말고 눈 감고 와요." 한다. 루아는 눈을 감고 걸어가는 내 손을 꼭 잡고 길을 안내한다. 평소에 곤충으로 할머니를 약 올리더니, 진짜 무서운 것은 가려주는 매너 짱 손주들이다! (24. 2. 17.(토) 일기)

❖ 내 모습 이대로…

식당에 가면 먹기도 전에 눈이 먼저 말한다. '양이 너무 많다.' 옆에서 곱빼기를 시켜서 먹는 사람을 보면 부럽다. 맛있어서 잘 먹고 나면 뱃속에서 부담스럽다고 소리친다.

음식을 먹고 바로 이를 닦지 않으면 잇몸이 아주 불편하다. 얼른 양치질하면 아픈 것이 많이 가라앉는다. 양치질하면 뭔가 먹고 싶은 마음이 사라진다. 먹으면 다시 이가 아플세라 선뜻 먹는 것이 망설여진다.

기대 수명이 길어지면서 인생은 60부터라고 하는 말이 있다. 그런데 몸은 이제 내리막길로 가면서 하나하나 기능이 떨어지고, 결국에는 흙으로 돌아갈 준비를 시작한 것 같다. 육체는 자연으로 스며들고, 영혼은 하나님 앞에 서는 날을 향해 가고 있다. 내 주님 서신 발 앞에 나 꿇어 엎드렸으니, 내 모습 이대로 주 받으옵소서. (24. 2. 29.(목) 일기)

2

뒤돌아보는 길

*

뒤돌아보니 수많은 발자국…
그 발자국 흔적을 따라 걸었다.

지금의 나를 만든
내 생각과
내 마음을 만든
'여호와이레' 주님이 예비하신
커다란 손이 있었다.

※

기도에 응답하시는 하나님

첫아기를 임신하고 기도했다. "착하고, 지혜롭고, 건강하고, 예쁜 아기를 주옵소서." 둘째 아기 임신해서도 같은 기도를 했다. 그런데 자꾸 하나님이 "너무 많다. 하나만 구해라."고 말씀하신다. 계속 고민을 했다. 건강이 최우선이니 '건강'을 기도해야겠다고 생각하다가, 솔로몬처럼 지혜를 구해야 할 것 같고, 하나님 앞에 '선(善)'이 중요하고….

그렇게 며칠을 고민하다가 "하나님, 하나만 구하라고 하시면 '선(善)'을 주옵소서."라고 구했다. 건강하지 못해도 지혜롭지 못해도 하나님 앞에 아름답게 살아가는 것이 세상을 살아가는 의미라고 여겼다.

막내를 임신했을 때는 하나만 구하라고 하신 게 기억나서 "좋은 성격을 주옵소서." 기도했다. 성격이 좋으면 어떤 것도 끌어안을 수 있겠다고 생각했다.

학교 선생님들과 배드민턴을 8년간 재미있게 쳤다. 무릎에 이상이 와서 계단을 오르내릴 때 다리를 절룩거렸다. 배드민턴할 때는 안 아프니 그렇게 절룩거리면서도 운동을 했다. 내가 절룩거리고 계단을 오르는 것을 본 은혜, 정훈. 지은의 반응이 각기 달랐다. 은혜는 당장 병원에 가서 치료를 받아야 한다며 지혜롭게 제안한다. 정훈이는 엄마에 대한 연민에 찬 선(善)한 눈길로 바라본다. 지은이는 나랑 똑같이 절룩거리며 계단을 올라간다. 치료를 받아야 한다거나 걱정도 없이 재미있는 놀이하는 것 같은 성격이다.

선하고, 지혜롭고, 건강하고, 예쁜 자녀를 허락하셨다. 여호와이레 되신 주님이 구하지 않은 것까지 모두 응답해 주셨다.

주는 걸 기뻐하신 부모님

엄마가 자주 편찮으셨어도 딸을 부엌으로 보내지 않으셨다. 초등학생 때는 어려서 그랬다지만 고등학생 때도 항상 아버지가 부엌에서 일하셨다. 어깨너머로 반찬 만드는 것을 본 적도 없고, 마늘이라도 까라고 시키신 적이 없다.

결혼하고 첫 된장국을 끓였다. 엄마가 해준 맛있는 배추된장국인데, 물, 된장, 배추만 넣고 끓여서 먹었는데 엄마가 해준 맛이 아니다. 그것도 맛있다고 먹어주는 신랑 덕에 별로 걱정은 안 했다. 엄마가 계속 김치를 비롯한 반찬을 해주셨다. 햇김치를 좋아하는 사위라고 김치가 남았어도 또 김치를 담그셨다. 가까이 사는 것도 아니고 95km 떨어져 살았건만. 언제까지? 엄마가 이 세상을 떠나 하나님 품으로 가실 때까지였다. 자상한 엄마 덕에 김치 담그기나 요리를 잘 못한다.

한 번도 큰 소리로 혼내신 적이 없으셨다. 내가 뭔가 잘못하면 엄마가 살짝 와서 작은 목소리로 "아버지가 속상해하신다." 하신 것이 전부였다.

손주들이 가면 항상 불고기나 갈비를 해주셨다. 돌아가시기 전에 두 분이 편찮으셔서 우리 집에서 지냈었다. 아버지가 고기를 안 드시는 걸 그때 알았다. 받기만 하는 딸에게 한없이 주는 것을 기뻐하신 부모님이셨다.

엄마가 들려준 이야기

엄마는 아파서 누워 있는 일이 많았다. 여섯 살이던 나는 밖에 나가서 잘 놀았는데, 4월 초에 종이 1장을 내밀었단다. 유치원 수업료 내라는 고지서라서 상황을 알아본 엄마가 너무나 놀라셨단

130

다. "그동안 밖에서 노는 줄 알았더니, 혼자 유치원에 입학하여 다 녔어!" 그해 첫 유치원이 개원되었단다.

내 인생의 밑그림을 그려준 초등학교

운동회 때 달리기하면 꼴찌였고, 고무줄놀이하면 '깍두기'였다. '깍두기'는 못하는 친구를 양쪽 팀에 모두 끼워주는 배려 깊은 규칙이다.

4학년 2학기 때 학교에 축구, 농구, 핸드볼, 배구, 배드민턴, 탁구의 단체 종목 운동부가 생겼다. 정원보다 많은 학생을 운동부에 배치하고, 전문 코치가 몇 달 동안 운동시키면서 걸러내어 최종 선수를 선발했다. 선수 선발 과정에 예비 선수 모두가 운동장에서 체조하고 지역 유원지로 뛰어간 적이 있다. 계단이 아주 많은 곳에서 남자 2명, 여자 2명씩 뛰어 올라가 남녀 1위는 위에서 놀고, 진 2명은 내려와서 다시 뛰어 올라간다. 진 사람끼리 반복하니, 못하면 여러 번 뛰어야 했고, 최종 여자 꼴찌가 나였다. 몸과 마음이 후들거렸다.

탁구부 선수는 3명인데 처음에 30명 정도를 복도에서 한 줄로 서서 폼 연습 및 지도하며 한 달에 몇 명씩 탈락시켰다. 최종 선수로 선발된 후 코치가 말했다 "미란이는 제일 처음에 자르려 했는데, 너무 열심히 해서 차마 말이 안 나와, 다음에 자르려고 계속 미뤘는데, 나중에는 폼이 가장 좋더라."

우리 학교 운동부가 대회에서 상을 휩쓴 기념으로 밴드부를 앞세우고 우승컵을 든 선수들이 도열해서 팔을 흔들며 시가행진했다. 마을마다 다녔으니 골목 행진이 더 맞는 표현이려나. 지금도 초등학교 현관에 내가 탄 우승컵이 진열되어 있다.

평생 기도해 주는 친구

중학교 2학년 때 같은 반이었던 여옥이랑 쉬는 시간이면 자주 이야기를 나눴다. 내가 여옥이에게 교회 가보라고 했는데, 그날 당장 교회에 가서 전도사님께 예배 시간을 여쭈었더니 주일예배뿐 아니라 수요예배, 속회, 새벽예배까지 모두 말씀하셔서 그 모든 예배를 모두 드리기 시작했다. 성경 말씀 외우라는 것 모두 외우고 성경 읽고 기도하는 여옥이를 주님의 강한 손이 붙드셨다.

여옥이 집에 놀러 간 기억이 난다. 시골에 큰 기와집이었고, 동네 우물에서 물을 길어다 항아리에 채워서 사용했다. 식구들은 집에 없고 여옥이 엄마가 장에 가신다면서 "친구 왔는데 떡이나 해 먹어라." 하시며 찹쌀을 내주셨다. 떡 먹으라고 주시는 게 아니라 너무 의아했다. 그런데 여옥이가 가마솥에 찹쌀을 넣고, 아궁이에 불을 땐다. 난 따라서 나뭇가지를 넣었다. 다 익히더니 커다란 돌 절구에 넣고 큰 방망이로 쿵쿵 찧었다. 놀이처럼 깔깔대며 다 찧고, 콩가루에 묻히니 찹쌀떡이 되었다. 찹쌀떡이 그렇게 맛있는 줄 그때 알았다. 그 뒤로도 몇 번 놀러 갔고, 때로는 여옥이네 집 뒷산에 올라가서 같이 손잡고 기도하기도 했다.

중학교 2학년 때부터 새벽기도에 나가서 지금까지 새벽기도를 하는 여옥이다. 더 감동인 것은 그때부터 지금까지 나를 위해서 기도하고 있다. 나뿐인가? 신랑을 위해서, 내 동생 규환이를 위해서, 내 자녀 은혜, 정훈, 지은이를 위해서 기도하더니, 점점 늘어서 손주 루이, 루아, 지호를 위해서 기도한다.

나 외에도 주변에 많은 사람을 위해서 기도한다. 그래서 새벽기도 시간이 점점 길어지고 있단다. 자주 만나지도 못하지만 기도로 연결되어 늘 곁에 있는 것 같다.

성숙이와 함께 부른 노래

주일 대예배를 마치면 성숙이 집에 가서 성숙이는 소프라노, 난 알토로 화음을 맞춰 노래했다. 논산여고에 같이 다니며 매주 두 번씩 합창단원으로서 연습했다. 합창대회를 준비하거나 의식행사에 동원된 적이 없이, 오로지 노래가 좋아서 모인 합창단이었다. 김호익 음악 쌤은 주로 가곡을 지도해 주셨고, 오페라 「나비 부인」 중에 「허밍 코러스」도 애창곡이었다. 덕분에 아주 많은 가곡을 접했기에, 가곡 합창곡집 처음부터 끝까지 넘기면서 노래했다. 헨델의 「메시야」는 전축을 틀어놓고 처음부터 끝까지 따라 부르고, 대부분은 성숙이가 피아노 반주하면서 불렀다.

그렇게 2시간쯤 하고 나면 찬송가를 이중창으로 연습하고 저녁예배 특별 찬송을 했다. 성숙이가 교회 반주자라서 반주를 녹음해서 카세트를 틀어놓고 불렀다. 몇 번은 목사님께 특송 준비했다고 미리 말씀드렸지만, 매주 했더니 나중에는 당연하게 여겨져서 거의 1년 정도 한 것 같다.

인내심을 길러준 팔굽혀매달리기

공원을 산책하다가 철봉을 만나면 항상 매달린다. 그때마다 중학교 3학년 추억이 떠오른다.

고등학교 입시에서 체육 과목은 체력장으로 20점 만점이 배정되었다. 오래달리기, 팔굽혀매달리기, 왕복달리기, 멀리던지기,

100m 달리기, 윗몸 앞으로 굽히기, 윗몸 일으키기, 멀리뛰기의 8종목이다. 난 겨우 20점 만점을 받을 정도는 되었지만 그래도 체력장 한 달 전부터 새벽에 학교 운동장으로 가서 오래달리기 연습을 했다.

그렇게 준비한 체력장 날이다. 비리를 막으려고 다른 학교 선생님이 오셔서 측정하셨다. 팔굽혀매달리기 검사를 하려고 우리 반이 철봉대 있는 곳으로 갔다. 2학년 때 영어 선생님이 다른 학교로 전근 가셨는데 검사하러 오셨다. 이미 나를 알고 계신다.

"반장 나와." 하셔서 나갔더니, "반장이 할 수 있는 데까지 해봐. 네가 한 기록으로 반 전체 똑같이 점수 주겠다."

너무 깜짝 놀랐다. 나 때문에 친구들이 점수를 못 받을까 봐 걱정되고, 반 친구들이 "끝까지 버텨~."라고 소리 지른다.

의자에 올라가서 철봉 잡으면 친구가 의자를 빼면서 매달리기가 시작되었고, 보통 검사하시는 선생님이 5초, 10초, 15초, 20초, 25초…. 이렇게 시간을 불러주시니, 20초가 되면 못 견딜 것 같고, 25초쯤 되면 거의 정신이 아득한데, 나머지 26초, 27초, 28초, 29초, 30초를 죽을힘을 다해 버틴다.

그런데 선생님이 몇 초인지 불러주지 않으신다. 그 당시 휴대폰은 없는 세상이고, 시계를 찬 학생도 없었다. 아무도 시간이 얼마만큼 흘렀는지 알 수가 없다. 반 친구들은 "내려오면 안 돼.", "계속 버텨~."를 외치고 있다. 얼마를 더 버텨야 하는지 모르며, 기절할 것 같은 힘을 다 쏟으며….

선생님이 "그만 내려와." 하신다. "지독한 놈! 50초를 하네." 당연히 반 친구들이 내 기록으로 점수를 받지 않았다. 선생님의 농담도 구분 못 하는 나였다.

긴 세월이 흘러간 지금까지도 철봉에 매달리면 항상 그때 기억이 난다. 너무나 강하게 붙잡혀 있는 기억이다. 지금은 팔을 굽히지도 못하고 쭉 늘어뜨리고도 30초 버티기가 힘들다. 그런데 그렇게 참고 견딘 것이 나의 인내심을 길러준 것 같다. 힘들 때 '내가 철봉에서 그 힘든 것도 버텼는데.' 하면서 견디는 힘이 되었다. 그 선생님의 장난기가 나를 잘 참아내게 하는 힘이 되었다.

인기 짱 교장 선생님

길가에 단풍으로 물든 나뭇잎이 쌓여서 바람에 흩날리고 있다. 그 길을 걸으며 문득 여고 시절 운동장이 생각났다. 가을이 되면 학교 둘레에 빙 둘러선 플라타너스의 커다란 잎이 떨어져 운동장에 눈처럼 쌓였다. 해마다 운동장 청소 맡은 친구들이 가장 부담을 토로했다. 비가 오면 낙엽이 흙에 파묻혀 제거하기 힘들다는 이유로 바로 치웠다. 그런데 교장 선생님이 운동장에 낙엽을 쓸지 말고 그대로 두라고 했단다. 그래서 낙엽이 흩날리는 운동장으로 학생들이 쏟아져나와 산책하며 낙엽을 줍고 던지며 깔깔거렸다. 청소보다는 학생들의 즐거움을 위해 과감한 결정을 내린 교장 선생님이셨다.

매주 월요일은 운동장 조회를 한다. 운동장이 얼음장이 되어 우리가 서 있으면 우리 체온으로 땅이 녹는 겨울에도, 여전히 전교생이 운동장에 모여서 조회했다.

"다음은 교장 선생님 훈화 말씀이 있겠습니다. 전교생 차렷, 교장 선생님께 경례." 단상에 교장 선생님이 마이크 앞으로 가셨다. "추운 날씨에 건강관리 잘하세요." 딱 그 한마디만 하신다. 학생들이 너무 추운데 동동거리며 서 있는 것을 안쓰러워하셨다. 조회도 안 하고 싶은데, 월 1회 운동장 조회를 안 한다는 것은 깰 수는 없는 시대였다. 그래서 딱 한마디 하시며 학생들의 추위 시간을 줄여 주신 것이다. 그런 교장 선생님의 마음을 알고 전교생이 박수와 함성을 질렀다. 마치 오빠 부대 아이들처럼. 학생들 누구나 교장 선생님이 지나가면 친구처럼 다가가서 말을 걸었다.

힘든 것도 여유롭게 펼쳐진 학교 분위기가 또 있다. 전교생이 단체로 극장에서 인도 영화 「신상」을 봤다. 교련 검열 연습하느라 전교생이 운동장에 모여서 제식 훈련하다가 잠시 쉬는 시간에 선배 언니가 높은음의 「신상」 주제가를 불렀다. 전교생이 가사도 제대로 모르는 높은 음정의 노래를 소리높여 부르며 운동장이 들썩거렸다. 영화 내용은 안 떠오르는데, 오히려 운동장에서 전교생이 들떠서 노래 부른 추억만 남았다.

출근하는 엄마, 남겨진 아이의 아픔

당진문예의전당에서 「봄을 맞은 파리」라는 주제로 '아트살롱' 공연을 보러 갔다. 파리를 배경으로 그렸던 그림과 음악을 소개하고, 피아노, 성악, 플루트 연주자가 무대에서 연주를 했다. 연주자들의 숨소리와 표정까지 보이고, 화가들의 그림 배경 이야기 등 흥미로웠다.

출발하기 전에 루아가 "할머니, 가지 마." 하며 우는데, 예전에 출근할 때 생각이 나서 다시 가슴이 아팠다.

아침마다 출근하려면 안 떨어지려고 우는 네 살 아기 은혜를 떼어놓기 위해 "은혜야, 저기 연필 좀 갖다 줘." 하면 그것을 가지러 간 사이에 그냥 도망치듯 출근했다.

은혜가 감기에 걸려 컨디션이 안 좋은 그날은 연필을 가지고 오라고 해도 안 떨어지고 계속 달라붙어서 우는 걸 그냥 떼놓고 뛰어나왔다. 뛰어가야 겨우 지각을 면할 시간까지 실랑이를 벌이고 있었다. 뛰어가다가 돌아보니 은혜가 울면서 따라오고 있다. 그래도 난 달릴 수밖에 없었다. 조금 있으면 지쳐서 포기할 거라고 내 마음을 달래면서 큰 도로까지 나왔고, 100m 정도 거리가 떨어졌는데도 계속 울면서 따라 뛰어온다. 몇 번을 뒤돌아봐도.

결국 나는 은혜에게 도로 뛰어왔고, 둘이 끌어안고 엉엉 울다가 도로 집으로 갔다. 휴대폰도 없는 시절이라 주인집 전화를 빌려서 학교로 교감 선생님께 전화했다. 엉엉 울면서 아가가 아파서 늦는다고….

지은이 5학년 때 운동회날 11시경 초등학교로 찾아갔다. 아직 점심시간은 아니지만, 그 시간까지 기다리면 출장 시간에 늦는다. 내가 수업하는 한 시간 전체를 촬영하여 배포하는 협의라서 다른 분들을 기다리게 할 수는 없었다.

담임 선생님께 사정을 말씀드리고 미리 점심을 먹겠다고 허락을 받았다. 따로 데리고 가서 준비해 간 김밥을 먹자고 하니 지은이가 먹으려고 하지 않는다. 음식이 넘어가지 않는 것 같다. "엄마, 그럼 난 점심시간에 뭐 해?" 점심시간에 저 혼자 어느 구석에 있다고 생각하는 거다. 배고픈 것보다 엄마랑 같이 있지 않은 것이 더 힘든 거다. 출근하는 엄마를 둔 자녀들의 아픔이다. 아이를 두고 출근해야 했던 엄마의 아픔이다.

낯 가리는 딸

'학교는 이제 개학이겠구나.' 생각하다가 문득 첫 발령지 학교에서 개학 날 기억이 떠올랐다. 여교사들이 도시락을 싸 와서 같이 먹으며 방학 동안 지낸 이야기를 했다. 경상도 사투리를 쓰는 선생님이 늦게 결혼하고 딸을 낳고 돌보기 어려워서 대구에 사시는 친정 엄마에게 딸을 맡겼다. 그 당시는 출산휴가가 겨우 한 달이라 그 어린 것을 떼어놓고 방학 때만 겨우 가서 볼 수 있었다.

딸이 돌쯤 되었을 때 설레는 마음으로 대구에 갔는데, 마침 친정 엄마가 딸을 보면서 동네 할머니들과 모여 계셨단다. 딸이 엄마를 보자 낯설어서 할머니 뒤로 숨었단다. 동네 할머니들이 "지 엄마보고 낯가려서 도망가네~ 후후후." 너무나 가슴이 아픈데 그 자리에서 어쩔 수 없이 같이 웃었다는 이야기를 울면서 하신다. 이야기를 듣던 선생님들도 덩달아 눈물이 쏟아져서 같이 울었다. 그 이야기를 다른 학교 선생님들 만났을 때 "우리 학교에 대구 사시는 선생님이~." 하면서 이야기를 전하다가 또 울고, 해마다 여름방학이 끝나고 개학이 되면 또 생각나서 울컥했다.

이제 할머니가 되어 그 이야기를 떠올려 본다. 늘 아기를 떼어놓고 오는 엄마의 입장이 가슴 아팠는데, 이제는 하루 24시간 1초도 눈을 떼지 못하고 아기를 챙겨야 했던 할머니의 어려움이 다가온다. 물론 손주가 예뻐서 밥 안 먹어도 배부르고 행복한 시간이 많았을 것이다. 그러나 할머니 본인을 위한 시간은 엄두도 못 내고, 늘 손녀만을 바라봤을 할머니의 어려움이 그때는 보이지 않았었다.

「섬집 아기」 노래

루아가 내일 지호가 오는 것을 너무나 기다린다. 얼른 자야 내일 지호가 일찍 온다며 재우려 했으나, 잠이 안 온다며 계속 안방에 와서 논다. 거실에 같이 누워서 자장가를 불렀다. 아기 때는 노래 5곡 정도 부르면 잠이 들었다. 노래 들으면 잠드니까 안 자고 싶어서 노래 그만하라는데, 난 얼른 재우려고 노래를 불렀다. 그때 떠오른 노래 "엄마가 섬 그늘에 굴 따러 가면~."까지 부르고 눈물이 왈칵 나왔다. 왜 그 노래만 부르면 항상 눈물이 나는지…. 아이들을 챙겨주기보다는 내가 출근하기 바빠서 허둥지둥 살았던 것들이 마음에 걸려서 그 노래만 부르면 아직도 눈물이 난다. 방송으로 그 음악이 나와도 눈물 난다. 노래 가사만 읽어도 눈물이 난다….

「라이온 킹」에 빠지다

충남지역 주일학교 아이들 그림 대회에 은혜가 참가하느라 온 식구들이 대전에 갔다, 행사 마치고 도시 나들이 기념으로 영화관에 갔다. 어떤 영화를 볼 것인지 고르기보다는 교통이 편리한 위치의 영화관을 택했고, 당일 상영하는 것을 봤다. 애니메이션 「라이온 킹」을 보고 아름다운 색상과 음악에 빠져들었다. 영화가 너무 매력적이어서 정훈이가 다시 보겠다고 한다. 정훈이는 아기 때부터 고집을 부린 적이 없는 너무나 순한 성격이다. 그런데 의자에서 안 일어나며 또 보겠다고 한다. 어쩔 수 없이 다시 영화를 봤다. 끝나고 또 보겠느냐고 하니까 또 보겠다고 한다. 어두워져서 집에 가자고 설득했다.

그런 감동의 영화가 비디오테이프로 판매되어 얼른 구입했다. 집에 앉아서 온 식구가 하루 종일 봤다. 테이프라 다시 보려면 앞으로 되감기를 해야 한다. 이제는 정훈이의 감동이 지은이로 넘어갔다. 그때 두 살쯤 되어서 테이프 되감기를 할 줄을 모르니, 누군가 가서 되감고 재생을 눌러주어야 했다. 아침에 눈 뜨자마자 보기 시작해서 잠잘 때까지 얼어붙은 것처럼 꼼짝도 안 하고 눈이 화면에 붙어서 쉴 새 없이 재생한다. 그러기를 한 달쯤 지나자 이제 잠깐씩 장난감을 만지면서 보며 거의 6개월 정도 간 것 같다. 음성은 영어이고 한글 자막이니 내용이 뭔지 몰랐을 거다. 그뿐인가. '왕'이 무엇인지, 그것을 빼앗으려 한다, 모략으로 쫓겨난다, 다시 고향으로 돌아오는 그런 사회적 맥락도 모르는 아기를 꼼짝 못 하게 묶어뒀던 것은 어떤 힘일까?

며칠 동안 같이 보던 은혜와 정훈이는 자기 일을 하면서 테이프 돌려주기만 한다. 온 집안에 「라이온 킹」 소리가 들리니, 대사를 다 외워서 "it is time." 등 대사를 자기 일을 하다가도 장면에 맞춰 외친다. 너무나 기특한 것은 지은이가 TV를 차지하고 있어도 아무도 말리지 않았고, 내가 보고 싶은 것 보겠다며 요구하지도 않았다.

정훈이가 보는 세상

11월 하순 정훈이 네 번째 생일날에 함박눈이 내렸다. 내가 "정훈아 생일 축하해! 내가 선물로 눈을 뿌려줄게!" 이렇게 말했더니 정훈이가 하늘을 올려다보면서 "하나님, 감사합니다!" 한다. 진심 어린 표정이다.

집에서나 차에서 FM 클래식 음악을 들었다. 그날 채널을 돌리다 화려한 팝송이 흘러나왔더니, 정훈이가 말했다. "음악이 아니네." 정훈이에게는 클래식만 음악이었다.

유치원 다닐 때 학습지를 하고 있었다. 관계있는 것끼리 줄로 이으라고 하는데 왼쪽에서 오른쪽으로 바로 연결하면 되는데, 정훈이는 지면의 위로, 또는 아래로 빙빙 돌아서 연결한다. 바르게 짝을 지었는지 확인하려면 긴 줄을 한참 따라가야 한다. 일반적인 아이들과 다른 것이 자주 눈에 띄었다.

단어를 외우는 방식이 이미지였던 것 같다. '버들강아지'를 '개풀'이라 하고, '스승의 날'은 '선생님 날'이라 했다.

우리 집의 전설

"눈 보면 생각난다." 했더니, 지은이가 "우리 집의 전설!" 한다. 전설의 배경은 은혜가 겨우 돌을 지났을 때다. 8개월에 '아빠'라고 말이 터지기 시작해서 아주 빨리 늘었다. 신랑의 친구가 눈이 하얗게 내린 날 우리 집에 놀러 오셨다가 가시려고 일어서셨다. 아기 은혜가 "눈 녹으면 가세요." 했다.

모두 깜짝 놀랐다. 말을 잘하는 것은 익히 알고 있지만, 그 상황을 판단해서 눈길이 위험하니 더 쉬었다가 가시라는 표현이 경이로웠다. 후에도 자주 그 말을 들은 지은이가 우리 집의 전설이라고 위트 있게 한 말이다.

안전한 길로 가라는 은혜의 그 말은 나의 믿음과 이어진다. 난 '여호와이레'를 모토로 한다. 이삭을 제물로 바치라는 말씀에 순종한 아브라함을 위해 다른 예물을 예비하셨다. 주님이 우리의 길을 예비하시고 인도하심을 믿는다. 눈 녹은 길로 안전하게 가듯 하나님께서 예비하신 길을 가고자 기도한다.

매일 벌 받은 지은이

식구들이 저녁을 먹으며 학교에서 있었던 일을 내가 이야기했다. "어떤 쌤이 중학교 1학년 남학생에게 교무실에서 '앉았다 일어섰다 1,000번'의 벌칙을 주셨어. 대부분 10번쯤 하다가 "잘못했어요. 다음부터 잘할게요." 응석 부리면 그만하라고 하는데, 잘못했다고 말하지 않고 계속했어. 400번쯤 하니 땀을 너무 흘려서 지켜보던 선생님들이 그만하라고 하는데도 기어코 1,000번을 했어." 이야기를 듣던 지은이가 말했다.

지은: 앉았다 일어섰다 100번은 금방 해.

나: 그러면 너도 그런 벌 받아 봤어?

지은: 초등학교 6학년 때 매일 100번씩 했어.

나: 왜? 뭘 잘못했어?

지은: 지각해서.

나: 엄마 먼저 태워주고 돌아서 가느라 늦었구나…. 그러면 너 먼저 가겠다고 말하지. 1년 내내 벌 받으며 한마디도 안 해서 전혀 몰랐다….

지은: 엄마 바쁘잖아. 그냥 앉았다 일어섰다 하면 되는데.

아침 0교시 보충수업이 있어서 늘 아침 시간이 바빴다. 학교가 먼데 시내버스 노선도 없어서 아빠 차로 등교했는데, 지은이는 등교 준비 끝나고 가방까지 메고 소파에 앉아서 기다렸다. 항상 나를 먼저 데려다주고, 다음으로 지은이를 데려다줬다. 한 번도 나더러 서두르라거나, 자기가 먼저 가겠다거나, 지각해서 벌 받는다고 한 적이 없었다. 지은이가 보기에 엄마가 허둥허둥 출근 준비하는 걸 보고 본인이 감수한 거다. 이미 알고 있던 것 외에 나를 위해 양보한 것이 또 있었다니….

내 수업하는 교실에 함께 계시던 주님

중학교 때 우리 반 친구가 했던 말이다. "미란이 너처럼 반장을 하면서 한 번도 화를 안 내는 애는 처음 봤어." 그 친구의 말이 가끔씩 떠올라 좀 더 조심하게 되었다.

교사로 발령받은 2년째 그 학교에 음악 교사가 부족해서 내가 2학년 8개 반 음악 수업을 지원했다. 꿈속에서 내가 음악 수업을 하고 있었는데, 수업 종료령이 울리니 학생들이 일어나서 나갔다. 난 학생들에게 나가지 말라며 화를 냈다. 그때 학생들 틈에 앉아 계시는 예수님이 보였다.

예수님: 화내지 마라.

나: 예수님 제 수업할 때 계셨어요?

예수님: 네가 수업하는 교실에 항상 너랑 같이 있었다.

때때로 교실에 예수님이 앉아 계심이 느껴지면서 그때 예수님께서 학생들을 더 이해하고 인내심을 가지고 의미 있는 수업을 하라고 꿈을 통해 말씀하셨던 것을 상기하게 됐다.

음악으로 감동받은 추억

❖ 가슴으로 들어요

대학교 근처에서 살 때, 학교 축제로 공연이 있으면 보러 갔다. 얕은 동산 아래 아치 형태로 된 계단에 관람석이 있고, 무대는 제일 아래 바닥에 설치된 야외무대였다. 학생들로 구성된 밴드가 기타, 키보드, 드럼을 연주했다.

"엄마, 나는 가슴으로 음악을 들어!" 연주를 듣던 다섯 살 지은이의 말이다. 큰 북을 둥둥 치면 그 음파가 와서 가슴을 친다. 음파가 가슴을 직접 두드리는 것이 꽤 즐거웠다.

❖ 소름이 쫙 끼쳐요 1

지은이가 초등학교 3학년 때부터 중학교 때까지 홍성군청소년수련관 소년소녀합창단 단원으로 주 1~2회 연습했다. 초등학교 5학년 정기연주회가 문화회관에서 있었다. 첫 곡은 동요 「나뭇잎

배」였다.

"낮에 놀다 두~고 온 나뭇잎 배는~."

갑자기 팔에 오돌토돌하게 소름이 쫘악 돋는다! 연주회 마치고 같은 소년소녀합창단 단원인 한섭이 엄마를 만났다. 만나자마자 하는 말, "첫 곡 '낮에 놀다 두고 온~.' 하는데, 팔에 오돌토돌하게 소름이 쫙 끼쳤어요!"

나만 그런 줄 알았더니 동시에 그런 경험을 했다니! 음파가 가슴을 치는 것만 아니라 소름도 돋게 하나?

❖ 소름이 쫙 끼쳐요 2

선교사님이 교회에 오셔서 선교 보고를 하셨다. 멕시코에서 같이 온 성도님이 특송으로 「주께 가오니」를 부르셨다.

"주께 가오니 날 새롭게 하시고 주의 은혜를 부어주소서. 주 사랑 나를 붙드시고 주 곁에 날 이끄소서. 독수리 날개 쳐 올라가듯, 나 주님과 함께 일어나 걸으리, 주의 사랑 안에."

물론 영어로 불렀고, 이미 아는 곡이라서 가사를 이해하며 들었다. 중간에 "독수리 날개 쳐 올라가듯~." 하는데, 온몸에 소름이 돋았다. 너무너무 감동적이었다. 예배를 마치고 김 권사님과 이야기하는데, "특송 하신 분이 '독수리 날개 쳐 올라가듯' 하는데 소름이 쫙 돋았어요." 하신다. 똑같은 순간에 소름을 느꼈다니! 소름을 돋게 하는 음파가 있나 보다!

❖ 내 영혼이 날아오르다

7월 장마가 시작되어 바깥은 어둡고 세찬 빗줄기가 쏟아졌다. 다행히 비가 들이치지는 않아서 창문을 열어놓고 수업하고 있었다.

교내 합창대회로 학급마다 연습이 무르익어 어느 정도 완성되었다. 수업하다가 학생들에게 교내 합창대회 곡을 불러보라고 했다. 반주가 준비되지 않아서, 지휘를 맡은 학생이 자기 목소리로 소프라노와 알토의 첫 음을 잡아줬다.

여중 3학년 학생들의 맑은 소리가 화음을 탔다. 앞에 서 있던 나는 팔을 뒤로해서 칠판을 잡고 섰다. 갑자기 몸에서 나의 영혼이 빠져나와서 창문을 통과해서 비가 쏟아지는 밖으로 나간다. 아이들의 목소리를 타고 내 몸이 하늘 높이 솟아오르더니 빗속에서 천천히 날아다닌다. 한참을 그러다가 아이들의 합창이 끝나자, 아까 나갔던 창문으로 영혼이 쓱 들어와서 칠판 앞에 나에게로 들어온다. 너무 신비한 경험으로 인해 잠시 학생들에게 아무런 말을 못했다.

합창대회라서 반마다 요란한 음악과 율동으로 시선을 잡으려고 했다. 난 그 반 학생들에게 아무 동작도 하지 말고 아카펠라로 그냥 지금처럼 화음만 이뤄서 발표할 것을 제안했다. 형언할 수 없는 감동을 다른 사람들도 느껴보게 하고 싶었다. 합창대회 당일에 내 제안대로 아무런 율동도 없이, 아름다운 화음으로 노래했다. 심사위원이 1등으로 선정하지는 않았지만, 여중생의 맑고 청아하며 아름다운 1등짜리 합창이었다.

비 오는 날의 학교 풍경화

추운 날씨에 옷을 네 겹이나 껴입고 목도리로 머리까지 감싸서 찬바람을 맞으며 산책하러 나갔다. 도서관에 빌린 책을 반납하고, 책을 읽었다. 『수학동아』 1권을 거의 보고 나왔더니 하늘이 어둡고 눈이 올 것 같았다. 집으로 향해 걷는 중 비가 오기 시작했다. 도로 도서관으로 돌아가기에는 애매한 거리라서 비를 맞고 뛰었다. 가까운 가게에서 우산을 살 때까지 비를 맞으며 달렸다. 비가 와도 신랑은 양반이라 뛰지 않고 걸었다. 길가에 단풍이 빨갛고, 비를 맞아서 풍경은 더욱 운치 있었다. 하교 시간이 되어 우산을 2개씩 챙겨 들고 바삐 가는 엄마들이 눈에 띄었다. 갑작스레 비가 쏟아졌던 오래된 학교 풍경화가 떠올랐다.

❖ 풍경화 1

H 여중에서 근무할 때 갑자기 비가 왔다. 차를 가지고 오거나, 우산을 들고 온 부모님들이 인산인해를 이뤄 학교 앞 교통이 마비되었다.

❖ 풍경화 2

면 단위 학교에서 근무할 때다. 폭우가 쏟아졌다. 배수가 잘 안 되어서 학교 운동장에 물이 출렁거렸다. 시골에 사는 학생들이 냇

물을 건너야 하는데 비가 너무 많이 와서 징검다리가 잠겨서 그 길로 갈 수가 없단다. 그래도 농촌에서는 일손이 바쁘시니 자녀를 데리러 오신 부모님이 없다. 학생들 귀가하기 어렵다고 전화를 드렸다. "넵둬유~ 알아서 오겄지유." 그 냇물을 건너지 못하면 다른 쪽으로 우회해서 비를 맞으며 한참 가야 한다. 그래도 그 아이들이 꿋꿋이 그 길을 걸어서 집에 가고 성장했다.

❖ **풍경화 3**

조손 가정과 편부 편모 가정이 많다는 학교였다. 갑작스럽게 폭우가 쏟아졌다. 우산을 가져다주러 오시는 부모님들이 거의 없었다. 학교에서 학생 대여용 우산을 많이 비치했지만. 수업이 일찍 마친 저학년들이 모두 가져가고 늦게 끝난 3학년 여학생 4명이 우산을 빌리러 왔다. 더 이상 대여할 우산이 없어서 너무 안타까웠다.

"그냥 우리 양말 벗고 가자.", "그래~."

아주 쾌활하게, 아무렇지도 않게 빗속을 걸어나간다. 젊을 때 빗속을 걷는 것은 나름 추억일 수도 있지만, 너무나 안쓰러웠다. 그래도 같이 갈 친구가 있어서 다행이었다. 당당하게 학교생활 잘한 그 학생들에게 응원의 박수를 보낸다.

웃음꽃 피우던 배드민턴

내가 정보부장이고 이동임 쌤이 기획이라 옆자리에서 자주 이야기를 나누었는데 호흡이 잘 맞아 재미있게 지냈다. 배드민턴 협회에서 대회를 개최한다는 소식을 듣고 대회에 나가고 싶은데 복식이라서 나더러 같이 나가자고 했다. 난 라켓을 잡아본 적도 없다고 하니, 1주일간 방과 후에 강화훈련을 하면 된다고 했다. 가르쳐 주는 코치도 없는데 둘이 서브 넣는 것부터 시작해서 방과 후에 한 시간씩 연습하고 대회에 나갔다. 왕초보라서 제로 게임으로 졌다.

져서 속상하다며 제대로 연습하자는 동임 쌤의 강력한 주장 덕에 우리 정보부에 박일숙 쌤, 노종칠 쌤과 다른 쌤까지 학교에서 배드민턴 붐이 일었고, 그 후 배드민턴을 8년 했다.

수업, 업무, 생활지도로 하루 종일 바쁘고 긴장된 상태였지만, 퇴근 후 배드민턴을 치며 깔깔 웃고 땀을 흘리며 뛰다 보니 몸이 가뿐해져서 "오늘도 보약 한 사발 마신 것 같아!"라고 말하곤 했었다.

무리했던지 무릎 이상으로 계단을 오를 때 다리를 절면서도 1년을 더 치다가 어쩔 수 없이 접었다.

받는 것보다 주는 것이 즐거운 루이

지은이가 독일어도 못하고, 아는 사람 1명도 없는 낯선 땅으로 혼자 출발했다. 온 식구가 걱정스러운 마음으로 공항까지라도 함께하려고 갔다. 양손에 대형 캐리어, 등에는 악기 가방, 앞으로도 가방을 메고 뚜벅뚜벅 떠났다. 지은이를 태운 비행기가 뜨는 모습을 보려고 공항 외부로 나갔는데, 작은 정원이 있어서 의자에 앉아 걱정스러운 마음을 달래고 있었다.

바로 머리 위로 비행기가 뜨자, 세 살배기 루이의 얼굴에 공포가 뜬다. 큰 소리와 너무 가까이 비행기가 있어 놀랐다. 공항에서 비행기가 다른 곳으로 가는 거라는 설명을 하고 거의 1분 간격인 비행기가 세 번째쯤 뜨니까, 표정이 편안해지면서 항상 들고 다니던 작은 토끼를 높이 든다. 토끼에게 비행기가 날아가는 모습을 보여주고 싶어서였다. 신기한 장면을 내 눈에 넣기보다는 토끼 눈에 넣어주는 것을 즐거워했다.

은혜가 기타 연주를 했다. 줄에서 아름다운 소리가 나는 것이 신기해서 루이가 장난감 말에게 보여준다. 기타 줄을 튕겨 소리를 자기 귀에 담기보다 장난감 말의 귀에 담아주는 것을 더 즐거워했다.

루이는 떨어진 나뭇가지를 보면 모두 줍는 습관이 있었다. 공원에 '기린 가족' 구조물 중 아기 기린이 갖고 놀라고 챙겨주는 장난감이다. 엄마가 보고 싶어 울적해하는 루이를 데리고 홍예공원에 갔다. 즉흥적으로 노래를 만들어서 불렀다.

"자고 일어났는데 장난감이 보이네, 자고 일어났는데 장난감이 보였네, 누가 놨을까? 누가 놨을까? 아하~ 루이구나! 루이야 고마워." 루이의 얼굴이 환해진다. 기린 구조물에 갔더니 루이가 모아 놓은 나뭇가지가 쌓여 있었고, 루이는 아기 기린에게 말을 건넨다. 그 노래를 부르면 루이는 늘 행복해한다.

3

가장자리에서 보다

＊

앞만 보고 살았는데
가장자리에 서서 보게 되었다.

무심히 보던 것들이
새롭게 다가왔다.

시야가 바뀌니 관점이 바뀌고
관점이 바뀌니 생각에 변화가 왔다.

※

첫 번째가 되려면 끝이 되어야 한다

어머니 기일이라서 형제들이 모여서 추도예배를 드렸다. 식사 준비로 어제 장을 봤고 아침부터 음식을 만들었다. 보리수와 매실로 담근 술이 농장에 있어서, 추도예배에 참석한 시동생들에게 나눠주려고 농장에 가려는데 루이와 루이도 가겠다고 해서 따뜻한 옷을 챙겨서 같이 갔다. 차 안에서 밖을 내다보며 루이가 거리에 대한 정보를 앵커처럼 중계하는 것이 재밌어서 듣다 보니 금방 도착했다. 루이와 루아는 호미와 모종삽으로 땅을 파며 놀고, 신랑은 컨테이너 창고 바닥을 청소하고, 제사에 필요한 큰 상을 꺼내고 과일주를 챙겼다.

추도예배 드릴 때 루이는 정중하게 참여했고, 루아는 성경을 또박또박 잘 읽고, 모르는 찬송가도 가사를 보면서 크게 불렀다. 코로나로 만나지 못했던 가족들이 그동안의 삶을 이야기하는 시간이었다. 삶이 마음먹은 대로 되지 않더라도 그것으로 인해 주님이 원하는 모습으로 다듬어져 가는 거다.

오늘 신랑이 선택한 성경 말씀은 마가복음 9:35로 "예수께서 앉으사 열두 제자를 불러서 이르시되 누구든지 첫째가 되고자 하면 뭇사람의 끝이 되며 뭇사람을 섬기는 자가 되어야 하리라."였다. 세상 사람들이 추구하는 것과 다른, 하나님이 인생에게 알려준 비밀스러운 진리다. (3. 4.(토) 일기)

외적 보상에 대한 제언

충남도서관에서 사마천의 『사기』 특강이 있었다. 역사는 고등학교까지만 배워서 기억나는 것이 별로 없는데 중국의 역사를 기록한 사마천이 엄청난 기록뿐 아니라 다양한 각도에서 역사를 집필한 사고방식이 위대하게 느껴졌다.

아쉬운 것은 강사가 5% 정도의 사람만이 받을 수 있는 상품을 준비해서, 질문을 하거나 문제에 답을 맞힌 사람에게 준다. 강의에 반응해 주면 강사는 즐겁겠지만, 내가 질문해서 상품을 타면 누군가는 못 받을 테니, 난 일부러 답하거나 질문하지 않았다. 전체를 다 주던지, 아니면 자연스럽게 강의를 끌어가면 좋으련만…. 본인의 강의 만족을 위해 많은 사람이 아쉬움을 경험하게 했다. (4. 12.(수) 일기)

인격체를 완성하는 조각 채우기

영화 「패터슨」을 봤다. 버스 기사가 종일 버스 운행을 하면서, 늘 같은 코스를 다니니 일상이 매우 단조로울 것 같은데, 항상 시를 쓰고 있는 모습이다. 특별하게 시인이라는 칭호가 붙은 사람들이 사용하는 것이 '시'라고 생각하고, 대부분 시와 전혀 관련 없이 산다.

그 버스 기사의 직장 동료는 늘 단조로운 일상 업무와 가정생활로 힘들다고 한다. 시를 쓰면 '정서 안정'이라는 것은 틀 속에 넣어버리는 표현이라고 생각한다. 반복되는 업무와 매일 같은 사람을 접하며 시를 쓰는 것은 더 풍요로운 삶을 살기 위한 선택이 아니라, 인간의 완성이라는 기준점을 채워가는 필수 과정이다. 시를 쓰는 사람은 여러 각도에서 상황을 받아들이며 세상을 더 이해하게 되어 하나의 인격체로 완성되어 가는 조각이 하나씩 채워져 나간다.

물론 시를 써야만 인간 완성의 기준점이 채워지는 것이 아니라, 음악, 미술, 철학, 문학 등 다양한 도구가 있다. 그런데 먹고 사는 것, 더 부유해지는 것, 더 유명해지는 것 등에 집착한다. 공부해서 좋은 성적을 얻기 위해 학교 교육을 받고, 더 많이 벌기 위해 연봉이 높은 직장을 선호한다. 결국 일하는 게 버거우니, 일을 벗어나 여행이 가고 싶은 거다.

무엇을 위해 살고, 어떻게 인격체를 완성하는 조각을 채울 것인가 하는 방향 제시가 진정한 교육이 아닐까? (4. 13.(목) 일기)

책 3권을 동시에 보는 유전자

유전자를 실감한다. 루이가 애니메이션 영화를 보는데 「센과 치히로의 행방불명」을 세 번이나 봤는데 지금도 재미있다고 또 본다. 「하울의 움직이는 성」, 「천공의 성 라퓨타」도 여러 번 봤다. 그런데 오늘 봤더니 「센과 치히로의 행방불명」을 20분 보다가 「하울의 움직이는 성」을 20분 보고, 「천공의 성 라퓨타」로 넘어가서 본다. 이미 본 거라 내용을 모두 알고 있으니 뒷 내용이 궁금하지는 않지만, 그래도 쭈욱 이어서 한 가지만 계속 보는 것이 좋지 않냐고 물어봤다. 다 보고 끝나는 것보다 그 여운을 남겨두고, 계속 생각하면서 천천히 보고 싶어서라고 한다.

내가 요즘에 책을 한꺼번에 끝내지 않고, 3권을 동시에 보고 있다. 오늘 읽고 있는 책은 『수학의 눈으로 보면 다른 세상이 열린다』, 『낡은 집』, 『컬러의 힘』이다. 수학, 종교, 색깔 관련으로 성격이 모두 달라서 1권을 단숨에 읽기보다는, 읽은 부분까지 음미하면서 여운을 남겨두고 싶다. 루이가 오래 음미하고 싶어서, 조금씩 나눠보는 것은 나의 유전자다. (4. 17.(월) 일기)

'능력'의 의미

영락교회 김운성 목사님의 유튜브 설교에서 '능력을 받는다'는 것을 말씀하셨다. 능력이란 예수님이 나의 죄지음을 지고 돌아가셨고 부활하셨으며 성령님이 오셔서 내가 예수님과 함께하는 삶을 산다는 것이다. 그래서 세상의 부귀에 흔들리지 않고, 하나님께 찬송과 영광 돌리며 살아가는 것이 능력이라고 하셨다. 기적이나 신비로운 체험이 아닌, 어떻게 살아야 하는지에 감동되어 가슴이 벅찼다. (4. 23.(일) 일기)

집안일도 놀이처럼

잡곡을 먹는 게 건강하니까 손주들이 잡곡에 입맛이 길들도록 계속 잡곡을 구매한다. 현미, 카무트쌀, 기장, 수수, 서리태콩을 2주일 먹을 만큼 통에 섞어둔다.

내가 잡곡 담는 소리가 나면 어느새 루이, 루아가 나타난다. 서로 담겠다고 하며 번갈아 가며 담는다. 다음은 고루 섞어야 하는데, 루아는 손으로 저어서 촉감을 느끼며 섞고 싶어 한다. 루이는 기다리더니 다 섞었느냐며 물어본다. 루아가 다했다고 하면 이제 루이는 뚜껑을 덮고 마구 흔들어서 섞는다. 잡곡들이 소리 내며 춤추며 섞인다. 잡곡 준비하는 일거리도 루이, 루아의 즐거운 놀이다.

(4. 24.(월) 일기)

여행을 막는 손

유명한 여행지를 난 거의 못 가봤다. 순천만국가정원이 보고 싶어서 미리부터 일정을 조정해서 오늘 출발하려고 했다. 그런데 어제 일기 예보에 내일 기온이 오늘보다 6도 낮아지고, 순천만 쪽에는 비가 온단다. 이미 여러 차례 일정을 변경했고, 호텔도 알아보고, 이런저런 정보도 찾아보고 준비했으니 추우면 옷을 더 두껍게 입고, 비가 오면 우산 쓰고, 젖으면 갈아 신을 여벌 신발 준비해서 강행하기로 했다.

밤에 자려고 하는데 루아의 기침 소리가 들린다. 감기약을 먹이고 재웠더니 밤중에 깨서 운다. 이마가 아프다고 해서 열을 재어보니 38도다. 해열제를 먹이고 아프다며 우는 것을 겨우 재웠다.

우리가 여행을 가면, 은혜는 강의 나가고 루아가 열이 나서 유치원 못 가니, 승진이가 연차 내고 봐야 한다. 신랑이랑 밤중에 잠이 깨서, 집안을 번거롭게 하면서 가야 할 절박한 여행은 아니니 가지 않기로 했다. 순천만에 가지 말라고 하나님이 비도 내리고 찬바람도 몰고 왔는데, 그래도 가겠다고 하니 마지막 카드로 루아에게 감기까지 보내서 우리를 못 가게 한다는 생각이 들었다. 안 가는 것이 정답이다.

은혜가 루아 데리고 병원에 갔더니 다행히 심하지는 않다며 약만 주었단다. 아프다고 업어주고, 잘 안 먹던 사탕도 주고 아이스크림도 주고 했더니 루아가 완전히 아기가 되었다. 밥도 먹여주고, 화장실 갈 때도 공주처럼 안고 가라고 한다.

그림에 색칠하는 것을 재미있어서 하더니 할아버지, 할머니, 엄마를 그렸는데 그림이 꽤 늘었다. (4. 25.(화) 일기)

주입하지 않아도 스스로 배운다

루아가 기침이 심하지 않지만, 주변에서 민감하게 반응하기에 유치원에 안 보냈다. 농장에 잠깐 갔다가 은혜 강의하러 가는 시간에 교대해서 루아 보려고 서둘러 집에 왔다. 루아랑 작은 캐릭터, 인형, 블록, 카드 등 다양한 소재로 역할 놀이를 했다. 캐릭터들에게 놀이마다 즉흥적으로 이름을 짓는데, 특색을 살려서 기발하게 만든다.

유치원에서 배웠다는 노래를 율동하면서 불러준다.

"산새들이 말하기를 봄이 왔대요. 새싹이 말하기를 봄이 왔대요. 시냇물이 말하기를 봄이 왔대요. 쩍쩍, 뽀드득, 졸졸졸.

벌이 말하기를 봄이 왔대요. 별이 말하기를 봄이 왔대요. 꽃이 말하기를 봄이 왔대요. 윙윙 반짝반짝 빨강 노랑 파랑."

종이를 찾더니 방금 부른 노래 가사를 쓰고 있었다. 글을 가르쳐 준 적이 없어서 몇 개는 소리 나는 대로 썼지만, 같은 반 친구들이 글을 못 읽는데 가장 어린 루아는 오빠가 배우는 어깨너머로 한글을 쓰는 것까지 익혔다. (4. 26.(수) 일기)

져주며 평화를 지키는 루이

이경수 집사님 부부랑 함께 산책했다. 산을 오르는 것은 다리에 무리가 있을세라 둘레길과 백제 미소길을 걸었다. 못 만났던 동안 이야기하며 느긋하고 천천히 걸었다. 9시 30분에 만나서 13시 30분에 내려와서 국밥을 먹었다.

이렇게 정해진 시간 내에 반드시 해야 하는 일 없이 여유롭게 살아본 적이 없어서 이런 세상이 있나 싶다. 이렇게 살아도 되나? 너무 편안해서 미안할 정도다. 내가 보고 싶은 책 실컷 보고, 넷플릭스도 보고, 글도 쓴다. 신세계가 열린다는 말이 생각났다.

루아가 목욕하기 귀찮아서 자꾸만 조금 있다가 한다고 미루고 있다. 그럴 때 루이가 쓰는 작전이 있다. "루아야, 누가 먼저 목욕 끝나고 나오는지 내기하자." 한다. 루아가 후다닥 화장실로 달려가면서 목욕시켜 달라고 한다. 루아는 아빠가 거실 화장실로 데리고 들어가고, 루이는 후다닥 달려서 안방 화장실로 간다. 내가 양치질하느라 안방 화장실에 있다가 루이에게 제안했다.

"루이야, 지는 것이 평화를 얻는 거야. 루아가 지면 또 울겠지. 그런데 루이가 져주면 루아는 좋아하고 집 안은 평화로울 거야. 진정한 강자는 져주는 거야." 했더니, 나더러 루아가 끝나고 나오는 것을 알려주면 그 이후에 나오겠다고 한다. 져주겠다는 것이다. 그런데 루아가 목욕하러 들어가서 물놀이에 푹 빠져 한참 동안 나오지 않고 있다. 기다리다 못해 루이가 목욕 끝나고 안방에 숨어 있었다. 드디어 루아가 나왔기에 "와~ 루아가 1등이네! 루아가 이겼다."라고 했더니, 루아가 신이 났다. 그제야 루이가 슬그머니 나오면서 "내가 졌네." 한다. 우리 루이가 이렇게 멋지게 컸다.

(4. 27.(목) 일기)

역할을 제대로 해내고 싶은 루아

유치원 체육대회가 홍주문화체육센터에서 있어서 식구들 6명 모두 갔다. 다양한 프로그램이 진행되어 열심히 사진과 동영상을 찍었다. 외부에서 진행자를 불러와서 행사를 진행하는데, 너무 점수에 집착하고, 상품으로 사람들을 끌어들이려는 것이 내 정서와 안 맞았다. 점수와 상품에 집착하는 것이 어릴 때부터 스며들 것 같아 거부감이 들었다.

할머니 할아버지가 참여하는 프로그램으로 손주들과 큰 천으로 만든 공을 굴리다가, 도중에 음악에 맞춰 춤을 추고 반환점을 돌아오는 경기다. 루이, 루아 손을 잡고 참여했는데, 루이가 이기려는 욕심으로 공을 세게 굴리니 루아는 공에 손을 대보지 못하고 공이 그냥 굴러갔고, 예정에 없던 춤을 추라고 하니 루아는 춤을 못 추겠다고 한다. 루아는 발레를 배워서 그런지 감미로운 음악에 맞춰 우아하게 추는 춤을 좋아한다. 시끄러운 뽕짝 가요에 맞춰 마구 흔드는 것은 해본 적도 없고, 하지 못해서 내가 그냥 손잡고 같이 흔들기만 했는데, 루아가 속상해서 운다. 오빠가 공을 너무 빨리 굴려서 손을 대보지도 못한 것과 춤을 못 춘 것에 대해 자존심이 상한 거다. 루아는 완벽하고 철저해서 규칙을 어기지도 않고, 경기를 보면서 딴짓하거나 장난치지도 않고, 집중해서 성실하게 참여한다. 자신도 확실하게 역할을 하고 싶은데, 뽕짝에 맞춰 춤을 춰본

적 없어서, 대충 서 있다가 나온 것을 스스로 용납하지 못한다. 할머니들은 뽕짝에 맞춰 춤을 춘다고 여겨서 틀어준 음악은 내 정서도 아니다. 이후부터 속상함이 루아를 감돌아서, 루아를 위해 나갔다가 괜히 참가했다고 후회됐다.

체육대회 마치고 오랜만에 외식했다. 루이, 루아는 식당 내부에 정글짐 놀이터에서 친구들과 신나게 놀면서 기분이 풀린 것 같다.

유치원에서 상품으로 낱말 카드를 주셨다. 그것 중에서 3장을 뽑아서 이야기 만들기를 루이, 루아랑 했다. 점차 카드를 4장, 5장, 6장, 7장으로 늘려가며 뽑아서 이야기 만들기를 했는데, 둘 다 기발하게 뒤죽박죽으로 나온 단어를 조합하여 이야기를 만든다. 관련 없는 것을 연결 짓는 창의력 프로그램으로 좋은 놀이였다.

(4. 30.(일) 일기)

눈치 없는 할머니

루아 유치원에 데리러 갔더니, 돌봄에서 6시 이후에 놀이하는데, 일찍 데리러 와서 못 놀았다고 서운해한다. 유치원에서 내일 어린이날이라고 선물 보따리를 주셨다면서 우리 부부에게 보지 말라고 해서 살짝 서운했다. 엄마 아빠에게만 주려고 할아버지 할머니는 못

보게 하는 것 같았다. 집에 들어서니 눈을 감으라고 하더니 가방에서 2개를 꺼내서 선물로 준다. 꽃 모양으로 만든 것과 봉투에 효도 쿠폰(발 씻어드리기, 안마해 주기)이다. 왜 안 보여줬느냐고 했더니 깜짝 쇼 하는데 미리 보면 안 된단다. 공연히 오해했다. (5. 4.(목) 일기)

지는 것이 이기는 것이다

어린이날이라 은혜네는 전주 롤러스케이트장에 갔다가, 어버이날 앞두고 시부모님께 인사드리고 온다며 아침 일찍 출발했다. 저녁때 돌아온 루아가 안방에 들어와서 한 발로 서서 양팔을 벌리고 오래 버티는 내기를 하잔다. 당연히 내가 진다. 잠시 후 안방에 온 루이에게 해 보라고 하니 루이가 자기가 더 잘한다며 루아와 옥신각신한다.

루아가 잠깐 거실로 나갔을 때, 루이에게 작은 목소리로 "루이야, 네가 져주면 루아는 몰라, 그래도 루아가 이겼다는 즐거움에 행복해서 네가 하자고 하는 것 다 따르며 좋아할걸."했더니, 금방 알아듣고 루아랑 내기하면서 져준다. 역시나 루아가 오빠를 좋아하며 다른 놀이도 하자고 한다.

루이가 져서 오히려 이기게 되는 지혜를 빨리 받아들인다.

(5. 5.(금) 일기)

이기고 싶은 루아

은혜네가 월악산으로 캠핑하러 간다. 어제부터 내리던 비가 그치지 않았지만, 일기 예보에 그친다고 해서 사전에 계획된 일정에 맞춰 출발했다. 은혜 승진이가 짐을 싸는 동안 루이, 루아는 루미큐브를 하고 있다.

루아 또래는 지금 숫자를 1, 2, 3 … 10을 세는 정도인데, 루아는 100까지 읽고 쓰기도 하고, 그 크기 비교도 가능하기에 루미큐브를 할 수 있다. 바닥에 깔린 전체 숫자 상황이 파악되고, 다음에 내가 놓을 자리까지 생각한다. 루아가 도저히 방법이 없어서 카드 하나를 규칙에 어긋나게 바꿔 가져갔다.

루이: 그렇게 하면 안 되는 거지.

루아: 나는 아가잖아, 아가니까 한 번은 이렇게 해도 돼.

이기고 싶은 욕심에 별 방법을 다 쓰는 루아를 지켜보는 우리들은 웃음보가 터진다. 언제쯤 지는 것도 괜찮음을 알려줘야 할까? 져도 행복을 느낀다면? 이기고 지는 것에 흔들리지 않는다면?

(5. 6.(토) 일기)

집에서 FM 방송 들을걸

충남도청 문예회관에 충남교향악단 공연이 있어서 신랑이랑 갔다. 공연 시간이 되자 객석에 불이 꺼지고, 무대에 불이 들어오는 순간 가슴이 설레기 시작했다. 그러나 실제 연주가 시작되자 마이크를 통해 관악기와 타악기 소리가 너무 크다. 악기 자체에서 나는 소리가 아니라 마이크를 통해 꽝꽝거리는 소리다. 그 순간 잘 보이지 않는 시력으로 무대 마이크를 셌다. 악기마다 하나씩 놓은 것 같아서 20개는 되는 것 같다. 차라리 집에서 FM 방송이 낫지 구태여 이렇게 시끄러운 마이크 소리를 듣고 있는지에 대한 화가 올라왔다. 「사운드 오브 뮤직」을 연주하는데 마치 공룡들이 쿵쾅쿵쾅 싸우는 것 같다. 도대체 지휘자는 이런 것을 알까? 마이크를 설치한 사람들은 음악을 알까? 시골이라고 소리만 질러대면 되는 줄 알았을까? 드럼이 마치 옛날 카세트테이프가 고장이 나서 '트르륵' 하는 소리가 난다. 악기마다 마이크를 붙여놔서 도저히 들을 수가 없어서 중간에 나와버리려고 하다가 겨우 참고, 1부 마치고 인터미션 시간에 자리를 박차고 나와버렸다. 기대를 뭉개버린 속상함을 참아내느라 배가 아팠다.

그냥 넘어가야 하나… 이런 것을 알려서 고치도록 해야 하나…. 교향악단 측에서 들어보지 못한 것 같고, 우리나라 사람들의 클래식 정서가 안착되지 않은 것도 있다. 문예회관 측에서 시설 여건이

안 되었는지도 모르겠다. 개선되도록 누군가는 건의해야 한다. 내가 해야 하나? (5. 8.(월) 일기)

아파트 떠내려간 눈물

승진이가 목욕시키는데 루아가 계속 운다. 은혜는 루이 학습지 틀린 것을 체크하고 있다. 신랑은 루아한테 가보라며 걱정한다. 가보니 승진이가 하는 말 "아파트 안 떠내려갔나 모르겠어요." 한다. 걱정스럽기만 하고 어떻게 할 도리가 없었다.

목욕하고 나온 루아에게 은혜가 "루아야 내일 아빠 여행 가시는데 잘 다녀오시라고 인사해야지." 했더니, "그럼 내가 편지 써야지." 하며, 잘 다녀오시라고 그림 그리고 편지를 썼다. 루아가 기분이 좀 나아진 것 같아서 살짝 물어봤다. "루아야, 목욕하면서 왜 그렇게 울었어?" 그랬더니 내 귀에다 대고 작은 목소리로 말한다. "꿀벌 집을 그렸는데, 삐져나왔어." (5. 15.(수) 일기)

완벽하지 않아도 돼

루아가 등원한 후 은혜에게 루아가 그렇게 운 이유를 아느냐고 물었다. 어젯밤에 도형 자를 줬더니 육각형 모양의 벌집을 그렸는데, 그리는 종이가 2장 겹쳐 있어서 그림이 살짝 아래 종이에 그려져서 종이를 들었더니, 조금 잘렸단다. 그게 속상해서 그렇게 울었다는 것을 알고 있었다. 그래서 아주 살짝이라서 그 정도는 괜찮다고 해도 속상하다며 울어서, 그러면 다시 그리라고 하니까, 다시 그려도 이미 조금 삐져나가서 없는 것은 그대로이니까 속상하다는 것이다. 완벽주의인 루아의 성격 그대로다.

벌써 한글을 다 읽고, 소리 나는 대로 다 쓰고, 10 이하의 덧셈과 뺄셈은 손가락 움직이지 않고 암산으로 해낸다. 루이가 설명해 준 음수도 알고, 곱셈의 원리도 이해한다.

유치원에서 율동하는 것 보면 혼자서 모든 동작을 정확하게 따라 하고, 상황 판단도 빠르고, 너무나 똑똑하다. 생각한 것에서 조금이라도 벗어나면 용납하지 않는 루아가 완벽함에서 좀 벗어나도 힘들어하지 않고 편안하게 받아들일 수 있는 어른으로 성장하도록 기도해야겠다. (5. 16.(화) 일기)

말해야 할까? 하지 말까?

은혜는 강의 가고, 저녁 7시에 충남도서관에서 「마당을 나온 암탉」 소리 낭독극에 루이, 루아를 데리고 신랑이랑 갔다. 입구에서 루이가 등록부 자기 이름에 서명하자, 루아도 자기 이름에 예쁘게 자필로 서명했더니 아기가 서명했다면서 한마디씩 하신다.

루이는 맨 앞자리를 선호해서 가운데 맨 앞자리에 앉았다. 시작하기 전 화장실 다녀와라, 핸드폰 꺼라, 공연하면 암전된다, 아이들이 소리극에 방해되지 않도록 챙겨달라는 주문을 여러 번 하고, 두꺼운 책으로 발행되었고, 애니메이션도 있고 등등 사전 이야기가 길었다. 이후에 PPT로 동화 전체를 이야기한다. 주인공이 '난용종 암탉'이라고 화면에 띄워놓고 이것이 무엇인지 아는 사람 했더니 루아가 손을 번쩍 든다. 사회자가 맨 앞에 앉은 아기가 손을 드니 깜짝 놀라서 시키니 '난용종 암탉'이라고 읽는다. 유치원에서 글을 보여주며 "이게 뭔지 아는 사람?" 하면 늘 루아 혼자 손을 들고 글씨를 읽었단다. 어디서나 경청하고 있다가 손을 들고 발표한다.

서론이 길어서 지칠 즈음 낭독극이 시작되었다. 마치 옛날에 라디오로 드라마를 듣던 느낌이었다. 중간에 배경음이 계속 들어가고 더러 닭 소리가 들린다. 선명하지도 못한 효과음이 잡음처럼 들려서 차라리 순수하게 소리만 낭독되는 것이 더 효과적일 것 같다. 루이는 완전히 집중해서 흐트러짐 없이 잘 듣고 있고, 루아는 지루

한지 방석을 들었다 놨다 누웠다 앉았다 한다. 집에 돌아오는 차 안에서,

나: 루이가 정말 집중해서 잘 듣더라!

루아: 나는?

나: 루아도 잘 들었지.

루아: 오빠는 정말 잘 들었다고 하고, 나는 잘 들었다고만 하고 앙~~~.

오빠를 더 인정한다는 생각에 또 한바탕 울었다.

소리극 시작 전에 아이들은 이미 지쳐버렸다. 구태여 PPT로 보여줬으니 이미 다 본 거다. 낭독 잘하는지만 지켜보는 것은 전문가가 낭독자의 표현 능력을 평가할 때 필요한 거다. 무슨 내용일지 집중해서 듣는 것이 효과적이고, 혹시 이해 못 하더라도 궁금증이 더 효과적이다.

소리 낭독극팀에 참관자인 아이들의 눈높이를 알려주는 것이 소리극 공연에 도움이 되겠지만, 차마 못 했다. 감사하게 받아서 반영하는 팀인지, 지적으로 여겨서 불편해하는 팀인지 알 수 없어서다. 원작 동화에 없는 '난용종 암탉'이라고 어려운 용어를 추가해서 PPT로 설명했어야 할까? 시험문제를 풀 듯 어려운 용어와 상황 설명하는 번거로움이 있었다. 배경음으로 산만하기보다는 목소리만으로 즐거움을 줄 수 있었으면 한다. 참관자 입장을 어떻게 전해야 할까?

잠자기 전에 루이, 루아가 바둑을 하고 있다. '잡기'와 '집' 기준

중 어떤 것으로 할지 이야기하더니, 일단 '잡기'를 기준으로 한다. 감히 루아가 오빠를 이기려고 별별 수단을 동원하고, 결국에 져서 운다. 루아를 달래려고 기준을 '집'으로 바꿔서 하자고 한다. 루이가 "그래도 좀 할 줄 아네." 한다. 유치원에서 놀이처럼 배우는 바둑인데, 어려서 쏙쏙 잘 받아들여지나 보다.

루이를 불러서 "루아에게 져주는 것이 더 강한 거야." 귀띔했더니, "루아야, 너 이렇게 하면 이게 다 네 집이야."라며 선뜻 져주는 센스쟁이 루이다. (5. 17.(수) 일기)

창의적으로 개발한 놀이

유치원과 학교가 파하는 시간이면 놀이터에 아이들이 가득하다. 루이는 자전거와 축구공을 이용한 창의적인 놀이와 규칙을 만들어 친구들과 재밌게 했다고 들려준다. 정해진 놀이하던 어른 세대와 다르게 놀이기구와 방법을 개발해서 논다.

루이가 선생님처럼 앞에 서고, 뒤따르는 루아 또래들이 한 줄로 서서 가위바위보 하며 아파트를 돈다. 재밌게 바라보던 엄마들이 따라가며 동영상을 찍었다. 친구들이랑 노는 것도 좋아하지만, 동생들에게도 인기 짱이다. (5. 30.(화) 일기)

어디서 춤을 출까?

아버님이 나이 드시니 몸에 맞기보다 헐렁한 옷을 원하셔서 큰 사이즈로 여름 자켓을 사드렸다. 막상 입으시더니 한 단계 작은 것으로 교환해달라고 하셔서 다시 갔다.

루아의 하원 시간이라 유치원에 가서 데리고 같이 매장으로 갔다. 신랑이 교환처리 하는 동안, 루아는 내 손을 잡고 이리저리 펄쩍 뛰면서 즐거워해서 보조 맞춰 같이 뛰었다. 교환처리가 끝나서 매장 밖으로 나왔더니, 루아가 속상해한다. 이유를 물었더니, "나 재미있게 춤추는데 왜 나왔어…."

매장에 흐르는 음악이 신나서, 내 손을 잡고 그렇게 뛴 것이 실은 춤을 췄던 것이었다. 다른 사람들이 있어서 노골적으로 춤을 추는 것은 쑥스러워서 내 양손을 잡고 눈치 못 채게 춤췄던 거다.

"그랬구나! 그럼 다시 들어가서 춤추자."

"이미 나왔는데 어떻게 들어가."

"그러면 여기서 추자. 여기도 음악 소리 들려."

"싫어. 여기서는…."

그래서 음악 나오는 매장을 생각해 봤다. 근처에 N 매장도 신나는 곡이 나온다. "N 가자. 거기도 신나는 음악 나오고, 루아 좋아하는 것도 살 수 있고." 했더니 좋단다.

매장에 들어가자 또 춤을 춘다. 남들은 춤이라고 눈치 못 채게 내 손을 잡고 신나게 춤을 춘다. 사고 싶은 것 하나 고르라고 했는데도, 단 1개도 고르지 않는다. 물건을 사러 온 것이 아니라, 춤을 추러 온 것이기에. (5. 31.(수) 일기)

'날개와 뿌리' 해석

괴테가 "우리가 아이들에게 줄 수 있는 유산은 단 두 가지뿐입니다. 하나는 날개이고, 다른 하나는 뿌리입니다."라고 했다. 우리나라 사람들이 모두 공감하고 반기는 내용이다.

❖ 한국 부모님의 해석

날개가 있으면 높이 날 수 있다. 아이에게 날개가 있으면 부모보다 더 높이 올라갈 것이다. 가능한 모든 수단과 방법을 동원해서 더 높이 올라가기를 기대한다. 최선을 다해 공부해서 최고의 위치에 올라 훨훨 나는 게 부모의 바람이다. 가망 없는 것처럼 보일 때도 그 불가능과 싸우도록 도와준다.

뿌리는 아이가 자신을 이해하고 도전할 수 있게 한다. 자신이 누구이며 어디서 왔는지를 이해함으로 굳건히 서게 되며, 길을 잃지 않고, 커다란 만족감으로 한층 힘이 세진다. 더불어 자신도 그 뿌리의 확장에 동참하도록 요구한다.

자녀에게 제공한 훌륭한 환경인 뿌리가 날개를 달아준다. 그래서 어른이 뿌리를 잘 자라도록 좋은 토양을 만들면 된다. 부모가 건강한 흙을 공급하는 돌봄 행위로, 아이가 자연스레 뿌리를 내릴 수 있는 푹신한 토양이 되어주어야 한다. 자신을 성장시킨 부모와 조상을 생각하며(뿌리), 크게 출세하여 가문과 어버이의 명예를 드높이는 것이다(날개).

❖ 괴테의 생각

날개는 자신이 원하는 곳을 자유롭게 선택하여 마음껏 날아갈 수 있고, 그 길을 갈 수 있도록 인정하는 것이다. 부모가 이미 살아본 인생을 바탕으로 알게 된 좋다고 생각하는 것을 하도록 이끄는 것이 아니라, 진정으로 하고 싶은 것, 좋아하는 것, 가고 싶은 곳으로 날아가도록 한다. 애정이라는 이름으로 자식의 삶에 참견하고 싶은 마음을 내려놓고, 자식의 판단과 결정이 마음에 들지 않더라도 그저 존중하고 받아들이는 것이다. 이것이 아이들에게 날개를 달아주는 유일한 길이다.

한국 부모에게 뿌리는 '근본(根本)'이었으나, 괴테에게 뿌리는 식물이 몸을 단단히 지탱하는 '지지', 물을 땅으로부터 식물의 몸 안으로 빨아들이는 '흡수'다. 뿌리가 스스로 나무를 튼튼하게 잡아주고, 스스로 물을 채운다. 부모란 자식을 실패하지 않게 만드는 존재가 아니라, 실패한 자식이 잠시 쉬어갈 수 있는 언덕 같은 존재

이어야 한다.

자녀들에게 준 선물인 '날개와 뿌리'가 한국 부모들에게는 자녀들의 성공을 위한 '보호와 지원'이고, 괴테는 자녀들이 원하는 것을 하는 '자유와 자립'이다. 나는 괴테의 생각에 한 표를 던진다.

(6. 16.(금) 일기)

가장 편안한 시간

루이가 숙제를 다 해놓고 밖에 나가서 자전거를 타고 신나게 놀았다. 저녁 식사를 마친 루이가 안방에 『어린이 과학동아』 책을 들고 들어온다.

루이: 이제 가장 편안한 시간이다!

나: 가장 편안하다는 것이 어떤 것인데?

루이: 내가 가장 기다리는 시간이고, 내가 하고 싶은 일을 하는 시간이요.

『어린이 과학동아』 1년 정기구독을 해줬더니 재미있게 본다. 며칠 전이다. "할머니 1년 정기구독이 끝났어요. 연장해 주세요." 너무 재미있어하기에 구독 연장 신청을 해줬더니, "감사합니다!" 꾸벅 인사한다. 정기구독 한 책이 어제 배달되었고, 그 책을 읽는 것이 루이의 '기다리는 시간'이고, '하고 싶은 일을 하는 시간'인 가장 편안한 시간이란다.

이야기하는 소리를 듣고 루아가 안방으로 들어오며,

루아: 아~ 내가 제일 편안한 시간이다!

나: 루아에게 편안한 시간이란 어떤 것이야?

루아: 할머니랑 아주 가까이 있는 시간, 할머니랑 멀리 떨어져 있으면 가장 안 편안한 시간이야.

루아는 상대방이 어떤 말을 좋아하는지 알고, 상대방이 기분 좋아할 말을 골라서 한다. 이런 루아에게 넘어가지 않을 사람이 있을까!

여섯 식구가 사니 신발장이 꽉 차서 현관까지 신발이 널브러져 있다. 정리해도 조금 지나면 다시 어질러진다. 이렇게 사는 것이 감사하고 행복하다! (6. 17.(토) 일기)

나는 왜 쓰는가?

조지 오웰이 쓴 『동물농장』의 뒷부분에 「나는 왜 쓰는가?」라는 글의 요약이다.

첫째, 순전한 이기심, 남들보다 똑똑해 보이고 사람들의 입에 오르내리며 죽은 후에도 기억되고 어린 시절 자기를 무시했던 어른들에게 보복하고 싶은 욕망.

둘째, 미학적 열정, 외부 세계의 아름다움 혹은 말의 아름다움과 말의 적절한 배열이 지니는 아름다움을 지각하기. 하나의 소리가 다른 소리에 주는 영향을 인지하는 즐거움, 좋은 산문의 단단함을 알아보고 좋은 이야기의 리듬을 인지하는 즐거움, 가치 있다고 느껴지고 그래서 놓칠 수 없다고 생각되는 어떤 경험을 공유해 보려는 욕망.

셋째, 역사적 충동, 사물과 사건을 있는 그대로 보고 진실한 사실들을 발견하며 후대를 위해 이것들을 모아 두려는 욕망.

넷째, 정치적 목적. 세계를 특정 방향으로 밀고 가려는 욕망, 어떤 사회를 성취하고자 할 것인가 하는 문제를 놓고 다른 사람들의 생각을 바꿔 보려는 욕망.

글 쓰는 사람들이 어떻게 생각하는지 토론해 보고 싶다. 아니 조지 오웰과 토론하고 싶다. 난 동의하지 않는다. 그러나 이런 글은 공감한다.

"살아 활동할 수 있는 날까지 산문 형식에 강한 집착을 가질 것이고 지구의 표면을 계속 사랑할 것이며, 단단한 것들과 쓸모없어 뵈는 정보에도 즐거움을 느낄 것이다. 내게 깊이 뿌리 내린 개인적 호호(好惡)들과 이 시대가 우리 모두에게 요구하는, 근본적으로 공적이고 비개인적인 활동들을 어떻게 화해시키느냐다."

(6. 26.(월) 일기)

접촉 사고 대응법

신랑이 안과 정기진료를 받으러 천안에 병원을 다녀왔다. 노안과 녹내장 기운이 있어서 정기진료를 받고 있다. 밤이 되면 주변에 차들이 잘 안 보인단다. 특히 어두운색 차는 더 안 보인다. 병원 진료 마치고 지하 주차장에서 차를 빼는데, 뭔가 닿는 소리가 나서 봤더니, 다른 차를 박았단다. 얼른 내려서 그 차를 봤더니 문짝이 조금 찌그러져서 전화번호로 연락했더니, 지금 진료 중이라 내려올 수 없다며 나중에 연락하자고 했단다.

보험회사에 전화했더니, 사고 신고를 하라고 했단다. 사고 신고를 하고 뒤처리를 부탁하고 귀가했다. 보험회사에서 현장에 출동하여 피해자와 이야기했더니, "괜찮습니다. 제 차가 오래된 차이니 그냥 가세요. 수리 안 해주셔도 됩니다." 그래서 우리더러 사고 신고한 것 취소하란다.

신랑이 너무 미안해서, 사고당한 차주에게 문자를 보내서 확인했더니 답장이 왔다. "차가 오래되기도 해서 그냥 보험 접수 안 하셔도 됩니다. 놀라셨을 텐데 문자를 주셔서 감사합니다. ☺" 분명히 찌그러져서 수리비가 드는데, 오히려 우리가 놀란 걸 더 걱정하는, 이런 사람이 우리 대한민국 사람이다. 그런 한국에서 살고 있다. (7. 25.(화) 일기)

직접 가본 독일 '신뢰'

공연 예매할 때, 경로, 청소년 등은 할인 가격이다. 현장에서 티켓을 수령 하려면. 본인이 창구에 가서 신분증 제시하여 경로인 것을 확인한다. 그런 절차가 당연한 줄 알았다.

독일에서 미술관, 박물관, 식물원 등에서 입장권을 구매할 때, 딸이 경로 티켓을 구매해도 본인을 데려오라거나 신분증을 보자고 안 한다. 그냥 인정한다. 구매하는 사람의 말을 그대로 수용한다. 우리나라는 '당신을 믿지 못하겠어요.'라고 노골적으로 드러낸다고 생각되었다.

우리나라는 버스 탈 때, 카드나 티켓의 코드를 찍어서 확인한다. 독일은 기차, 지하철, 트램을 탈 때 티켓을 보여줄 필요도 없이 그냥 탄다. 티켓을 구매했다고 믿는다. 버스에서 보니 기사에게 현금으로 내는 사람이 있었다. 검사도 안 하니 구매 여부 파악이 안 되는데 구태여 앞문으로 타서 기사에게 현금을 내는 독일 사람들이다. 장거리 지하철 경우 가끔 승무원이 검사할 때도 있고, 그때 티켓이 없으면 벌금제도가 있단다. 거미줄처럼 수많은 노선의 버스, 지하철, 트램을 그냥 타고 내리는 신뢰가 부럽다. (8. 1.(화) 일기)

직접 가본 독일 '실용'

❖ 정류장 맞춤형 노선과 시간 게시

시내버스를 타면 노선 코스를 몰라서 우리 아파트 앞을 통과하는지, 아니면 이전에 내려야 하는지 모른다. 또한 출발지와 도착지 시간만 제시되었기에, 내가 서 있는 정류장 출발 시간은 짐작해야 한다.

독일은 버스가 서는 곳마다 그곳에 맞춤형으로 통과하는 버스의 번호와 노선이 게시되고, 현 위치 출발 시간이 게시되었다. 지하철도 전체 노선도와 통과하는 각 역의 출발과 도착 시간을 화면으로 보여줘서 일정 조율이 편리하다.

❖ 마을 길에서 기차 타기

기차를 타려면 역으로 들어가야 하는데, 독일은 마을 길이 플랫폼이다. 우리가 시내버스 타듯이 한다. 다만 안쪽 플랫폼은 지하도 등으로 들어간다. 물론 중앙역 등 큰 역은 플랫폼이 많아서 역의 입구를 통과해야 하지만, 그 외 역은 차표 검사도 없이 마을 길에서 올라타면 되니 너무나 실용적이다.

❖ 자전거 싣는 교통수단

인도와 자전거 도로를 구분하려고 바닥 색깔이 다르다. 우리나라에서는 무심히 걷는다. 독일은 자전거 타는 사람이 많기에 사람들은 반드시 인도로 걷고, 자전거 도로로 절대 안 간다.

자전거 타는 사람들이 많은 이유를 생각해 봤다. 독일의 교통수단인 버스, 지하철, 기차, 트램은 모두 자전거를 싣는 공간이 있다. 목적지까지 자전거 타고 가다가, 지하철 타게 되면 자전거를 싣고 가고, 내려서 다시 자전거를 타고 이동할 수 있기에 목적지까지 자전거를 타고 갈 수 있는 시스템이다.

우리는 자전거를 타다가 버스를 타게 되면, 자전거를 거치하기 불편하니까, 아예 자전거 타고 갈 맘을 먹지 않는다. 단지 운동으로 자전거를 타기는 하지만 이동 수단으로 이용하기 불편하다.

자전거를 타면 건강에 좋고, 마음도 즐겁고, 기후 환경에 유익하다. 그러나 우리나라 버스, 기차, 지하철에 자전거를 실을 수 있는 구조가 아니다. 독일식 교통수단으로 전환되어야 하지 않을까?

(8. 2.(수) 일기)

직접 가본 독일 '철학'

❖ **엘리베이터 층의 표시**

건물 층수를 자연수의 개념으로 1, 2, 3, 4··· 층, 지하는 B1, B2 등으로 표현한다. 그런데 독일은 정수의 개념으로, 지면을 0층으로 해서 0, 1, 2··· 지하는 −1, −2층으로 표현한다. 우리는 자연수 개념이 훨씬 익숙하지만, 정수 개념으로 보는 것은 수학적으로 옳다.

❖ **마주 보는 좌석 배치**

독일은 모든 지하철, 버스 기차, 트램이 4명이 마주 보고 앉도록 의자가 배치되어 있다. 결국 순방향 50%, 역방향 50%다. 가족이 마주 보며 가는 것은 좋으나, 낯선 사람들과 마주 보며 가는 것은 머쓱하다. 누구나 순방향을 원하는데 굳이 역방향이 있게 되는 마주 보고 가는 시스템을 만든 이유를 생각해 봤다.

마주 보고 앉는다고 해서 낯선 사람과 대화하지는 않았다. 나의 경우 독일어가 안되고, 낯선 사람에게 선뜻 말을 건네는 것이 익숙하지 않다. 그렇지만 낯선 사람을 흘긋 보게 되는 효과는 있었다. 모든 사람이 순방향으로 앉으면 다른 사람들은 시야에서 벗어나서 나만의 세상에 머문다. 마주 대하는 것부터 시작해서 사람과 사람들이 서로 연결되게 하는 철학이라고 생각된다.

❖ 손들고 발표하기

자기 의사 표현을 손을 들어 알린다. 독일은 손들기 교육을 매우 중요시한다. 발표를 잘하는 아이를 육성하기 위한 것이 아니고, 말 잘하며 자존감이나 자신감을 길러주기 위함도 아니다. 발표 잘하는 방법을 가르치는 게 아니라, '발표하는 규칙'을 가르친다. 사회 생활의 출발이 되는 초등학교 1학년 과정에서 무엇보다 '규칙'을 강조하고, '학교 규칙' 안에 들어가는 '손을 올바르게 들어 의견을 말하는 방법'을 가르친다.

발표할 때는 '집게손가락'을 올리고 손을 뻗어야 한다. 손을 들지 않고 먼저 입으로 말해서는 안 된다. 먼저 손을 든 후에 선생님이 자신을 선택하면, 그때 의견을 말할 수 있는 차례가 된 것이다. 또한 친구가 말하고 있는데 '끼어들기'를 해서는 안 된다. 아이들을 골고루 지명하여 학급 구성원 대부분이 손을 들고 말할 기회를 가질 수 있다. 검지를 사용하는 것은 본래 언어치료를 위한 교실형 대화 수신호 중 하나로 시작했다고 한다. 여기에는 "나는 하고 싶은 말이 있어요, 말하고 싶어요."라는 수화의 개념이 담겨 있다.

또 다른 의견은 손바닥을 펴서 '하일 히틀러' 인사하는 나치 의식과 같은 문화를 배제하겠다는 의지라고 한다. 다시는 나치의 길을 걷지 않겠다는 각오라고 한다. 식당에서 직원을 부를 때도 손바닥을 펴서 부르지 않는다. 또한 학생들이 손바닥을 펴서 손뼉을 칠 상황이어도 그냥 책상을 두드려서 표현한다고 한다. 다른 사람에게 피해를 주지 않으려는 철학이 생활 습관 속에 스며들어 있다.

(8. 3.(목) 일기)

직접 가본 독일 '기후 환경 지키기'

❖ 에어컨이 없다

가정, 학교, 호텔에도 에어컨이 없다. 물론 습도가 높지 않아서 그늘만 가면 시원하고, 우리나라보다 기온이 좀 낮은 편이다. 그래도 해는 뜨겁고 덥기도 하다. 에어컨 등의 전기를 사용하면, 발전소가 가동되어 탄소가 배출되고, 탄소는 기후 환경에 영향을 미친다.

묵었던 숙소 4곳 모두 창에 검은색 블라인드가 있어서 주변을 유심히 관찰했더니 독일 가정은 모두 창문에 검은색 블라인드가 설치되어 있었다. 검은색으로 햇빛을 가려서 실내 온도를 낮추고 있었다. 에어컨이 아니라 자연적인 방법으로 열을 내리며 더위를 견디고 있었다.

❖ 비데가 없다

우리는 비데가 설치된 곳이 더 많은 것 같다. 그런데 독일에서 가정, 호텔, 공항, 백화점 등 어디를 가도 비데가 없었다. 물이 부족해서일까? 비데를 만드는 기술이 없어서일까? 나라의 자산이 부족해서일까?

내 생각이다. 비데를 사용하면 물을 더 많이 사용하게 된다. 비데 사용에 따른 정화시설과 물 사용에 따른 수도 시설을 설치해야 하고, 그런 시설 관리로 전기를 많이 사용하면 기후 환경에 영향을 끼친다. 그래서 비데를 설치하지 않고, 불편을 감수하는 것 같다.

❖ 전기 요금이 비싸다

독일 연방 통계청에 따르면 2021년 기준 독일의 전력 생산 에너지원은 재생에너지 40.9%, 갈탄 18.7%, 천연가스 15.4%, 원자력 11.9% 순이다. 반면 한국은 석탄 34.3%, 천연가스 29.2%, 원자력 27.4%, 재생에너지 7.5% 순이다. 한국에서 재생에너지의 대중적 이미지는, '좋은 건 알지만 너무 비싼 에너지'다. 그러나 독일은 인식이 다르다. 독일 국민이 '태양광, 풍력 등 재생에너지 전환'을 위한 비용을 기꺼이 분담했기에 가능했다. 재생에너지 보급 확대 정책에 쓰이는 재생에너지 부담금 비중이 점차 늘더니, 2017년의 경우 전기료의 20% 이상을 차지했다. 기후 환경을 지키기 위한 재생에너지로 전환하느라, 가정용의 경우 독일이 우리나라의 거의 4배 정도 비싸다. 그러나 우리나라는 환경보다는 국민의 편의를 우선시하여 전기 요금을 낮춰 마음껏 전기를 사용할 수 있도록 하고 있다.

❖ 재활용품 회수율이 높다

경제협력개발기구(OECD)에서 발표한 도시폐기물은 독일

50,612(천 톤), 한국 21,156(천 톤)으로 2.5배가 된다. 지방자치단체가 주체가 되어 수집하는 도시폐기물로, 가정, 학교, 정부 기관, 소규모 사업장 등에서 수집하는 폐기물이다. 독일은 대형슈퍼마켓에 수거함이 비치되어서 페트병, 캔 등 재활용품을 넣으면 자동 계산되어 영수증으로 출력되고, 마트에 제출하면 해당 금액을 돌려받을 수 있다. 회수용 기계 장치에 넣으면, 재활용품을 가져온 사람이나 회수하는 마트 주인도 불편하지 않다. 쉽고 편리한 재활용품 수거 시스템으로 회수율이 높은 것 같다. (8. 4.(금) 일기)

직접 가본 독일 '숲'

독일인은 숲을 사랑하는 민족이고, 숲을 중요하게 생각하는 숲의 국가이며, 숲이 민족성이 시작된 장소라고 한다. 독일 도시 군데군데 산책로는 숲으로 향해 뻗어 있다. 동네 대부분 이 '숲세권'이라 불릴 정도로 가까이에 작고 큰 숲이 한 도시를 감싸고 있어서 조금만 나가도 숲이 펼쳐진다. 한껏 계획해서 일부러 가야 하는 여행지로서의 숲이 아니라, 일상 자체로서의 삶의 배경이 되어주는 숲이 곁에 있다.

'숲학교'는 특별한 날이 아니라, 일상에 재미있는 것이 가득한 편한 곳이며, 세 살부터 모험을 떠날 수 있는 삶의 출발점이다. 다른 어느 나라보다도 자연 그대로의 환경과 생태계에 관심이 많은 국가다. 그래서인지 독일 학생들은 최근까지 산림관을 꿈의 직업으로 여기기도 했다. 법관이나 교수 중에도 학창 시절엔 산림관을 꿈꾸었다는 사람이 많았다고 한다. 독일을 자동차 산업이 발달한 나라로 인식하는데, 실제로 자동차 산업 관련 인구보다 산림 관련 종사자가 더 많다고 한다. 또한 환경 관련 산업으로 매년 60여 조의 수출 실적을 올리기도 했다.

숲이 아니어도 공원이나 길에 있는 나무도 감탄사가 절로 나오게 크다. 미술관에 작가들 그림 속에 큰 나무가 많았다. 단지 그림인 줄 알았는데, 실제 풍경이다. 전지로 잘 다듬은 나무가 아니라 자연스럽게 큰 나무들이다. 우리가 머물던 숙소 앞에도 전혀 다듬지 않고 자연스럽게 쑥쑥 큰 나무가 있었다. 마치 나무에 팔을 자르는 느낌이라서 손을 안 댔을까? 나무나 숲에 영혼이 있다고 여기는 걸까?

주변에 놀랍도록 큰 나무를 보며 자란 아이들이 느낄 정서적 안정감이 참 부럽다. 큰 나무를 보면서 사는 사람들의 마음은 넉넉할 것 같다. 나무나 숲을 가꿔서 물질적 혜택으로 목재의 활용과 풍부한 식수와 신선한 산소를 공급받는다. 그보다 정서적인 휴식처이자 영감의 근원이 되는 큰 나무에서 눈을 뗄 수가 없었다. (8. 5.(토) 일기)

직접 가본 독일 '독일에 없는 것'

❖ 창문에 방충망이 없다

여름에 갔는데 방충망이 없어서 창문을 활짝 열어도 될지 걱정했다. 그러나 벌레가 없다. 모기약 차가 수시로 소독하는 우리나라는 방충망을 해야 한다. 공원 잔디 위에 그냥 앉거나 누워서 논다. 거기도 벌레가 없다는 거다. 왜 벌레가 없는지 궁금하다.

❖ 새시가 없다

추위와 비바람 방지용 새시가 필수다. 그런데 독일 가정 어디서도 새시는 못 봤다. 물론 일본은 지진이 자주 일어나서 새시 설치를 못 한다. 그런데 지진이 없는 독일은 왜 설치하지 않을까? 덜 추워서일까? 폭우나 태풍 등을 겪지 않는 탓일까? 내 생각이지만, 모든 집에 발코니가 있고 수시로 발코니에서 대화나 식사한다. 식당이나 카페도 실내보다 바깥에서 먹는 것을 좋아하며 개방된 공간을 더 선호한다.

❖ 건물에 간판이 없다

시청, 역, 병원 현판이 없어 쉽게 찾기 어려우며, 벽 모퉁이에 있는 작은 글씨를 간신히 발견한다. 상가 건물도 아래층에는 상호명이 있는데. 2층 이상 상호는 1층 입구에 목록으로 표시되어 있어서 건물이 깔끔하다. 우리나라는 건물 벽에 상호명 간판이 가득하여 누더기 입은 것 같다.

❖ 전봇대가 없다

우리나라에서 하늘에 구름이 너무 멋있어서 사진을 찍었다. 전봇대가 구름 앞자리를 차지하고 있다. 어디를 가도 늘 전봇대가 사진에 잡힌다. 그런데 독일은 도심이나 산 밑에 마을에도 전봇대가 안 보였다. 독일 전봇대는 어디에 숨겼을까?

❖ 플래카드가 없다

도로의 사거리, 공공건물 등 한 지역에 현수막 거치대가 너무 많다. 거치대도 부족해서 가로수 나무 사이나 인도 분리대에도 걸려 있다. 자신의 업체 홍보, 정치적 자랑이거나 비방, 캠페인이다. 거리는 정말 지저분하고 품격이 떨어진다. 더 속상한 것은 그 많은 현수막이 나중에 쓰레기로 버려지고, 쓰레기 처리는 기후 재앙으로 이어진다. 독일에는 현수막이 없다. 정말 도로가 깔끔하다. 개인의 이익을 위해 게시한 현수막은 단 1개라도 안 걸어서, 공공의 미화와 탄소 중립의 실천으로 이어졌으면 한다. (8. 6.(일) 일기)

조개 장례식

예전에 여름성경학교 기간에 바닷가로 체험활동을 나간 적이 있었다. 백사장에서 놀던 아이들이 모래 속을 헤쳐서 조개를 캤다. 각각 자신이 캐낸 조개를 들고 교회로 돌아와서 "이 조개 어떻게 해요?" 하니, 주방에서 점심을 준비하시는 한 권사님께 드리라고 했다.

점심시간이 되어 아이들이 한 권사님을 찾아갔다.

아이들: 권사님, 아까 그 조개 주세요~.

권사님: 아~ 그것 네 것이지.

커다란 국 냄비를 휘휘 국자로 저어서 조개를 찾아 그 아이의 국 그릇에 담아주신다.

아이들: 아~~악, 권사님이 조개로 국을 끓였어. ㅠㅠ

권사님이 너무 당황하셨다. 생명을 죽인 거라고 아이들이 모두 그 조개를 앞세워서 한 줄로 길게 따라가서 땅에다 묻고 장례를 치르고 슬퍼한다. 생명의 소중함을 아는 아이들이지만, 치킨이 나오자 모두 맛있게 먹는다.

아는 것과 실천은 별개인 것이 많다. 탄소 중립을 교육하며 후끈하게 히터를 가동한다. 전기를 발생시키려고 에너지를 쓰고, 그로 인해 탄소가 발생한다는 것을 모르는 걸까? 지구 환경 지키자는 구호로 길거리에 걸어놓은 플래카드는 심미적으로 지저분하고, 사용하고 난 플래카드는 쓰레기를 발생시키는 것을 모르는 걸까?

단지 에너지 절약이 아닌 지구의 기후를 지키려면, 불편함을 감수하면서 탄소 중립을 실천해야 하는데, 이론뿐 실천하지 않는다. 마치 자신이 주워 온 조개의 죽음은 슬퍼하면서, 치킨 해달라고 조르던 아이들의 생명 분리 인식처럼….

이론과 실천이 다른 것이 또 있다. 아이마다 잘하는 것이 다르니 한 줄로 세우지 말고 여러 줄로 세우자고 한다. 그러나 똑같은 시험지로 똑같은 잣대로 평가해서 고루고루 잘하는 아이들을 앞에다 세운다. 교사 탓인가? 교육정책 탓인가? 이론대로 자신이 잘하는 걸 찾을 수 있도록 지원하는 교육으로, 누구나 행복을 누렸으면 한다. (8. 7.(월) 일기)

인일기백(人一己百)

사서삼경 중 하나인 『중용』에서 유래했다.

"人一能之면 己百之하고 人十能之면 己千之하라

果能此道矣면 雖愚必明하고 雖柔必强하리라.

(남이 한 번에 그것을 할 수 있으면 나는 백 번 하고,

남이 열 번에 그것을 할 수 있으면 나는 천 번 한다.

과연 이렇게 할 수 있으면 비록 어리석은 사람이라도 반드시 총명해지며, 유약

한 사람이라도 반드시 강건해지느니라.)"

게으름 피우지 말고 부지런한 것은 동의하지만, 다른 사람보다 더 잘되기 위해, 다른 사람을 뛰어넘기 위해, 다른 사람을 이기기 위해 버거울 정도로 공부하고, 일하라는 의미로 사용되고 있다.

A라는 일을 누군가는 한 번에 할 수 있고, 누군가는 열 번을 해야 할 수 있다. 그러나 B라는 일은 거꾸로 내가 한 번에 할 수 있고, 다른 사람은 열 번을 해야 한다. 남들과 비교하지 말고, 내가 잘할 수 있는 일을 재미있게 하면서 살면 되지 않을까? 남들보다 더 많은 시간을 쏟는다면, 그 시간에 했을 다른 일은 포기한 거다. 그 포기한 것이 가족들과 함께 보내는 시간, 인간다운 삶을 들여다보며 성찰하는 것을 포기한 것은 아닐까?

남들이 한 번에 잘하는 것을 구태여 난 열 번을 하면서, 그 사람만큼 잘해야 할까? 남들이 한 번 할 때, 난 열 번을 해서 기어코 그 사람을 이겨야 할까? (8. 15.(화) 일기)

복지정책 제안 '길 위의 의자'

친정 엄마가 아프실 때 조금 걷다가도 힘들어서 앉고 싶어 하셨다. 그러나 바닥에 주저앉을 수도 없거니와 바닥에 앉았다가는 일어서지도 못하신다. 그때 느낀 것이 길에 의자가 있었으면 하는 생각이었다. 공원이나 놀이터는 의자가 있지만, 길에는 의자가 없다.

그런데 독일에서 길에 의자를 설치한 것을 봤다. 걷다가 힘들 때 마음껏 앉아서 쉬었다 갈 수 있는 환경을 조성한 거다. 이런 제안할 수 있는 창구가 있었으면 한다.

일부 지역에서 건널목 앞에서 대기할 때 그늘막만 설치했었는데, 의자를 비치하고 "교통약자를 위한 장수 의자"라고 쓰여 있다. 서서 신호를 기다리면 다리가 아파 무단횡단 할세라 노인 교통사고 줄이려고 설치했단다. 교통과 관계없이 나도 길을 걷다가 힘들면 앉아서 쉬고 싶다. (8. 21.(월) 일기)

나의 길을 내가 선택하는 자유

전은경 쌤이 반려견 '미루'와 산책을 나왔을 때 잠깐 길에서 이야기를 나눴다. 반려견 세 마리를 데리고 산책하는 모습을 보면서, "세 마리를 데리고 30분 산책을 하기보다는 한 마리씩 데리고 10분씩 하는 게 낫다."고 하신다. 사람이 산책코스를 정하는 줄 알았는데, 미루가 가고 싶은 곳을 정해서 가면, 은경 쌤은 보조를 맞춰서 가신단다. 그런데 두 마리이면 각각의 관심 분야와 호기심이 달라서, 둘 다 만족스럽지 않게 되니, 한 마리와 산책하란다.

육아에도 적용된다. 아이에게 도움이 되리라고 착각하여 부모의 생각대로 아이를 몰고 간다. 정작 본인은 살면서 저지르는 수많은 실수를 통해 교훈을 얻었지만, 내 아이만큼은 어떤 실수도 저지르지 않게 하려고 애를 쓴다. 혹은 자신이 원했지만 가지 못한 길을 아이가 선택하도록 몰아붙이기도 한다. 악기를 배우고 싶은 사람은 부모 자신인데 아이에게 억지로 피아노 레슨을 받게 해서, 피아노만 봐도 몸서리를 친다면 실패한 거다. 다그쳐서 바람직하다고 여기는 일을 시키는 것은 의도했던 것보다 훨씬 나쁜 결과를 가져올 수 있다.

내가 경험한 것도 있다. 루아가 길을 가면 '밝은색 타일만 밟고 가기', 또는 '갈색만 밟으며, 끝말 이어가기' 등 다양한 놀이를 하며 가자고 한다. 상상의 날개를 펼치고 뭔가를 하려고 할 때, '오직 내 생각대로 놀이를 만들 수 있다'는 자신감을 가질 수 있도록 지지해 줘야 한다. 아이가 원하는 것을 지원해 주고, 싫어하는 것을 돌봐 줘야 아이의 자존감과 자신감의 문이 열릴 것이다.

고교 학점제 홍보물에 "내게 맞는 수업", "획일화 No! 다양성 Yes!"이라고 적혀 있다. 부모가 원하는 대학이나 취업이 아니라, 학생이 선택한 문을 열었으면 한다. 내가 손잡이를 돌린다고 해서 세상의 모든 문이 열리는 것은 아니다. (8. 22.(화) 일기)

『철학 수학』을 읽고

중학생이 수학에 관심과 흥미를 느낄 책을 찾느라 도서관에서 수학 코너 전체 도서를 펼쳐봤다. 그러다『철학 수학』이라는 제목을 보고, 수학과 철학의 연결 고리에 호기심이 생겨서 구매했다.

그런데 '페르마의 마지막 정리'를 연구한 수학자 이야기였다. 제목에 현혹되어서 작은 글씨를 못 봤던 내 잘못이지만, 그래도 제목에 관련 없는 철학을 언급하면 안 되는 거다.

너무 당혹스러운 문장을 읽게 되었다. "π는 원의 면적을 쉽게 구하려고 생각한, 지름과 원주의 비에 지나지 않는다." 수학적 원리를 탐구하는 저변에서 원주율 π에 대해 소름 끼칠 정도로 감동하는데, 'π 그까짓 것'이라고 하다니…

페르마의 마지막 정리를 증명하는 사람에 대한 수상과 상금이 수학 발전을 막았다고 생각된다. 와일즈는 공들인 '페르마의 마지막 정리'에 손을 대고 있다는 것을 들키지 않으려고, 입이 무거운 카츠에게 자신이 증명한 것을 검토 의뢰했다. 그 증명은 어마어마한 일이라, 대학원생 대상으로 새로운 강의를 열어서, 매우 난해한 증명을 칠판에 가득 적어서 고통스러운 학생들이 모두 떠나고 청강생 카츠 혼자만 남게 되는 작전을 세웠단다. 계획대로 그 강의는 와일즈와 카츠 둘만의 시간을 갖는 공동 연구 자리가 되어 와일즈는 정기적인 연구 발표와 검토의 장을 마음껏 누릴 수 있었다는 책 내용이다.

수학 대학원생도 이해 못 하고, 프로 수학자도 이해 못 하는 내용이라면, 설명한 사람이 문제가 있다고 생각한다. 수학 대학원생이나 프로 수학자도 모를 정도의 내용이라면 지구상에서 단 몇 명만이 이해한다는 것인데, 그런 것이라면 구태여 증명 안 해도 되지 않을까?

자신의 업적과 명예만 중요하게 여긴 것을 공적으로 봐야 할까? 대학원생에게 연구 사실을 알리고 팀으로 공동 연구를 했으면 더 많은 아이디어가 나왔을 텐데, 자기만 상과 상금을 받을 욕심으로 꽉 찬 이 사람을 철학적 사고를 한다고 여겨서 제목을 '철학 수학'이라고 한 걸까? 수학자들이 얼마나 못된 사람인지를 말하고 싶었던 걸까? 그런 치사스러운 사람은 '수학자'가 아니다. 수학상 제도가 더 많은 연구를 가로막고 있는 것 같다. 수학 발전을 위해 이 제도가 얼른 개선되기를 건의해야겠다. (8. 24.(목) 일기)

세상을 움직이는 큰 손, 나를 움직이는 큰 손

2차 세계대전이 종식되고, 연합군이 모여서 독일이 항상 주변 국가에 피해를 주니, 독일이라는 나라를 아예 없애자는 의견이 나왔다고 한다. 그러나 '괴테'와 '베토벤'의 나라인데, 괴테와 베토벤에게 미안하다는 생각으로 그냥 두었다는 글을 읽었다. 괴테와 베토벤의 업적에 감동하여 지어낸 이야기인데, 난 요즘 너무나 실감한다. 괴테의 이탈리아 여행기에 감동하고, 독일 갔을 때 어디를 가나 괴테가 있었다. 그 이후 읽는 책에서도 괴테 이야기가 자주 나왔다.

책을 꽂을 데가 없어서 이제는 E-Book으로 보려고, 충남도서관에서 E-Book으로 『인간으로서의 베토벤』을 대여했다. 전개 방식과 화성, 악기 배치 등 새로운 실험을 추구하여 고전주의 형식을 완성한 베토벤의 위대함을 체감하게 되었다. 세상을 움직이는 큰 손, 괴테와 베토벤!

정훈이가 연구소에서 늦게 퇴근하며 전화했다. "오늘 달이 평소의 3배는 되는 것 같이 커. 얼른 밖을 내다봐." 한다. 안타깝게도 구름이 껴서 달이 안 보인다. 달은 못 봤지만, 정훈이가 큰 달을 보고 아빠, 엄마 생각하며 전화한 것이 기분 좋다. 나를 움직이는 큰 손, 가족이다! (8. 30.(수) 일기)

라인홀드 니버의 기도문

『미움받을 용기 2』를 읽고 있다. 밑줄을 칠 곳이 너무 많다. 그중에 한 곳을 옮겨본다. "교육의 목표는 자립이고, 인간은 모두 '자유'를 추구하고, 무기력하고 부자유스러운 상태에서 '자립'하기를 원하는 욕구가 있다." 괴테도 언급한 이 말을 연상시키는 '라인홀드 니버의 기도문'이다.

"하나님, 바꿀 수 없는 것을 받아들이는 평온과,

바꿀 수 있는 것을 바꾸는 용기를,

그리고 그 차이를 분별하는 지혜를 주옵소서.

한 번에 하루를 살게 하시고,

한 번에 한 순간을 누리게 하시며,

어려운 일들을 평화에 이르는 좁은 길로 받아들이며,

죄로 가득한 세상을, 내가 갖고 싶은 대로가 아니라,

그분께서 그러하셨듯 있는 그대로 받아들이게 하시고,

제가 그분의 뜻 아래 무릎 꿇을 때, 그분께서 바로잡으실 것을 믿게 하셔서, 이생에서는 사리에 맞는 행복을,

내 생에서는 영원토록 그분과 함께 다함이 없는 행복을 누리게 하옵소서. 아멘."

(9. 4.(월) 일기)

눈물 난 공연 관람

공연 예매가 9시부터라는데 안내 문자를 본 9시 35분에 접속했더니 1층은 맨 뒤에 왼쪽에 하나, 오른쪽 하나만 남았다. 2층은 많이 남아 있어서 2층으로 신랑, 루이, 루아와 함께 가려고 4장을 예매했다.

발레 수업 마친 루아를 태우고 차 안에서 김밥을 먹으며 예산으로 향했다. 루이가 어떤 공연이냐고 물어서, LED 댄스, 타악기 그룹, 서커스, 마술, 풍선 아트, 성악, 가요, 비눗방울 아트 등 '판타스틱 쇼'라고 답했다.

대단한 기능의 소유자들 공연으로 계속 감동했다. 양산 테두리에 동그란 구멍을 규칙적으로 뚫어놓은 빨간 양산을 쓰고 거기에 비눗물을 묻힌 다음 양산을 돌리니까, 양산 주변으로 동그란 비눗방울이 마구 나와서 퍼지는데, 루아가 갑자기 "와!" 소리를 지른다. 루아에게 가장 감동적인 것이라고 예상했다. 그런데 공연 마치고 가장 기억에 남는 게 어떤 것이냐고 물었더니, 불빛이 반짝이는 전자 옷을 입고 7명이 춤을 췄는데, 그중에 빨간 옷을 입은 사람의 모자가 없었던 것이라고 한다. 완벽을 벗어나는 것이 루아에게 불편했나 보다.

2층에서 보면 1층에 관람석 맨 앞줄에 앉은 관객도 안 보인다. 그런데 공연자들이 수시로 무대 아래로 내려와서 관객과 호응하는 이벤트를 한다. 그것이 항상 제외되는 2층이었다. 공연자가 뭘 하는지 모른 채 빈 무대만 바라보고 있었다. 또한 수시로 공연자들이 객석으로 뭔가 던져주는데, 1층에만 제한되니 2층에 있는 루아는 자기도 뭔가 받고 싶어서 손을 계속 들다가 눈물까지 흘렸다.

앙코르 공연할 때에는 공연자들이 객석으로 내려와 관객과 이벤트를 하는데, 2층에 앉았던 많은 사람이 일어나서 나갔다. 바쁜 개인 사정이 있을 수도 있지만, '1층 사람들을 위한 너희들만의 잔치'라는 생각에 관람 의욕이 사라진 것 같다.

관객과 소통한다고 몇 명에게 다가가거나 관객의 5% 정도에게 소소한 물품이지만 뿌리는 것은, 95%의 관객에게 소외감을 줘서 역효과인 것을 공연기획자들이 알았으면 좋겠다. 철학자 아들러가 "보상하지 말라." 한 말을 실감했다. 더불어 살아야 하는데, '그들은 잘 살고 난 주변 언저리에 있다.'고 느끼면, 사회 구성원 전체의 협력을 끌어내지 못한다.

차라리 무대에서만 공연하고 아무런 보상이 없었으면, 루이, 루아도 재미있는 공연으로 기억되었을 텐데, 서운한 공연이었다. 앞으로 2층을 예매할 상황이라면 가지 말아야겠다. 그런데 1층을 예매하면 또 2층에 앉는 사람들에게 미안하고…. 그러면 공연 예매 못 한다. 어쩌지…. (9. 14.(목) 일기)

놀이로 익히는 규칙 준수하기

루이가 레고로 장애물 경기장을 만들고 10개의 캐릭터가 넘는 놀이를 한다. 캐릭터를 손에 쥔 루아가 매우 집중한다. 캐릭터가 장애물 넘기 성공하면 목욕탕에 가서 놀 수 있게 하고, 세 번 이상 실수를 하면 제자리 뛰기를 100번 하라고 시켰다. 장애물 넘다가 실패하자 규칙대로 루아가 캐릭터를 손에 쥐고 위아래로 점프시키며 50번을 세고 "다 했다."고 했다. 100번이 규칙이라서 루이가 "안 돼, 처음부터 다시,"를 외치자, 아무 불평 없이 루아가 또다시 실패했던 개구리 캐릭터를 잡고 "하나, 둘, 셋 … 백."까지 점프시킨다. 루아 나이에 100까지 셀 수 있는 아이도 몇 명 없고, 더군다나 그것을 세면서 하라고 했다고 일일이 100까지 세면서 벌칙을 감행하고 있다. 루아가 쥔 캐릭터로 장애물을 넘기다가 쓰러뜨려서 벌칙을 수행하느라 놀이 시간은 점점 길어졌다.

다음으로 유치원놀이를 했다. 역할 놀이의 소재는 다양하다. 심지어 밤을 주울 때도 밤으로 유치원놀이를 했었다. "이 밤은 선생님, 이 밤은 기사님, 이 밤은 보조 선생님~." 등 역할을 정해주고, 즉흥적으로 스토리를 만들고 놀면서 규칙 지키기와 사회성이 스며드는 것 같다. (10. 7.(토) 일기)

호랑이는 죽어서 가죽을 남기고,
사람은 죽어서~

입신양명(立身揚名)이란 사회적으로 인정받고 출세하여 이름을 세상에 드날리는 것을 말한다. 조선 시대로 와서 변질되어 과거 급제에 목을 매게 된 것이며, 지금도 유명 대학 진학, 대기업 취업, 고시 등으로 출세하는 것으로 인식되어 있다. 이름을 남기려고 자신만 바라보게 된 것이 아닐까? 이런 관점에서 보면 공자가 너무 악영향을 끼친 것 같다. 정치, 경제, 문화, 예술계 사람들이 이름을 남기고 싶어 한다. 이름을 남기고 싶어 최선을 다한 사람들이 많긴 할 것이다. 이름을 남기려는 사람들로 인해 인류 문화가 더 발전했을까? 이름을 남기려는 사람들 덕에 인류가 더 행복해졌을까?

다른 해석을 하고 싶다. 사람은 죽으면 무덤 앞 묘비에 이름을 쓴다. 단지 묘비에 이름이 남는다. 그래서 이 세상에 더 많이 가지려고, 더 유명해지려고, 욕심부리지 마라. 호랑이처럼 가죽이라도 남기는 것도 아니다.

위대한 작곡가의 곡, 예술가의 작품, 과학이나 사회적 연구가의 산물이 사람들에게 감동을 준다. 그런 작품이 남은 것이지 이름을 남기려고 했던 것은 아니다. 또한 그들로 인해서 지금의 문명이 있는 것이 아니라, 묵묵히 이름을 드러내지 않고 살아온 사람들, 전쟁터에서 이름 없이 싸우다 스러져 간 사람들, 유명 예술인들의 작품을 감

상하고 지지해 준 사람들, 자녀들이 기대며 살아갈 언덕과 울타리가
되어주신 지구상 부모님들 덕으로 이 세계가 움직인다고 생각한다.

나만의 이름을 남기려 하지 말고, 더불어 살자는 속담을 만들면
훨씬 좋은 세상이 되지 않을까? (10. 21.(토) 일기)

선한 영향력을 끼치고 싶다

제자가 문자로 안부 인사를 보냈다. 문자의 끝부분에 요즘 자신
의 관심사는 '선한 영향력'에 대해 생각하고 있다고 한다. 선한 영
향력에 대해 나도 계속 생각하게 되었다.

선한 영향력에는 기부하거나 봉사활동 하는 것도 포함된다. 물
질적으로 도와주는 선행, 육체적으로 도와주는 일, 마음이 힘든 사
람에게 찾아가 위로하며 함께 해주는 일 등이다.

내가 생각하는 '선한 영향력'은 이솝 우화에 나오는 '햇볕'이다.
센 바람이 불면 더 옷을 꽁꽁 여몄으나 뜨거운 햇볕을 내리쬤더니
스스로 외투를 훌훌 벗었다. 무조건 받기보다 스스로 따뜻함을 경
험한 사람이 또 다른 사람에게 햇볕처럼 베풀게 된다. 내가 베풀
'햇볕'이 뭘지 고민하며 선한 영향력을 끼치고 싶은 마음으로 사는
제자가 내 마음을 흔들었다. (10. 26.(목) 일기)

3대가 사는 풍경화

휴대폰으로 사진을 찍었는데 용량이 차서 저장이 안 된다. 사진을 지우고, 휴지통을 비웠는데 몇 장 찍으니 또 저장할 수 없다는 메시지다. "은혜야, 저장 안 되는데 어떻게 해?" '설정'으로 들어가서 이것 저것 설명하며 처리해 준다. 신랑이 휴대폰에서 자주 쓰는 앱을 바탕화면에 사용하기 편하게 정리해 달라 하고, 나도 잘 안 쓰는 앱을 숨겨주는 등 휴대폰 사용 중 부딪치는 문제마다 은혜가 해결사다.

시내버스 타러 시간 맞춰 나가려고 버스 시간표를 사진 찍어뒀다. 휴대폰 갤러리에 많은 사진 틈에서 찾는 데 시간이 걸린다. 루이가 들여다보더니 "할머니, 휴대폰 줘봐요." 하더니, 시간표 사진에 '♡' 버튼을 클릭한다. '즐겨찾기' 해놨으니 쉽게 찾을 수 있단다. 루이는 휴대폰도 없는데, 어떻게 그런 기능이 있는 줄 알았을까?

아침 식사 마치며 "바리스타, 커피 주문!" 하면 루이가 캡슐커피 머신 앞에 선다. 할아버지, 할머니, 엄마의 커피 취향을 파악했다. 커피 맛, 농도, 물의 양, 우유 넣기, 온도에 따라 커피를 내려서 배달해 준다.

저녁 식사하는 식탁에서 낮에 있었던 이야기하느라 시끌시끌하다. 서로 이야기하고 싶어서 말이 엉킨다. 그래서 은혜가 규칙을 세웠다. "손을 들고 차례가 되면 말하기."이다. 나도 하고 싶은 말이 있고, 루이도 할 말이 많다. 그런데 루아는 늘 하고 싶은 말이 있어서 거의 손을 들고 있다. 오늘 급식 메뉴, 친구 사귄 이야기, 유

치원에서 있었던 이야기 등 하루 동안의 모습을 영상으로 보는 것 같다. (10. 27.(금) 일기)

생강이 쓴맛을 내는 이유

올해 처음으로 생강을 심었다. 시장에서 생강 파시는 할머니께 심는 방법을 여쭈어 가르쳐 주신 대로 심었다. 생강이 너무 오랫동안 싹이 안 나서 땅을 파보았더니, 싹이 올라오고 있었다. 줄기가 너무 가늘어서 생강 수확이 의심스러웠다.

어제 신랑이 생강을 캐왔다. 거름을 안 줘서 열매가 없으려나 걱정했는데 그래도 몇 개를 수확했다. 그런데 깜짝 놀랐다. 처음에 시장에서 사서 조각내어 심었던 생강 옆에 다른 생강이 자라서 열매 맺었다. 그런데 심었던 조각도 여전히 쌩쌩하다. 썰어서 먹어봤더니 생강 맛도 여전하다.

성경에 보면 "한 알의 밀알이 땅에 떨어져 죽지 아니하면 한 알 그대로 있고 죽으면 많은 열매를 맺느니라."라고 했다. 씨앗도 썩어야 새순이 나고, 감자 조각도 썩고 새순이 나는데, 생강은 썩지 않고 새순이 자라서 열매를 맺었다.

부모 생강의 희생 없이 자녀 생강 스스로 살아내느라 너무 고초가 커서 쓴맛이 나는 것일까? 아니면 부모 생강도 살면서 자녀 생강도 키워낼 만큼 고초를 겪어서 쓴맛이 날까? 그렇게 견뎌낸 힘이 있어 생강이 혈액순환을 촉진하고 열을 발생시켜 몸을 따뜻하게 하는 효과가 있는가 보다.

반대인 부모와 자녀 관계로 어미를 먹이로 살아간다는 '염낭거미'가 있다. 자기의 체액을 다 먹을 때까지 어미가 몸을 움직이지도 않는다고 한다.

긍정적 관계 맺기 위한 부모 교육으로 딩크메이어와 멕케이는 '상호존중, 즐거운 시간 갖기, 격려하기, 사랑을 표현하기'의 네 가지 요소를 제시하였다. 내가 제안하는 부모와 자녀 관계는 '하나님께 영광 돌리며 살기'다. 즉, "자신의 유익을 구하지 아니하고 많은 사람의 유익을 구하여 그들로 구원을 받게 하라(고린도전서 10:33)."는 삶이다. (11. 21.(화) 일기)

배려에 대한 철학

스칸디나비아반도 국가의 「얀테의 법칙」을 접했다.

"당신이 특별하다고 생각하지 말라, 남들보다 좋은 사람이라고 생각하지 말라, 남들보다 똑똑하다고 생각하지 말라, 남들보다 낫다고 생각하지 말라, 남들보다 많이 안다고 생각하지 말라, 남들보다 중요하다고 생각하지 말라, 모든 일을 잘한다고 생각하지 말라, 남들을 비웃지 말라, 누군가 당신을 걱정하리라 생각하지 말라, 남들에게 무엇이든 가르칠 수 있으리라 생각하지 말라."

나를 낮추고 타인을 높이는 건가? 아니다. 높낮이가 아니라 다른 사람과 비교하거나 우월감 없이 더불어 살아가는 거다. 이런 배려가 평등 사회, 복지 선진국으로 가게 된 동력인 것 같다. 물론 간섭을 거부하는 개인주의적이고 사회적인 태도로 개인의 개성을 말살하고 지나치게 눈치를 강요한 면은 있을 수 있다. 우리의 배려 철학으로 '폐 끼친다'가 있다. 폐 끼치지 않으려면, 예절이 몸에 배고, 질서를 지키며 절제하는 생활이 요구된다. 즉, 내가 잘해야 한다.

스칸디나비아 배려는 나를 낮추는 '마이너스'이고, 우리나라 배려는 내가 갖춰야 하는 '플러스'를 요구한다. 어느 나라의 철학이 더 바람직한지 평가하지 말고, 긍정적인 측면을 확산하여 모든 사람이 존중받고 배려를 실천하는 세상을 꿈꾼다. (11. 22.(수) 일기)

명숙이를 통해 하시는 말씀

매일 아침 명숙이가 카톡으로 성경 구절을 보낸다. 신기하게도 그날 내가 고민하는 것에 대한 하나님 말씀이다. 강의하는 날 아침이면 "두려워하지 말라. 내가 너와 함께하리라."는 구절이다. 그래서 '오늘은 무슨 말씀하실까?' 기다렸다.

어떤 말을 해줘야 하는데 선뜻 못하고 있을 때 받았던 글이다.

"이때에 네가 만일 잠잠하여 말이 없으면 유다인은 다른 데로 말미암아 놓임과 구원을 얻으려니와 너와 네 아비 집은 멸망하리라 네가 왕후의 위를 얻은 것이 이때를 위함이 아닌지 누가 아느냐(에스더 4:14)."

정년 퇴직 후 첫날에 은퇴 이후 삶에 대해 어떤 말씀을 해주실까 하는 마음으로 받은 글이다.

"너희 속에 착한 일을 시작하신 이가 그리스도 예수의 날까지 이루실 줄을 우리가 확신하노라(빌립보서 1:6)."

중창단 발표회 날 긴장된 마음으로 받았던 글이다.

"그리스도의 말씀이 너희 속에 풍성히 거하여 모든 지혜로 피차 가르치며 권면하고 시와 찬미와 신령한 노래를 부르며 마음에 감사함으로 하나님을 찬양하고(골로새서 3:16)."

(11. 24.(금) 일기)

어떤 사람이 강한가?

학교에서 돌아온 초등학교 3학년 루이와 이야기를 했다.

나: 네가 생각하는 '만족한다'는 무슨 의미라고 생각하니?

손자: 내가 정한 기준에 도달하여 기분이 좋은 것이요.

나: 정한 기준에 몇 % 도달하면 만족하겠니?

손자: 75% 정도요.

나: 그러면 내가 기준을 정하지 않고, 어떤 상황이라도 도달했다고 느끼는 마음을 갖게 되면 어떨까?

손자: 어떻게 그게 돼요?

나: 성경에서 사도 바울은 가난해도, 부자이어도 만족하게 되었다고 한다. 헬라어로 '만족하다'는 '강하다'라는 뜻이란다. 어떤 것도 받아들이고 만족한 사람이 진짜 강한 사람이래.

설교 영상보고 계속 머릿속에서 '만족하다(아우타르케스)'가 뱅뱅 돌고 있어서 어린 루이에게 들려줬다. 굉장한 부자인데 만족하지 못하고 더 가지려고 하고, 큰 권세를 갖고 있지만 만족하지 못하고 더 큰 것을 바라며, 뛰어난 명예를 갖고 있으나 더 바라고, 예쁘지만 더 바라는 등 만족하지 못한다.

그런데, 어떤 형편에도 자족하는 사람이 가장 강한 사람인 것을 2,000년 전에 알았다! 정말 너무나 멋진, 확실한, 공감 가는 단어 '아우타르케스'. 목표 달성도가 낮아도 만족할 수 있는 능력! 그 힘이 길러지면 강해지는 것이다.

부유하지도 않고 이름도 없이 살아간 사람이 강한 사람임을 도스토옙스키, 톨스토이, 찰스 디킨스, 괴테의 작품 속에서 만났다. 난 그들이 왜 작은 것, 약한 것, 부족한 것, 병든 것, 가난한 것을 추구하는지 의문이었다. 실은 예수님도 그들을 구하러 오셨다고 한다. 그런 사람들을 위로하려고? 그냥 이야깃거리로?

아니다! 그들은 어떤 상황에서도 만족할 수 있는 위대한 가치를 가르치거나 훈계가 아니라 이야기로 전해준 것이다. 강한 사람의 대명사인 사도 바울이 말했다.

> "내가 궁핍하므로 말하는 것이 아니라 어떠한 형편에든지 내가 자족하기를 배웠노니 내가 비천에 처할 줄도 알고 풍부에 처할 줄도 알아 모든 일에 배부르며 배고픔과 풍부와 궁핍에도 일체의 비결을 배웠노라. 내게 능력 주시는 자 안에서 내가 모든 것을 할 수 있느니라(빌립보서 4:11~13)."

(11. 28.(화) 일기)

최고를 선정할 필요가 있을까?

유튜브에서 양팔 없어도 멋진 삶의 철학과 음악적 기능으로 감동을 주는 호르니스트 펠릭스 클리저의 연주를 감상했다. 태어날 때부터 두 팔이 없어서 먹고 입고 글씨 쓰는 대부분 일상을 발가락으로 한다. 그는 대개 왼손으로 조작하는 음정 조절 밸브를 왼발로 눌러 연주하지만 자신을 특별하게 바라보는 시선을 거부한다. "사람들이 저를 어떻게 보고 어떻게 생각하는지는 제 문제가 아니라 그들의 문제니까 별로 신경 쓰지 않아요. 사람들이 생각하는 저와 진짜 제 모습은 다르죠. 제 바람은 제 음악으로 세상에 기쁨을 전하는 겁니다. 제 음악을 듣는 사람들이 행복하다면 그걸로 저도 행복하니까요."

누가 최고인지 구분 짓는 사람들은 음악의 참 의미를 모르는 것이라고 했다. 대중매체는 계속 누가 더 잘하는지에 대한 경쟁을 방영해서, 사람들이 누가 이기고 졌는지, 누가 우승인지에 매달리게 한다. 음악 자체에 젖어 들도록 하면 사람들이 더 행복하지 않았을까. (12. 22.(금) 일기)

공연장 입장 나이

베토벤 합창 교향곡 연주회에서 또 루아의 나이를 문제 삼았다. 항상 입장할 때 씨름하는 것이 관람 연령이다. 공연 방해 우려일 것이다. 그러나 여덟 살 이상이라도 방해할 수 있고, 여덟 살 이하도 아주 예의 바르게 관람하는 루아가 있다. 레퀴엠, 메시아 같은 긴 클래식 공연에서 쉬는 시간 없이 이어지는 90분 공연도 조용히 관람한다.

스펀지처럼 흡수하는 여덟 살 이전 아이들이 이런 공연을 봐야 평생에 클래식 감성을 키우게 된다. 공연을 방해할지도 모른다는 이유로 무조건 제한하는 음악회 기획자들의 철학이 바뀌어야 한다. 마치 '마흔 살 이상이 되어야 결혼할 수 있다.'라고 나이 제한을 한다면 동의할 수 있는가? '예의 바르게 공연을 볼 수 있는 어린이'로 강력히 제안한다. (12. 28.(목) 일기)

천손초꽃이 피려고
무서리가 저리 내리고

안방 베란다 화분에서 자라는 천손초가 꽃을 피웠다. 영어로 '악마의 기간망'이 실감 날 정도이고, 1,000개의 손처럼 번식력이 강해서 농장에 옮겨 심었다가는 온통 잠식해 버릴 것 같아서, 집에서만 키운다. 신기하게 잎 둘레에 싹이 나와서 물이 없는 창틀이나 자기 몸에 떨어져도, 거기서 자란다.

올해 1월에 꽃대가 올라오고 꽃봉오리가 있다. 그런데 잎 둘레에 싹이 안 나온다. 두 달째 꽃이 피고 여전히 잎끝에서 새순이 나오지 않는다.

루이가 베란다 화분에 물 주는 것을 좋아해서 자주 줬더니 성질이 바뀌었나? 에너지를 끌어모아서 꽃을 피우느라 자녀를 생산할 힘이 없나? 꽃을 자랑하려고 다른 것에는 관심이 없어졌나? 어쨌거나 두 달째 꽃을 내밀고, 번식을 위한 잎은 생산하지 않는 것은 좀 이상하다. 언제나 제 본래 모습으로 돌아오려나. (24. 2. 25.(일) 일기)

입체적으로 보이는 안경을 쓰다

어릴 때, 아마 중학생 때 이런 생각을 했었다.

'동화책, 문학책, 소설책 정말 재미있다. 그런데 그것은 실제가 아니고 단지 꾸며낸 이야기일 뿐이다. 실제가 아닌 허구를 단지 재미있다는 이유로 읽으면 시간이 아깝다. 뭔가 의미 있는 것이나 실질적인 공부하는 데 시간을 써야 한다.' 그래서 책을 손에서 내려놓기도 했다.

미디어가 발달되고 TV, DVD로 영화를 보게 되었다. 스토리는 무척 재미있지만, 그때도 이런 생각을 했다.

'실제로 과거로 갈 수도 없고, 미래로 갈 수도 없으면서 이야기의 소재가 바닥나니 이제는 과거로, 미래로 이동하는 확장은 허구일 뿐이다. 단지 흥밋거리로 꾸며낸 이야기를 구태여 보고 있어야 할까?'

올해 책을 75권 읽었다. 그중에 『안나 카레니나』, 『두 도시 이야기』, 『죄와 벌』 등을 읽으면서 난 러시아, 영국, 프랑스에서 살고 있는 느낌이었다. 1800년대를 살고 있는 느낌이었다. 거의 하루 종일 책을 보면서 그 속에 동화되었다. 그러다가 우리나라 소설인 『토지』를 읽으니, 이번에는 1900년대 우리나라 그 사람들과 생활하고 있는 것 같다. 경남 평사리와 두만강 넘어 간도에서 살고 있는 느낌이 들면서, 과거로 돌린 시간 이동을 다른 시각으로 받아들이게 되었다. 단지 '재미'가 아니라, 작가의 철학이 나에게 스며들었다.

요즘 본 시리즈 「매니페스트」는 5년을 이동하고, 「아웃랜더」는 200년을 넘나드는데, 시간 이동보다는 스토리가 감동적이다. 시간 이동은 표면적이고, 스토리 내부에 흐르는 정서와 철학을 만나게 되었다.

내가 밟고 있는 이 땅에서, 이 시간에 해야 할 일을 처리하며, 겉으로 보이는 실질적인 것만 추구했었다. 눈앞만 보였는데. 희뿌연 안개가 걷힌 느낌이다. 밟고 있는 땅만 보였는데, 입체적으로 보이는 안경을 쓰게 되었다.

입체적으로 보이는 안경을 다른 사람들에게 나눠주고 싶다. 그래서 블로그를 시작했다. 물질적인 이득을 보겠다는 마음은 없어서 광고를 넣거나, 조회수를 늘리는 장치는 하지 않았다. 단지 다른 사람들도 입체적으로 볼 수 있기를 바란다.

방 안에 앉아서 창밖의 눈 덮인 아름다운 세상을 보고, 용봉산이 다양한 옷으로 갈아입는 것을 볼 수 있으니 너무나 좋다. 편히 앉아서 유튜브로 유럽의 굉장히 멋있는 곳을 모두 둘러볼 수 있으니 얼마나 좋은지!!! 직접 현장에 가서 보는 것만을 원하는 사람들이 많다. 그러나 난 현장에 가지 않고도 이렇게 즐거울 수 있는 눈을 갖게 된 것에 감사한다.

살아서 저런 풍경과 산을 볼 수 있는 것이 얼마나 감사한 일인가 하는 생각을 하다가, 문득 죽어서 땅에 묻히면 또 다른 눈이 열려

220   특별한 휴가

서 더 많은 것을 볼 수 있겠다는 생각이 들었다. 책으로 과거나 미래가 열리고, 지금 밟고 선 이곳만이 아닌 다른 지역까지 볼 수 있는 것처럼, 어쩌면 죽음이 더 넓은 세상으로 이끄는 것은 아닐까?

눈은 넓어졌는데, 발은 못 따라간다. 생각을 행동으로 옮기는 것이 다음 목표다. (24. 2. 29.(목) 일기)

4

가운데 서서 보다

*

가운데에서 바라봄으로
감각이 깨어나고,
자아가 열리고,
생각이 깊어져서
인생을 재조명하고 싶었다.

음악회, 전시회, 공연, 특강 등을 통해
다양성을 받아들이는 태도를 키웠고,
새로운 관점을 찾았다.
여행의 경험을 통해
새로운 자아를 발견할 수 있었다.

제주도 여행 (3. 7.(목)~3. 11.(월))

❖ **사전 준비**

은혜가 서둘러서 비행기 표와 렌트카를 예약해 줘서 생각지도 않은 제주 여행을 하게 되었다. 이원용 교수님, 이동원 사모님과 함께 가려고 여행 코스를 다섯 번이나 수정했다. 여행사 패키지가 아니라, 홈페이지 검색해서 숙소 예약과 재미있는 사진 찍을 곳, 공연, 오름, 전시회 일정을 짜면서 여행의 윤곽이 잡혔다. 두 달 전에 제주도 출장을 갔었기에 공항에서 할 일들은 알겠는데. 렌트카 관련 일 등 이것저것 챙길 것이 많았다.

❖ **1일 차**

아침 7시 20분에 청주로 출발해서 제주행 비행기를 탔다. 출발 시간이 되었는데 기장의 안내 방송이 나온다. 승차 거부자가 있어 국정원에 연락해서 답변이 올 때까지 지연된단다. 약 20분 정도 기다려서 드디어 출발한다며 움직였는데 또 기장이 방송한다. 군사 훈련을 하고 있어서 마칠 때까지 기다려야 한단다. 기내에서 전투기 비행기 20대 정도가 차례로 활주로를 떠나 비행 연습을 하는 것을 지켜보았다. 군사 훈련 비행을 보는 것도 여행의 재미였다.

한림공원은 황무지 모래밭을 국내외 관광명소로 가꾼 곳으로 입구에서 '『MBC』「오늘 저녁」' 촬영팀을 만났다. 그곳 회장님을 취재하러 왔다가 우리들을 인터뷰하고 기념사진도 찍었다. 잘 가꿔진 정원, 연못, 이국적인 나무, 자유롭게 돌아다니는 공작이 반겨주었고, 사모님은 석조물에 관심을 보이셨다.

화산석이 어우러진 협재해수욕장에서 바다를 한없이 바라보았다. 바닷바람을 맞으면서 백사장을 거닐고, 선인장 가득한 둘레길과 풍차 길도 산책했다. 바닷가 바로 앞에 숙소를 정해서 바다를 실컷 바라봤다.

❖ 2일 차

리조트에서 조식을 배부르게 먹고 든든하게 하루를 시작했다. 오전은 미술관 관람이다. 제주현대미술관, 제주도립김창열미술관, 서예실에서 작품을 감상했다. 작가가 물방울만으로 하고 싶은 말을 표현하고 소통하는 예술의 매력을 느꼈다. 서예전시관에서는 관장님이 작업실도 보여주시고, 작업 활동도 보여주셔서 더 흥미로웠다.

'세계자동차&피아노박물관'에서 기발한 디자인을 감상하고, '박물관은 살아있다'에서 그림 속에 들어 있는 듯 재미있는 사진을 찍으며 동심으로 돌아갔다.

❖ 3일 차

엄마랑 같이 비자림을 갔었는데, 거의 20년 만에 다시 가게 되었다. 우리 4명만을 위해 해설사가 동행해 주셨다. 밀림처럼 얼크러져 있는 것을 더 기대했었는데, 많이 다듬어져 있었다. 아직 봄이 아니라서 잎이 나지 않아 아쉽다고 하는 사람들도 있지만, 잎이 없기에 나뭇가지의 형태가 다 보이는 것이 더 인상적이었다. 사려니숲을 걷고, 이어서 제주도립미술관에 갔다. 작가 3명의 작품이 전시되었는데, 그중 사려니숲을 집중적으로 그린 것이 있어서 너무 놀랐다. 방금 다녀온 숲을 화가의 눈으로 재조명된 그림을 봤다. 추억의 용두암을 찾아갔더니, 용두암이 작아져 보였다.

❖ 4일 차

새벽에 호텔 조식을 먹고, 렌트카를 반납하고 공항으로 갔다. 이번 제주도 여행에선 섬의 위쪽으로 탐방했으니, 다음번에는 아래쪽으로 여행하자며 인사했다. 국립세종수목원 거쳐서 가려다가, 이미 눈과 머리에 들어 있는 추억이 가득해서 더 담을 공간이 없어서 뱃속에 팥칼국수만 채웠다.

강원도 여행 (3. 14.(목).~3. 15.(금))

❖ **출발**

신랑 생일이라 어젯밤에 미역국을 끓여놨고, 아침에 조기를 굽고, 봄동 겉절이와 소불고기로 아침상을 차렸다.

남영자 권사님 부부와 이봉연 교수님 댁에 가기로 했는데, 갑작스럽게 일이 생겼다고 해서 우리 부부만 갔다. 주문진까지 322km 장거리 운전해서 교수님 내외를 만났다. 맛있는 곰치를 사주시고, 수산 시장과 조개박물관 관람하고 교수님 작업실로 갔다. 햇볕이 따사로운 거실에서 차를 마시며 교수님의 근황과 동해 소나무 숲 이야기를 나눴다. 나무와 꽃이 손짓하고 바람이 노래하니 동화 속에 들어와 있는 것 같았다.

두 분을 강릉에 모셔드리고 묵호로 갔다. 옛 추억을 더듬어서 파도가 부딪치는 호텔로 숙소를 정했다. 신랑 생일 기념으로 맛있는 회를 먹고 들어와서, 옷을 껴입고 둘이 베란다에 앉았다. 평생에 딱 한 번 치는 파도인 양 잠시도 눈을 떼지 못하고 바다만 바라봤다.

20년 전쯤 정훈이는 고3이라 은혜와 지은이만 데리고 바로 옆 호텔에서 묵었다. 그때도 모두들 밤새 파도를 지켜봤다. 거기는 해 뜨는 방향이 아니라서, 이번에는 일출을 볼 수 있는 이 호텔로 왔다. 오래된 호텔이라 산뜻하지 않지만, 바다와 접한 숙소라 바다를 바라보며 계속 설레었다. 밤새 봐도 지루하지 않고 계속 좋았다.

❖ 2일 차

새벽에 바다와 하늘 사이에 태양이 서서히 솟아오르며 온 세상이 황금빛이다. 나에게는 황금이다. 광활한 바다가 웅장한 교향곡을 연주하는 것 같다.

묵호항에 '도째비골 스카이밸리', '논골담길'을 다니며 사진 찍고 탁 트인 바다를 바라보며 차를 마셨다. 바다만 봐도 벅찬데 볼거리가 넘쳐났다.

그 많은 관광지 중에 가장 가고 싶은 곳은 동호초등학교다. 수업 중이라 마음대로 다닐 수는 없어서 건물 앞쪽으로 가니 교가 탑이 있고, "작사 함기만"이라고 쓰여 있었다. 초등학교 1학년 때 피아노를 가르쳐 주셨던 함기만 선생님이 기억났다. 한 반에 거의 70명이 넘고, 6개 반이니 420명이 넘었는데, 그중에 4명에게 피아노를 가르쳐 주셨고, 내가 선발되었다. 학교에서 주산을 가르쳐 줘서 주산대회에 내보내시고, 탁구를 가르쳐 줘서 우승 트로피가 학교에 전시되어 있다. 인생의 첫 출발인 이 학교가 지금의 나로 성장시킨 동력이 됐다. 옛 학교 건물이 아니고, 길도 새로 나서 옛날을 추억할 수 있는 게 없다. 그래도 교가비에 새겨진 함기만 선생님의 이름을 보고, 지금도 기억나는 옛날 교가를 한번 불러보고, 기념사진을 찍었더니 추억의 깃발이 흔들렸다.

삼척까지 이어지는 바닷길로 드라이브하고 교과서에 나오는 촛대바위를 배경으로 포즈 잡아보고 출렁다리도 걸었다. 해변을 산책하며 바다 내음에 흠뻑 젖고, 눈에 가득 담았다.

제네바 트리오 연주회 (3. 22.(수))

충남도청 문예회관에서 유럽 최정상 그룹의 피아노, 바이올린, 첼로 연주회에 참석했다. 전문가 그룹의 정통 클래식 연주로, 개별적으로 연주하다가 대화하듯이 화성과 대위법에 어울리는 친근한 선율과 리듬감으로 고상한 기품을 자아냈다. 지은이가 같이 연주회를 하는 것 같은 상상을 했다.

삼필행 필유합선 (4. 15.(토))

매일 보던 사람을 정년퇴직이라는 이름으로 갑자기 못 본다. 전은경 쌤, 노가연 쌤이 보고 싶어서 모임을 제안했더니 은경 쌤이 모임 이름을 "세 사람이 함께 가면 그중에 반드시 스승이 있다."는 말을 성경적으로 재조명하여 '세 사람이 함께하면 반드시 합력하여 선을 이룬다.'라는 의미로 '삼필행 필유합선'으로 하자고 한다. 멋진 이름이다!

첫 모임을 했다. 은경 쌤이 운전해 주셔서 우렁쌈밥을 먹고 카페도 갔다. 두 분은 내일 출근해야 하는데 오래 붙잡고 있는 것 같아 신경이 쓰였다. 세 사람이 연결되었을 때 확실히 행복했다. 합력하여 선을 이루시는 주님과 함께~.

미술관과 뮤지컬
「브로드웨이 42번가」 관람 (4. 16.(일))

대전시립미술관 조각 작품전은 섬세하고 깊은 사색이 느껴졌다. '「머무는 햇살」, 「역사의 창」, 「영혼의 울림」….' 등 제목만으로 벌써 설레었다. 다양한 각도에서 작품을 구성한 조각 작품들이 너무 신기해서 작품 하나를 오랫동안 들여다봤다. 작가의 고뇌와 손길이 깃든 작품을 너무 쉽고 편하게 접하는 것이 미안하기도 했다. 뮤지컬 공연 시간에 맞추느라 더 깊이 감상하지 못해서 아쉬웠다.

대전예술의전당에서 「브로드웨이 42번가」 뮤지컬을 관람했다. 특수한 탭슈즈가 내는 미묘하게 다른 소리가 악기 연주하는 것 같았다. 리듬에 맞춰 추는 경쾌한 탭댄스와 노래, 희망적인 이야기까지 긍정에너지를 선사하는 공연이었다.

중간에 주인공이 넘어져 다리를 다쳐서 공연이 중단되었으니 퇴장하실 때 입장권 반환금을 받아 가라며 "객석 불 켜." 해서, '이런 불상사도 있구나' 했는데, 인터미션이라는 안내 방송이 나왔다. 공연뿐 아니라 안내도 위트와 즐거움을 주었다. 대본을 쓰고, 무대를 꾸미고, 연습하고, 조명을 비추는 등 공연을 위해 힘쓴 수많은 사람에게 감사가 솟아올랐다.

고대 그리스인들은 문화에 대한 열정이 대단해서 공연을 보기 위해서라면 아무리 먼 거리라도 마다하지 않고 달려가서 새벽부터 황혼까지 며칠씩 공연을 관람했다는 글을 읽었다. 공연을 접하면서 인생을 재조명했기에 개인의 자율성에 대한 신념으로 자신이 원하는 대로 자유롭게 행동할 수 있었다고 한다. 우리도 예술을 접했더라면 풍요로웠을 텐데, 야근까지 하며 열심히 일하는 것에 가치를 두고 살았다….

청양 칠갑산 등산과 건축학 특강 (4. 21.(금))

신랑이랑 칠갑산 등산을 했다. 평지처럼 힘들지 않고, 소나무와 참나무 등이 많아서 풍경은 예뻤고, 새순이 방긋 웃는 아름다운 자연 속을 걸었다. 이처럼 좋은 계절에 마음껏 산을 오를 수 있다는 것이 감사하다.

저녁에는 충남도서관에서 주관하는 외부 강사 특강으로 「건축,

모두의 미래를 짓다」를 신랑, 나, 루이, 루아랑 함께 갔다. 특강 시간보다 조금 일찍 가서 루이랑 나랑은 대출한 책을 반납하고, 루이는 5권을 다시 대출하고, 나는 집에 있던 책 13권을 기증했다.

특강 장소인 문화교육동 입구 등록대에서 루이, 루아도 자기 이름으로 당당하게 사인했다. 루이가 맨 앞자리까지 걸어가는 동안 주변 어른들이 "와~ 꼬마 건축가님이 오셨네!"라며 한마디씩 한다. 이번 강의는 지난번 강의보다 좀 어려운 주제라 그런지 아이들이 별로 없고, 설명이 어려워서 루아는 가져간 그림에 색을 칠하면서 보다가 내 품에 안겨서 잠이 들었다. 그런데 루이는 어른 대상 강의라 딱딱한데 전혀 딴 짓 안 하고 집중해서 보고 있었다.

끝나고 돌아오는 차 안에서 가장 와닿는 말이 무엇이었느냐고 루이에게 질문했더니 "건축은 비를 가리기 위함이 아니다. 건축은 모든 사람의 기쁨을 위한 것이다."라고 한다. 진짜 깜짝 놀랐다. 너무나 잘 듣고 있었다. 그래서 일본에 둥근 도넛 같은 후지 유치원에 대해 어떻게 생각하느냐고 물었더니 "아이들에게 놀이하는 방법을 가르쳐 주는 것이 아니라, 아이들이 자신만의 방법으로 놀게 해주어야 한다."고 강사님이 했던 말을 한다. 입구에서 등록받던 분이 강의 내용이 어려워서 루이, 루아를 걱정했던 것은 기우였다. 다음번 강의도 같이 오자고 했더니 그러겠다고 한다. 루이가 정말 많이 컸다.

국립발레단「해적」공연 (4. 22.(토))

예산문예회관에서 발레 공연을 관람했다. 예산군에서 지원하기에 로열석을 10,000원에 예매했다. 홍성, 보령, 당진, 천안 등 문예회관을 접속해서 계속 공연을 검색하고 있다. 저렴한 가격에 감동적인 공연이 있어서 열심히 다니려고 한다.

현장에서 발레를 보니 우아하고 감동적이었다.「해적」이라 발레리노가 더 많았고, 막간에 발레 공연의 유머러스한 해설과 퀴즈로 루이, 루아가 즐거워했다. 집에 와서 루이, 루아의 안방 발레 공연으로 식구들이 한바탕 웃었다.

그림 전시회와 박물관 관람 (5. 2.(화))

전만성 쌤 개인전 보려고 신랑이랑 기차 타고 서울 나들이를 했다. '서해 바다'와 '꽃'을 주제로 한 유화 작품으로, 푸른 바다가 모두를 안아주는 듯했고, 꽃들은 향기를 흩뿌리는 듯했다. 더플럭스에 전시장이 4개 있어서 다른 전시장도 둘러봤는데, 그중에 정진현 작가의「시간의두께-감정의층」을 주제로 한 전시는 원, 삼각형, 사각형으로 배치한 그림이었다. 수학 시간에 학생들과 해보던 것이라 눈에 확 들어왔다. 그림을 보는 것은 많은 생각을 피어나게 했다.

안국동 거리를 산책하고, 서울공예박물관도 관람했다. 「자연에서 공예」라는 주제였는데, 신랑은 조선백자에 가장 관심을 가졌다. 「자수, 꽃이 피다」 전시에서 일상생활 구석구석을 수놓은 여인들의 마음을 담은 문양의 의미와 자수 기법을 만났다.

순천만국가정원과
습지 여행 (5. 9.(월)~5. 10.(화))

❖ 첫날

두 차례나 미뤄졌던 순천만국가정원 여행을 드디어 출발했다. 날씨가 좋아서 미뤘던 게 오히려 좋았다. 오전 내내 신랑이 운전해서 순천에 도착했는데, 주차장을 찾지 못해 헤매다가 점심때쯤 들어갔다. 형형색색의 꽃들이 만발했고, 금잔디가 넓게 펼쳐져 있고, 어디를 봐도 예뻐서 계속 카메라 셔터를 눌렀다. 세계 11개국이 참여해 각 나라의 전통 양식을 자랑하는 정원들을 선보여서 외국에 가지 않고도 각국의 문화가 녹아든 정원을 모두 관람했다. 스쳐 지나가며 보면 눈에 모두 담지 못하니 그네나 의자에 앉아서 한참 보고 전체를 둘러보느라 많은 시간이 소요됐다.

재입장이 된다고 해서 숙소에 짐을 두고, 저녁을 먹고 산책 겸 걸으며 길을 찾아 다시 국가정원에 입장했다. 야간 개장은 불빛이 너무 멋져서 폐장하는 9시까지 보내다가 다시 걸어서 호텔까지 돌아왔더니 16,000보를 걸었다.

❖ 2일 차

조식으로 한식 반찬 일곱 가지와 조갯살미역국이 나왔다. 신랑은 미역국이 맛있다고 두 그릇이나 먹었다. 대부분 부부이고, 조리하신 분과 대화하는 분위기라서 편하게 집에서 밥을 먹는 것 같았다.

순천만 습지가 국가정원 바로 옆인 줄 알았더니 거의 15km 떨어져 있고, 주변이 논이라 잘못 온 줄 알았다. 우리 부부 2명이지만 순천만 습지 해설사가 동행하여 어싱길을 맨발로 걸으며, 새를 보호하는 습지의 역할, 농사에 대한 것, 관람할 코스 등을 자세히 안내해 주셨다.

가는 길에 망원렌즈를 낀 사진작가를 보고 신랑이 관심을 보이며 이야기했다. 그분처럼 사진을 찍고 싶은데 이제는 무거운 것 들고 다니는 것이 힘들어서 부러운 눈치다. 지나가는 사람들에게 사진을 찍어달라고 부탁하고, 다른 사람들 사진도 찍어주며 습지를 내려다볼 수 있는 용산 정상까지 다녀왔다. 해설사님의 안내 덕으로 제대로 습지를 답사했다.

점심으로 짱뚱어탕을 먹고, 다른 곳을 더 가보고 싶었다. 그러나 늦게 출발하면 어두워져서 시력이 떨어진 신랑이 야간 운전을 망설였다. 체력이 부담스러워서 무리한 코스도 버겁다. 도로 주변 풍경을 보는 쏠쏠한 재미를 느끼며 6시경 도착해서 충남도서관에 갔다. 『예술, 역사를 만들다』라는 책 제목이 맘에 들어 대출했다. 얼른 읽고 싶다.

아카펠라 그룹 'EXIT' 공연 (5. 19.(금))

당진문예의전당에 아카펠라 그룹 'EXIT' 공연을 관람했다. 처음에는 부부만 가려고 예매했다가, 루이, 루아, 은혜도 가겠다고 해서 예매 사이트에 접속했더니 B석으로 맨 뒷자리 1개만 남아서 포기했다. 며칠 뒤 들어가니 누가 예매한 것을 취소해서, 앞에 두 번째 줄 로열석 1개, 오른쪽 A석 2개를 예매했다. 그래서 맨 앞 좋은 자리에 루이, 오른쪽에 은혜와 루아, 우리 부부는 가운데 여덟 번째 자리에 앉았다.

기대했던 것보다 더 신나는 공연이었다. 나이 많은 아버지가 지체 부자유한 아들을 뒤에서 겨드랑이를 껴안고 데려와 우리 앞쪽에 앉았다. 공연 중에 관객들이 호응하며 손뼉 치는데, 그 청년이

팔을 가장 높이 들고 신나게 흔든다. 즐거운 곡이라 흥겹게 반응하는데 왜 나는 그렇게 눈물이 나는지~.

공연 중 「아름다운 세상」을 관객들과 같이 부르자고 했다. 같이 노래 부르고 나서 'EXIT' 리더가 "우리보다 더 큰 목소리로 부르는 아가 목소리가 들렸다."며 감동스러워했다. 은혜가 하는 말이 루아가 너무 좋아서 아주 큰 소리로 노래를 불렀단다. '우리보다 더 큰 목소리로 불렀던 아가'는 앞에서 두 번째 줄에 앉았던 루아였다.

루아는 입으로 드럼 소리 내는 비트박스를 가장 즐거워했다. 관객들을 세 파트로 나눠 「라이온 킹」의 "웝머 예뻐 웝머 예뻐"를 화음을 이뤄 불렀다. 그 여흥이 가라앉지 않아서, 돌아오는 차 안이 들썩거리게 계속 불렀다. 집에 돌아와서도 그 열기가 식지 않아서 온 식구들이 유튜브에 아카펠라 곡을 몇 번이나 재생해서 봤다.

영화 「엑시트」 관람 (5. 20.(토))

루아 다니는 교회가 충남 성가경연대회 장소라 유치부 아이들이 특송을 했단다. 「나는 하나님의 예배자입니다」 율동 영상을 보내줘서 TV로 연결해서 여러 번 봤다. 루아가 위로 뻗은 손을 올려다보며 하나님을 경배하는 사랑스러운 모습이었다.

충남도서관에서 달마다 영화 상영을 한다. 이달의 한국 영화 「엑시트」는 재난 영화로, 산악 동아리에서 익힌 지식과 클라이밍 기술을 총동원해 가스의 위험 속에서 모든 사람을 대피시키며 탈출에 성공한다. 배우들의 연기와 이야기 모두 감동이었다. 영화 극본 쓰는 사람, 연기하는 사람, 찍어서 영화로 제작한 사람 모두에게 감사하다. 더군다나 도서관이 가까이 있고, 무료로 좋은 영화를 선정해서 보여주니 또한 감사하다.

상화원 나들이 (6. 4.(일))

금, 토, 일요일과 법정 공휴일만 개방하는 곳이라 유튜브로 예배를 마치고 출발했다. 대천해수욕장과 무창포해수욕장 중간의 자그마한 섬인데, 망망대해가 둘러싸여 있고, 어선이 바다 위에 그림같이 떠 있다.

200년 된 팽나무가 정문에서 입장객을 반겨주고 입장권을 내면 카페에서 커피와 떡을 준다. 데크길을 따라 섬을 한 바퀴 걷다 보니 군데군데 의자가 많이 비치되어 있어서 오랫동안 앉아서 바다와 이야기를 했다. 섬 전체를 둘러싼 지붕형 회랑에 여러 가지 작품이 전시되어 있고, 데크를 뚫고 나온 뽕나무에 조롱조롱 오디가

열렸다. 국내 유명한 한옥을 해체하고 이곳에서 재조립하여 고색
창연한 분위기를 연출했다.

베르디 「레퀴엠」 연주회 (6. 8.(목))

당진문예의전당 대공연장에서 연주회가 있었다. 합창단이 소리
내는 모습과 표정을 보려고 앞에서 두 번째 줄 가운데로 예매했었
다. 반주가 피아노라고 예상했는데, '프라임필하모닉오케스트라'
다. 그래서 합창단은 맨 뒤로 가서 앞쪽에 앉은 우리에게는 오케스
트라만 보이고 합창단과 독주자의 모습이 안 보였다. 대신 바이올
린, 비올라, 첼로, 더블베이스의 아주 작은 소리도 생생하게 들렸다.
인터미션도 없이 90분간 클래식 합창과 오케스트라 연주지만
루아가 조용히 감상하리라 확신하고 데려갔다. 팸플릿을 이리저
리 넘겨보면서 역시나 아무 소리 내지 않고 연주회 예절을 잘 지켰
다. 루이는 정말 진지하게 오케스트라를 봤기에 소감을 물었더니,
"현악기는 악기가 클수록 낮은 소리가 난다는 것을 알게 되었어
요. 그런데 관악기 소리 내는 것도 보고 싶었는데 안 보였어요."란
다. 생생한 오케스트라를 접한 거다. 루이가 아는 곡이 1개 있었는
데 그것이 세 번이나 나왔다고 한다. 집에서 FM으로 들었기에 익

숙했던 곡은 제2곡, 「진노의 날」인데, 단지 몇 번 들었을 텐데 익숙하게 여겼다.

연주회장 여덟 살 이상 입장 규정에 반대한다. 오히려 어릴수록 더 민감하게 받아들이고 흡수하는데, 어린아이를 배제하고 있다. 연주 방해를 우려하는데, 그게 나이로 정해지는 것이 아니라는 것을 모르는 것이 안타깝다.

다행히 금난새 지휘자가 뮤지컬과 마술 위주이던 아동 공연에서 벗어나 어린이들이 클래식 음악을 포함한 문화 감수성을 높일 클래식 공연을 추진한다고 한다.

조수미 콘서트 「In Love」(6. 10.(토))

예매 당일 전석 매진 된 당진문예의전당 조수미 콘서트에 신랑이랑 갔다. 전 세계 무대에서 끊임없는 러브콜을 받으며 최정상의 자리를 지켜온 소프라노 조수미가 한국 노래 앨범 『사랑할 때』를 발매하고 그 앨범에 수록된 예술가곡을 포함하는 레퍼토리로 전국 순회 연주 중이다. 시적인 아름다움과 현대 팝이 가지는 음악적 정서를 곁들인 우리 노래를 조수미의 목소리로 만나게 되었다.

조수미 씨 공연을 현장에서 보니 더욱 감동스러웠다. 고음에서 너무나 편안하고 고운 소리를 생생하게 감상할 수 있는 것은 축복이다. 해금과 함께한 것도 감미로웠고, 앙코르곡 「아베마리아」가 계속 생각난다.

찬조 출연한 바이올린 독주의 「사계 중 겨울」, 해금 독주의 「You Raise Me Up」, 테너 김현수의 반응도 뜨거웠다.

뮤지컬 「경로당 폰팅사건」 (6. 14.(수))

충남도청 문예회관에서 '코믹 감동 추리극 콘서트 뮤지컬'을 다녀왔다. 루이, 루아랑 같이 가려고 예매했는데, 어린이에게 부적합한 것 같아 남영자 권사님 부부랑 함께 갔다.

경로당에 수백만 원의 전화 요금 청구서가 날아들면서 벌어지는 소동을 유쾌하게 담아냈고, 트로트 뮤지컬로 15곡의 노래와 춤이 유쾌한 공기를 뿜어냈다. 개인적인 아픔을 하나씩 털어놓을 때는 너무 짠해서 눈물이 주르륵 흘렀다. 공연 마치고 이벤트로 출연진들과 함께 사진을 찍는다는데, 젊은 사람들이 긴 줄을 서서 기다리기에 양보하고 왔다.

뮤지컬 「책 먹는 여우」 (6. 17.(토))

　뮤지컬 보려고 신랑 루이, 루아랑 충남도청 문예회관에 갔다. 루이, 루아가 이미 읽은 동화를 뮤지컬로 보는 색다른 맛을 보여주고 싶었다. 책보다 등장인물이 더 추가돼서 곰팡이, 좀벌레, 거미, 여우, 사서까지 5명이 등장하고, 음악은 미리 녹음된 음악으로 사용했고, 도중에 객석으로 몇 번 내려와서 아이들과 대화를 나눴다. '소금과 후추를 뿌려서 상상력과 생각을 키워주는 책 읽기'라는 설정이었다.

　공연 후 홀에서 등장인물과 사진 찍기 이벤트는 좋은 추억거리라 여겼으나, 유료라는 주최 측 의도가 아쉬웠다. 루이, 루아에게 관람 소감을 물었더니, "재미있어요. 그런데 아카펠라 공연이 더 좋았어요."란다. 아이들이라고 낮은 수준에서 맴도는 것에서 벗어났으면 한다. 비록 세 살배기 아기라도 클래식 공연에 더 깊은 울림을 가질 수 있으리라 생각한다.

연극 「늘근도둑이야기」
+그림 전시회 (6. 26.(월))

빈자리 하나 없이 전석 매진이라는 연극 공연에 앞쪽 자리를 예매해서 표정 하나하나까지 잘 보였다. 두 늙은 도둑이 부조리한 사회에 유쾌한 돌직구 유머를 날렸다. 등장인물 딱 3명이고, 무대 배경은 간단했다. 배경 음향은 개가 짖는 소리 몇 번, 오로지 배우들의 연기로 100분을 끌고 갔다. 왜 30년 넘게 장기 흥행하는지 단번에 이해되었다. 자연스럽게 웃음을 자아내는 표현과 대사가 너무 재미있었다.

관객이 배우를 보는 것이 아니라, 배우가 관객을 집안에 전시된 초상화 액자로 보고 말을 건네거나, 술 따르는 소리를 관객이 목소리로 내게 하는 등 관객과 호흡하며 수시로 웃음을 터뜨리게 했다. 공연 내내 몰입하고 웃고 신나는 이런 연극이 있다는 것이 고마웠다. 보약 한 사발 마신 것 같다!

연극 관람을 마치고 「예진 이상옥展: 밭 뜰」이라는 주제의 그림 전시장에 갔다. 자연이 주는 벅찬 감동을 캔버스 화면에 가득 채우기보다는 비위가는 방식으로 그림을 그렸단다. 시각적으로 감정적으로 넘쳐나는 이미지들을 최대한 생략하고, 눈에 띄지 않는 작은 풀과 꽃들을 과감하게 그림 속의 주인공으로 선택함으로써 캔버스 안의 특정 대상에 몰입할 수 있었고, 꽃과 풀들은 캔버스 안에서 존재감을 드러내며 대지의 생명력을 뿜어냈다.

국제교류 세계평화기원 음악회 (6. 27.(화))

당진문예의전당에 초청된 '이바노프란키브스크 필하모니 챔버 콰트로코르데'는 우크라이나의 주립교향악단이다. 2022년에 우크라이나와 전 세계 전쟁 종식을 기원하며 12개 도시에서 18회 공연했단다. 올해는 전국 12개 도시에서 15회 콘서트를 개최한다. 러시아 침공으로 어려운 환경 속에서도 서유럽 국가에서 왕성한 활동을 하고 있으며, 세미 클래식 오페라, 뮤지컬, 우크라이나 민속음악을 새롭게 편곡해 선보였다.

곡이 연주될 때마다 곡에 대한 해설을 전면 좌우 모니터에 제시해 줘서 곡을 이해하기 쉬웠다. 매월 네 번 정도는 당진문예의전당을 찾는다. 왜냐하면 너무나 좋은 연주를 초청해서 연주하고, 게다가 티켓 가격이 저렴하기 때문이다. 체코에서 열렸던 우크라이나 전쟁 종식 기원 음악회에 지은이가 같이 연주했었기에 더욱 애틋한 마음으로 관람했다.

독일 살아보기 (7. 2.(일)~7. 17.(월))

❖ 1일 차

새벽 5시 출발하는 공항버스를 예매했었다. 승진이가 버스터미널까지 태워다 주면서, 공항까지 가서 짐 부치고 체크인하는 것 도와주겠다고 했지만, 시간 뺏고 몸도 피곤하게 고생시키는 것이 미안해서 버스터미널까지만 부탁했다. 공항버스가 늦어져서 애를 태우기는 했으나 무사히 출발했다.

짐을 부칠 때, 탑승구, 출국심사장에 사람이 바글바글해서 긴 줄 서기를 네 번 하고 비행기를 탔다. 국적기라서 묻고 답하기 좋았고, 한국 영화 3편 보고, 두 번의 식사와 간식이 모두 맛있었다. 13시간의 장거리 비행을 견뎌낼 수 있을지 걱정되어 멀미약 먹고, 홍삼 먹는 등 준비했는데, 잠도 자고 영상도 보면서 견뎠다. 비행기 고도, 속도, 바깥 온도 등이 제시되어 수시로 들여다봤다. 이렇게 먼 곳을 날아가다니 정말 신기하고 고마운 일이다.

❖ 2일 차

15일간 일정을 지은이가 혼자서 준비했다. 오전에는 같이 있고, 오후에는 뮤직슐레 레슨을 간다. 그래서 지은이와 떨어져 있다가 다시 만나기 위한 연결 고리로 마트에서 유심칩 2개를 샀다. 우리 부부 휴대폰에 유심칩 교체할 도구로 일자형 귀걸이를 사서, 카페에서 커피를 마시는 동안 지은이가 유심칩을 교체하고 통신회사와 한참 화상통화를 했다. 전화와 인터넷이 개통되어 어디서나 지은이와 통화가 되고 카톡이나 인터넷 등 와이파이 없어도 가능해졌다. 어찌나 안심되던지!

한 달 교통권을 사서 휴대폰에 저장했다. 신뢰의 독일이다. 이제 아무 기차나 버스를 타도 된다. 구태여 보여주지 않아도 된단다. 가끔 제시하라고 하면 휴대폰에 저장된 바코드를 보여주면 된다. 대중교통 이용 시 아무런 검사도 없이 편하게 내 차를 타는 듯한 이 시스템이 정말 신기하고 편하고 좋다!

첫 번째 방문은 괴테 생가로, 프랑크푸르트 시내 5층 건물이다. 부모님과 같이 살았고 성장한 이후에는 다른 곳에서 거주했단다. 65세 이상 경로 할인 티켓을 구매하려고 하니, "65세 안 넘어 보여서 안 된다."란다. 경로 할인 티켓이 없다는 딱딱함이 아닌, 위트의 답변이 친근하게 느껴졌다.

방마다 색다른 디자인의 가구가 예술 작품이다. 그림 전시물과 오래된 책들이 많고, 자필로 쓴 책들도 있었다. 괴테가 걸어 올라갔었던 계단을 걸어보고, 밖을 내다봤을 창문에서 내다보니, 마치 괴테가 먼저 와서 기다리고 있는 듯하다. 괴테 생가 정원에서 한참 있으면서 괴테와의 만남을 즐겼다.

오전을 함께 보낸 지은이가 오후에 레슨하러 갔다. 구글 지도 사용법을 설명해 주고, 우리 둘이 길을 찾아서 뢰머 광장, 프랑크푸르트 대성당, 아이젤너 다리에 가고 마인강을 한 바퀴 산책하라고 미션을 준다.

구글 지도의 화살표가 가리키는 방향이 영 헷갈리는데, 그래도 용케 뢰머 광장을 찾았다. 가는 길에 라이카 카메라 파는 집에 들어가서 여러 기종의 카메라 구경을 신나게 했다. 유럽 건축물의 특징 중 하나인 조각물이 많은 건물도 감상했다. 뢰머 광장은 사람들이 가득했고, 바이올린 연주자가 거리 공연을 하고 있어서 유럽 정취가 물씬 났다.

두 번째 미션은 프랑크푸르트 대성당이다. 관광객에게 상시 공개라 사람들이 붐볐으며, 벽면이 붉은색이라 신비감이 느껴졌고, 다양한 조각품과 그림이 가득했다.

세 번째 미션은 마인강 산책이다. 오리가 아주 많이 주변에서 놀고, 먹고, 자고 있었다. 사람들을 피하지 않고, 그렇다고 덤비지도 않고 사람과 어울려 지낸다. 유람선이 다니고, 아주 크고 긴 화물선도 지나가고, 보드 연습하는 학생들도 지나가고, 조정 연습하는 사람들도 지나갔다. 자전거를 타는 사람, 달리기를 하는 사람, 우리처럼 산책하는 사람, 풀밭에 앉아 대화를 나누는 사람 등으로 마인강 주변이 평화스러웠다.

네 번째 미션은 아이즐너 다리 건너기다. 다리 난간에 자물쇠가 엄청 많이 매달려 있었다. 바람이 너무 불어서 머리카락이 얼굴을 다 덮는다. 모든 미션을 완료했다.

지은이와 마인강에서 만나기로 했지만 힘들게 중앙역에서 걸어올 것 같아서 우리가 중앙역으로 찾아갔다. 구글 지도 앱을 실행하고 걸어가면서 도중에 배터리 나갈까 걱정했다. 중앙 역사 안 스타벅스에서 지은이를 만났다. 독일어가 안되고, 구글 지도 앱이 서툴러 우리끼리 돌아다니면서 길 찾는 것을 걱정하다가 보호자 지은이 만나니 너무 반가웠다.

지은이가 아는 사람 하나도 없고, 독일어도 못하는 상태로 홀로 독일 땅을 밟고, 이렇게 길을 익혔으리라는 것이 짠하게 느껴졌다.

어제는 호텔에서 잤고, 오늘은 예약한 숙소로 가려고 중앙역 물품보관소에 맡겼던 캐리어 2개를 찾아서 지하철을 타고 갔다. 지하철에서 내려 예약한 숙소를 지은이가 구글 지도로 확인하더니 20분 걷는다며 '금방 가는 거리'란다. 종일 걸었는데, 캐리어를 끌고 구글 지도 앱을 보며 걸으니 힘들고 버거웠다.

숙소는 단독 주택 2층 전체를 사용하고, 거실, 부엌, 침대방, 화장실 모두 깔끔하다. 복도, 베란다, 거실 등에 그림이 빼곡하다. 거실 서가에 책이 가득 꽂혔고, 보드게임할 수 있는 도구들도 많이 비치되어 있었다. 베란다가 아주 넓고 테이블과 의자가 비치되었고, 바로 앞 정원에 큰 나무들이 많다. 전지로 형태를 잡거나 다듬지 않은 자연스럽게 자란 나무들이다. 여기서 8일간 머무른다. 오늘 22,000보를 걸었다.

❖ 3일 차

어제는 역에 내려 걸어서 숙소까지 왔으나 오늘은 버스로 기차역까지 나갔다. 버스 앞문으로 탈 때 기사가 티켓 바코드를 보여달라고 하지만, 중간 문으로 타면 아예 보여주는 일조차 없다.우리나라 기차역과 다른 점 첫 번째는 역에 이름을 크게 써놓지 않았고 역 건물도 작다. 두 번째는 역의 울타리나 경계가 없이 길에서 기차를 탄다. 플랫폼 1, 2, 3, 4번 중에서 1, 4번은 마을에 있는 길이 플랫폼이고, 차표를 검사하거나, 역으로 들어가지 않고 그냥 길에서 기차를 탄다.

오전은 지은이와 팔멘 가르텐에 갔다. 식물원 입장료로 일반 7유로, 경로 6유로, 학생 3유로로 총 16유로다. 독일은 경로라고 하면 우리나라처럼 신분증을 제시하라 않는다. 신뢰가 몸에 밴 사회라는 게 느껴진다.

독일 사람들은 숲에 영혼을 느낄 정도로 애착이 강하고 전 국토의 70%가 숲이라 한다. 우리나라에서 본 적 없는 큰 나무들이 너무 많았는데 식물원은 말할 나위가 없다. 우리나라 관광지에서 700년 되었다는 나무가 관광상품인데, 그 크기와 비교하자면 여기는 2,000년 된 듯한 나무가 길거리 어디에나 즐비하다. 입구에는 재미있는 조형물이 있었고, 호수에는 오리가 가득하고, 물고기도 많이 있고, 심지어 거북이들도 있어서 햇볕을 쬐려고 돌 위로 가득 올라와 있었다. 모두 둘러보면서 음미하려면 종일도 부족하다. 지은이가 뮤직슐레 가면서, 첫 번째 미션은 식물원 근처에 아주 큰 공원을 가는 것이고, 두 번째는 프랑크푸르트괴테대학교를 다녀오란다.

식물원에서 가까운 거리라고 해서 지은이에게 구글 지도로 설명을 듣고 신랑이랑 구글 앱 보면서 이동했다. 계속 휴대폰으로 구글 지도를 켜놓고 길을 찾는데, 애매해서 헤매다가 보니 내 휴대폰 배터리는 팍팍 줄어든다. 배터리 나가서 연락이 끊길까 겁나서 신랑 휴대폰은 열지 않았다.

다리가 아파서 쉬고 싶은데, 길거리에 의자랑 쉼터가 있다. 엄마가 예전에 길을 걷다가 앉고 싶어 하셨는데, 의자가 없어서 길에 의자가 비치되기를 바랐었다. 독일은 길에 이런 의자를 비치한 걸 여러 번 봤다.

길이 헷갈려서 고등학생으로 보이는 여학생에게 괴테대학교를 물었더니 독일어로 이쪽으로 쭉 가다가 중간에 오른쪽으로 가라는 것 같았다. 그러더니 자기가 독일어로 말하는 것을 내가 이해 못 하는 것을 느끼고, 오히려 독일어로 말한 것을 미안해하며 자신이랑 같이 가자고 하는 것 같았다. 오른쪽, 왼쪽으로만 알려주기에는 먼 길이었다. 대학 건물이 보이는 큰길에서 이쪽으로 쭉 가라고 알려준다. 세상에 어쩜 그렇게 친절한지!!!

그 여학생이 길을 알려주기 시작할 즈음에 휴대폰 배터리는 30%가 남았다. 괴테대학교 방문 이후에 공원도 찾아야 하기에 조금이라도 배터리를 절약하려고 휴대폰을 껐다.

괴테대학교는 젊은 학생들로 활기가 가득했다. 그런데 의외로 나이 드신 분들도 산책하고, 유모차에 아기를 태우고 잔디밭에서 노는 분들도 많아서 우리만 나이 많은 것이 아니라 불편하지는 않았다. 더구나 다양한 인종이 섞여 있어서 우리 둘이 특이해 보일 것 같지 않았다.

괴테대학교라니! 얼마나 괴테 생각을 많이 하고 보낸 지난 한 달이었는데, 그 대학을 와보니 감회가 깊어서 휴대폰을 켜서 여기저기 사진을 많이 찍으려고 했다. 그런데 휴대폰에 비밀번호가 걸려 있어서 켜지지 않는다. 비밀번호를 설정한 적이 없어서 흔히 내가 사용하는 비밀번호를 넣었더니 아니란다. 지은이와 연결 고리가 신랑 휴대폰만 남았다.

지은이에게 내 휴대폰에 비밀번호가 걸려서 안 켜지니 혹시 아빠 휴대폰도 문제가 생겨 연락이 안 될 경우, 어디서 만날지 문자를 남겼더니, 대학 중앙에 유명한 구조물 사진을 보내주면서 거기서 만나자고 문자가 왔다.

일단 구조물을 찾고, 그 주변만 움직이려고 했다. 여기저기 다녀도 못 찾겠다. 교수님 같은 분에게 사진을 보여주면서 "Where?" 했더니, 이곳에 처음 왔단다. 이번에는 여학생 3명이 지나가기에 지은이가 보내준 구조물 사진을 보여주었더니, 3명이 모두 설명한다. 1명이 설명했는데 독일어라 못 알아들었지만, 제스처로 대충 이해했다. 두 번째 여학생이 부연 설명을 하고, 세 번째 여학생도 추가 설명을 한다. 진짜 친절하다!

여학생들이 알려준 곳으로 가서 그 구조물을 찾았다. 그 앞에서 사진을 3장 찍고 관찰했다. 구조물에 意, 夏安, 面 등 한자가 많고, 일어, 숫자, 영어, 그리스어도 있는데 한글은 못 찾았다. 활기찬 학교 분위기와 학생들이 우리 마음도 젊게 했다. 신랑은 다시 젊어서 이곳에서 공부하고 싶다고 한다. 화장실 사용하려고 건물 안에 들어갔는데 실내 벽면이 짙은 빨강인 것이 꽤 열정적으로 느껴졌다. 신랑 휴대폰 배터리를 절약하느라 더 이상 사진을 못 찍은 것만 아쉬웠다.

학교 주변을 돌다가 지은이가 제시한 두 번째 미션인 공원을 찾았다. 그 크기에 놀라 눈이 휘둥그레지는 나무들에 둘러싸인 숲 모습이었다. 누울 수 있는 편안한 긴 의자가 여기저기 있고, 사람들이 쉬거나 책 읽거나 자고 있다. 여기도 오리들이 여기저기 풀을 뜯고 벌레를 잡아먹는다. 우리도 자리 2개를 찾아서 누웠다. 잔디밭이지만 벌레가 없고, 해는 뜨거운데 나무 그늘은 정말 시원했다. 낯선 이방인도 품어주는 큰 나무의 평온한 미소를 느끼며 한참 동안 쉬었다.

지은이가 올 시간이 되어 다시 괴테대학교로 돌아왔다. 학생 휴게실 앞 큰 나무 아래에 누울 수 있는 긴 의자가 많고, 여기저기 학생들이 모여서 이야기하는 곳에 우리도 의자를 차지하고 누웠다. 나무에서 작은 꽃 아니면 이파리인지 모를 무언가가 바닥에 가득 떨어져서 축제 때 색종이를 바닥에 깔아놓은 분위기다. 관광지에서 풍경을 보는 것도 좋지만 괴테대학교 학생들을 지켜보는 것도 꽤 즐겁다. 이 속에서 꿈을 키우는 학생들이 행복해 보였다. 단지 그 시간에 우리 눈에 띈 것을 기준으로 아시아계 사람들은 1명도 못 봤다. 지은이가 도착했을 때 우리는 하늘 가득 나뭇잎이 춤을 추는 큰 나무 아래서 잠이 들어 있었다. 괴테대학교 학생들의 싱그러운 분위기 속에서 달콤한 낮잠을 잔 것이 꽤 즐거운 추억거리다.

다시 지하철을 몇 번 갈아타면서 숙소로 돌아왔다. 지하철 타는 법은 모르고, 지은이가 타라고 하면 타고, 내리자고 하면 내렸다. 지은이 어릴 때 우리가 챙겨서 데리고 다녔는데, 어느새 역전이 되어, 지은이만 바라보며 졸졸 따라다녔다.

유심을 교체할 때 비밀번호가 있었는데, 휴대폰을 끌 일이 없을 것 같아서 알려주지 않았단다. 숙소에서 비밀번호 확인하고 휴대폰을 켰다. 지은이와 연락되어야 하는 고리라서 정말 중요하다. 오늘도 22,000보를 걸었다. 잠이 쏟아졌다.

❖ 4일 차

지은이 일정이 빽빽하다. 오전에 학교에서 교수님께 앙상블 레슨을 받고, 이어서 학생에게 레슨 해주러 가고, 이어서 학교 연습실에서 내일 있을 연주회 곡을 연습해야 한다. 그래서 지은이 학교인 프랑크푸르트국립음대를 같이 갔다. 벽의 "너의 꿈은 지금 여기부터 시작된다."라는 글귀가 인상적이다.

지은이가 레슨을 받고, 레슨하는 동안 우리에게는 주변에 작은 공원과 오페라하우스를 다녀오라는 미션을 줬다. 또다시 구글 지도 앱을 켜서 길 찾기 시작이다. 쉽게 공원을 찾았다. 호수가 있고, 오리도 많고 주변에 사람들이 여기저기 앉아서 쉬고 있다. 우리도 벤치에 앉아서 자연을 즐기며 가져온 간식을 먹었다. 여기 살면서 공원에 나와 책 읽고 담소하며 사는 삶이 부러웠다.

오페라하우스는 건물이 너무 예쁘고, 주변 건물들도 모두 예쁘다. 그냥 반듯하게 짓는 현대식 건물 속에 살던 내 눈에는 모두 작품이다! 지은이 만날 약속 시간까지 여유가 있어서 그 주변 거리를 돌아다녔다. 명품관이 가득한 거리를 지났고, 영화관 등 건축물 관람 시간이었다. 우리나라는 건물마다 간판이 즐비하다. 독일은 간판이 1층만 있고, 위층은 아래에 작은 목록으로 제시해서 건물이 깔끔해 보인다. 어디를 가나 엄청 큰 나무들이 많고, 거리가 건축물 전시장처럼 볼거리가 많고, 사람들의 표정은 평온하다. 유치환의 시「행복」의 글귀가 떠올랐다. "제각기 족한 얼굴로" 살아가는 독일 사람들이다.

오후는 슈테델 미술관에 갔다. 르네상스부터 20세기 근대 미술까지 훌륭한 컬렉션을 갖춘 미술관이란다. 층마다 20개 정도의 전시실이 있고 한 전시실에 한 작가의 작품으로 전시되었다. 14세기부터 현재를 아우르는 10만 점이나 되는 장대한 컬렉션을 자랑하는 미술관이라 교과서에서 보던 유명한 명화를 비롯한 거장의 감동스러운 미술 작품이 가득하다. 괴테가『이탈리아 기행』에서 '이탈리아에서 초상화를 그렸다'고 한 유명한 그림의 원본을 봤다. 괴테가 여기서도 기다리고 있었다.

미술관을 나와서 주변을 돌아보았다. 마인강을 다시 산책하다가 학생들의 현대미술 작품전을 감상했다. 7월인데 날씨가 쌀쌀하고 바람이 많이 불어서 추위를 느꼈다. 햇볕을 받으며 마인강을 걷다가 슈테델 미술관으로 가서 외부 조각전을 둘러보았다. 작품의 주

제를 '각자 다른 표정과 모습이지만 서로 마주 보며 함께하는 삶'
이라고 내 마음대로 지었다. 그림과 자연 속으로 깊이 빠져들어 마
음껏 즐긴 하루였다.

❖ 5일 차

지은이 앙상블팀 'Liv Quartet' 연주회 날이라 함께 갔다. 연주회
장 건물은 호수의 중앙에 있고, 주변에 아주 큰 공원이 있었다. 게
시판에 지은이 연주회 안내가 올려져 있었다. 지은이가 총연습하
느라 바빠서 신랑이랑 공원에서 산책했다. 공원에는 너무 커서 감
탄사가 절로 나오는 나무들이 많았다. 그런 나무를 보면서 사는 사
람들의 마음은 크고 넓을 것 같다.

나이 많으신 분들의 운동과 웃음 치료, 중년층의 에어로빅, 젊은
사람들의 요가, 젊은 학생의 춤 등 모임이 다양했다. 유치원생 정
도의 아이들과 기저귀를 찬 아기들이 모래 놀이판에서 놀이에 빠
졌다. 가족들이 잔디밭에 그냥 앉거나 누워서 이야기하고 있다. 벌
레가 있을세라 걱정이 되는데, 그들은 전혀 개의치 않고 안방처럼
앉아서 대화하고 있다.

연주회 티켓이 40유로에 판매되었다며 2장을 준다. 연주회장은
2층인데, 1층 로비에 와인과 간식이 준비되어 미리 오신 분들이
드시면서 우리에게도 권한다. 서먹하기도 하고, 뭐라 질문하면 답
할 수도 없어서 사양하고 연주회장으로 갔다. 깔끔한 연주 홀에 사
람들이 거의 찼다. 연주곡에 맞춘 조명과 퍼포먼스를 하며 소프라

노, 알토, 테너, 베이스 클라리넷이 조화를 이룬 감동적인 연주회였다. 사진과 동영상 촬영이 금지라서 너무 아쉽다. 앙코르 연주할 때 겨우 한 컷을 찍었다. 연주회가 끝나고 1층 로비에서 와인을 나누면서 연주자와 관람객의 대화 시간이 30분 정도 있었다. 지은이가 부모님이 오셨다고 해서 관계자분들이 인사하러 오셨다. "Best daughter!"라며 '엄지 척'을 하신다. 독일어를 못해 고개 숙여 감사 인사만 했다.

❖ 6일 차

지은이가 레슨이나 연주회가 없는 날이라 프랑크푸르트를 벗어나 아름다운 성과 고대의 모습을 간직한 하이델베르크로 갔다. 예쁜 유럽 건물이 늘어선 길을 따라 기념품 가게도 기웃기웃하면서 올라가니 교회가 있었다. 문이 열려 있어서 들어가 잠시 기도했다. 기독교 국가라는 말을 실감하게 되는 아주 큰 건물의 교회가 몇 개 있어서 들어갔다. 자세히 보니 파이프오르간이 눈에 띈다. 연주를 듣고 싶었는데 어떤 분이 성경을 읽고 교회 소개를 하시더니, 파이프오르간 연주를 하신다. 큰 교회를 가득 메운 웅장한 연주였다.

성을 오르기 전에 한인 식당을 찾아갔더니 한국인뿐 아니라 다양한 나라 사람들이 한국 음식을 맛있게 먹고 있었다. 그동안 독일식으로 먹다가 오랜만에 불고기덮밥과 김치찌개를 먹었더니 너무 맛있었다. 케이블카로 올라가서 성 위에서 내려다보이는 하이델베르크는 그림 같았다. 성문 입구부터 성의 웅장함을 느끼게 해

주었다. 게다가 입구 근처에 괴테의 시가 새겨져 있어서 괴테와 만났다. 규모나 예술적인 면에서 모두 감탄을 자아냈다. 단지 튼튼하게 짓는 것이 아니라 미적인 요소를 고려한 성의 모습에서, 실용성을 넘어 '미(美)'를 반영한 이유가 궁금했다. 물론 아름다워서 관광객의 마음을 흔드는 것이 사실이다. 그러나 그 당시 성을 만들면서 후대에 관광객을 불러들이기 위함은 아니었을 것이다.

햇살은 뜨거워도 그늘만 들어서면 시원한 바람이 느껴진다. 그래서 양산을 쓰면 시원하다. 문제는 길에서 아무도 양산을 쓰지 않는다. 나만 쓰고 있다. 나만 특이해 보여서 안 썼다.

성의 멋진 모습을 보며 다니다가 지은이가 우리 부부 사진을 찍는다고 하더니 표정이 바뀐다. 바지 앞주머니에 넣고 다니던 휴대폰이 없다. 가방을 다 뒤지고, 왔던 길을 다시 돌아가서 모두 찾았다. 벨소리는 무음으로 해놓았고 위치 표시도 꺼두었단다. 혹시 누가 휴대폰을 주웠다면 하는 마음으로 내가 전화를 걸었더니 받을 수 없다는 음성 메시지가 나온다. 휴대폰을 소지하고 계신다면 문자를 보내달라고 문자를 보냈다. 하이델베르크 입구에서 입장권 확인하는 분에게 분실 신고하고, 혹시 주운 사람이 나오면 연락해달라고 했다. 아무리 기다려도 반응이 없었다. 30분 지나서 지은이 휴대폰으로 전화 걸었더니 꺼져 있단다. 분실이 아니라 도난이라고 생각되어 지은이 구글 계정으로 접속했더니 휴대폰 위치가 성문 근처로 나오더니 자꾸 바뀐다. 의도적으로 가져갔다고 판단되었다. 사진 찍어달라고 접근했던 두 사람이 의심되었다.

경찰에 신고하러 갔더니 문도 안 열어주고 밖에서 인터폰으로만 통화했다. 경찰서에서도 해줄 수 있는 것이 없다면서 대자보 같은 곳에 글을 올려보라고만 한다.

지은이가 이전에 사용하던 휴대폰을 임시로 사용하고, 기존 유심은 정지하고 새로 유심을 신청했다.

❖ 7일 차

평생 아침 식사는 밥, 국, 김치는 기본이었는데, 독일 생활 첫 번째 변화는 빵과 과일로 식사하는 것이다.

바다가 먼 독일에서 갈만한 비치인 라운하임호수를 갔다. 숙소에서 랑앤역까지 버스를 타고 가서 기차를 탔다. 그렇게 몇 번이나 갈아타고 라운하임에 도착했다. 거기서 또 구글 앱을 켜서 25분 정도 걸었다. 독일의 공기를 흠뻑 마시며 걷다 보니 보라색, 노란색 등 각양 예쁜 꽃들이 반겨줘서 사진을 여러 컷 찍었다. 상상을 넘어서는 큰 나무들에 감동하면서 지나가는 사람들의 모습을 보는 것은 영화를 보는 듯 재밌었다.

승용차로 가면 금방 가겠지만, 뜨거운 태양 아래 열심히 걸었다. 드디어 도착해서 입장권을 끊고, 비치 의자와 파라솔을 빌리고, 사물함을 빌려 소지품을 보관했다. 지은이가 이것저것 챙기고 신랑이랑 나는 병아리처럼 지은이를 따라다녔다. 우리에게 배정된 의자가 있는 곳을 찾느라 모래밭을 걸었는데 덕분에 모래찜질은 잘 되겠다고 생각한 것은 딱 3초뿐이었다. 어찌나 뜨거운지 불 위에 발을 올려놓은 것 같고, 화상을 입은 느낌이다. 파라솔 하나로는 그늘이 작게 느껴졌다. 다행히 나무가 가까이 있어서 나무 그늘로 들어갔더니 너무나 시원했다. 나무 그림자가 이동하는 방향으로 계속 비치 의자를 옮기고 있는데, 젊은이 한 무리는 나무 그림자가 덮이면 자리를 옮겨서 햇볕으로 이동했다. 이곳 사람들은 배정받은 파라솔을 접어두고 그냥 뙤약볕에서 일광욕했다.

호수에 발을 담그니 물이 너무 차서 더위가 달아났다. 발을 담그고 앉아서 이야기하고, 나무 밑 베드에 누워서 낮잠도 잤다. 프랑크푸르트 공항 근처라 몇 분 간격으로 비행기가 뜨고 내리는 것을 가까이에서 보는 것도 꽤 즐거웠다.

숙소로 돌아오다가 해지는 저녁놀이 예뻐서 사진을 찍었다. 저녁 5시쯤이라 여겨져서 시계를 보니 9시다. 9시 40분까지 훤하고, 10시가 되니 어두워지기 시작한다. 서머타임이라 실제는 11시다. 독일 여행의 하루를 길게 보낼 수 있어서 좋다!

❖ 8일 차

예배드리려고 지은이 아이패드로 유튜브를 열었다. 아침 8시인데 서울 영락교회 5부 예배였다. 우리가 사는 것이 인생일 뿐이라는 말씀이었다. 겨우 인생일 뿐인데 뭘 그렇게 욕심을 내고 살아가는지.

숙소 주인 아주머니가 빵을 구웠다며 맥주랑 가져오셨다. 버스를 한 번만 타면 갈 수 있는 SeligenStadt를 소개하셨다.

예배 후에 마을이 예쁘다고 추천해 주신 곳으로 나섰다. 늘 우리가 기차역으로 가던 방향과 반대 방향으로 가는 버스를 타고 한 시간쯤 가는 곳이다. 버스에서 내려서 우리의 보호자 지은이가 구글 지도를 켜서 길을 찾았다. 처음에는 다른 지역과 비슷한데 왜 예쁜 마을이라 했을까 싶었는데 고대 독일의 모습이 고스란히 보이는 마을이 나왔다. 마을 구석구석에 아름답고 진귀한 작품들이 가득했다. 예전에 한 군주가 다스리던 예쁜 성에는 정원이 잘 가꾸어져 있었다. 물레방아를 이용해서 가루를 만들고 빵을 만들던 시설을 아직도 사용하고 있고 관광객에게 그 원리를 설명해 주었다.

마을에 교회가 보여 들어가 기도했다. 교회에 파이프오르간이 눈에 들어왔다. 강 근처 산책로를 걷고, 강바람을 맞으며 한참 동안 독일 사람들처럼 앉아 있었다.

❖ 9일 차

수학이나 과학체험관이 있을 것 같아서 구글 지도를 검색해서 프랑크푸르트에서 찾았다. 'Experiminta ScienceCenter'

지은이가 뮤직슐레 수업하러 가기 전 오전에 젠켄베르크 자연사박물관을 가려고 했는데 다행히 그 근처에 과학체험관이 있었다. 지하철에서 내려 과학체험관으로 지은이랑 같이 걸어갔다. 저녁에 만날 장소는 Skyline Plaza로 정했다. 자주 갔었던 곳이기는 하지만, 돌아올 때를 대비해 길을 눈여겨봤다.

과학체험관 입장료가 개인은 12유로, 학생 단체인 경우는 할인이 되었고, 단체로 온 초·중등 학생들이 많이 눈에 띄었다. 입구에 실험 도구를 회전시키면 물이 원뿔 모양으로 만들어지는 것을 돌려보며 한참 관찰했다.

학생들이 복도에서 자신의 뛰는 속력을 보여주는 것을 체험하고 있었다. 내가 여러 번 시도했었던, 자신의 걸음 속도를 감지해서 신호등에서 초록 불만 만나면 걷기 프로젝트를 진행했던 것이라 관심이 더 갔다. 3층은 수학 관련 체험장이어서 더 찬찬히 살펴보았다. 지하에는 음파와 관련된 재미있는 실험이 많았다. 우리 일정으로 다 체험할 수는 없지만 어떤 프로그램이 운영되는지 유심히 봤다.

과학체험을 마치고, 지은이가 구글 지도를 켜놓고 걸어서 젠켄베르크 자연사 박물관으로 이동했다. 입장권만 끊어주고, 지은이는 뮤직슐레로 떠났다. 중앙 홀을 중심으로 4개 방향으로 들어가면, 그 안에서 또 옆으로 들어가고, 거기에서 지하 1, 2, 3층으로 내려가면서 주제별로 구성되어 자료가 엄청나게 많았다. 한 방향으로 들어갔다가 다시 중앙 홀로 나오려면 미로 같은 전시관에 볼거리가 가득해서 시간이 오래 걸렸다.

유치원에서 체험학습 와서 한 선생님이 설명을 한참 하시고, 뭔가 만져보라고 하고, 공룡 발자국에 들어가서 앉아 보라고도 하고, 부모님 몇 분이 따라다니면서 사진을 찍어주고 있었다. 조류, 파충류, 어류 등 여태 본 적이 없는 진기한 자료가 가득했다. 지구의 지형별로 육지의 높이와 바닷속 깊이를 보여주는 것이 신기해서 한참 들여다봤다. 어떻게 바다의 깊이까지 측정했는지 신기하다.

박물관 운영이 종료되는 5시에 나와서 벤치에서 좀 쉬었다. 7시에 지은이와 만날 장소까지 가려고 유심히 봐뒀던 빌딩과 대형 철제 사람 구조물이 멀리서도 잘 보였다. 돌아가는 길에 작은 공원이 나오고, 호수와 벤치가 있어서 독일에서의 삶을 즐기면서 쉬었다. 자전거를 타고 지나가는 사람들이 만족스러운 얼굴이라 느끼고 있는데, 신랑이 "독일 사람들은 모두 만족한 표정이네."란다. 신기하게 동시에 같은 생각을 했었다.

7시에 지은이와 만나서 아프리카 식당으로 갔다. 내일 잠시 한국에 들어가는 친구 성은이랑 같이 저녁을 먹기로 했단다. 여러 인종이 사니 식당도 다양하다. 한인 식당, 일본, 베트남, 인도, 중국, 독일, 그리스, 이탈리아, 아프리카, 터키 등등…. 지은이는 우리에게 여러 나라 음식을 먹여주고 싶어서 외식 장소를 구상하고 안내한다. 그 덕분에 다양한 음식까지 먹어보게 되었다. 식당 내부도 아프리카 분위기고, 밖에는 아주 큰 나무 그늘에 작은 나무로 정겨운 울타리가 있다. 손님이 많고, 상차림이 화려하며 특별한 맛이다. 독일 생활 이야기를 나눠보니, 독일 환경에 적응한 지은이와 성은이가 기특했다.

숙소로 돌아온 지은이는 여전히 일거리가 남았다. 노트북과 아이패드 켜놓고 여전히 일을 하느라 일찍 잠들지 못하고 있다. 한국에 있었으면 덜 고생스러웠을 텐데, 특히 독일에 온 첫해에는 언어도 안 통하고, 독일 사람은커녕 아는 한국인도 없는 막막함을 어떻게 보냈을지 새삼스럽게 지금 더 짠하다.

❖ 10일 차

지은이의 오후 뮤직슐레 수업 후, 저녁 기차 타고 드레스덴으로 가기로 했다. 숙소에 들르지 못하고 바로 출발해야 겨우 시간을 맞출 수 있는 일정이라 미리 캐리어를 역 물품보관소에 맡기려고 각자 캐리어 챙겨 기차를 탔다. 기차에서 마주 보는 좌석 앞에 캐리어를 뒀는데, 열차 승무원이 우리더러 다리를 들라고 하더니 그 큰 캐리어 3개를 의자 밑에 넣어주느라 힘들어서 얼굴이 벌겋게 되었다. 우리가 불편할세라 자원해서 도와주는 독일인의 몸에 밴 친절이다. 도착 후 캐리어 3개를 큰 보관함에 넣고, 오전은 시내 거리, 쇼핑몰, 갤러리아 백화점을 둘러보며 독일의 정서와 분위기를 느껴봤다.

재래시장은 다양한 채소와 음식과 빵을 판매하는데 좀 저렴하단다. 색깔이 화려하고 빵은 모두 먹음직스러웠고, 음식도 조리된 것은 바로 먹을 수 있었다. 집에서 만들어 먹으면 저렴하지만 식당에서 먹으면 보통 15~20유로(21,000~28,000원)다. 물도 거의 3유로라 물을 한 통 들고 다녔다.

독일에서 신경 쓰이는 것이 화장실이다. 보통 50센트인데, 중앙역에서는 1유로였다. 돈보다는 화장실이 별로 없다. 백화점인데 5층까지 올라가야 겨우 있고, 백화점이 아닌 경우는 화장실이 없어서 더 문제였다. 그래서 카페에서 커피를 마시고 화장실을 간다.

아니면 식당 갔을 때 반드시 다녀왔다.

　지은이가 뮤직슐레 수업하는 동안 미술관 하나를 추천해 주면서 다녀오고, 캐리어를 맡긴 중앙역에서 만나자고 한다. 지은이랑 지하철 타고 다녀본 곳이라 신랑이랑 내가 할 수 있으리라고 여긴 거다. 우리가 엉뚱한 곳으로 갔더라도 전화하여 우리 위치로 지은이가 찾아오면 되는데, 드레스덴 가는 기차 시간을 맞춰야 한다. 차라리 지은이 뮤직슐레에 같이 가서 그 근처 공원에서 산책하기로 했다.

　지하철에서 내려서 가까운 거리에 학교가 있어 지은이는 수업하러 들어갔고, 우리는 주립공원으로 가기로 했다. 학교를 중심으로 동서남북으로 길이 있었다. 일단 어느 방향으로 가서 거기에서 구글 앱을 켜서 주립공원을 찾아 그 근처면 가고, 너무 멀리 있으면 돌아오기로 하고, 한 방향을 정해서 걸었다. 걸으며 독일 마을과 사람들을 보는 게 재미라서 방향을 잘못 잡았으면 되돌아오면서 또 주변을 보는 게 우리의 관광이다. 신기하게도 처음에 정한 방향에 주립공원이 있었다.

　가는 도중에 작은 공원이 있었다. 어디를 가더라도 조금 걸으면 항상 공원이 나오고, 호수와 동상이 있고, 벤치가 있고, 엄청나게 큰 1,000년은 된 듯한 나무들이 많이 있어서 어디나 쉼터다. 구글 앱을 보면서 길을 찾다가 보니 종합병원 근처에 공원이 있다고 하는데 큰 건물을 도저히 찾을 수가 없다. 독일은 건물에 커다란 현판이 없다. 유난히 하얀색으로 벽을 칠하고, 창문은 파란색인 건물이 눈에 들어왔다. 입구에 아주 작은 글씨로 벽 모퉁이에 'Hospital'이라는 글씨가 보였다. 현판을 크게 써서 걸지 않는 이유가 뭘까?

구글 지도의 도움으로 주립공원을 찾았다. 이곳도 감탄사 연발할 엄청나게 큰 나무들이 많았다. 공원을 한 바퀴 도는데 악기 연주 소리가 들렸다. 공원 옆 고등학교에서 나는 소리여서 학교를 둘러봤더니 야외에 전시된 조각품이 재미있다. 독일 어디를 가도 벽에 낙서가 가득하다. 낙서가 아니라 벽화인지 그냥 빈 벽으로 남아 있는 곳이 거의 없는 것 같다. 학교 주변 담도 벽화 같은 낙서가 가득한 것이 정겹게 느껴졌다. 작은 호수에 여러 종류의 엄마와 아기 새 가족들이 가득해서 동물원 같았다. 나무 그늘에서 한참 동안 새들과 이야기했다.

어린이 놀이터가 있었는데 하교 시간이 아니라 아이들이 없었다. 돌아오는 길에 보니 유치원 하원을 기다리는 부모나 할머니, 할아버지가 아이들을 데리고 나오면서 'Park'라고 하는 걸 보니 아마도 그 공원 놀이터로 가자는 것 같았다.

지은이 마칠 시간에 맞춰 돌아와서 역 근처에 카페에서 커피를 주문하고 카페 밖에 비치된 테이블에 앉아서 커피를 마시면서 왕래하는 사람들을 지켜봤다. 백인, 흑인, 중동 지역 사람들이 대부분이고, 아시아계 사람들은 그 시간 그 자리에서 1명도 못 봤다. 흑인보다 오히려 아시아 사람들이 더 색다르게 보인다.

카페 주인에게 화장실이 어디 있느냐고 하니까 없단다. 차를 마시려는 것보다는 화장실 가려고 카페를 온 것이라 어디로 가야 하는지 물었더니, 학교로 가란다. 내가 가도 되느냐고 하니까 괜찮다고 한다. 어쩔 수 없이 학교로 가서 중앙 현관문을 열고 여기저기 기웃기웃해 봐도 화장실이 안 보인다. 도로 나와서 건물 옆으로 해서 학교 뒤로 들어갔다. 고교 1학년생으로 보이는 남학생이 나오기에 신랑이 화장실이 어디 있느냐고 하니까, 뒤쪽 현관으로 우리를 안내하고, 화장실 문까지 열어준다. 정말 친절하다. 학교 뒷마당에서 독일의 학교 정취를 느껴보았다. 어디를 가든지 학교가 관심사이고 학교가 정겹게 느껴진다.

드레스덴 가는 시간을 맞추려고 물품보관함에 넣어둔 캐리어를 꺼내서 드레스덴행 기차를 탔다. 지은이가 테이블이 있는 좌석으로 예매해서 편리했다. 그런데 지은이는 여전히 할 일이 남아서 기차 속에서도 또 노트북을 켜고 일을 했다.

라이프치히에서 기차를 갈아탔다. 저녁 7시가 지나도 해가 훤한 독일의 예쁜 풍경을 카메라에 담으려니 기차가 휙휙 지나가고 잘 잡히지 않아서 눈에 가득 담았다. 저녁노을이 멋진 하늘 아래로 풍력발전기 모습이 자주 눈에 띄었다.

밤 10시 되어서 드레스덴에 도착했는데 길거리에 사람들이 가득하다. 모여서 이야기하거나 맥줏집에 모인 사람들이 많아서 활력이 느껴졌다. 트램을 타고 예약한 숙소에 도착했다. 침실, 거실, 화장실이 있는 4층 건물인데, 엘리베이터에는 '3'층으로 표기되어 있다. 독일은 0, 1, 2, 3층으로 표기하는 정수 개념이다. 우리 숙소 이름이 'Elbe'인데, 드레스덴에 유명한 엘베강이 있다. 에어컨이 없고, 비데도 없다. 방충망도 없는 창문을 활짝 열어놓고 단잠에 빠졌다.

❖ 11일 차

숙소 바로 앞으로 트램이 지나간다. 차표 검사도 없이 타고 싶을 때 아무 곳에서나 타고 내리는 시스템이 너무나 편리하다. 프랑크푸르트는 현대적인 건물로 눈길을 끄는 곳이라면, 드레스덴은 유럽을 실감케 하는 고풍스럽고 아름다운 건축물이 많아서 깊고 품격 있는 아름다움이 느껴졌다.

제2차 세계대전 때 가장 큰 피해를 겪은 곳이 드레스덴이라 독일 사람들은 드레스덴을 그런 아픔의 장소로 기억한다.

다른 지역은 엄청나게 큰 나무들이 많았는데, 드레스덴은 전쟁 폭격 이후에 나무를 심기 시작한 모양이다. 나무가 하얀색이라서 자작나무인가 했는데 자세히 보니 나무에 하얗게 칠한 것이었다. 우리가 흔히 보는 크기의 나무가 독일 기준으로는 어린나무로 여겨 튼튼한 지지대를 세워놓기까지 했다.

여름 행사로 전시회와 음악회가 열린다고 여기저기 행사 안내가 가득하다. 이곳 사람들은 매일 저녁에 음악회를 볼 수 있는 것 같다.

유럽에는 성당이 많은데, 독일은 기독교 국가라서 그런지 교회가 웅장하다. 드레스덴 레지덴츠 궁전은 마구간조차 아름다워 관광객의 발길을 끈다. 마구간 외부에 벽화가 있는데, 그 시대 실존 인물

50명으로 벽화 밑에 이름까지 쓰여 있다. 높은 지위일수록 타고 있는 말의 앞발이 높이 들려 있다. 오랜 세월 동안 훼손된 부분이 있어서, 이후에 도자기로 씌워서 지금까지 잘 보존되었다고 한다.

어디를 가도 건물에 섬세한 조각상이 감탄을 자아냈다. 왜 독일의 군주들은 자신의 권세를 드러내려고 성을 화려하게 꾸몄을까? 성의 크기로 자신을 과시해도 되는데, 구태여 조각상을 이렇게 많이 배치했을까? 우리나라는 왜 건물에 이런 조각상을 만들지 않았을까?

드레스덴의 대표적 관광지인 츠빙거 궁전은 1710년부터 22년간 완공했으나 세계대전으로 파손된 것을 이전 모습으로 재현한 것이며, 재료에 들어간 사암이 검게 변색이 되어 아주 오래된 고색창연한 느낌을 줬다. 궁전 내부에 오렌지 바다, 궁정 박람회장, 궁전 앞마당, 도시 정원, 예술의 안식처가 있다. 츠빙거는 뛰어난 예술 컬렉션으로 유명해서, 최고의 도자기, 수학 및 물리적 도구, 세계적으로 유명한 그림은 갤러리와 파빌리온에서 전 세계 관객에게 영감을 준다. 아우구스투스 치하의 최초 예술 보물이 이곳으로 옮겨졌단다. 도자기 형태의 대형 왕관을 배경으로 왕처럼 폼 잡고 사진을 찍었다.

궁의 내부 카페에서 차를 마시며, 일부러 오페라하우스를 배경으로 앉아서 오페라 관람하는 기분에 젖어 즐거웠다. 유명한 오페라만 공연하는 곳이며, 지은이가 이곳에서 처음으로 오페라를 감상하면서 눈물이 나왔다는 이야기를 들려주었다.

지은이가 다녔던 곳을 밟아보고 싶었다. 우선 드레스덴 국립음대를 방문했다. 학교 안에 들어가서 여기저기 둘러보며 지은이가 설명을 해줬다. 교내 식당, 연습실 주변, 연습실 내부, 학교 도서관, 자주 사용하던 악보 대여, 실내 휴식 공간, 악기 보관함, 외부 휴식 공간 등을 걸으며 지은이가 낯선 땅에서 적응하며 보냈을 시간을 더듬어봤다.

학교를 나와서 시내 백화점에 갔다. 여기저기 둘러보고 있는데 갑자기 빗소리가 요란하다. 조금만 늦게 들어왔으면 비를 쫄딱 맞을 뻔했다. 그런데 이곳에서는 비가 쏟아진 적이 별로 없어서 사람들이 휴대폰으로 비 오는 바깥 풍경을 사진과 동영상으로 담고 있었다. 해를 피하지 않고 오히려 햇볕이 비치는 쪽으로 다니는 사람들, 비가 와도 우산을 쓰지 않고 웬만한 비는 그냥 맞는 사람들, 그 속에서 유일하게 나만 양산을 쓰는 것이 특이해 보여서, 가방에 양산을 넣고 다니지만 안 꺼내고 있었다. 그렇게 쏟아지던 비도 잠시 쏟아지고 그쳤다. 백화점에서 귀국 선물을 염두에 두고 아이쇼핑을 했다.

드레스덴 길거리를 다니면 어디나 고궁을 걷는 것 같다. 드레스덴에 유명 명소 엘베강에 갔다. 요즘 비가 안 와서 물이 줄어 있었다. 그래도 물가에 수영복을 입은 젊은이들이 모여서 노는 소리가 들렸다. 다리를 건너 엘베강 건너편을 산책하고, 도로 건너와서 벤치에 앉아서 아이스크림을 먹으며 엘베강을 바라보며 감상에 젖었다. 공기에 실린 독일 향을 음미하고, 엘베강에 살짝 내려앉은 황금빛 햇살을 즐기니 이 세상 어떤 욕심도 내려놓아졌다.

무수한 인파 중에는 드레스덴에 사는 사람보다 관광객이 더 많은 것 같다. 가이드가 많은 관광객을 이끌고 다니면서 안내하는 것이 많이 눈에 띄었다. 우리 부부는 단 2명을 위한 특별 가이드인 지은이와 행복한 투어중이다.

드레스덴 도서관에 들어갔다. 누구나 들어갈 수 있으며 깔끔하고 조용하다. 독일어로 된 책이라서 책 목록까지 읽을 수는 없고. 가족이 함께 책보는 모습 등 사람들 모습만 봤다. 편안한 소파 같은 좌석에 앉자, 지은이는 해리포터 책을 꺼내서 읽고, 신랑과 나는 한숨 낮잠이 들었다.

밖에 나왔더니 분수대가 여러 개 있는데, 꼬마 아이들은 아예 옷을 벗고 들어가서 수영장인양 놀고 있고, 몇몇 사람들은 발을 담그고 있기에, 우리도 발을 담그니 너무나 시원했다. 물에 한참 잠겼던 발을 보니 오른쪽 발가락 사이에 물집 생긴 걸 발견했다. 하루에 22,000보 이상 걸었던 훈장이다. 그다지 불편하지는 않았다.

이번 여행 중에 음악회를 꼭 가봤으면 했는데, 큰 교회에서 막스 레거 탄생 150주년 음악회가 있어서 저녁 8시 티켓을 끊었다. 길가 상점에 예쁜 장식물이 전시되었는데 우리가 수학 구조물로 만들던 것이 걸려 있어서 얼른 찍었다. 지은이가 열심히 인터넷 검색하여 독일식 맛집을 찾아서 저녁을 먹었다. 여름 축제라서 광장에서도 음악회가 열린다. 물론 광장에서는 무료인지라 일찍부터 사람들이 꽤 많이 모여 있었다.

음악회장인 큰 교회에 초대형 파이프오르간을 보는 것만으로도 가슴이 벅찼다. 천장 무늬도 화려하고 벽면은 오페라 홀처럼 꾸며져서 화려하다. 오르간이 높이 설치되어 있어서 연주하는 모습은 보이지 않았다. 주변에 무료 공연이 많은데 구태여 유로 연주회에 참석한 우리처럼 많은 사람이 파이프오르간 연주회에 왔다. 큰 교회를 꽉 채우는 천사의 나팔 소리 같은 연주가 아름다운 드레스덴 궁전과 겹쳐서 기억된다.

❖ 12일 차

아침 8시 기차로 프라하 가려고 평소보다 더 서둘렀다. 인터넷 검색을 해보니 우리가 갖고 있는 한 달권 티켓으로 프라하까지도 갈 수 있단다.

간단하게 아침 식사(당근, 오이, 요플레, 빵, 쥬스)를 하고, 숙소 앞에서 트램을 타고, 다시 기차로 갈아타고 출발했다. 체코 경계 지역에서 검표하는 사람이 와서 휴대폰에 있는 티켓을 보여줬더니, 독일 것이라며 프라하까지 갈 수 없다고 한다. 저런…. 지은이 휴대폰이 깨져서 내 휴대폰으로 인터넷 구매하려고 하니 체코라서 데이터가 안 잡힌다. 할 수 없이 체코의 어느 역에 내렸다. 지은이는 직접 끊어서 괜찮은데 우리 둘의 티켓이 문제다. 그냥 독일로 돌아가야겠다고 생각하면서 혹시나 하는 마음으로 전혀 생소한 체코 역에서 티켓 끊는 곳을 찾았다. 티켓 창구가 어딘지 영어나 독일어로 물었더니 체코어를 쓰기에 알아듣지 못했다. 한참을 헤매다가 겨우 창구를 찾아서 줄을 섰더니 외부 지역으로 가는 것의 창구가 또 다르단다. 체코어 탓이었던 것 같다. 다시 줄을 서서 기다렸더니 다행히 그 창구 직원이 독일어를 하기에 프라하까지 우리 둘의 티켓을 끊었다.

드디어 언어도 안 통하는 체코역에서 걱정했던 문제가 해결되어 다시 기차를 탔다. 6명이 앉는 객실은 문으로 분리되고 외부에 복도가 있는, 영화에서 보던 기차다. 갈아타는 덕에 이런 낭만적인 기차를 타보는 것이 즐거웠다. 힘든 과정을 겪으며 프라하에 도착했다.

독일에 와서 휴대폰 분실, 휴대폰 깨짐, 교통 티켓 등 어려움이 여러 번 있었다. 그때마다 문제를 해결하는 지은이를 보았다. 우리 삶에는 늘 문제가 발생한다. 그때마다 절대 주저하지 않고 해결하며 살아갈 수 있으면 된다. 하나님께서 지은이에게 어려움을 헤쳐 나가는 힘이 있다는 것을 보여주시며, 지은이를 걱정하는 우리를 안심시켜 주시는 것 같았다.

유럽에 계신 선교사님들이 주관하신 '우크라이나 평화 기원 음악회'가 프라하에서 열릴 때 지은이가 함께 연주했었다. 그때 갔었던 한인 식당 '맛집(Mat zip)'을 찾아 구글 앱을 보면서 한참 걸었다. 짜장면, 김치찌개, 비빔밥을 시켜서 골고루 먹었다. 한국에서 먹던 맛이라 배부르게 먹었다.

드보르작 동상이 있는 루돌피눔 연주 홀 앞에서 팁투어가 있단다. 한국인 가이드가 안내하며 투어하고, 마칠 때 원하는 만큼의

팁을 주는 프로그램이다. 12년이나 되었고 사전 등록 없이 이 동상 근처에 서 있으면 가이드가 와서 그날 모인 사람이 1명이든 100명이든 안내를 하신단다. 지은이가 5년 전에 이 프로그램을 알고 온 적이 있는데 이번에도 그분이 나오셨다고 기억하며 서로 반가워했다. 오늘은 3팀이고 총 8명이 함께했다. 우선 체코의 역사를 들려주고, 돌다리, 체코성, 벽, 성당, 황금소로를 설명하셨다. 3시간 30분 정도 소요되는 일정이다.

첫 번째 방문은 보헤미아 왕인 카를 4세가 1357년 착공한 카를교였다. '십자가와 갈보리' 석상 등 30개의 바로크 양식 조각 석상들에 대해서도 자세한 배경 이야기를 들려주니 새롭게 보였다. 현재는 모두 복제품이고, 보존을 위해 원본들은 라피다리움 박물관에 보관되었다고 한다. 비투스 성당, 프라하성, 미쿨라셰 성당, 국립극장, 카를 4세의 동상 등 아름다운 건축물들과 탑들이 눈을 즐겁게 했다. 다리 위에 버스킹 공연하는 분들이 특이한 타악기를 사용하고 있었는데, 카를교에서 버스킹을 하려면 오디션을 봐서 통과되어야만 할 수 있단다. 또한 화가들이 많이 있었는데, 모두 사전 신청을 통해 인정받은 사람만 초상화를 그려줄 수 있고, 심지어 구걸하는 것도 승인받은 사람만 가능하단다.

'존 레넌의 벽'도 방문하고, 주소가 있기 전에 자기 집에 대한 표식으로 사용했던 도안을 소개해 줬다. 프라하성에서 내려다보이는 시내의 모습은 한 폭의 풍경화 같았다. 아름다운 도시 프라하를 눈에 가득 담고, 역사 시간에 제대로 익히지 못한 아픈 체코의 역사를 머리에 가득 담았다.

드레스덴으로 돌아오는 기차의 차창 밖으로 보이는 체코의 풍경을 모두 눈에 넣고 싶었다. 그렇게 단 한 가지라도 놓치지 않으려고 계속 바깥을 보다가 생각이 떠올랐다. '내가 보고 있지 않은 예전부터, 미래의 어떤 시간에도 사람들은 그렇게 족한 표정으로 살 것이고, 자연은 그렇게 아름답게 늘 그 자리를 지키고 있을 것이다.' 마치 지금 단 한 번만 일어나는 특별한 장면인 듯 몰입하는 것은 단지 내 욕심이다.

숙소로 돌아오니 밤 10시인데 짙은 석양으로 물든 세상이 아름다움에 잠겨 있다. 숙소 밖은 여전히 자기의 길을 가는 물결로 가득하다. 마음이 들떠서 자고 싶지 않아 지은이랑 늦게까지 이야기했다.

❖ 13일 차

늦잠 자며 여유롭게 일어났다. 오전은 백화점에서 쇼핑했다. 선물용으로 초콜릿, 과자, 의약품 등을 사서 숙소에 가져다 두고 점심으로 베트남 쌀국수를 먹었다. 식사량이 적어서 셋이 다 먹지도 못했다. 신랑은 이가 아프기 시작해서 뭘 씹기 어렵고, 지은이와 나는 조금 먹으면 벌써 배가 불러서 많이 먹지 못한다.

드레스덴 레지덴츠 궁전의 외부만 보는 것은 무료이다. 궁전 내부까지 보는 것은 시간이 너무 걸려서 포기했던 것을 보러 갔다. 유럽에서 가장 오래된 보석박물관이라 할 수 있는 '그린볼트'는 엄격하게 출입이 통제되는 곳으로 정해진 시간에 입장해야 하며 작은 가방을 포함한 모든 소지품을 맡겨야 한다. 티켓 확인 후 입장하면 오디오 가이드를 받을 수 있는데, 한국어도 있었다. 문은 이중 문으로 단 2명씩 문 사이에 잠시 서 있어야 몇 초 후 반대쪽 문이 열린다. 뭔가 스캔을 하는 것인지 긴장감을 줬다. 퇴실할 때도 이 과정을 거쳤다.

호박 방, 상아 방, 은세공 방 등 방마다 테마가 있고, 그에 맞는 작품이 전시되어 있다. 벽은 모두 유리로 되어 있어서 더 화려해 보였고, 작품은 매우 많았다. 방마다 전시물을 배치한 벽의 색이나 구조도 매우 특색이 있어서 사진 찍고 싶었으나 촬영 금지다. 그 외 「뉴 그린볼트」, 「군주의 옷장」, 「동전 캐비닛」, 「리헨 홀」, 「터키 방」, 「군주의 권력으로 가는 길」'이 화려하고 감탄이 쏟아지는 전시물이 가득했다.

왕실 내부를 보여주는 방에서 관람객이 없을 때, 이렇게 화려한 궁전에서 살았을 군주들의 삶을 느껴보라고 지은이에게 빙글빙글 춤추면서 전체를 돌게 했다. 지은이가 빙글빙글 춤추는 것을 보는 것만으로 그 당시 이 궁전에 살았던 사람들의 마음이 느껴지며, 그들의 즐거움이 나에게 전달되었다. 너무 볼거리가 많아서 다 돌아본다면 5시간은 족히 걸린단다. 5시에 문을 닫는다고 해서 마지막에는 허둥지둥 보고 나왔다.

엄청난 작품들을 모아야 했던 군주들의 마음은 뭘까? 먹고 사는 삶의 조건도 아니고, 없으면 못 사는 것도 아닌데, 왜 그렇게 그런 아름다운 장식과 작품을 소유하고 싶었을까? 그렇게 욕심부려서 채워놓고, 인간 누구나 삶이 유한하여 때가 되면 낙엽처럼 스러져서 흙이 되는 것을 몰랐을까?

❖ 14일 차

내일 한국으로 돌아가려고 드레스덴에서 아침 기차를 타고 다시 3시간 30분 걸려서 프랑크푸르트로 돌아왔다. 지은이는 여전히 기차 안에서도 컴퓨터 작업을 했다. 기차로 이동하는 시간이 꽤 길지만, 독일의 정취를 흠뻑 느끼느라 그 시간조차 소중했다.

독일 여행자들이 프랑크푸르트는 볼 것이 없다고 한다. 현대적 도시라 유럽 고유의 맛을 느껴보는 곳이 아니라서 그러는 것 같다. 그런데 우리는 그 프랑크푸르트에서 10일을 보냈다. 시내 박물관, 전시관, 백화점, 공원, 맛집 등을 둘러봤고, 변두리의 마을과 호수까지 가봤다. 프랑크푸르트 사는 사람들조차 우리처럼 다녀본 사람들이 많지 않을 것 같다.

그동안 휴대폰이 없어서 내 핸드폰으로 구글 검색을 하면서 지내던 지은이가 프랑크푸르트 백화점 매장에서 드레스덴 출발 전에 주문했었던 휴대폰을 받았다. 더구나 오늘은 지은이의 생일이다. 생일을 같이 보내고 싶어서 잡았던 여행 날짜였다. 가는 곳마다 날씨가 좋아서 무더위로 고생하지 않고 잘 지냈다. 휴대폰을 받고 좋아하는 지은이 모습이 예뻤다.

마지막 숙소도 예쁜 마을이라는 평을 보고 예약했고, 전혀 모르는 곳이라서 또다시 구글 지도로 찾았다. 기차 타고 뤼셀스하임에 내렸는데, 독일 온 후 처음으로 천둥 번개와 함께 비가 왔다. 마을 버스 타고 가다가 내려서 구글 지도 켜놓고 숙소를 찾아 걸었다. 독일식 전통 마을이었고, 잔디밭과 잘 가꾼 정원이 있었다.

저녁 식사는 주변에 있는 그리스 식당을 예약했다. 운동하는 청년들이 한쪽에서 음악을 틀고 즐겁게 식사하고 있었다. 우리는 오징어와 감자튀김 요리를 먹었는데 역시 맛이 좋았다. 지은이 지인 분들과 함께 식사했는데, 독일어가 안되니 중간에 지은이가 양쪽으로 통역해 줘서 대화를 나눴다. 피부색과 국적만 다를 뿐 사고방식은 우리들과 거의 비슷해서 처음 만났지만, 친근감이 느껴졌다.

신랑은 일찍 자는 습관으로 먼저 잠들고, 이번 독일 여행의 마지막 밤을 아쉬워하며 지은이와 밤새 이야기를 했다.

❖ 15일 차

14박 16일의 독일 여행 마지막 날이다. 출국 시 캐리어 무게가 23kg 넘을까 걱정되었다. 공항에서 무게를 재어봐서 넘치면 선물로 산 초콜릿을 지은이에게 주고 가면 된다. 내가 해외여행으로 비행기 티켓 예매해 본 것이 처음이라서 혹시 뭔가 잘못되었으면 어쩌나 걱정이 되었다. 대개 하루 전날 안내 메일이 온다는데, 연락이 없다. 그래서 예매 당시 왔던 메일을 찾아서, E 티켓을 화면 저장하는 등 신경을 썼다.

저녁 비행기라 시간 여유가 있어서 강변 근처를 산책했다. 여기도 부부가 같이 자전거를 타는 사람들이 많았다. 뙤약볕의 벤치에 앉아서 담소 나누는 부부들도 있다. 점심을 먹으려니 주일이라 대부분 문을 닫았다. 지은이가 구글 검색으로 문을 연 가게를 찾았다. 피자와 파스타를 하는 식당이다. 음식 맛을 따져볼 수도 없이 유일하게 문을 연 곳이라서 피자와 파스타를 먹었다. 그러고 보니 독일에서 한 번도 피자를 안 먹었다. 이곳 피자는 피가 아주 얇고 토핑은 적은데 맛이 좋았다. 파스타는 포크에 돌돌 말아서 먹는 법을 지은이가 설명해 줘서 맛있게 먹었다.

공항에 일찍 도착해서 캐리어 무게를 재니 19kg, 18kg이라고 해서 걱정을 덜었다. 위층에 올라가서 커피를 마시면서 독일 여행담을 나눴다. 짐 부치는 긴 대기 줄에 알아들을 수 있는 한국어와 우리나라 사람들을 보니 반가웠다. 뒤에 선 모녀에게 말을 걸었다. 딸이 교환학생으로 독일에 와 있다가 엄마를 불러서 같이 자유여행을 3주하고 귀국한단다. 겨우 6개월 교환학생인데 자유여행 하는 방법을 익혀서 독일, 프랑스, 이탈리아 3개 나라를 다녔다고 했다.

드디어 비행기에 올라서 이륙했다. 내 좌석이 창 쪽이라서 공중에서 독일 모습을 찍어보았다. 독일은 숲이 70%라고 한 말이 실감나게 온통 초록으로 덮여 있었다. 단지 많기만 한 게 아니라 놀랍게 커서 감탄사가 절로 나오는 나무들이었다.

독일과 우리나라를 비교하면 장점과 단점이 있다. 장점을 찾는다는 것은 그것을 실천으로 이어져야 의미가 있다. 장점을 적용하기도 어렵지만, 단점인 줄 알면서도 익숙한 문화를 편하게 받아들인다. 익숙하지 않은 문화에 적응하며 살아가야 할 지은이를 위해 더 많이 기도해야겠다.

❖ 16일 차

너무나 익숙한 풍경과 언어가 자유로운 한국에 도착했다. 이가 아파서 고생하는 신랑과 인천공항에서 공항버스를 탔다. 내려오는 버스에서 여행을 뒤돌아보았다.

독일어를 몇 단어라도 준비하지도 않고, 독일 지도를 미리 보며 갈 곳을 챙겨보지도 않고, 그저 지은이 만나서 독일 공기 마셔보는 것을 목표로 출발했다. 은혜에게 '파파고' 번역기 쓰는 법만 익혀서 아쉬우면 그것 쓰려고 했는데, 인터넷이 잘 안되어서 제대로 써먹지 못했다.

숙소는 첫날 호텔에서 1일, 랑겐에서 8일, 드레스덴에서 4일, 뤼셀스하임에서 1일이다. 랑겐에 있으면서 라운하임에 핀타 비치 호수에 다녀오고, 마을이 예뻤던 셀리겐슈타트를 다녀왔고, 벤스하임과 하이델베르크 성을 다녀왔다. 마지막 날은 공항 근처의 또 다른 예쁜 마을도 마인강의 또 다른 분위기를 느꼈다. 어디를 가나 강이 있다고 했더니 우리가 마인강을 끼고 그 주변으로 지냈었다. 독일 지도는 초록색이다. 나무가 크고, 울창한 숲이다.

여행을 다니면서 수시로 지은이가 우리에게 독일 사람들의 생활 풍습에 대해서 들려줬다. 예를 들어 독일은 1차선 도로는 속도 제한이 없어서 시속 170km로 달려도 된단다. 다만 속도 제한 표시가 나오는 곳은 지켜야 한다. 독일 아이들이 거의 토론과 발표 수업을 하기에 아이들은 모두 말하고 싶어 하고 말하기를 좋아한다.

독일 생활에 잘 적응한 지은이가 고맙다. 매일 22,000보를 걸으며 몸이 가벼워졌고, 수많은 경험으로 머릿속이 꽉 찼다.

공연 4개, 특강 2개 예매 (7. 20.(목))

공연 문자가 날아와서 예매했다. 수도권이 아닌 지방에 살고 있으나 좋은 공연이 열리는 주변은 모두 가보려고 한다.

아트살롱 「그림콘서트」 (루이, 루아랑), 당진문예의전당

뮤지컬 「이상한 나라의 앨리스」 (루이, 루아랑), 당진문예의전당

뮤지컬 「정글라이프」, 청양문화예술회관

연주회 「모던 에프터눈」, 홍주문화회관

특강 「영화와 문학 속 우리의 삶」, 충남도서관

특강 「호밀밭의 파수꾼」, 충남도서관

뮤지컬 「파리넬리」 관람 (7. 22.(토))

비가 많이 와서 좀 걱정은 되었지만, 기다렸던 공연이라 포기하기에는 너무 아쉬워서, 폭우라고 하는데도 신랑과 같이 당진으로 향했다. 국내 최초 오페레타 창작 뮤지컬로서 극적 구조와 드라마로 몰입감이 느껴졌다. 바로크 음악의 웅장함과 팔세토 창법의 유려함이 16인조 오케스트라와 20여 명 성악 앙상블의 조화로 감동스러웠다.

가사 중에 매우 의미심장하게 다가와서 귀에 박힌 내용이다. "세상은 음악, 우리는 악기, 각자 자신만의 소리를 낸다. 각자 자신의 소리를 내어 아름다운 오케스트라를 연주하는 것이 이 세상."

발레 「이상한 나라의 앨리스」 공연 +전시회 관람 (8. 5.(토))

루이, 루아를 태우고 신랑이 운전해서 당진으로 향했다. 먹을 것 말하면 손뼉치기 놀이라면서 루이가 "당근, 피자, 불고기, 장난감, 치즈, 곰돌이…" 등을 말하는 중에 먹을 것이 있을 때만 루아가 손뼉을 치는 거다. 다음으로 "들 수 있는 것 손뼉 치기" 등 계속 주제를 바꿔서 놀이하며 재밌게 갔다.

공연장 입구에서 티켓을 받으러 갔더니 이번에도 5세 이상 관람이라 주민등록등본을 제시하란다. 공연의 목적과 가치는 접어두고, 입장할 나이 체크가 더 중요한 것 같았다.

「이상한 나라의 앨리스」를 책으로 읽는 것과는 다르게 발레로 표현하기에 또 다른 감성을 느끼게 했다. 발레를 배우는 루아의 수준에는 맞지만, 이미 국립발레단의 뛰어난 공연을 본 루이, 루아에게는 감동의 수위가 낮아 보였다.

관람 마치고 전시관에서 「그림 그리는 정원사」라는 특별전에 갔다. 핀란드 등에서 작품의 원본을 가져와서 전시하는 것이라 입장권을 구매하고 관람했다. 아이들이 그린 것 같은 편안한 그림이었고, 군데군데 포토존 느낌의 그림 전시가 많아서 함께 사진 찍고, 체험 코너에서 각자 작품을 만들었다.

루아가 도넛 먹고 싶다고 해서 매장에 가서 맛있게 먹었다. 공연 관람하고, 미술관 체험하고, 맛있는 것 먹으며 감사가 가득한 하루였다.

어반드로잉 전시회 (8. 8.(화))

충남도서관 2층 갤러리 전시회에 갔다. 어반드로잉이란 도시나 마을 풍경을 펜화, 수채화, 연필화로 직접 현장에서 보고 그리는 작업을 일컫는단다. 현장의 모습이 생생하게 살아 있었으며, 상큼했다. 작가 중에 아는 선생님 이름이 있어서 더 흥미롭게 감상했다.

'영 앙상블' 연주회 (8. 12.(토))

홍주문화회관에서 피아노, 바이올린, 첼로로 구성된 피아노 3중주와 소프라노 독창 연주회를 다녀왔다.

오케스트라는 전체의 조화와 아름다움의 맛이 있다면 앙상블은 악기 하나하나의 소리가 생생히 들린다. 연주가가 악기의 특성과 본인의 기량에 가장 효과적인 곡으로 선정한 것 같았다. 그동안 들었던 바이올린 소리 중에서 이번 백강현 연주자가 가장 감동적이었다. 그에 어울리는 이호찬 연주자의 첼로 음색도 너무 좋았고, 앙상블의 맛을 깊게 하는 김소영 연주자의 피아노 연주도 너무 좋았다.

특히 앙상블 연주곡 중에서 「Rhapsody in Blue」는 늘 오케스트

라 버전으로 들었는데, 맨 처음에 클라리넷으로 귀를 놀라게 하는
솔로 파트 부분을 바이올린으로 연주해서 색다른 맛이 났다. 지은
이가 오케스트라에서 클라리넷으로 멋지게 연주했던 장면들이 겹
쳐서 보였다.

소프라노 오신영 님의 곡 중에 개인적으로 너무 좋았던 곡으로
는「섬집 아기」를 꼽고 싶다.「섬집 아기」동요는 언제 불러도 눈
물이 나곤 하는데, 그 곡을 정서적으로 잘 표현하셨다. 난 개인적
으로 독창보다는 중창이나 합창을 더 선호한다. 화음이 조화를 이
루며 울려 퍼지는 소리는 언제나 감동적이고, 내가 더욱 설레는 것
은 아카펠라다.

관람 연령을 여덟 살 이상으로 제한하여 루아를 데려갈 수 없어
서 루이도 못 데려가서, 무척 감성적으로 감상했을 것이 생각되어
아쉬웠다. 머릿속을 맴도는「Rhapsody in Blue」를 유튜브로 검색
하여 오케스트라 버전으로 다시 감상했다.

뮤지컬「레미제라블」관람 (10. 13.(금))

「레미제라블」에 한참 빠져 지낸 적이 있었다. 예전에 정훈이가
「레미제라블」25주년 기념 공연이 DVD로 제작된 것을 구해줬었

는데, 너무 좋아서 한 달 동안 단 하루도 빠짐없이 매일 전체 공연 영상을 봤다. 그다음 한 달 동안은 3일에 한 번씩 봤다. 할 일이 많아서 보는 횟수를 줄여갔다. 농담으로 우리 아이들에게 내가 혹시 나중에 기억을 잘 못하는 상황이 생기면 나에게 「레미제라블」 25주년 공연을 보여주라고 했다.

10년 전에 17개 나라의 「레미제라블」 주인공이 모여서 공연한 영상을 유튜브에서 보았다. 몇 번을 봐도 설렜다. 너무나 아쉬운 것은 거기에 우리나라가 없었다. 그런데 이제 우리나라도 당당하게 「레미제라블」 공연을 하고 있다. 한국교직원공제회에서 관람권을 신청한 회원 중 추첨으로 100명에게 티켓 선물을 주는데, 신랑 이름으로 응모한 것이 당첨되어 부산 드림씨어터에서 공연을 보게 되었다.

호텔을 예약하고, 신랑이 5시간 운전을 해서, 공연장인 드림씨어터에 주차가 복잡하다는 문자를 미리 받았기에 호텔에 주차했다. 네이버 지도 보며 드림씨어터까지 걸어가려고 했는데, 5.7km 떨어진 곳을 지리도 전혀 모르면서 걸어가는 것은 무리라서 시내버스를 타기로 했다. 시내버스 정류장에 기다리며 옆에 계신 분에게 확인차 여쭈었더니 어찌나 자상하게 설명을 해주시는지! 버스 안에서도 내리시기 전에 우리가 더 나중에 내린다며 다시 찾아와서 설명해 주고 가셨다. 그런데 전화 통화를 하시는 걸 봤더니 중국인이셨다. 한국 사람이 중국인에게 한국의 도시인 부산 지리를 물어 봤었다.

일찍 도착했기에 밤늦게 호텔로 돌아갈 시내버스 정류장 위치를 봐두기로 했다. 신랑이랑 운동할 겸 걸으며 찾았는데, 도저히 찾을 수 없어서 또 길을 물었다. 부산 사람들 어찌나 친절한지 자세히 알려주신다. 부산은 도로가 너무 혼잡한 지역에서는 시내버스가 일방통행이라서 오른쪽으로 가는 시내버스가 있는 곳은, 반대편에서 왼쪽으로 가는 시내버스가 없다고 한다. 시내버스가 전혀 안 다니는 도로도 있어서 못 찾았던 거다.

DVD로 본 영국의 25주년 기념 공연과 비교해 봤다.

1. 영국은 오케스트라 단원이 많고, 합창단이 200명쯤은 되는 것 같았는데, 부산 공연은 합창단이 없었다.

2. 영국에서는 배역들이 모두 관객을 향해 전면을 보고 했는데, 우리나라는 연극을 하는 듯했다. 개인 취향이겠지만, 난 단원들의 표정이 보이게 관객을 향해 전면으로 서는 게 더 좋다.

3. 영국은 무대 배경이 별로 없었다. 우리나라는 무대 배경을 상황에 맞게 정말 잘 만들었고, 감탄스러울 정도로 아주 빠르게 배경을 전환했다.

4. 언어가 다르다. 한국어로 번역하고, 박자에 맞추려다 보니 우리나라 발음이 영어보다 조금 더 딱딱한 느낌이랄까. "Who am I?"라고 솔로를 하는 게 "난 누구?"라고 하는 등 느낌이 너무 달랐다.

5. DVD로 보면 표정과 노래하는 입 모양 등이 너무나 잘 보이는데, 공연장에서는 최상급 좌석에서도 전혀 표정이 안 보여서 그림자를 대하는 것 같았다.

286

6. 익숙한 것과 낯선 것의 차이일까? 영국 공연은 아무리 여러 번 봐도 볼 때마다 가슴이 절절하고 빠져들었다. 그런데 이미 그 DVD에 젖어 든 탓인지 마음이 흔들리지 않았다.

7. 신기한 것은 우리나라 배역이 영국에서 한 배역들과 음색이 너무나 비슷했다. 그렇게 일부러 맞춘 걸까? 그렇더라도 그렇게 캐스팅한다는 것이 너무 대단하다. 코제트와 가브로쉬 역의 아이도 열 살이 안 될 것 같은데 어쩜 그렇게 잘하는지!

8. 공연을 마치고 관객의 기립 박수가 있었다. 나도 덩달아 열렬하게 기립 박수를 보냈다. 우리나라도 「레미제라블」 멋지게 공연한다는 것이 자랑스러웠다!

180분 공연 마치고 시내버스 타고 호텔에 돌아오니 밤 11시 30분이었다. 너무나 보고 싶었던 「레미제라블」 공연 관람으로 평생 잊지 못할 행복한 추억을 만들었다. 촬영 금지라서 아무것도 남기지 못해 아쉽다. 집에 와서 다시 유튜브 공연을 찾아서 또 봤다. 봐도 봐도 좋다! 내 버킷리스트는 「레미제라블」 공연의 합창단으로 같이 무대에 서는 것이다.

부산 태종대 여행 (10. 14.(토))

이름은 많이 들어봤어도 가본 적은 없었던 태종대를 찾아갔다. 태종대 유원지 주변에 나무가 가득하기에, 바닷바람을 느끼면서 바다를 바라보며 걷고 싶었다. 거리가 얼마나 되는지 어디를 가야 할지 몰라서 다누비열차를 탔다.

아래 파랑은 바다, 그 위에 파랑은 구름, 맨 위에 파랑은 하늘로 온통 눈앞이 파랗다. 하루 종일 봐도 질리지 않을 것 같다. 걸어서 영도 등대를 갔다. 100년이 넘도록 한 번도 불이 꺼진 적 없는 영도 등대 아래로 내려가면, 바다에 인접한 바위에 파라솔이 설치되어 있고 돗자리가 깔려 있다. 멍게와 소라를 잡아 온 해녀들이 회를 판매하고 있었다. 바닷바람은 시원하고, 뜨거운 햇살에 맨발로 앉아 일광욕하며 바다를 바라보니 마음이 넉넉해졌다. 다누비열차로 태종사에 갔더니 꽃은 졌으나 목련과 수국이 반겨줬다. 태종사 옆 숲길로 가는 사람이 있어서 따라갔더니 황칠나무 숲길이었다. 거의 평지처럼 가다가 끝날 무렵에 계단이 있었다. 숲길을 걷는 것은 늘 몸과 마음을 정갈하게 하는 행복한 샤워다.

전혀 몰랐던 곳을 한 바퀴 돌아보니, 다음부터는 다누비열차를 타지 말고 천천히 주변으로 걸어서 가봐야겠다고 생각했다. 여유롭게 천천히 걷고, 마음 비우는 여행이었다.

특별한 휴가

예산장터 삼국축제 (10. 18.(수))

국화, 국수, 국밥의 세 가지를 묶은 예산장터 삼국축제장에 갔더니 교통이 혼잡해서 예산문화원에 차를 두고 걸어갔다. 축제장에서 오는 사람마다 뭔가 손에 가득 들고 온다. 축제장에 가면 살 게 많은가보다 생각했다.

국화 터널, 국화 출렁다리, 국화 궁전, 국화 동상, 국화 황새 등 기발한 국화 작품이 눈길을 사로잡았고, 국화에서 뿜어내는 향기가 가득했다. 국화차를 무료로 나눠줘 마셨더니 온몸이 가을에 잠겼다. 국화 분재가 너무 예뻐서 전시회를 보는 우리보다 분재를 키우시는 분이 매일 힐링했을 것 같았다.

멸치 잔치국수가 맛있어서 배부르게 먹었는데 가격은 겨우 4,000원이다. 시장에 줄이 긴 매장이 몇 군데 있었다. 은혜에게 전화 걸어서 축제장인데 먹고 싶은 것 있느냐고 하니까, 예산시장 몇 번 갔으나 기다리는 사람들 줄이 길어서 카스텔라를 못 먹어봤단다. 그 매장에 갔더니 오전 11시 오픈한 것은 매진되었고, 오후 3시 오픈하는 것을 사려고 12시부터 줄을 서 있었다. 나는 보통 식당에 갈 때 어떤 한 집이 맛집으로 소문나서 줄이 길고, 옆집은 사람이 없으면, 기다리기보다 기다리지 않는 옆집에서 먹는 편이다. '꼭 맛집에서 맛있는 것을 먹어야겠다.'는 것보다는 웬만한 것은 다 맛이 좋고 적당히 뭘 먹으면 만족한다. 이런 미각을 주심에 감사한다.

그런 내가 은혜를 위해 줄을 섰다. 다리도 아프고, 이해는 안 되지만 은혜가 좋아하는 것을 산다면 기다릴 수 있다.

시장을 돌아다니다가 예산국수를 만들어 파는 집을 보았다. 옛날에 국수를 가늘고 길게 빼서 줄에 널어 말린 것을 본 추억이 떠올라서 국수를 샀다. 사과가 들어 있다는 닭강정도 은혜와 승진이가 좋아할 것 같아서 샀다. 아버님이 찹쌀떡을 좋아하셔서 떡집에서 샀다. 신랑이 좋아하는 약과와 내가 좋아하는 부채과자도 샀다. 다른 사람들이 손에 하나 가득 들고 가던 모습이 바로 우리의 모습이었다.

문화가 있는 날
'오후에 공연 산책' (10. 25.(수))

공연을 보러 충남도청 문예회관에 갔다. 오후 2시라서 직장인이나 학생들은 관람하기 어려운 시간이라 관객이 적었다. 3시 30분 정도이면 루이, 루아를 데리고 가고 싶은데 너무 빠른 2시 공연인 것이 아쉬웠다.

봄, 여름, 가을, 겨울을 주제로 한 그림 슬라이드를 배경으로 한 음악 연주였다. 봄은 피아노, 바이올린과 비올라 앙상블 연주, 여름은 퓨전 국악, 가을은 4명의 테너 성악 앙상블, 겨울은 3팀 전체의 협주로 자연 속에서 산책하는 상쾌한 느낌이 들었다.

공연 마치고 로비 왼쪽 부스에는 전문 작가의 그림 중 일부를 제공해서 색연필로 색칠하는 체험이 있었다. 유치원 다닐 정도 어린 아이들이 색을 열심히 칠하고 있었는데, 나도 해보고 싶어서 받았다. 예쁘게 색칠하고 싶은데, 어떻게 색칠할지 방향이 안 서서 고민만 했다.

로비 우편은 연주자와 관객의 거리를 좁히려고 바닥을 무대로 한 성악과 오카리나 연주회가 있었다. 유럽에서 하우스 콘서트를 하는 듯이 바로 옆에서 연주하니 더욱 생생한 감정이 전해졌다. 아름다운 연주 전문가가 많다는 것이 감사했다. 이런 공연이 우리 지역의 샘터다.

헨델의 「메시아」 연주회 (11. 16.(목))

예매했을 때부터 기다려지고 설레었다. 학교 마치고 온 루이를 데리고, 김밥을 사고, 유치원에 가서 루아를 데리고 당진으로 향하는 차 안에서 김밥을 먹었다. 루아는 내 무릎에 앉아서 놀고, 루이가 운전하는 할아버지 입에 김밥을 먹여드리며 갔다. 연주회를 기대하며 가는 길에 대학 때 합창단에서 해마다 「메시아」 정기연주회 하던 추억이 떠올랐다.

솔로로 하시는 분들이 악보는 들었지만 거의 안 보고 부르신다. 너무나 아름다운 소리가 사람 몸에서 저렇게 나올 수 있다니! 남자가 셋이고 여자가 한 분이셔서 의아했는데, 알토를 하시는 분이 카운트 테너 정민호 님으로 감동적이고 아름다운 알토 음색이었다. 소프라노 이윤정 님, 바리톤 우경식 님도 군더더기 없이 완벽했다. 신랑은 테너 김세일 님의 소리가 가장 좋았다고 한다. 엄청난 곡을 너무나 편안하게 부르시는 네 분 솔로가 정말 위대해 보였다. 그래도 개인적으로는 합창에 더 애정이 있다고 할까. 추억 탓인 것 같다.

연주를 들으면서 「메시아」 곡을 작곡한 헨델이 그려졌고 초연을 비롯하여 이 모든 곡을 연주하고 불렀을 사람들을 생각하게 되었다. 그 옛날 1741년부터 지금까지 전 세계에서 자기 나라 언어로 공연되고, 공연 보며 감동했을 사람들이 그려졌다. 몸은 공연장 안에 있지만, 내 영혼은 과거와 현재를 넘나들고, 전 세계 사람들까지 확장되며 가슴이 뭉클했다.

합창곡 중 「주의 영광」, 「깨끗게 하시리라」, 「한 아기 우리를 위해 나셨네」, 「문들아, 머리 들라」가 귀에 쏙 들어왔다.

언제 들어도 감동을 자아내는 「할렐루야」가 연주되자 신랑과 루이와 관람객이 일어섰다. '무슨 그런 전통을 따라 하는 건가?' 하는 사람도 있을 수 있다, 그런데 정말 그 곡을 듣는 순간, 음반으로 듣거나 FM 방송으로 듣는 것과는 너무나 달랐다. 그냥 눈물이 쏟아졌다. 현장에서 듣는 감동이란 이런 거다. 그냥 이 세상 그 어떤 것도 다 '은혜'라는 평화가 온몸을 감쌌다.

연주 시간이 7시 30분~10시 20분 거의 3시간이고, 중간에 쉬는 시간 20분이 있었다. 루아는 공연을 보다가 중간에 잠이 들었는데, 잠결에도 들리는 법이라서 그래도 감상 효과가 있으리라 기대한다. 루이는 끝까지 기특하게 잘 감상했다.

당진시립합창단의 다음 연주는 송년음악회로 베토벤「교향곡 9번 합창」이란다. 다음 연주도 오겠느냐고 했더니, 루이와 루아가 공연 보는 게 재미있다고 오겠단다. 지금부터 기다려진다.

송년음악회 베토벤 「교향곡 9번 합창」(12. 28.(목))

2023년을 보내며 베토벤「합창」공연을 꼭 보고 싶었다. 아니 반드시 봐야 할 것 같았다. 신랑은 아버님 챙겨드리러 가야 해서 사위가 당진으로 같이 갔다. 천안에서 근무하느라 자주 만나지도 못했는데 같이 가면서 회사 생활 이야기도 나누고 식구들 이야기도 나눴다. 대공연장 입구에 사슴과 소나무를 장식한 화려한 조명이 더욱 송년 분위기를 띄웠다.

1부는 라흐마니노프 「피아노 협주곡 제2번 다단조 작품번호 18」, 2부는 베토벤 「교향곡 제9번 라단조 합창 작품번호 125, 4악장」이다.

우리 좌석이 왼편이고 앞에서 3번째 줄이라, 피아노 연주자의 손가락이 다 보이는 위치였다. 피아노 협주곡을 들으면서 루이의 눈이 피아노에 붙었다. 내 시선은 오케스트라로 향하고, 루아는 무대 옆 모니터에 연주곡 해설 자막을 열심히 읽는 모습이 보였다.

쉬는 시간 15분이 주어져서 화장실에 갔다. 여자 화장실 대기 줄이 너무 길다. 기다리며 루아가 자꾸 몸을 배배 꼬았다. 화장실이 급해서 그러느냐고 하니까,

"다음 연주가 시작될 텐데, 우리가 늦을까 봐…."

완벽주의 루아의 모습은 어디서든 나타난다. 루아를 화장실에 먼저 들여보내고 나중에 내가 나와서 보니 루아가 안 보여서 순간 당황했다. 그랬더니 루아는 공연장 입구까지 뛰어갔다가 오고 있었다. 공연이 시작되어 문이 닫혔을까 봐 확인하고 왔단다. 공연장에 여자 화장실을 남자 화장실의 2배 정도 설치해야 루아 마음이 편할 것 같다.

2부에는 베토벤 「합창」이다. 전 악장이 아니고 4악장만 하는 게 조금 아쉽기는 했다. 연주가 시작되자 루아가 "내가 아는 곡이야." 라고 속삭인다. 첼로가 솔로로 조용히 나오다가 이어서 비올라, 바

이올린이 연주하고, 현악기와 목관악기가 주고받다가 이어서 솔리스트, 이어서 당진, 공주, 군산 시립의 연합합창단이 「환희의 송가」를 쏟아내듯 부르자 루이가 곡에 빠져버렸다. 마치 혼신을 다해 지휘하는 듯, 눈을 감고 박자에 맞춰 머리를 열정적으로 흔든다. 옆에서 루이를 보고 있으니 마치 루이가 합창을 지휘하고 있는 것 같았다.

연주회가 끝나자, 루이가 벌써 끝났냐며 서운해한다. 심지어 루아도 왜 이렇게 빨리 끝났느냐고 한다. 앙코르송은 연말이다 보니 「석별의 정(Auld Lang Syne)」으로, 1절은 합창단이 2절은 관객과 함께 불렀다. 내 생애 최고의 특별 휴가인 2023년과 석별하는 감회가 밀려왔다. 그 마지막을 너무나 좋아하는 「합창」 연주회로 마무리한 것이 너무 감사하다.

마치고 나와서 루이, 루아가 서로 입씨름한다. 루이는 노란색 옷을 입은 사람이 높은음이다. 루아는 빨간색 옷을 입은 사람이 높은음이다. 루이는 정확하게 음을 알고, 루아는 옷 색깔로 음을 느끼는 것 같다. 루이는 「환희의 송가」를 두 달간 쳤다면서 얼마만큼 연습하면 오늘 연주자처럼 할 수 있느냐고 한다.

할머니와 함께 공연을 보러 다닐 정도로 예쁘게 자란 루이, 루아야, 고마워! 회사에서 피곤하게 근무하고 밤중에 운전해서 와준 사위도 고마워! 아버님 챙기느라 수고하는 신랑도 고마워요!

서산버드랜드 여행 (24. 1. 29.(월))

은혜가 "날씨가 추워서 밖에서 놀기 어려우니 실내에서 즐길 곳으로 서산버드랜드 같이 가요." 해서, 모처럼 나들이로 설레는 마음으로 따라나섰다. 은혜가 나를 데리러 와서, 차에 타고 안전띠 하려는 순간부터 루아가 "끝말잇기 해요." 한다. 할머니, 나, 오빠 이런 순서로 하잔다.

유치원 → 원리 → 이**장** → 장미 → 미소 → 소**장** → 장군 → 군화 → 화**장** → 장구 → 구간 → 간**장** → 장갑 → 갑오징어 → 어**장** → 장부 → 부추 → 추**장** → 장치 → 치과 → 과**장**….

이런… 루이, 루아가 둘이 짜고 나를 '장'으로 시작하는 말로 몰고 간다. 50분 걸리는 이동시간 내내 끝말잇기를 했다. 문득 지은이 생각이 났다. 돌 이전부터 아기 띠로 업고 등산을 데리고 다녔더니 토요일이면 등산 가자고 졸랐다. 때로는 힘들어서 쉬고 싶은 날도 있었는데, 지은이가 졸라서 등산을 더 자주 갔다. 용봉산이나 가야산을 주로 갔는데, 차에 타자마자 '끝말잇기' 하자고 해서, 등산하는 내내, 등산을 마치고 돌아오는 차 안에서도 쉬지 않고 끝말잇기를 하자고 했다. 끝말 이을 단어 찾기에 온 정신을 쏟는 게 힘들었다. 그래서 지은이와 친한 친구 민정이를 등산할 때 데리고 갔다.

너희 둘이 끝말잇기를 하라고. 효과가 있어서 끝말잇기에서 놓였다. 그런데 손주들이 이모를 닮았는지 차만 타면 끝말잇기 하잔다.

서산버드랜드에서 철새전시관, 4D 영상관, 동지전망대 건축물이 모두 창의적이고 섬세한 전문가 손길이 느껴졌고, 군데군데 망원경으로는 논에 있는 철새들을 관찰할 수 있었다. 4D 영상관은 이전에 경험했던 곳보다 의자의 흔들림이 크고 잦아서 훨씬 박진감이 넘쳤다.

숲속 놀이터는 큰 나무에 집이 있어서 계단을 밟고 나무를 빙 돌아서 올라간다. 어찌 보면 놀이동산 같은 다양한 흥밋거리나 스릴도 없는데 정말 신나게 놀았다. 뭘 하든지 쉽게 질리지 않고 계속 재미있게 논다. 더군다나 둘이라서 더 잘 노는 것 같다. 부모님이랑 온 여자아이가 혼자 놀고 있는데, 루아가 다가가서 "같이 놀자." 라고 말을 건넨다. 그 부모님이 웃으면 그러라고 해서 셋이 신나게 놀았다. 놀이터 가는 길에 동백나무 숲이 보여서 꽃 필 때 다시 가 봐야겠다고 생각했다.

문득 큰 딸은 같이 사니 거리가 $10^0=1$, 둘째는 서울이니 거리가 $10^1=10$, 셋째는 독일이니 거리가 $10^{10}=10,000,000,000$, 넷째를 낳았다면 아마 거리가 $10^{100}=1000 \cdots 000$, 그렇게 먼 거리라면 우주비행사가 되어 화성에서 살 것 같다. 일어나지도 않을 상상의 날개를 펼쳤다.

주차장 근처의 베이커리 카페에서 은혜가 파스타와 떡볶이를 사줘서 맛있게 먹고 차 마시며 쉬는데, 루이, 루아는 또 밖에 나가서 논다. 잔디밭은 넓고, 작은 연못은 얼었고, 키 큰 소나무는 쓰러지지 않도록 끈으로 지지해 놓았다. 볼거리나 놀거리가 없는데도 너무나 신나게 논다. 루이는 곁가지 달린 나무 막대기가 강아지라며 몰고 다니고, 루아는 소나무 지지한 긴 끈 사이로 나비가 나풀나풀 날아가듯 춤추며 시간 가는 줄 모르고 신났다. 하늘은 새파랗고, 새소리가 평화를 노래하고, 햇살은 길 위에 누워 있고, 마음은 감사로 가득 찼다!!!

베를린필하모닉
목관앙상블 연주회 (24. 2. 5.(월))

충청남도 문화예술회관으로 신랑, 루이, 루아 넷이 저녁을 먹고, 비 쏟아지는 도로를 뚫고 문예회관 지하 1층 주차장에 들어갔는데 주차 자리가 없다. 여기저기 헤매다가 지하 2층으로 내려가서 또 헤매다가 겨우 주차 자리를 찾았다. 여기저기 다녔기에 나올 때 찾기 쉽게 "주차 자리 614 기억해라." 했더니, 루아가 잊을세라 계속 614를 외운다. 화장실에 가서도 614, 자리에 앉아서도 614, 1차 공연이 마쳐도 나를 보고 614, 계속 머릿속으로 외우고 있나 보다. 완벽주의자 루아에게 외우라고 말한 게 실수다.

공연 시작 전 사회자의 긴 공연 예절이나 연주회에 대한 안내 없이 바로 연주가 시작되는 것이 신선했다. 마이크 없이 완전 생생한 악기 소리다. 바흐, 베토벤, 모차르트의 곡이었고, 오케스트라 속에 어울리면 잘 구분하기 어려운 목관의 소리가 앙상블이라 오케스트라보다 더 감미로웠다. 악기마다 특성이 있지만, 개인적으로 클라리넷 소리에 제일 끌렸다. 내 평생에 베를린필하모닉 앙상블을 현장에서 직접 감상할 날이 또 있으려나.

음식을 먹음으로 피를 만들고, 운동으로 피를 순환시키고, 막히면 의사에게 치료받듯이, 음악도 피를 만들고, 순환시키고, 힘들 때는 치료해 준다는 생각이 들었다. 플래카드 걸지 않고, 화려한 배경으로 꾸미지 않고, 사회자의 잡다한 소리도 없이, 오로지 아름다운 연주에 초점을 두는 독일의 정서가 마음에 쏘~옥 들었다.

곡이 너무 감미로워 도중에 루아가 잠이 들었다. 끝나고 나서 잠들었던 것이 속상해서 운다. 같이 기념사진을 찍자고 했는데 울면서 안 찍겠다고 한다. 그러다 루아의 마음을 풀어준 것은?

나: 우리 차 어디에 주차했더라?

루이: 684!

나: 636 아닌가?

루아: 614야~.

나: 그래. 그럼 684, 636, 614 모두 가보자.

루아: 깔깔깔~ 614라니까!

자기만 기억했다는 즐거움으로 루아의 속상했던 마음이 풀어지고 웃게 했다.

천수만 아가새농장 체험 (24. 2. 17.(토))

은혜가 운전해서 루이, 루아랑 '아가새농장'에 갔다. 차에 타서 안전띠를 하는 도중에 루아가 "끝말잇기 해요." 한다. 이번에도 끝말을 이어갈 단어 찾으며 갔다.

새들 먹이(좁쌀, 해바라기씨, 꿀)와 토끼 먹이(당근, 배추)는 무한 제공해 주셔서 마음껏 먹이를 주었다. 루이, 루아가 먹이를 손바닥에 올려놓으면 앵무새가 몰려와서 손바닥에 있는 먹이를 맛있게 먹고, 꿀을 좋아하는 새는 손가락에 찍어주면 혀로 핥아먹는다. 해바라기씨를 한 손으로 잡고 겉껍질과 속껍질을 까고 여러 번 잘라서 먹는 것을 신기하게 바라봤다.

루이는 앵무새를 팔이나 어깨에 올려놓고 앵무새와 친구처럼 이야기하며 농장을 여기저기 산책했고, 방목하는 토끼를 안아주거나 쫓아가서 잡으며 동물들과 신나게 어울렸다. 루아는 거북이 등을 만져보고, 팬더마우스를 손에 올려놓고 놀고, 다쳤거나 어린 새들이 있는 곳까지 꼼꼼히 둘러봤다.

멀리서 바라보는 동물원과 달리, 가까이에서 먹이를 주는 게 꽤 즐겁다. 게다가 신나게 뛸 수 있는 트램펄린이 2개 있어서 점프로 날아오를 것 같고, 양쪽에서 서로 공을 던지고 받는 놀이 하느라 아이들 모두 얼굴이 발그레하다. 자연과 동물이 쉽게 가까워지는 곳이라 그런지 처음 만난 아이도 친구가 되어 같이 몰려다니며 시간 가는 줄 몰랐다.

5

안을 들여다보다

＊

인생 2막을 열면서
나 자신을 새롭게 발견하는 도구로 독서를 선택했다.
세상의 안쪽을 들여다보게 되었다.
나의 안쪽을 들여다보게 되었다.

안을 들여다본 책 속의 명문장을
두고두고 되새겨보려고 그대로 옮겨적었다.
안을 들여다본 책 속 글을 읽고
저자의 의도를 의식하지 않고 내 생각을 적었다.

시야가 좁아지면 생각이 굳어지기 쉬운데,
책을 읽으므로 책 속의 문장이 나를 흔들어 깨웠다.
책으로 인생에 대해 통찰하고
책으로 공감하고 감정을 나눔으로
독서는 내 인생의 강력한 구름판이 되었다.

내 안을 들여다보게 되어 나를 성찰하고
세상의 안을 들여다보게 되어
다양한 시각과 관점을 갖게 되었다.

*

퇴직 1년 차 독서 목록

순서 날짜『도서명』저자

1   12. 1.~1. 6.『지능의 탄생』이대열

2   1. 12.『그러라 그래』양희은

3   1. 16.~1. 18.『내 영혼의 수학여행』기일혜

4   1. 18.~1. 23.『라틴어 수업』한동일

5   1. 23.~2. 3.『가난을 만들고 있을 때』기일혜

6   2. 1.~2. 10.『들꽃을 보러 다니는 사람』기일혜

7   2. 10.~2. 20.『내 가난은 내 평안이다』기일혜

8   2. 1.~2. 21.『책 쓰기로 인생 리셋하기』김선옥

9   2. 21.~3. 7.『나는 독일인입니다』노라크루크

10   3. 20.~3. 25.『내가 졸고 있을 때』기일혜

11   3. 27.~3. 30.『내가 슬프지 않은 이유』기일혜

56 9. 23.~10. 17.『안나 카레니나』레프 니콜라예비치 톨스토이

57 10. 17.~10. 24.『은혜』존 비비어

58 10. 21.~10. 23.『시선으로부터,』정세랑

59 10. 23.~10. 24.『백치 1』표도르 도스토옙스키

60 10. 25.『백치 2』표도르 도스토옙스키

61 10. 26.~10. 29.『가재가 노래하는 곳』델리아 오인스

62 10. 31.~11. 2.『젊은 베르테르의 슬픔』요한 볼프강 폰 괴테

63 11. 2.~11. 7.『하버드는 음악으로 인재를 키운다』스가노 에리코

64 11. 7.~11. 11.『설득의 심리학 3』로버트 치알디니 외 2명

65 11. 11.~11. 18.『두 도시 이야기』찰스 디킨스

66 11. 19.~11. 23.『죄와 벌 1』표도르 도스토옙스키

67 11. 23.~11. 29.『죄와 벌 2』표도르 도스토옙스키

68 11. 30.~『러셀의 서양철학』버트런드 러셀

69 12. 6.~12. 9.『토지 1』박경리

70 12. 10.~12. 11.『토지 2』박경리

71 12. 11.~12. 13.『토지 3』박경리

72 12. 14.~12. 16.『토지 4』박경리

73 12. 16.~12. 19.『토지 5』박경리

74 12. 20.~12. 21.『토지 6』박경리

75 12. 22.~12. 25.『토지 7』박경리

76 12. 26.~12. 28.『토지 8』박경리

77 12. 28.~12. 30.『토지 9』박경리

『지능의 탄생』이대열

사람이 태어나서 다양한 경험과 많은 생각을 하고, 여러 사람을 만나고 살았으니, 죽음에 이르렀을 때 지성과 이성이 최고의 경지에 다다르게 되는 걸까? 아니면 평생을 살아도 인생의 의미와 답도 찾지 못하며, 방향도 모르면서 보이지 않는 길을 허둥대며 살다가 가는 것일까?

호모 사피엔스의 역사 이전은 제외하고, 문명이 시작된 이후 5,000년 세월 동안 사람들의 경험, 직관, 감정은 각자의 몫으로 살다가 흩어져 버린 것일까? 사람들의 이성과 경험이 누적되어 인류 문화에 스며들었다면 새로운 대상이나 상황에 부딪혔을 때 합리적인 적응 방법, 정의가 무엇인지, 선한 사람이 억울함을 겪는 이유, 잘못임을 알면서도 반복해서 잘못을 저지르는 행동 등의 답을 찾았을까? 지능이 발현되지 못하는 이유, 지능이 어떻게 성장하며, 지능이 인류 문화에 끼치는 영향력에 답을 듣고 싶었다.

저자가 생각하는 '지능의 탄생 연구 이유'다. 첫 번째는 인간이 자기 복제로 생명 연장을 잘하도록 안내하기 위함이었다. 뇌가 환경의 변화에 적응하려면 학습해야 하기에 지능이 존재하는 뇌의 의사 결정을 연구하고자 했다. 두 번째는 인공 지능 시대에 대한 대비다. 현대 사회에서 영향력이 커진 인공 지능의 역할을 예측하기 위해서 인간의 지능에 관한 통찰이 선행되어야 하며, 인간의 지능과 인공 지능의 차이를 분석하여 인간 지능의 약점을 보완하는 대비가 요구된다.

읽고 나니, 난 뇌가 갖는 정신적인 의미가 궁금했었는데, 저자는 생존에 의미를 둔 것 같다.

『내 영혼의 수학여행』 기일혜

"아무리 비싼 망고라도 내가 먹으면 망고, 주님 사랑으로 이웃에게 나누면 예물."

"내가 수필집 40권 내놓은 지금이 절정 아니다. 이웃 가난한 사람들, 보다 못해서 빚내다 도와주고, 그 이자 돈 갚으러 갈 때가 절정이다. 천만 원에 2부 이자 20만 원 들고, 내 집(2층)에서 빚낸 집(4층)으로 올라가면서 울먹일 때가 절정이다. '주님, 돈이 없어서 고통하는 사람을 보고, 어떻게 가만히 있습니까?' 그래서 빚내서라도 도왔습니다. 이 빚갚을 때까지 저는 잘 먹지도 잘 입지도 않겠습니다. 만약 그렇게 하지 않는다면 저를 벌주십시오. 그러니, 이 빚만은 꼭 갚도록 해 주십시오. 빚은 갚고 죽도록 해 주십시오. 이자 돈 20만 원 쥔 손 떨면서 울먹일 때가, 그때가 내 절정이다. 수필집 40권 낸 지금이 절정 아니다."

『라틴어 수업』 한동일

라틴어에서 파생한 유럽의 언어들을 시작으로 그리스 로마 시대의 문화, 사회 제도, 법, 종교 등을 담고 있다.

"라틴어 실력을 키우는 것이 아니라, 라틴어에 대한 흥미를 심어주고, 라틴어를 통해 사고 체계의 틀을 만들어 주는 것, 머릿속에 책장을 만들어 주는 것이다." (23쪽)

"저는 외국에서 생활하면서 한국어가 참 거칠다고 느꼈어요. 라틴어는 기본적으로 상대가 누구든지 간에 내려다보지 않습니다. 수평성을 전제로 하고 있는 것이죠." (45쪽)

"언어는 자신을 표현하기 위한 수단이자 세상을 이해하는 틀입니다. 10년 가까이 해온 외국어 공부의 궁극적인 목표가 시험문제를 맞히기 위한 것이라니 안타깝습니다." (55쪽)

"수업에서 다루는 지식이 학생들의 삶에 밀접하게 맞닿아 있어야 하고, 어떤 지식에 대해 스스로 관심을 갖고 자발적으로 확장시킬 여지를 던져주어야 한다. 즉 공부할 수 있는 동기를 만들어 줘야 한다." (72쪽)

"한국의 상대평가 시스템 경쟁 구도는 스스로 동기를 찾고 발전시켜 공부하기보다는 성장을 고려하지 않은 결과로 쉽게 좌절하게 만들고 의욕을 잃게 합니다. 성찰 없는 성장을 강요하는 평가는 교육적이라고 말하기 어렵습니다." (73쪽)

"로마는 기원전 493년 라티움 지방에 산재한 도시 국가와 라틴 동맹을 결성합니다. 로마가 주변 도시 국가 주민들에게 로마 시민과 동등한 여러 권리를 주었기 때문에 동맹국이 된 것이죠. 정 없이 줄 것은 주고 받을 것은 받는다는 개념이 아니라 역사적으로 의미 있는 '상호주의'라는 개념으로 이해해야 합니다." (115쪽)

"처음에는 제게 상처를 준 사람에게 마음 속 깊이 화를 내고 분노했어요. 그의 무례함에 섭섭한 감정을 넘어 치욕을 느끼기도 했고요. 하지만 시간이 흘러 제 마음을 한 겹 한 겹 벗겨보니 그가 제게 상처를 준 것이 아니라, 그의 행동과 말을 통해서 제 안의 약함과 부족함을 확인했기 때문에 제가 아팠던 거예요."(257쪽)

"신은 각자에게 그 사람만이 연주할 수 있는 악보가 주어지고, 그것을 어떻게, 무엇으로 연주하는지는 개인 각자에게 달린 문제이다."(288쪽)

『나는 독일인입니다』 노라 크르크

"우리는 우리의 언어가 한때는 시적이었지만, 이제는 잠재적으로 위험한 언어라고 배웠다. 실러를 읽긴 했지만 셰익스피어를 사랑하듯이 그를 사랑하도록 배우지는 못했다.

우리가 쓰는 어휘에서 '영웅', '승리', '전투', '긍지'라는 독일어 단어들을 지웠고 최상급을 피했다. 집단과 자신을 동일시하고 자신보다 더 큰 어떤 이념을 믿는 것을 뜻하는 단어인 추자멘게회리히카이츠게퓔(Zusammengehörigkeitsgefühl)은 미국의 문화정체성을 정의할 때는 사용했지만 우리 이야기를 할 때는 사용하지 않았다. '너무도 전형적인 독일식'이라는 표현은 불친절하거나 편협한 행동을 묘사할 때 썼다.

1938년부터 만들기 시작한 그림 형제의 『독일어 사전』에는 숲, 그러니까 Wald라는 단어가 들어간 명사와 형용사들이 천 개도 넘게 실려 있다. 그중 내가 가장 좋아하는 단어들은 '숲의 고독', '숲의 어둑함, 살랑거리는 숲에 둘러싸여'이다. 1938년 제국 선전장관 요제프 괴벨스는 '독일 숲'에 유대인 출입금지령을 내리는 것에 대해 고려했다. 프랑스군과 영국군은 전후배상금의 일부로서, 독일 숲들에서 대규모 벌채를 단행했다. 1983년 독일어 사전에는 '숲의 소멸'이라는 단어가 최초로 등재되었다. 실존주의적 고뇌의 물결이 온 나라를 휩쓸었다."

할아버지 시대가 겪은 일이지만, 손녀가 독일인이라는 이유로 깊은 죄의식과 철저한 반성이 어우러진 글로써 마음을 울리는 감동을 전해준다. 바로 이런 태도로 삶을 살아가는 국민의 품격이 독일을 위대하게 하는 것 같다.

『세상이 어떻게 보이세요』 엄정순

"반짝인다는 건 어떤 거예요? 선생님은 세상이 어떻게 보이세요? 누구는 예쁘고 누구는 밉다고 하는데 왜 그런 거예요? 바람도 찍을 수 있나요? 동물도 장애를 가지고 태어나나요?"
시각장애 학생들에게 미술 수업을 한 경험으로 쓴 글이다. 그때까지 모자람과 불편함으로만 알고 있던 시각장애의 세계를 '다른 신체 경험이 다른 눈을 준다.'라고 확신하는 그의 눈을 빌려 바라보게 되었다. 보이지 않아서 궁금한 것이 많은 아이들의 질문은 타성에 굳어 있던 머리와 가슴을 거세게 뒤흔들며, 너무나 익숙해서 조금도 의심해 보지 않았던 '본다는 것'에 대해 새롭게 돌아보게 한다.

「장님 코끼리 만지기」라는 오래된 우화에서도 알 수 있듯이, 본다는 행위에는 편견이 깃들기 쉽다. 본다는 것은 인식과 관계의 문제로 이어지는데, 이처럼 보는 것이 중요한 이유는 본 것 혹은 보았다고 생각하는 것이 결국 나 자신이기 때문이다.

서로 다양한 방식으로 다르게 볼 수 있는 세상, 나답게 보고 자유롭게 표현할 수 있는 세상, 그러한 가능성을 인정하는 열린 세상을 만들기 위해 저자가 질문했다.

"본다는 것은 무엇일까?
나는 제대로 보고 있는 걸까?
그렇다면 보이지 않는 것은 무엇일까?"

일상에서 별로 생각해 볼 기회가 없던 '보다'라는 것에 대해 시각장애 아동의 미술 수업이라는 낯선 상황을 시도한 엄정순 님에게 박수를 보낸다. 나는 제대로 세상을 보고 있는지 생각하며 나를 들여다보게 되었다.

『피카소가 모나리자를 그린다면』
표트르 바르소니

　프랑스 건축가, 화가, 만화가인 저자가 딸에게 서양 미술사를 가장 쉽게 알려주는 방법을 고민하던 중에 창작한 책이다. 서양 미술사의 거장 31명이 그린 '모나리자'를 감상하는 것이 신선한 재미를 주었다. 위대한 화가들이 '모나리자'를 자신의 화풍으로 그렸다는 엉뚱하고 기발한 상상력으로 그 작가의 화풍을 고스란히 느끼게 하는 그림을 보여주고, 대화 형식을 빌려 알기 쉽게 설명한다.

　화가는 자기의 생각과 이론을 작품으로 표현하기에, "그림을 그리는 것은 붓으로 생각하는 것이다."란다. 모네는 자신의 눈으로 봤고, 반 고흐는 자신의 마음으로 봤다면, 세잔은 자신의 뇌로 본 거라고도 했다.

　손재주만으로 예술을 하는 것이 아니고, 단순히 눈으로 보는 것이 아니라 그 안에 담긴 생각이 중요해서, 자신만의 눈으로 세상을 봐야 한단다. 화가는 사람들이 보지 못하는 곳에서 아름다움을 보는 아름다움의 탐구자라고 했다.

『두 발로 쓴 산티아고 순례일기』 박준우

산티아고 순례길 이야기를 자주 접해서 책으로나마 저자의 눈을 통해 순례길을 따라 걷고 싶었다. 800km 길을 하루에 25~30km씩 걸어서 한 달 동안 걸었단다. 걷는 동안에는 그 순간에만 집중하게 되어 잡념들이 사라지고, 매일 새로운 순례자들을 만나는 자체가 소소한 행복이란다. 안고 있는 많은 고민이 해결된 것이 아닌데도, 마음이 가벼워졌단다. 다양한 사람들을 만나 대화하고 생각을 나누는 것이 부럽다.

『들꽃을 보러 다니는 사람』 기일혜

"아무리 훌륭한 문화유산이라도 주마간산 격으로 한 번만 보고 와서는 내게 무엇이 남겠는가? 아무것도 남지 않을 것이다. 나는 내 마음에 남지도 않고 지나가는 허무한 일에 그 많은 시간과 물질을 낭비할 수는 없다. 한마디로 그런 곳에 갈 돈도 없지만, 그 위대한 것들을 보아낼 체력이나 열정, 의욕도 없다.

나는 루브르박물관에 가서 세기의 걸작품을 보고 감탄하는 것보다는,

남편과 같이 한마음 되어 들판이나 야산에 올라가 쑥을 캐고 돌나물을 뜯으면서, 아무것도 아닌 싱거운 얘기나 하면서 같이 웃고 즐거워하면서, 시원한 바람이나 마시면서 살고 싶다.” (97쪽)

『가난을 만들고 있을 때』기일혜

“잘 키우는 비결은 모르는 채 덮어두고, 가끔 계단 몇 개만 올라가면 금방이라도 감탄하면서 탐스러운 제라늄을 맘껏 볼 수 있는데, 그걸로 족해야지, 마음 쏟아서 아름다운 꽃을 피우시고 조용히 보람 느끼고 계시는 댁에 기적같이 키워놓으셨다고 탄성을 연발하면, 작은 일 같지만 근본은 탐심이다. 왜 우리는 종종 남이 좋은 것 가지고 있으면 나도 그걸 갖고 싶어 하고, 남이 잘하면 나도 기어코 잘해 보려고, 아니 그보다 더 앞서려고까지 할까. 남이 좋은 것 가지고 있으면, 나는 없는 그대로 조용히 보아 주고 즐거워할 일이다.” (144쪽)

『지성에서 영성으로』 이어령

"노동이 예술로, 예술이 종교로 승화되어 가는 과정이야말로 생계에서 벗어나고 노동에서 자유로워지는 방법입니다. 일본의 장인 정신이란 바로 가난이 아니라 그 가혹한 노동으로부터 자유로워지려는 이상이었던 것입니다.

아무리 돈이 많아도 돈 자체, 생계 자체에 목적을 둔 사람들은 평생을 노동만 하는 노예나 다름없습니다. 종신형 중노동에 처해 있는 게 오늘의 인간이라는 것입니다."

『컬러의 힘』 캐런 할러

"색채는 우리를 다른 사람과 연결하고 자신과도 연결한다. 색채는 우리의 생각과 느낌을 다른 사람들에게 알려주고, 우리가 행동하는 방식에 영향을 미친다. 사실 색채의 정의는 단순하다. 색채는 소통과 연결의 방편이다. 색채는 비언어적 통로로서 의미를 전달한다."

"더 나은 인간관계를 위해서는 무엇보다 나의 진짜 모습을 알아야 한다. 내 성격과 어울리는 색 속에 있을 때는 다른 사람들과의 상호작용도 조화롭게 이뤄질 가능성이 높다."

책에 색깔 패턴 네 가지를 가족 단톡방에 올려서 선택해 보라 했더니, 은혜, 승진, 희원, 지은이가 1번, 루이, 정훈이가 2번, 신랑과 난 3번, 루아, 지호가 4번이다. 1번은 봄-장난스러움, 2번은 여름-고요, 3번은 가을-대지, 4번은 겨울-미니멀리즘이었다. 루아에게 좋아하는 색 5개를 순서는 상관없이 말해보라 했더니, 노랑, 주황, 연두, 보라, 남색이었다. 초록, 파랑, 핑크를 말했더니 아니라며 좋아하는 색이 명확하다. 자신이 좋아하는 색을 아는 것은 자신을 아는 것이라 한다.

『조금 다르게 생각했을 뿐인데』 바스 카스트

"퓰리처상을 수상한 미국의 저널리스트 데이브 배리가 쓴 여행기에 가족과 함께 일본 여행 경험을 바탕으로 『데이브 배리, 일본에 가다 (Dave Barry Does Japan)』를 썼다. 도쿄를 방문한 인상을 다음과 같이 요약했다."

"도쿄는 추하다. 마치 '매력 없음'이란 바이러스를 퍼뜨리는 로켓탄을 맞은 것 같다. 많은 이들이 도쿄를 세계적인 대도시로 칭찬하는데 그는 왜 이렇게 못마땅해하는 걸까? 우선 그는 도쿄의 건축이 지닌 문제점을 지적했다.

가정집 옆에 바로 공장이 있다. 공장 옆에 레스토랑이, 레스토랑 옆에 고속도로가, 고속도로 옆에 공원이, 공원 옆에 창고가, 창고 옆에 절이, 절 옆에 오락실이, 오락실 옆에 빌딩이, 빌딩 옆에 사찰이, 사찰 옆에 자동판매기가, 자동판매기 옆에 공동묘지가, 공동묘지 옆에 바가, 바 옆에 학교가, 학교 옆에 성인만화 가게가, 성인만화 가게 옆에 고급 백화점이, 고급 백화점 옆에 병원이, 병원 옆에 노점상들이 늘어서 있다. 이 노점상들은 얇게 썬 고래의 목젖을 비롯해 진기한 해산물들을 판다. 이 모두가 몇 킬로미터 길이로 죽 늘어서서 거리의 풍경을 이룬다.”

“2개의 언어로 말하는 것은 마치 2개의 눈으로 보는 것처럼 세상을 입체적으로 보게 한다. 모든 언어는 현실에 대해 다른 언어와는 구분되는 독자적인 시각을 가지고 있다.”

『이탈리아 기행』 요한 볼프강 폰 괴테

특강에 참석했다가 강사가 자주 언급하는 책이라서 충남도서관에서 대출하려고 했더니, 이용자가 거의 없어서 지하 일반 서고로 이동 보관되었단다. 두껍고 글씨가 작고 빽빽하다.

책을 빨리 끝내고 싶지 않아서, 몇 쪽 읽고 되새김질하며 여운을 느끼며, 그사이에 다른 책『독일, 여행의 시작』을 읽었다. 그런데, 그 작가가 괴테의『이탈리아 기행』과『마인츠 점령기』책을 읽으면서 여행한다고 한다. 읽는 책마다 괴테가 언급되어 마치 내가 괴테와 계속 대화하는 느낌이다.『이탈리아 기행』은 괴테와 헤어지고 싶지 않아서 더 천천히 읽었다. 마치 나의 이탈리아 여행을 장기 체류하고 싶은 마음이다.

다시 보고 싶은 많은 메모 중에서 2개만 옮겨본다.

"최근 호우에 씻겨서 붕괴한 산의 좁은 계곡 길로 내려가서 전부터 찾고 있던 중정석을 여기저기 발견하고 크게 기뻤다."

며 경치만 보는 것이 아니라 암석의 종류까지 관찰했다.

"전체를 종합해서 보아도, 개개의 부분을 따로따로 뜯어보아도 훌륭하게 완성된 그 설계도는 나에게 한없는 기쁨을 주었다. 그래서 나는 놀라운 작품을 볼 수 있을 것이라고 기대했다. 그런데 실제로 만들어진 것은 불과 10분의 1도 되지 않을 정도다. 하지만 이 부분만 보아도 그의 천부적 재능에 걸맞게, 지금까지 본 적이 없는 설계의 완벽함과 마감의 정확함을 보여주고 있다."

베네치아 수도원 설계도를 미리 보고 실제 건물을 보러 가는 입체적 관점의 여행이다. 괴테에 의해 관찰되고 재해석되는 내용으로 꽉 차 있다. 연극 공연, 자연, 사회, 예술도 괴테의 눈으로 제2의 탄생과 정신적 개안을 맞이했다. 마차와 도보로 이어졌던 괴테의 여행길을 따라 걸어보고 싶다.

『독일, 여행의 시작』 정기호

"간혹 보행자 전용 도로에서 공용버스에 한해서 보차혼용방식을 시행하는 것이다. 자동차 운행은 보행속도에 준하는 시속 5~6km를 넘지 않는 범위에서다. 에이, 그게 지켜질까? 독일에서는 지켜진다. 그게 아닐 거면 애초에 보차혼용 개념으로 진화될 리도 없었겠지만. 한창 공사가 진행되는 구도심 일대에는 신호 교대에 걸리는 시간이 짧고, 심각하게 정체가 되기도 한다. 바로 옆의 넓은 인도에는 지나다니는 사람이 별로 없다 해도 자전거는 인도로 올라오지 않는다. 올라오지 못하게 정해져 있으므로 누구나 그걸 지킨다."

"광장처럼 도심의 비워둔 공간을 오픈스페이스라 부르며 빈 채로 그냥 두는 것은 방정식에 수를 대입하여 값을 내는 수식과정과는 달리 도출되는 아무런 결과는 없지만 무한한 값어치를 내는 묘한 산식의 계산이다. 아무 기능이 없이 그냥 비워 있는 공간, 그것도 도심 한가운데 가장 중요한 몫을 차지할 수 있는 곳을 텅 비워놓은 것은 지극히 여유로움의 표상이며 여유로움을 찾아 도심을 찾아드는 주민들과 여행자들을 여유롭게 맞이하고 활기찬 도시를 유지하게 해준다."

손님 입장으로 스윽 지나쳐 보거나 구경하는 것으로는 정원의 세계를 충분히 들여다볼 수 없다. 저자는 이름난 정원을 방문해서 정원을 설립했던 주인의 입장으로 바라봤다.

'마인츠'를 여행할 때는 괴테의 『마인츠 점령기』를 읽고, 그 책을 배낭에 넣고 글에 묘사된 지점에서 바라봤다. 책을 읽고 그 저자가 의미 있게 이야기한 장소를 찾아가서 살펴보는, 따라 해보고 싶은 여행법이다.

『특별한 휴가』 강태원

"하나님의 백성에게도 검은 먹구름은 예고 없이 찾아온다. 이때 '왜'라는 질문은 별 도움이 되지 않는다. 그보다는 '어떻게' 이 상황에 대처할까를 찾는 것이 더 도움이 된다. 그리고 이 먹구름의 의미가 무엇인지 아는 것이 중요하다. 이는 곧 고난 중에 숨어 있는 하나님의 뜻을 발견하는 일이다. 나에게도 갑작스러운 수감생활은 주님 앞에서 자신을 돌아보며 회개와 반성의 눈물로 하나님께 가까이 나아가는 기회가 되었다. 충격이 가장 컸던 수감 초기에는 일견 나의 생사권이 전적으로 검찰 손에 달려 있는 듯했다. 하나님께서는 나에 대해 침묵하시는 듯했다. 다음 날 있을 헌당식에 참가하지 못하게끔 내가 체포되던 그 시각에 하나님께서는 즉시 개입하지 않으셨고, 석방에 대한 어떤 구체적 약속도 주지 않으셨기에 이 모든 것이 내게는 하나님의 침묵으로 느껴졌다. 그렇기에 나는 하나님께 나아가 직접 묻는 수밖에 없었다."

"아마 나는 낮아지길 원하지만 여전히 나의 학력과 노하우에 힘입어 자신만만했을 것이고 하나님 앞에서 죄인이길 자처하지만 사람들 앞에선 의인이고 싶어 하는 선교사로 살아갔을 것이다. 하나님께서는 조국을 떠나 낯선 땅에서 선교사의 삶을 살아가는 나에게 더 큰 세상을 보여주고 싶으셨던 것이라고 생각한다. 수감실에서 내가 눈물로 기도할 때 하나님 역시 가슴 아프셨을 것이다. 그러나 내가 옥에 갇히고 죄인 취급을 받는 수모를 감수하도록 하시고서라도 나에게 분명히 말씀하길 원하셨다. 더 낮아지길 나의 기준보다 더 낮아지길."

『완전한 풍요』월터 브루그만

"'투자 수익을 노동으로 번' 돈으로 생각하는 것은 착각이다. 우리 사회는 모든 사람에게 공정한 수입을 보장해 주기 위한 노력을 거의 하지 않다시피 했다. 그러므로 소득을 완전히 다른 배경, 즉 공동체라는 배경 속에 두어야 한다. 소득을 공동체라는 배경 속에 두면 소득 능력, 그것과 관련된 기대 및 약속, 제약을 바라보는 시각이 완전히 달라질 수밖에 없다. 피조세계 전체의 행복을 증진시키는 '기여자'가 될 것인가? 피조세계를 고갈시키는 '사용자'가 될 것인가?"

"이웃에 대한 진정한 사랑과 취약 계층에 대한 진정한 돌봄은 자신뿐만 아니라 주기적인 빚 탕감을 포함해야 한다. '자선 외에도 성경은 주기적인 빚 탕감을 명령한다.' 그래서 빚 탕감은 성경 전체에서 강하게 나타나는 주제라고 했다.

빚 탕감의 필요성이 경제적 정의에서 비롯된 매우 실질적인 비전이라고 설명한다. 그래서 규정의 목적은, 영구적인 빈민층이 형성되는 것을 막고, 취약 계층이 인간다운 경제적 삶을 영위할 수 있도록 만드는 것이다."

"궁극적으로 건강하고 거룩한 경제의 열쇠는 세상이 누구에게 속했는지 기억하는 것이다. 우리가 창조주께 피조세계의 풍요로운 복을 받았고 계속해서 받고 있기 때문에 우리의 반응은 '후히 베푸는 것'이어야 한다. 우리가 매일같이 창조주의 후한 선물에 얼마나 의지해서 살아가는지를 알고 나면 '자수성가해야 한다.'거나, '스스로를 의지해야 한다.'는 말이 얼마나 허튼소리인지를 절실히 깨닫게 된다."

"죽음을 앞둘 만큼 늙은 것은 패배가 아니라 성취이며, 늙음이 주는 자유는 축하할 만한 가치가 있다."

『도덕적 인간은 왜 나쁜 사회를 만드는가?』 로랑 베그

"우리는 타인들이 어떤 존재인가, 타인들이 어떤 행위를 하는가를 판단하는데 골몰한다. 또 우리의 행동, 의견, 심지어 겉모습까지 매 순간 다른 사람들에게 평가받는다. 우리가 사는 세상은 선과 악이 마치 산소와 수소처럼 결합해 이루는 좋은 생각의 바다와 같다. 우리는 태어남과 동시에 그 바다에 잠겨 든다."

"자기 자신에 대한 생각은 상당 부분 타인의 판단에서 오기 때문에 우리가 우리 행동이 어떻게 해석될까에 그토록 연연하는 것도 무리는 아니다. 나의 평판이 곧 나의 진정한 사회적 표상이기 때문에 절대로 평판에 흠집 나는 일을 해선 안 된다. 개인이 자신에게 부여하는 가치, 타인에게 부여받는 가치를 결정하는 데에는 도덕성이 매우 중요한 역할을 한다."

특별한 휴가

"매일 아침 애완견을 산책시키고 오후에는 장을 보러 나가는 근면한 공무원이자 성실한 가장의 삶을 꾸려나가는 다정다감한 사람으로 묘사되었다. 이 온정 넘치는 국가공무원은 단두대의 칼날을 400번도 넘게 휘둘렀지만 직업적으로 그 일을 했을 뿐, 괴물 같은 면모라고는 조금도 없었다."

"우리의 성격은 권위에 대한 복종에 부정할 수 없는 영향을 미친다고 하겠다. 우리의 경험들이 미래의 행동을 마련하는 것이다. 성격이 개인의 경험을 조직적인 표상으로 통합하는 역동적 본체라면 그러한 성격은 분명히 사회적 상황에 영향을 준다."

『모든 것의 가장자리에서』 파커 파머

인터넷 검색하다가 제목이 맘에 들어 구매하고, 첫 장을 펼쳤더니 추천서가 있다. 3쪽짜리 추천서를 읽는데 너무 감동이 밀려와서 추천서 글에 머물러서 한참 생각했다.

"'본다'는 행위는 과녁을 겨누는 궁수의 시선이 아니라 과녁을 포함한 그 언저리 전체를 받아들이는 인식 능력이다. 본다고 해서 다 보이지 않는다. 보여야 비로소 볼 수 있고, 봐도 보이지 않으면 결국 볼 수 없다. 가장자리에서 보이는 것들은 단순하고 선명하다."

"자신에게 일어나는 일을 당신을 때리려는 원수의 손처럼 여기는 것 같아요. 그것을 당신이 안전하게 땅에 발 딛고 설 때까지 당신을 잡아 줄 친구의 손으로 바꿀 수 있을까요?"

"40년 동안 나는 더 위로 더 멀리 가는 것이 옳은 방향이라는 생각에 사로잡혀 살았다. 나는 높은 곳에 올라가려고 열심히 일했다. 음, 왜냐하면 높은 곳이 낮은 곳보다 더 낫기 때문이다. 그렇지 않은가? 아니, 그것은 틀렸다. 높은 곳에서 살아가는 것은 위험하다. 누구나 그렇듯이 우리는 넘어질 때가 있다. 높은 곳에 사는 우리는 천길만길 떨어지게 된다."

"내가 살던 고지는, 우리에게 매우 도움이 될 만한 네 가지 인간 능력(지성, 자아, 영성, 윤리)의 오용으로부터 비롯되었다. 지성은 내가 가치를 두는 능력이다. 그냥 생각하는 것이 아니라, 땅에서 가장 멀리 떨어져 있는 신체 부위인 머릿속에서 살도록 훈련받았다. 가슴으로 전해진 정신을 가지고 사고하는 법(지적으로 알고 있는 것과 경험적으로 알고 있는 것)의 통합은 훈련 프로그램에 포함되어 있지 않았다!"

『소리의 재발견』 토리고에 게이코

음악에 대한 저자의 철학이 감동적이다.

"서양 근대화가 우리의 감각에 미친 변화 중 하나는 시각 편중과 그에 따르는 전신감각적 사고의 약화였다. 소리를 음색이나 음높이 등 소리를 구성하는 모든 요소, 그 소리에 내재하는 파라미터 조합의 좋고 나쁨으로만 파악하는 것이 아니라 그 소리와 그것이 성립하는 환경 전체와의 관계, 나아가서 그 소리를 듣는 사람과의 관계성도 포함한 사회적·문화적 사상(事象)으로서 소리를 파악한다."

"음악을 작곡하는 목적은 무엇인가? 음악 활동은 삶에 대한 긍정이다. 이는 혼돈에서 질서를 끌어낸다든지, 창조 속에서 더 나은 기법을 내놓는 것이 아니라, 그저 우리가 살아가는 생활 자체를 깨우려는 시도다."

"호수 주변에는 타악기와 관악기 중심의 악기와 가수가 배치되고, 작품이 시작하면 주인공들이 호수 위에서 카누를 타면서 연주한다. 토론토에서 자동차로 약 40분 거리에 있는 하트 호수에서 새벽에 열렸다. 오페라는 별에서 떨어진 여왕이 상처를 입고 숲속을 헤매는 장면으로부터 시작한다. 새벽녘부터 찾아온 청중이 앉은 호숫가는 아직 어둑어둑하고, 희미하게 밝아 오는 아침 공기를 타고 호수 반대편 숲속에서 여왕의 소프라노 음률이 아침 안개와 함께 들려온다. 어둠 속에서 아침 햇살이 서서히 밝아온다. 실제로 숲속 주변에 사는 새들이 지저귀기 시작할 때쯤 오페라에서도 새벽의 새(호른이니 트롬본의 연주)들이 등장하고, 진짜 태양이 떠오를 때에 맞추어 태양신이 등장한다."

『내 안에서 나를 만드는 것들』러셀 로버츠

"내가 이 책에 탄복한 건, 애덤 스미스가 나로 하여금 사람들을 바라보는 방식을 바꾸어 놓았기 때문이다. 그리고 더 중요한 것, 이 책은 나 자신을 바라보는 방식을 바꾸어 놓았다."

"무엇보다 애덤 스미스는 무엇이 사람을 행복하게 하는지, 무엇이 사람의 인생에 의미를 부여하는지 알아내고자 했다."

"경제학은 인생에서 돈보다 훨씬 더 중요한 것을 다룬다. 인생에서 유일한 가치가 돈이 아니라는 걸 이해하도록 이끈다. 선택에는 포기가 뒤따른다는 사실을 가르쳐 주기도 한다. 겉으로는 관계가 없어 보이는 것들과 사람들이 어떻게 서로 얽힐 수 있는지, 그 복잡성을 이해하는 데도 도움을 준다."

"우리는 삶을 만족시킬 도구들을 이미 모두 갖고 있다. 삶의 기본적인 즐거움을 누리기 위해 이탈리아반도를 정복할 필요는 없다. 그러므로 우리 내면의 인간다움을 유지하고 마음속 비열한 생쥐를 짓눌러야 한다. 인생은 경주가 아니라 음미하고 즐기는 기나긴 여정이다. 더 많은 것을 가지려는 끈질긴 욕구, 즉 야심이 우리를 삼켜버릴 수 있다."

"플루타르크 영웅전은 지금으로부터 약 2,000년 전에 집필되었다. 플루타르크는 자신이 살던 시대보다도 300년 전 얘기를 책에 녹여냈다. 이처럼 돈과 권력이 인간을 행복하게 만들지 못한다는 사실은 실로 오래된 진리다."

"왜 2,300년 전의 메시지가 시대를 거듭하여 지금까지 계속 설파되고 있는 것일까. 그럼에도 우리는 왜 그 교훈을 온전히 받아들이지 못하고 있는 것일까. 애덤 스미스는 몇 번이고 강조했다. 물질은 결코 인간을 행복하게 만들지 못한다고."

『겐샤이』 케빈 홀

"우연히 만난 한 인도인으로부터 저자는 '겐샤이'라는 단어를 배우게 된다. '겐샤이'는 '어느 누구든 스스로를 작고 하찮은 존재로 느끼도록 대해선 안 된다.'는 뜻이다. 단어 수업을 통해 '삶을 바꾸는 긍정의 단어'들을 알게 되고, 누구에게나 자신의 길에 이르도록 도와주는 단어가 있음을 깨닫는다."

"단어는 삶의 길을 비추는 고유의 힘을 가지고 있다. 바르고 긍정적으로 사용하면 단어는 내면의 평화와 성공을 위한 디딤돌이 된다."

"단어는 길을 안내하기도 하고 방해하기도 한다. 단어는 치유하기도 하고 죽음을 부르기도 한다. 본래의 순수한 의미에서 단어의 뜻이 무엇인가를 이해하면 그 단어의 중요성과 신성한 가치를 밝힐 수 있다. 그때 우리는 낮게 보는 것이 아니라 높게 보고, 영감을 주고, 동기를 부여하고, 희망을 주고, 가슴 뛰게 하고, 앞으로 나아가게 하는 새로운 단어들을 우리 스스로 창조할 수 있다."

"한 예로 '기회(Opportunity)'라는 단어가 있다. 성공적인 사람은 문제 지향적이지 않고 기회 지향적이라고 나는 믿는다. '기회'는 도시나 상업의 장소로 물이 들어가는 입구라는 뜻의 '항구(Port)'라는 단어에 그 어원을 둔다. 항구가 열리는 것을 알아차린 사람만이 '열린 항구(Open port)'를, 즉 그 '기회(Opportunity)'를 이용할 수 있었다."

『인간으로서의 베토벤』 에드먼드 모리스

"나무 둥치에 기대서서, 길을 가다가 멈추고, 밥을 절반쯤 먹다가 일어서서, 면도를 하던 도중에 팽개치고 뭔가를 기록하곤 했다. 그의 외투 호주머니는 한 움큼의 악보 뭉치나 커다란 잡기장이 들어 있어 늘 아래로 축 처져 있었다. 비상시에는 아무 벽이나 덧창문에 쓱쓱 휘갈기기도 했다."

"음악은 정신의 삶과 감각의 삶 사이를 중재하는 존재이다."

"창조적 정신을 가진 자들을 다른 이들과 구별 짓는 특징은 감정적 상처를 입지 않고 운명의 전환을 받아들이는 능력이다. 아니, 운명의 전환을 수용하는 것에서 그치지 않고, 즉시 그것을 뭔가 풍성하고 별난 것으로 가공해 버리는 능력이라고 해야 할지도 모르겠다."

"한 손은 소리를 전담하고 다른 한 손은 그 소리를 기록하는 일을 담당하는 양분법적 생각 말이다. 그의 친구들은 베토벤이 피아노 앞에 앉아 즉흥 연주를 시작할라 치면 왼손으로 F장조 룰라드부터 시동을 걸곤 했다고 한다. 마치 어딘가에서 길어 올린 음악이 왼손을 통해 몸속으로 들어오듯 말이다."

"서로 대등한 위치의 현악기 연주자 4명을 위한 음악을 작곡하는 것은 그로서도 미답의 도전이었다. 그것은 음악적인 작업인 동시에 연극적인 작업이기도 했다. 네 사람이 논쟁하고 정중하게 서로의 말을 끊고 재치 있게 반박하며 끝내 마지막 합의에 도달하는 과정을 독백과 대화 등으로 표현하는 기술, 그리고 그 와중에도 4명 가운데 그 누구도 충분히 관심을 받지 못했다는 상실감을 느끼지 않게 하는 기술을 완벽의 경지로 끌어올리는 건 평생의 경험이 수반되지 않고는 불가능한 일이다."

"완벽에 가까운 이 모든 작품들은 마치 우주 저 깊은 곳에서 성운이 생겨나듯 거대한 환각성 정신장애의 한가운데에서 비롯되었다."

『음악의 심리학』맨리 P. 홀

"수학과 하모니로 구성된 교향시에는 신성한 비극과 신성한 희극이
동시에 담겨 있습니다. 인간은 인생이라는 교향시의 여러 테마를 통과
하면서 우주의 본질적인 질서를 발견합니다. 삶의 교향시가 우주의 하
모니로부터 나왔음을 내면으로부터 깨달았을 때 비로소 그의 음악이
완성될 수 있는 것입니다."

"기본 음정의 장기적 노출이 인간의 의식에 미치는 영향도 연구 대상
입니다. '도'는 식물의 성장을 촉진하고 동물의 흥분을 자극하는 효과
로 기록되었습니다. '도'는 일종의 각성제이기 때문에 신경과민 또는
발작 증상에 시달리는 사람들에게 장시간 노출하는 것은 바람직하지
않습니다. '미'는 정화의 효과가 있으며, 직관을 강화하고 음식물의 소
화를 돕습니다. '솔'은 감정을 누그러트리고 마음을 편안하게 해주며
몸의 열을 낮추고 종교적 신념과 헌신의 마음을 심어줍니다."

『미움받을 용기 2』 기시미 이치로,
고가 후미타케

"존경이란 그 사람이 그 사람답게 성장하고 발전할 수 있게 배려하는 것이다. 먼저 있는 그대로의 그 사람을 보는 걸세."

"자네는 아직 아무것도 보지 않았으면서 보려고 하지도 않네. 자신의 가치관을 밀어붙이지 않고 그 사람이 '그 사람인 것'에 가치를 두는 것. 나아가서는 그 성장과 발전을 지원하는 것. 그것이 바로 존경이라네. 타인을 조종하려는 태도, 교정하려는 태도에는 절대 존경이 없지."

"칭찬하지도 야단치지도 말라. 아이들에게 '존경'을 표함으로써 특별해질 필요가 없고, 지금 이대로 충분히 가치가 있다고 가르쳐 주어야 한다. 질책하는 것은 물론이거니와 화가 난 표정을 짓는 것만으로도 권력투쟁의 코트에 서는 것이라네 자네는 학생들과 말로 커뮤니케이션하는 것이 귀찮아서 보다 손쉬운 방법으로 야단을 치는 걸세. 분노를 무기 삼아 꾸짖음이라는 총을 들고 권위의 칼을 들이대지. 그것은 교육자로서 미숙한, 또는 모자란 태도일세. 오히려 '나는 좋은 일을 하고 있는 것이다.'라고 의식하고 있으니 나쁘다고 할 수밖에."

"교육하는 입장에 놓여 있는 사람, 조직의 운영을 맡고 있는 리더는 늘 '자립'을 목표로 세워야 하네."

"'선생님 덕분에 나았습니다.'라고 했다면 실패한 거나 다름없네. 그 말을 뒤집으면 '나 혼자서는 아무것도 못 해요.'라는 뜻이니까. 언제든지 도와줄 준비가 되어 있다고 알려주되, 너무 가깝지 않은, 도움을 줄 수 있는 거리에서 지켜보면 되는 것이지. 본인의 인생은 매일의 행동을 모두 스스로 결정하는 것이라고 가르쳐 줄 것, 그리고 결정하는 데 필요한 자료-예를 들면 지식과 경험-가 있으면 제공해 줄 것."
"경쟁이 아닌 협력의 원리에 기초하라. '평범한 것'은 전혀 부끄러운 게 없는 하나의 개성인데. 여전히 '특별한 나'로 있으려고 하면서 남들로부터 인정받기를 바라고, 칭찬받기 위해서 '주목 끌기'를 하면 여전히 문제 행동의 테두리 안에 사는 거다. '남과 다른 것'에 가치를 두지 말고 '나는 나'라는 것에 가치를 두는 것이 진정한 개성이다."

『책은 도끼다』 박웅현

"예전에는 김소월의 「산유화」라는 시를 좋은 줄 모르고 들었습니다. '그게 뭐야, 당연히 산에 꽃이 피지 뭐.' 하면서 말입니다. 그런데 김훈이 이렇게 안내해 줬습니다. '이 노래는 말을 걸 수 없는 자연을 향해 기어이 말을 걸어야 하는 인간의 슬픔과 그리움의 노래로 나는 들린다.'라고 말이죠. 멋진 걸 보고 '우와'라는 표현밖에 못 하는 사람과 다르게 그들은 기어이 말을 걸고 싶은 인문적인 갈증이 있는 것입니다. 김훈의 이야기를 듣고 보니 비로소 이 시가 다시 보였습니다."

"휘슬러가 그린 멋진 안개 그림을 본 오스카 와일드가 이렇게 말했답니다. '휘슬러가 안개를 그리기 전에는 런던에는 안개가 없었다.'라고요. 책이나 그림, 음악 등의 인문적인 요소들은 우리에게 새로운 촉수를 만들어 줍니다."

"무시로 해외여행을 다닐 수 있고, 매일 로열 캐리비언 크루즈를 탈 수 있고, 루브르 박물관에 가면 '야, 빨리빨리 와, 찍어, 가자.' 하는 사람, 그리고 10년 동안 돈을 모아 간 5박 6일간의 파리 여행에서 휘슬러의 「화가의 어머니」라는 그림 앞에서 얼어붙어서 사십 분간 발을 떼지 못한 채 소름이 돋은 사람. 이 두 사람 중 누가 더 풍요롭게 생을 마감할까요?"

"중요한 것은 휘슬러의 「화가의 어머니」를 보면서 소름이 돋으려면 훈련이 필요하다는 겁니다."

"제가 책을 읽으면서 계속 목표로 삼는 건 온몸이 촉수인 사람이 되는 겁니다."

『마음의 작동법』 에드워드 L. 데시, 리처드 플래스트

"인간의 열망을 여섯 가지 유형으로 나눴다. 외적인 열망은 부, 명예, 신체적 매력으로 이 열망은 또 다른 목표를 이루기 위한 도구로 작용한다. 내적인 열망인 자기 능력 인지, 자율성, 관계는 도구적인 성격이 없다. 즉, 내적 열망을 통해 느낀 만족감은 그 결과가 또 다른 결과로 이어졌느냐 여부와 아무런 상관이 없다."

"동기부여가 내면에서 비롯하지 않고 외적 보상만을 추구하는 경우에 문제 해결력이 뒤떨어진다는 사실은 여러 연구에서 입증되었다. 또한 외적 통제가 행동의 이유가 될 때, 그 행동을 즐길 가능성도 크게 낮아진다."

"돈은 동기를 부여하지만 동시에 내면의 동기를 파괴한다."

"내면의 동기가 부여되려면, 자신이 스스로 행동을 결정하고, 그 행동을 훌륭히 해낼 능력이 있음을 스스로 느껴야 한다. 통제는 내면의 동기부여나 행동에 대한 몰입을 방해할 뿐 아니라, 창의성과 개념에 대한 이해력, 유연한 문제 해결 능력이 필요한 어떤 활동에도 부정적인 영향을 미친다."

"자신의 존재 가치를 특정한 결과와 결부시키는 형상을 '자아관여'라 부른다. 자아관여 된 사람들은 남들에게 자신이 어떻게 보일지에만 관심을 두고 끝없이 남들과 비교하며 자신의 가치를 평가한다. 자아관여 된 사람은 어떤 일을 했을 때 성취한 결과가 자부심과 결부될 때 사람들은 겉모습을 가꾸는 데만 매달린다. 특정한 모습으로 자신을 드러내어야 스스로 기분이 좋아지는 압박감에 시달리는 것이다."

"무엇을 할지 선택하게 하면 의사 결정의 질이 더 높아지고, 내면의 동기가 높아져 업무가 성공할 가능성을 확신하고 수행하며, 업무 만족도가 높아지고 긍정적으로 반응하게 된다."

『안나 카레니나』
레프 니콜라예비치 톨스토이

50세 이후 톨스토이는 작품 활동보다 사상가로서 살았기 때문에 작품 속에는 그의 결혼관, 종교관, 인생관, 나아가 세계관까지 파악할 수 있는 중요한 요소들이 담겨 있다. 세상사의 거의 모든 드라마를 함축하고 있기에 욕망 덩어리, 이른바 정념의 총체라 부를 정도로 방대한 서사의 집약을 보여준다.

등장인물이 너무 많아서 그들 사이의 관계도를 그려가면서 읽었다. 더구나 호칭이 부르는 사람에 따라 다른 애칭으로 불러서 누구를 말하는지 이해하는 데 시간이 걸렸다.

책 제목을 왜 『안나 카레니나』로 했을까? 내 생각에는 '콘스탄친 레빈'인 것 같다. 2개의 복선이 깔려 있는데, 안나의 불륜 이야기와 레빈의 철학이다. 안나는 자기 생각과 사랑을 중요시하는 자기 중심이다. 레빈은 농민 등 모든 사람이 행복한 세상을 꿈꾸는 공동체 중심이다. 톨스토이가 바로 레빈이다. 노골적으로 자기를 드러내는 게 아니라, 안나를 전면에 세워놓고, 대조적인 레빈에게 끌리도록 한 것 같았다.

톨스토이의 결혼 생활이 불행했다고 쓴 글을 읽은 적이 있다. 그래서 책 속에서 키티와 행복한 가정을 이룬 것 같다.

안나보다는 레빈의 생각에 초점을 두고 읽었다. 레빈의 철학에 대한 글을 읽고 나면, 책장을 넘기지 못하고 숨 고르기를 하면서 레빈의 사회관과 종교관을 되새김질하며 생각에 잠기는 시간이 필요했다.

인물들의 심리를 세심하게 묘사한 문장 표현이 인상적이었고, 더 감동은 톨스토이가 사람의 심리를 낱낱이 꿰뚫어 들여다보는 능력이 압권이었다.

『은혜』존 비비어

"말씀이 우리 내면으로 뚫고 들어가지 못하면 하나님과 그분의 길에 대한 추상적 이미지만 남는다."

"많은 목사들이 본연의 진실한 사역자가 되기보다는 인생 코치가 되는 데 매달린다. 그들의 설교는 세상 리더십 원리나 심리학에서 온 것이고, 성경 구절은 그런 시각에 들어맞는 것만 고른다, 성경을 단순하고 철저하게 있는 그대로 믿는 것이 아니라 다른 정보와 신념을 끌어내는 근거 정도로 생각하는 것이다."

"믿음을 가진 우리들의 궁극적인 목표는 하나님을 기쁘시게 하는 것이다. 하늘 아버지께 감동을 드리는 것이 모든 신자들의 열망이다. 반면 가짜 신자들에게는 그런 간절한 의욕이 없다. 그런 사람들은 대개

신앙을 개인적 이익 추구라는 시각에서 본다. 은혜로 말미암아 능력 있게 살아가는 사람들은 개인적 이득, 호사스러운 생활방식, 탐욕 등에 붙들리지 않는다. 그들의 삶은 자기 영향권 내에 있는 사람들에게 창의력, 재주, 통찰, 자원, 기타 삶의 혜택과 경건한 능력을 끼친다. 아파하는 이들의 필요를 채워줄 줄 아는 그들의 삶은 당연히 모든 면에서 형통하다."

"'마귀는 하나님의 말씀을 어떻게 빼앗는가?' 하는 것이다. 그는 주로 실망스러운 경험, 인간이 만든 기독교 전통, 인간의 논리, 우리가 고수하는 잘못된 신념 따위를 사용한다."

"우리는 영이 있고, 혼이 있고, 물리적인 몸 안에서 산다."

"생명 안에서 다스리는 자의 눈에는 모든 방해가 기회가 된다."

『시선으로부터,』 정세랑

지은이가 읽고 추천해 줘서 읽게 되었다. 제목이 '시선으로부터' 라서 다양한 관점에서 보는 것으로 예상했는데, 주인공 할머니의 이름이 '시선'이고, 그 할머니의 자녀와 손주들의 이야기였다. 그런데, 제목이 '시선으로부터'가 아니고 뒤에 쉼표(,)가 붙어 있다. 너무나 숨 가쁘게 살아간 심시선의 이야기로, 독자들이 덩달아 몰아치느라 숨을 제대로 못 쉬게 될까 봐 배려한 걸까? 마치 끊어지지 않고 길게 노래하다가 잠깐 숨을 쉬도록 한 쉼표가 연상되었다.

일반적인 가족여행은 함께 관광지를 둘러본다. 그러나 심시선 할머니 추도 10주기에 자녀들과 손주들이 할머니가 살았던 하와이에 가서 개별적으로 다니며 할머니를 기억할 만한 뭔가를 한 가지씩 찾아서 기일에 올려놓는 내용이다.

표현도 재밌다.

> "잣대는 없고, 젓대는 있어서 사람 사이를 휘휘 저어버린달까."
>
> "그런 아이들을 움직이는 엔진은 다른 사람이 조작할 수 없습니다."
>
> "가능성이 조금 번쩍대다가 마는지 오래 타는지 저가 알아서 확인하도록 두십시오."

읽고 나니 처음 예상대로 12명 자녀의 다양한 시선이 맞는 것 같다. 우리 제사 문화도 이렇게 바뀌었으면 하는 마음으로, 심시선 집안 모임에 끼어 함께 팬케이크를 먹고 싶다.

『백치』 표도르 도스토옙스키

김운성 목사님 유튜브 설교 중, "나로 가난하게도 마시고 부하게 도 말아서, 오직 필요한 양식으로 내게 먹여 달라."고 한 아굴의 기도를 도스토옙스키의 『백치』와 연결하셨다.

백치로 여겨지는 주인공 미쉬킨 공작은 타락한 인간의 모습에서 혐오를 느끼는 것이 아니라, 연민과 동정을 느낀다. 타락할 수밖에 없는 인간의 모습에 애정을 품고 있기 때문이다. 그는 변화하라고 강요하지 않는다. 변화의 믿음을 갖고, 연민과 애정을 갖고 상대방 곁을 떠나지 않는다.

타락을 거부하면서 어떻게 타락한 모습을 받아들일 수 있을까? 인간은 약할 수밖에 없는 존재라는 걸 알고 있기 때문이다. 인간이 유혹에 저항할 수 없는 존재라는 걸 알고 있고, 타락할 수밖에 없는 인간을 사랑하는 것, 그래서 올바른 길로 인도하는 것, 그것도 종교적 설교나, 혹은 논리적 훈계를 통해서가 아니라, 자기의 행동 그 자체로 인도하는 것, 바로 그 점에서 미쉬킨 공작은 예수그리스도의 그림자다.

작품 속에서 공작은 실패한 인물이다. 그가 세상에 나타났다 돌아갔더라도 똑같은 인물들은 계속 태어난다. 세상은 그와 상관없이 돌아가는 것처럼 보인다. 무신론자인 이폴리트는 그 어느 때보다 옹졸해져서 세상을 원망하고, 가냐는 여전히 로스차일드가 되려는 꿈을 갖고 있다. 자존심이 상한 아글라야는 가톨릭교도인 폴란드인에게 사기를 당해 결혼하고, 나스타시야는 로고진에게 살해당한다.

미쉬킨 공작이 이 세상에 설 자리는 아무 곳에도 없어 보인다. 공작이 지닌 천진성과 결백은 이 세상에서 아무 역할도 할 수 없는 것처럼 보인다. 그럼에도 과연 순수함과 결백은 이 세상에 필요한 것인가? 그것이 갖는 가치와 역할은 무엇인가? 나는 지니지 못한 통찰력, 순수함, 결백함을 지닌 존재를 바보라고 비웃으며 살고 있는 것은 아닌지! 혹은 내 안에 아직 소중하게 숨 쉬고 있는 순수함의 가능성을 스스로 억누르며 살고 있는 것은 아닌! 이런 질문과 의미 속에 미쉬킨 공작은 언제나 살아 있는 인물일 수 있다.

『가재가 노래하는 곳』 델리아 오인스

첫 장부터 너무 울컥울컥 눈물이 나니 콧물까지 계속 훌쩍이느라 완독하지 못할 것만 같았다. 여섯 살짜리 어린 카야의 모습이 너무 가슴이 아팠다. 게다가 문장 표현은 시보다 더 아름다워서 빨리 읽을 수가 없었다. 그 글에 빠져서.

❖ 생각 1. 카야 아빠가 가족을 폭행한 이유가 뭘까?

전쟁터의 충격인 것 같다. 똑같이 귀중한 인격체인데, 더 갖겠다는 욕심으로 정치가들이 전쟁을 일으키고 본인은 뒤에 있고, 원하지도 않았던 사람들을 앞세운다. 평민들이 신체적, 정신적 불구가 되어 본인의 삶과 주변 사람들의 삶을 휘저어 놓고 있다. 이 가족도 결국 전쟁의 피해자들이다.

❖ 생각 2. 학교 교육 없이 자연 속에 살아도 배움이 가능할까?

단지 작가의 이야기로 꾸민 것일까? 견디기 힘든 고통과 외로움을 겪으니 오히려 더 잘 배우게 된 걸까? 깃털이나 조개껍데기 등을 수집하는 것은 충분히 가능하다. 종류별 분류도 가능하다. 그들 사이에서 삶의 모습을 관찰하는 것도 가능하다. 그런데 자연의 이치를 생각하는 게 본능으로 가능한 걸까?

카야가 그림을 잘 그린다. 어릴 때 엄마가 그림 그리는 것을 보았고 유전자가 있었으리라 생각된다. 그러나 테이트의 설명으로 '시'에 대하여 듣고 순간순간 시를 떠올리고 시를 쓴다. 인간은 시를 쓰고, 그림을 그리는 등의 아름다움에 대한 본능이 있는데, 학교 교육이 문제 풀고 외우는 엉뚱한 길을 헤매고 있었던 것은 아닐까?

❖ 생각 3. 카야가 자연으로부터 어떤 것을 느꼈을까?

사람들과 어울려 살던 카야의 아버지는 겁에 질려 참호를 벗어나지 못했는데, 그것을 솔직하게 말하지 못해서 오히려 영웅 대접을 받은 것이 비양심적이라 고통스러워했다.

자연을 관찰하며 자연의 이치가 스며든 카야는 먹잇감이 되지 않기 위해 포식자를 잡아먹는 자연의 원리대로, 자신을 괴롭히는 체이스를 죽였다. 자연의 법칙대로 행동했기에 당연하다고 여겨 죄책감이 없다. 자연의 원리는 본능으로 깨닫지만, '양심'은 교육을 통해 배워야만 안다는 의미일까?

❖ 생각 4. 구태여 영화로 제작해야 했을까?

이 소설이 영화로 제작되었다고 해서 찾아봤다. 내 상상 속 장면인 습지, 자연, 주인공의 감정, 등장인물 선정 등을 영화감독은 어떻게 보여줄지 매우 궁금했다.

책에서 주는 그 아픔, 그 아름다움이 없었다. 마치 유치원 아이들이 소꿉놀이하는 느낌이랄까. 습지는 마치 바닷가 근처의 별장을 꾸며놓은 것 같았고, 주인공은 도시 아가씨가 화장하고 바닷가 별장에서 즐기는 것 같았고, 책에서 말하는 자연, 삶, 아픔, 외로움, 아름다운 언어, 생명체, 인간의 정서와 거리가 먼, 그저 연인의 사랑 이야기였다.

책을 안 읽은 사람은 그냥 영화라고 보면 되지만, 책 제목과 그 흐름을 갖고 있기에 원작에 먹칠을 한 것 같았다. 차라리 영화로 만들지 말지….

『젊은 베르테르의 슬픔』 요한 볼프강 폰 괴테

1774년에 3개월 동안 일기처럼 개인적인 고백을 서술하되 편지 글로 쓴 소설이다. 감동적인 순간이 매우 서정적이며 극적인 요소로 작성되었으며, 질풍노도의 젊은이들을 열광시킨 이유는 예술적으로 뛰어난 구성 때문인 것 같다.

지필 평가 대비로 읽었다면, '저자의 생각은 뭘까?', 맥락 파악하는 연습, 줄거리 구성 등에 관심을 가졌겠지만, 글귀 하나하나에 감동하면서 읽었다. 괴테의 눈으로 보는 자연, 괴테의 뇌로 바라보는 세상을 접하니, "괴테의 나라 독일을 존속시켜야 한다."는 말을 다시 실감했다.

> "오해와 태만이 흉계나 악의보다 더 많은 잘못을 저지르고 있을지 모른다는 사실을 새삼 알게 되었네."
>
> "나무와 산울타리 모두가 꽃다발이야. 그래서 풍뎅이가 되어 이 향기의 바닷속에서 이리저리 떠돌아다니며 온갖 자양분을 찾아 먹고 싶을 지경이라네."
>
> "주변 정다운 골짜기엔 안개가 자욱하고 꿰뚫을 수 없이 어두운 숲 위에 태양은 하늘 높이 고요히 떠 있고, 몇 줄기 빛만이 그 신성한 전당 안으로 숨어들어 올 무렵, 나는 시냇가 무성한 풀 속에 몸을 누이고 대지에 바짝 드러누운 채 수없이 많은 여러 가지 풀잎에 눈길을 보낸다네."

"친구여, 나는 지금 정말 더없이 행복하다네. 조용한 존재 감정 속에 완전히 몰입해 버렸네. 그래서 나의 예술이 고통을 겪고 있는 것이고 그래서 나는 그림을 그리지 못할 것 같네. 단 한 장면도 그리지 못할 것 같아. 그러면서도 나는 여태껏 이 순간보다 더 위대한 화가였던 적이 없었네."

"우리는 평등하지도 않고 평등할 수도 없다는 것을 잘 알고 있네. 그러나 존경을 받기 위해서는 소위 비천한 사람들에게서 떨어져 있을 필요가 있다고 믿는 사람들은 패배를 두려워한 나머지 적에게서 도망쳐 숨는 비겁한 사람과 마찬가지로 비난받아야 한다고 나는 생각하고 있네."

"마음에 드는 아무 곳에나 오두막집을 짓고 최대한 검소한 생활을 하는 것이 내가 거처를 정하는 방식인 것을 자네는 알고 있지?"

"그녀 앞에 있으면 모든 욕망이 잠잠해진다."

"이처럼 행복하고, 이처럼 자연에 대한 감정이 풍부했던 적은 아직 없었어. 돌멩이 하나에도 풀 한 포기까지 내 마음은 거기에 끌리고 있으니까, 어떤 표현으로도 지금의 내 기분을 표현할 길이 없군, 모든 게 영혼 앞을 떠돌 듯하고 선 한 가닥도 그을 수가 없네."

"인간의 행복을 만드는 것이 또 불행의 근원이 되는 것은 도무지 피할 수 없는 일일까?"

"숲과 산이 메아리칠 때면 나는 대지의 깊은 밑바닥에서 그것들이 서로 작용하고 창조되는 것을 보았으며 모든 것에 깃든 무한한 힘을 느꼈네."

"내 마음을 뒤흔드는 것은 이 세상에 드물게 일어나는 큰 재변이 아니다. 너희들의 마을을 휩쓸어 가는 홍수도 아니고 또 너희들의 도시를 삼켜버리는 지진도 아니다. 마음을 송두리째 뒤집어 놓는 것은 이 자연의 만물 속에 숨어 있으면서 좀먹어 가고 있는 힘인 것이다."

『하버드는 음악으로 인재를 키운다』 스카노 에리코

음악이 인간에게 미치는 영향이 궁금해서 읽게 되었는데, 하버드대 음악교육과 더불어 음악교육 역사와 가치를 다뤘다.

"음악을 전공하지 않은 학생이 음악가로서 훌륭한 역할을 하거나, 음악 전공자가 정치나 경제 쪽으로도 충분히 역량을 발휘하고 있었다."

"전문적으로 음악을 배우는 것뿐 아니라 교양으로서 음악을 배우는 것까지 포함하여 '음악을 공부한다는 것은 무엇인가, 예술을 접한다는 것은 무엇인가, 예술을 통해 무엇을 배울 수 있는가.'를 묻고 커리큘럼에 반영하고 있다."

"어떻게 음악이 가지는 잠재 가치를 끌어내 여유로운 인격 형성과 인간 이해에 도움을 줄 것인가?"

"음악, 영화, 회화, 조각, 문학 등 모든 예술 작품을 횡단적으로 조망하면서, '인간은 왜 그렇게 생각하고 표현했을까?', '그것이 사회에 어떤 영향을 미쳤을까?'라는 사회학적이고 철학적인 관점에서 배운다."

"Thinking Matters는 정답을 대답하는 힘이 아니라 스스로 세상에 질문하고, 과학적 실증과 문학적 해석, 사회적 분석을 하거나 타인과 협력하며 문제 해결 능력을 배양한다."

"비판적 사고와 글쓰기 외에 창작을 반드시 도입하고 있다. 편리한 IT 툴을 쓰지 않고 자기 머리로 생각하고 만들어 내도록 지도한다. 예술은 애매함을 받아들이고 창조적으로 생각하고 질문하며 또 도전하는 것을 가르쳐 주고, 대학이 그런 기회를 제공하는 것이다. 코스는 우선 '왜 예술인가?'로 시작해서 마지막에는 '왜 예술이어야만 하는가?'로 마무리한다."

『설득의 심리학 3』로버트 치알디니

개인적 혹은 직업적인 목표를 달성하기 위해 사람들은 타인과의 상호작용에서 영향력을 행사할 필요가 있다. 이를 위한 지름길은 어떻게 작동할까? 어떤 종류의 메커니즘이 '작고 사소한' 무엇인가를 통해 결과에 큰 차이를 만드는 것일까?

이 책에서는 이런 변화를 위해서 과학적 연구, 윤리적 적용, 개념적인 용어를 사용하여 52개의 사례를 제시하고, 작은 변화를 통해 큰 변화를 줄 설득법을 제시하였다.

수평적인 위치에서 의견 충돌 상황을 원만하게 풀어가는 방법을 기대했다. 그런데, 의사, 교사, 판매자, 기부금 모집자, 회의 주도자 등 수직적으로 힘이 있는 사람이 자신의 목적 달성을 위해 상대방을 설득하는 느낌이었다.

곰곰이 생각해 보니, 판매자나 회의 주도자, 기부금 모집자에게 일반인들이 자신도 모르는 사이에 물건을 사고, 기부하는 등 설득되었으며, 대중매체의 광고에서도 설득의 심리학을 적용한 것이 보였고, 내가 경험했던 것을 떠올려 보니 이런 판매자의 심리적 수법에 당했음이 느껴지기도 했다.

내가 설득의 심리학으로 원하는 주제는 이런 것이다.

아래 사람이 윗사람을 어떻게 설득할 것인가?
이런 물품을 원한다고 판매자에게 어떻게 설득할 것인가?
진짜 배우기 위해서 학생이 교사를 어떻게 설득할 것인가?
누구나 만족하도록 회의 주도자에게 어떻게 설득할 것인가?
관객의 입장을 공연장 운영진에게 어떻게 설득할 것인가?
잘못한 것을 지적하지 않고 슬기롭게 말하는 법은 뭘까?

더 찾아보면 이런 내용의 책을 만나려나….

『두 도시 이야기』 찰스 디킨스

충남도서관 서가에 『두 도시 이야기』가 5종 비치되어 있는데, 책의 크기, 번역자, 출판 시기가 모두 다르다. 5종 모두 읽고 비교하는 것도 재미있을 것 같다. 모두 펼쳐보고 한참 고민을 하다가, 선정한 기준은 쪽수가 544쪽으로 가장 많은 것이다. 번역자가 축약한 것은 너무나 아쉽다. 교보문고를 검색하니 8종이 있었다. 줄거리가 궁금한 것이 아니라, 글의 표현에 더 의미를 둔다. 간단히 줄거리만 쓴 책은 독서를 즐기는 것을 막는다. 다 못 읽고 중간까지만 읽더라도 축약한 것보다 원래 글을 읽는 게 더 낫다고 생각한다.

❖ **생각 1. 자유, 평등, 박애의 씨앗**

혁명을 일으킬 수밖에 없는 상황이 그려진다. 사람대접을 못 받은 그들이 견뎌왔을 삶이 가슴 아팠다. 그래서 '자유, 평등, 박애'를 내세웠나 보다. 우리나라는 '충효제신(나라에 충성, 부모에게 효도, 형제간에 우애, 남에게는 신의를 지켜라)'을 강조했기에 자유나 평등이 스며들지 않았나 보다. 1775년 우리나라 역사 연대표를 보니 조선의 정조 시대다. 그즈음 미국에서는 독립운동이 일어나서 인간으로 존중받고 싶은 바람이 불던 시대였다.

❖ 생각 2. 세상을 보는 눈

도로 수리공인 자크 5호가 자크 1, 2, 3, 4호에게 군인들이 한 사람을 잡아가는 것을 본 것을 말하고 있다.

"처음에는 군인 6명과 밧줄에 묶인 커다란 사내가 다가오는 모습이 까만 상태에서 해님이 잠자러 내려가는 쪽 옆구리만 빨간 테두리가 어립니다요. 나리들, 길게 뻗어 나간 그림자가 도로 건너편 푹 파인 자리에 어리면서, 거인 그림자처럼 언덕으로 뻗쳐오르는 광경도 보입니다요. 먼지를 잔뜩 뒤집어쓰서서 쿵! 쿵! 다가올 때 먼지가 함께 움직이는 광경도 보입니다요. (중략) 그림자가 교회를 지나고 방앗간을 지나고 감옥소를 지나, 하늘과 땅이 만나는 지평선까지 뻗어 나가는 것 같았습니다요."

사건만 아니라 '해님', '그림자', '먼지'가 나열된다. 작가가 멋있게 꾸미기 위한 말이라고 생각하지 않는다. '세상을 보는 눈'이라고 생각되었다. 용건만 간단히 말하거나, 번지르르한 미사여구가 아니라, 이렇게 자연과 주변을 보는 눈이 필요하다고 생각한다. 혹시 축약해서 상황만 전달하는 번역이었다면 이런 묘사가 안 실렸을지도 모르겠다.

❖ 생각 3. 사랑에 대한 철학

칼톤이 마네트 아가씨를 너무나 사랑한 본문 내용이다.

"그날 밤 파리 전역에서 그 사람 얘기가 나도는데, 그렇게 처형당한 사람 가운데에서 가장 평화로운 얼굴이라는 내용이었다. 장엄한 표정이 예언자 같다는 말도 나왔다."

고독하게 인생을 살아가는 칼톤. 자신이 섬세하지 못하고, 마네뜨 아가씨가 사랑할 만한 사람이 못 된다고 생각한다. 마네뜨를 사랑한 두 남자, 찰스 다네이와 칼톤의 이야기로 요약하면 샛길로 빠지는 거다. 너무나 사랑하면서도 소유하지 않는 칼톤의 사랑에 대한 철학이 이 책의 중심인 것 같다.

이 책의 저자인 찰스 디킨스가 자신을 칼톤으로 묘사한 것은 아닐까? 이 세상 사람들이 죄를 지고 대신 죽은 예수님이 생각났다.

『우리도 행복할 수 있을까』 오연호

부제 "행복지수 1위 덴마크에서 새로운 길을 찾다." 목차만 읽어도 설렌다. 직접 현지 사람들을 만나서 인터뷰한 것이라 더 와닿았다. 덴마크는 훌륭한 복지제도로 행복해졌을까? 복지는 곧 많은 세금을 동반해야 한다는 생각 때문에 행복 사회로의 걸음을 주저하는 한국 사회. 하지만 행복사회 비밀은 복지제도뿐만이 아니었다. 덴마크 사람들은 자기의 일에 자부심을 느끼고, 남과 비교하거나 부러워하지 않으며, 이웃끼리 연대하는 문화를 널리 공유하고 있다.

한 사례로, 회사에서 직원들에게 과일뿐만 아니라 아침과 점심까지 제공하고 있다. 구내식당에는 직원들의 건강을 위해 과일은 언제든 먹을 수 있게 준비하고 있단다. 더욱 놀라운 것은, 1주일에 두 번은 직원과 그 가족들을 위해 저녁 도시락을 준비한다. 무료는 아니고 재료비 정도만 받기 때문에 직원 대부분이 이용한단다. 집에 가서 가사에 매달리지 않고, 쉴 수 있도록 하는 사고방식이다.

덴마크의 모든 공립학교에서는 7학년까지 점수를 매기는 시험이 없다. 점수를 매기는 시험은 8학년 때부터 시작되는데 그것도 등수는 매기지 않는다. 졸업 시험도 등수가 없고, 단지 학생들의 진로를 조언하는데 참고만 한다. 학생들 사이에 경쟁보다는 협력이 더 중요하기 때문이란다. 교육 철학이 아이들끼리 경쟁시키지 않는 것이라서, 성적이 좋다고 상을 주지도 않는다. 반에서 무슨 활동을 하든지 평등하게 하기에 반장도 없단다. 그래서 왕따 문제도 거의 없단다.

내가 꿈꾸는, 너무나 부러운 교육제도다.

『죄와 벌』 표도르 도스토옙스키

❖ 생각 1. 왜 러시아 사람들은 이름을 다양하게 부를까?

우리나라는 사람들 사이의 관계로 호칭이 묘사된다. 엄마, 여동생 등으로 되어 있어서 이해가 쉽다. 그런데 러시아 등 유럽은 이름으로 나오니 어떤 관계인지 파악하며 읽는 게 어려운데, 이름이 여러 개다. 주인공 라스콜니코프도 로지온, 로쟈, 로젠타, 로티자, 로지멘티, 로마느이치 등 부르는 사람마다 다르게 부르고, 한 사람이 겨우 한마디 말하는 동안에도 로지온, 로쟈로 다르게 부르니 너무 헷갈렸다.

그래서 옆에서 이름을 정리해서 써놓고 봐가면서 읽어야 했다. 자신만의 애칭을 쓰는 것일까? 여러 나라가 어울려서 살면서 몇 개국 언어를 사용하는 유럽의 지역적 특성일까? 그래서 더 다양한 사고의 확장이 가능했던 것일까?

❖ 생각 2. 가난과 고통이 참된 사람으로 성숙시키는가?

고통을 자처하는 미콜카나 고통스럽게 사는 소냐에게 성스러운 감정이 있다는 것이 마음을 흔들었다. 인생의 가치를 아는 참된 사람으로 성숙시키는 것은 '고통'이라는 생각이 점점 더 진해진다. 가난함과 고통 속에서도 아주 현명한 여동생 두냐도 꽤 의미 있는 캐릭터였다.

❖ 생각 3. 러시아 사람들은 실제로 철학적으로 토론했을까?

특별한 세미나 때가 아니라 일상적인 만남에서 나누는 대화가 철학적인 토론이다. 정치, 뉴스, 스포츠 등 이야기를 할 것 같은데, 작가가 꾸며낸 이야기일까? 혹시 꾸며냈더라도 사람들이 모여서 대화할 때 생각을 표현하고 철학을 나누는 문화로 이끄는 효과는 있을 것 같다.

『러셀 서양철학사』 버트런드 러셀

철학자들의 생각이 궁금해서 읽게 되었는데, 「제1권 고대 철학」, 「제2권 가톨릭 철학」, 「제3권 근현대 철학」으로 방대한 분량이다.

1권 2부의 14번째가 '플라톤의 이상향'이다. 다 이해하기 어려웠지만 수학적인 언급이 많은 부분에 대해서만 더 깊이 생각해 보았다.

플라톤은 수호자의 운명을 타고난 젊은이가 받는 독특한 교육을 흥미롭게 묘사한다. 영예를 누릴 젊은이는 지성 능력과 도덕적 자질을 겸비했는지 평가받아 선발되었다. 그는 정의롭고 점잖고 즐겁게 배우고 좋은 기억을 소유하고 조화로운 정신을 타고나야 한다. 앞서 말한 장점을 지녀서 선발된 젊은이는 20세부터 30세까지 피타고라스학파에서 유래한 네 가지 학문, 곧 산수, 기하학(평면 기하학과 입체 기하학), 천문학, 화성학을 공부하면서 보낸다.

학문은 선발된 젊은이가 영원한 이상을 통찰하기 위한 준비 과정으로 공부한다. 천문학을 공부할 때, 현실의 천체에 대해 고심하지 말고 이상적 천체 운동을 다루는 수학에 몰두해야 한다. 현대인에게 불합리하게 들리지만, 경험적 천문학에 관한 풍성한 열매를 맺은 관점이란다.

산수와 기하학이 플라톤의 철학에 크나큰 영향을 주었고, "철학자는 사랑의 쾌락이나 값비싼 의복이나 신발, 사람을 치장하는 장신구에 대해 걱정해서도 안 되고, 육체에 관심을 갖지 말고 한결같이 영혼만을 돌보아야 한다."고 했다.

『토지 1』, 『토지 2』 박경리

지은이가 "엄마 이제 『토지』 시리즈 읽는 것 도전해 봐."했고, 제자 신영이가 현재 『토지 14』 읽고 있다고 해서, 신영이와 책으로 더 많은 대화를 나누고 싶어서 읽기로 했다. 종이책보다는 E-Book으로 활자를 크게 확대해서 읽었다.

서문을 읽고 생각이 많아서 다음 페이지를 넘기지 못했다. 아니 박경리 저자와 오래 마주 앉아 있고 싶었다고나 할까.

평사리 사람들의 삶이 고스란히 느껴진다. 하필 눈 오는 추운 겨울에 읽으니, 그 시대 사람들의 춥고 배고프고 힘든 삶이 절절히 와닿아서, 마치 내가 평사리에 살고 있는 듯했다.

❖ 생각 1. 글의 소재가 된 서민들의 이야기

『안나 카레니나』 등 유럽 문학을 읽으면 서민들의 삶과 철학에 흠뻑 젖게 된다. 그런데 우리는 왕가 이야기가 주류라서 아쉬웠는데, 생생한 서민들의 이야기와 진한 삶의 가치를 펼쳐 보이는 글을 읽고, 우리 문학의 위상이 높게 느껴졌다.

❖ 생각 2. 사투리 사용

사투리라서 이해 안 되는 것도 있었다. 지금은 대중매체의 영향인지, 어디를 가도 기본적으로 표준어를 사용하는데, 그 시대, 지역, 언어가 아예 묻혀버리는 것이 너무 아쉽다. 책으로나마 사투리가 보존되는 것이 다행이고 의미가 있다.

❖ 생각 3. 관계성에 묶여서 살았던 우리 문화

외국 문학 작품을 읽으면 '엄마'라고 하지 않고, 이름으로 나와서 관계성을 파악하려고 계보도를 그려가며 읽곤 했다.『토지』에서는 두만이 엄마를 '두만이네'로 표현해서 쉽게 이해되었다. 한편, 이름도 없이 자녀의 이름 뒤에 '네'자 하나 붙여서 살아간 우리 어머니들의 삶이 애잔하게 다가왔다.

『토지 3 (1부 3권)』 박경리

❖ **생각 1. 상대방을 위한 무조건적인 사랑이 가능할까?**

귀녀가 전혀 받아주지 않고 악담하며 가슴을 치는데, 강포수는 속상함보다 오히려 그렇게라도 귀녀의 고통을 나눠 갖게 된다고 생각한다. 다만 거기 그 여자가 있다는 것과 그 여자를 위해 서러워해 줄 단 한 사람으로서 자기가 있다는 것으로 만족하는 그런 일방적이고 무조건적인 사랑이 가능한 걸까?

❖ **생각 2. 기본적인 사람의 도리는 어떻게 알게 될까?**

먼 친척이면서 최씨 집안에 어른 없이 아이 1명만 있으니 마음대로 내 것처럼 빼앗는다는 것은 본능일까? 교육해야만 양심적으로 행동하는 것을 알게 되는 걸까? 악한 생각과 행동이 일어나는 원인 분석 연구가 절실히 요구된다.

❖ **생각 3. 가장 힘들게 살았던 사람은 누구였을까?**

평사리 가난한 사람들은 자기 땅도 없고, 일은 고달프고, 먹을 것과 입을 것과 집도 변변하지 못했다. 평산, 칠성, 귀녀, 삼수는 풍요하게 살려고 몹쓸 계략을 쓰기까지 했다.

난 오히려 문의원이나 이동진처럼 세상을 바르게 이끌고 싶어하는 양반이 더 힘들게 살았을 것 같다. 더 많이 품어야 하기에 더 많이 고뇌하고, 더 아파했을 것 같다.

그래도 가장 힘든 사람은 최 참판 댁 윤씨 부인이다. 유교적인 가치관에 얽매여서 자기 아들인 환이를 보살펴 주지 못했다는 죄책감으로 가까이 있는 아들 최치수에게도 정을 주지 못한 것이 얼마나 고통스러웠을까. 마음이 가는 대로 손길을 보내지도 못하고, 자기의 권위와 담력과 두뇌는 오로지 최씨 문중에 시종하기 위한 것이었다고 느꼈다니….

『토지 4 (1부 4권)』 박경리

❖ 생각 1. 유교가 양반사회에 끼친 영향

유교가 있어서 사회가 안정되고 질서가 유지되었고, 유교가 있었기에 국가에 대한 인정과 부모에 대한 존경과 사람들 사이에 도리가 지켜졌다고 한다. 유교가 없었다면 국가, 부모에 대한 존경을 몰랐을까? 유교 문화의 영향으로 안타까운 두 부류의 양반이 있었다. 한 부류는 지나치게 청빈한 부류다.

 -김훈장: 가난하지만 청렴결백하고 인륜 도덕에 투철하나 학부족(學不足)하여 벼슬을 얻지 못함.

-남원의 이진사: 신독(愼獨)에 치우친 나머지 불의나 위험에는 고슴도치처럼 몸을 사리며 안빈낙도의 명예를 고수하기 위해 남의 재물은 분뇨 보듯 피하는 아류.

-서희 외가: 딸자식의 패륜(유교의 기준에서 볼 때)을 가문의 씻지 못할 수치로 알고 사회생활에서 은둔함.

다른 부류는 줄을 타고 얻은 지방 관직에 앉아 그 권위 의식에 수반되는 수탈을 자행하고, 입신양명하여 효도를 완성하려는 탐관배다. 이름을 자손에게 물리기 위해 매관매직하면서도 부끄러운 줄 몰랐다.

❖ 생각 2. 유교가 서민들에게 끼친 영향

서민들의 정신을 지배하는 삼강오륜 도덕과 예 숭상에서 온 관혼상제 제도조차 유교의 빛깔을 띤다. 충분히 더 행복하게 살아갈 수 있는데도, 유교에 갇혀서 행복을 꿈조차 꾸지 못하고 이 땅을 밟고 살았다.

함안댁이 "명은 하늘에 달린 거구, 지아비 섬기는 지어미의 도리를 잊어 쓰겄나. 아무리 병이 들었기로서니 행세하는 집안의 여자가 제 먹을 약 제 손으로 지어오는 법은 없느니라."라며 아픔을 견디다가 남편이 살인죄 저지른 것을 알고는 자살한다. 속상해서 자살한 것이 아니라, 그런 죄를 지은 것에 대한 공동 책임으로 스스로 벌을 받았다. 함안댁은 전혀 살인 모의에 동참하지 않았고, 아무엇도 모르는 피해자였지만.

❖ 생각 3. 교육을 받아야 '도리'를 알게 될까?

병수는 아버지 조준구, 어머니 홍 씨의 교육이나 보살핌을 받지 못한 정도가 아니라, 학대와 방치 속에서 자랐다. 글을 깨치려면 교육받아야 하고, 산술의 개념도 배워야만 안다. 그러나 병수는 스승이나 부모의 영향력을 받지 못했지만, 옛날 성현의 글에 배어난 위대한 사상을, 가르치는 사람의 의도를 뛰어넘어 흡수하고 깨달으며 비약하고 상승해 갔다.

사람은 백지로 태어나는 것이 아니라 자연스럽게 도리를 깨닫는 유전자가 있는 것은 아닐까? 억지로 주입하고 외우게 하는 교육이 그런 인격과 소양이 발현되지 못하도록 누르고 있는 것은 아닐까?

또 하나 생각되는 것은, 이러한 병수의 변화를 같이 한 방에서 먹고 자며 가르치는 스승인 이초시는 몰랐고, 조준구가 서희와 결혼시키려 한다는 사실에 병수를 적대시하던 길상이는 눈치챘다는 거다. 병수 내부의 청량한 오성을 길상은 느꼈다고 한다. 단지 작가가 지어낸 이야기라고 해야 할까? 아니라고 생각한다. 몰염치한 부모의 아들이고 꼽추라며 주변 사람들이 손가락질하는 병수이지만, 진흙으로 보여도 그 속에서 진주를 구분하는 맑은 영혼의 소유자인 길상이 같은 사람이 있어 세상이 아름답게 물들 것이다.

『토지 5 (2부 1권)』박경리

말로만 듣던 '일제강점기의 고통'이 생생하게 느껴졌다. 그 아픔을 견뎌낸 선조들의 승화된 정신을 이어받아 우리나라가 이만큼 성장한 것 같다.

❖ 생각 1. 학문은 칼일까? 도덕을 높이는 도구일까?

많은 사람들이 배움으로 힘을 얻어서, 하고 싶은 것을 맘껏 할 수 있는 권력과 부를 축적하고 명예를 얻고자 한다. 그러한 관점에서 학문은 휘두르는 칼이 될 수 있다. 그런데 시골에 사는 김훈장은 학문을 하는 것은 도덕을 높이기 위함이지 싸우는 데 쓰이는 게 아니라고 했다.

난 김훈장 편이다. 부자라도 하루에 먹을 수 있는 양은 한정적이고, 입는 옷도 몸을 보호하고 편리하면 족하다. 학문으로 나를 찾고 인생의 가치를 깨닫고 세상을 알게 된다. 어떤 생각과 마음을 담고, 어떻게 사느냐가 그 사람을 결정한다.

또한, 아직 판단력이 부족하다고 여기는 정호 학생의 태도에 감동했다. 자기 집 하숙생 김훈장이 "도덕을 높이기 위해 학문한다."고 했고, 학교 선생님 송장환이 "싸우기 위해 글을 배운다."는 수업을 받고, 상반된 견해를 깊이 고민하다가, 나처럼 김훈장의 말이 옳다고 판단했다. 자기 생각만으로 머무르지 않고, 교사에게 반론하러 간 용기에 박수를 보낸다. 단지 작가의 지어낸 이야기일까?

실제로 가능한 것일까? 교육이 그렇게 흘러가기를 바라기에 '가능하다'에 한 표를 던진다.

❖ 생각 2. 꾀꼬리 먹이로 여치를 죽이는 이율배반의 이유는?

생명이 귀중하다는 것은 이론일 뿐, 한 생명을 살리기 위해 다른 생명은 함부로 하는 경우가 많다. 길상이 다섯 가지로 제시했다. 약한 자는 강한 자의 먹이가 된다. 사랑하는 생명만 존중한다. 사랑하는 것만 의무를 행한다. 어떤 생명을 살릴지 선택했거나, 이율배반적 우주의 비밀이라 알 수 없다고 했다.

내 의견은 다르다. 윤회설이 아니라, 모든 생명은 더불어 살기에 서로 필요하다. 생존을 위해 생선 등 먹는 것은 인정하고, 장난삼아 생명을 함부로 죽이는 것은 반대한다. 그래서 같은 인간끼리 더 이익을 위해 전쟁하고 죽이는 것은 절대 안 된다. 정치하는 사람들이 전쟁하기로 정했다고 해서, 전쟁터로 나가 사람들에게 무기를 사용하여 살상하라고 하면, 일제 시대 항일운동 하듯이 정치가들에게 항의해야 하지 않을까?

❖ 생각 3. 김두수는 근본적으로 악한 사람일까?

김두수의 아버지는 양반이라는 자부심은 가득하나, 힘들여서 땅 파고 일하기는 싫어하고 쉽게 큰돈을 벌고 싶어 했다. 그 아버지의 사고방식을 그대로 답습하여 어릴 적부터 남의 물건에 손을 댔다. 아버지의 유전자를 물려받았다고 쉽게 말할 수도 있을 것이다. 아버지는 살인죄로 사형되고 엄마는 자살했으며, 외가에서는 천덕 꾸러기였다. 성장하면서 타인의 고통은 안 보이고, 자신만 바라보고, 자기 이익만 바라봤다.

주변 환경이 김두수를 만들고 있지는 않았을까? 타고난 성향이 크겠지만, 따뜻한, 아니 뜨거운 사랑을 느껴보았으면 달라졌을 수도 있다. 늘 찬물에 발을 담그고 있어서 따뜻함이 무엇인지도 모르고 차가운 지구상에 살았던 것 같다.

같은 부모님 밑에서 자란 동생 김한복은 엄마 산소가 있는 평사리로 돌아와서 그 많은 따가운 시선도 견디고 성실하게 살아간다. 더러 누군가에게 따뜻함을 받아본 것은 아닐까?

『토지 6 (2부 2권)』 박경리

❖ 생각 1. 사회 통념을 뛰어넘는 서희의 시선

양반이고 몇 대째 내려오는 갑부 집안 주인인 서희가 자신을 돌보던 하인인 길상과 혼인할 생각을 했다. 다른 여자에 관심을 보여서 질투가 난 것일까? 자신에게 이득이 있으리라는 계산이었을까?

양반과 하인 모두에게 존경받는 이동진과 김훈장마저 상민과 혼인하는 것을 용납하지 못했다. 하지만 서희에게는 문화적 편견을 뛰어넘는 안목과 결단력이 있었다.

❖ 생각 2. 항일 의병 활동에 대한 시선

양준모는 일본에 귀화한 조선인으로, 총 몇 자루 짊어지고 일본과 싸우면 독립할 거라는 꿈을 가진 사람들, 상투를 보존하고 흰 베옷만 입으면 애국자라고 여기는 것을 비판했다.

송장환 선생님은 간도에 한국인 학교를 세워서 정호나 홍이와 같은 학생들에게 민족에 대한 자부심과 항일 정신을 길러주는 교육이 의병 활동이었다.

마을에서 일본의 행패에 대적하는 총 몇 자루의 무력적인 힘이 지속되고, 상투를 보존하고 흰 베옷을 입는 민족정신이 보존되고 이어진 것이 독립을 이뤄낸 저력이라고 생각한다.

❖ 생각 3. 가난한 삶이지만, 아니 가난했기에 맑은 시선

어릴 때부터 물지게를 지고 이집 저집 날라다 주어서 겨우 먹고 사는 석이의 눈으로 본 하늘, 달, 바람은 아름다웠다.

> "중천에 조각달이 댕그머니 떠 있다. 밤바람이 부드럽다. 부드럽고 야정(夜精)을 실은 바람은 멀리서 왔다가, 이십 호가량 옹달샘 같은 마을을 쓸고 숲으로 넘어간다."

『토지 7 (2부 3권)』 박경리

❖ 생각 1. 말 한마디로 마음 문 열기

관수가 석이를 동학도 사람들 모임에 처음으로 데리고 갔다. "우리가 석이를 선보는 것이 아니라, 오히려 석이가 우리를 선보는 것 같다."라고 한다. 동학도들이 석이를 면접하는 것이 아니라, 오히려 석이가 동학에 참여할지 결정하는 우위로 느꼈다는 표현으로 석이 마음의 빗장이 열렸다.

❖ 생각 2. 말로 독립운동 하기

강의원이 진료하러 전국과 만주까지 다니면서 만나는 사람들에게 독립운동 정신을 심어준 말이, 백성들의 저변으로 스며들고 확산되어 독립하게 된 밑거름이 되었다.

> "솔직히 말해서 그동안은 식자 몇 사람의 무대 아니냐 말씀입니다. 일 감정만 유도할 뿐 밑바닥 사람들에겐 미치지 못하고 있소. 군자금을 내라 편리를 보아주게, 그럴 게 아니라, 수십만 이민들 모두가 일선에 서게끔 시일이 걸리더라도, (중략) 전투가 아니더라도, 제가끔 생업을 영위하면서 그물 고리처럼 맺어나가야 한다 그 얘기."
>
> "당신네들이 내 얘기를 듣고 자식들을 가르치고 또 남에게도 그러기를 권한다면 나는 조그마한 씨알을 하나 뿌린 것이 될 것이오."

"근본을 가르쳐야, 근본이 뭐고 하니 애국애족하는 마음, 내 나라 내 겨레를 잊어서는 아니 되고 배반해서는 아니 되고, 한길 한마음 빼앗긴 조국을 찾아야 한다. 그 근본을 심어주는 것이 가르치는 것 아니겠소. 그것은 학교 선생님이 아니라도 누구든 아이들에게 가르칠 수 있는 것이오."

『토지 8 (2부 4권)』박경리

20권 장편소설의 제목이 『토지』인 것을 생각하게 되었다.

양반 서희와 하인 길상의 결혼을 앞둔 두 사람의 심리 상태, 결혼식 날 풍경, 주변 사람들의 반응이 풍성한 이야깃거리인데, "봉선이가 길상과 서희의 결혼 소식을 들었다." 한 줄로 압축하고 그 많은 궁금증을 덮어버려 의아하고 아쉬웠다.

서희가 환국과 윤국의 두 아들을 임신했을 때, 출산했을 때의 상황, 본인과 주변 사람들의 반응도 궁금하다. 단지 공노인이 이부사댁 억쇠를 만나서, "서희가 상현이와 결혼까지 생각했었는데, 길상과 결혼하여 생남했다는 소식을 듣는다면⋯."이라는 한 문장으로 독자들에게 출산을 알렸다.

그런 이야기들이 작가가 하고 싶은 말은 아니었을 것이다. 오히려 사람마다의 분분한 독립운동의 철학과 방법은 길게 서술되었고, 우리 토지를 지켜가기 위한 토론은 세세하게 풀었다. 독립군들의 대표적인 사건만 들었었다. 이 책의 초점은 항일활동을 어떻게 해야 하는지 고민했던 철학, 이름도 남기지 않고 항일 투쟁하며 살았던 그들의 삶에 맞춰져 있다.

:: 혜관의 독립운동 철학

"내세보다 현세요. 하늘보다 땅이 중요하다. 머리같이 들붙어서 피를 빨아대는 외세도 몰아내어 모두가 공평하게 먹고 입고 죄 없이 핍박받지 아니하고, 양반 상놈 구별 없는 앞날을 위해 싸우며 준비한다. 불씨를 여기저기 묻어놓을 필요가 있다. 때때로 터지기도 하고 불붙기도 하구, 백성들 가슴에 충격을 주는 일이 교실 안에서 얻은 지식을 전파하는 것보다 월등 효력도 있거니와 널리 퍼지고, 함께 뛰고 싶어지는 거 아니겠소?"

:: 윤도집의 독립운동 철학

"군병이 있고 없고, 과격한 행동은 종말을 재촉한다는 내 생각에는 변함이 없소. 적은 수효는 아껴야 하오. 새끼를 쳐야지요. 시간을 벌어야 하오."

:: 권필응의 독립운동 철학

"중국인들은 농민들 스스로가 엎은 정권을 가로채 간 패자(覇者), 어제까지 동지였던 그 패자의 칼끝을 농민들은 등줄기에 느껴야 하는 역사, 반복되어 온 역사 때문이지. 조선 사람들에겐 군왕에 대한 배신감 같은 것은 아주 희박하거든."

:: 송장환의 독립운동 철학

"그네들은 그네들대로 땅 위에 있게 하구. 이쪽은 이쪽대로 두더지처럼 땅속을 파가면서 일을 하면 되는 거니까. 그 한 조가 10개에서 스물, 서른, 백, 천, 그물 고리처럼 엮어나가는 겁니다. 그러나 어느 조도 자신들의 조가 그물 고리처럼 엮여 있는 걸 모르지요. 서로 독립되어 전혀 직접으론 연관을 갖지 않기 때문이오."

:: 공노인과 추 서방의 독립운동

"심 씨 동생이 연추로 온 것은 아직 모르고 있다. 그거요?"

"알면은 청진이다 원산이다 하고 헤매다니겠소? 그러니 포염에 있는 양가 놈을 조심해야겠지요."

"심 씨 동생은 변명하고 그곳에서도 심 씨와 형제라는 것을 모르지요. 어쨌든 그놈보다 선수를 친 것은 잘한 일이고, 그 안은 누가 냈는고?"

"우리 늙은것들이 이러고 있으니 독립투사 같구먼."

『토지 9 (3부 1권)』 박경리

커다란 두 산맥이 있었다. 자기 토지를 먼 친척에게 빼앗겼다가 돈을 주고 도로 찾은 서희, 우리 땅을 가까운 일본에게 빼앗겼다가 독립운동으로 도로 찾은 우리나라. 두 산맥에 각기 다른 색깔의 아픔과 고통을 겪으면서, 비굴하지도 않고, 오만하지도 않았던 사람들이 있었다. 그 가슴 아픈 가난과 고통이 길러낸 삶의 의미를 따라 걸었다. 고통으로 길 잃은 후배를 이끌어줬던 이정표 같은 선배들의 말이다.

조준구로 인해 억울하게 죽은 아버지에 대한 한을 겪는 석이에게 관수가 하는 말이다.

"조가 놈 생각도 잊어부리는 기이 좋을 기다. 양반이라는 울타리가 있인께 그런 놈이 생기난 것이고 천민이라는 것이 있인께로."

백정의 사위라는 걸로 상민들이 오히려 횡포를 부리는 것을 본 관수가 하는 말이다.

"우리같이 설운 놈들이 마음을 굽히지 않고 산다는 것이 얼매나 좋노. 굽히도 굽히는 것이 아니요 기어도 기는 것이 아니라 안 그렇나?"

살인죄인 아버지, 밀정인 형으로 인해 고통 속에 사는 한복이에게 길상이 하는 말이다.

"너의 가난과 너에 대한 핍박을 너의 아버지 너의 형 탓으로 돌리는 것은, 네가 없다는 얘기가 된다. 네가 없다는 것은 죽은 거다. 아니면 풀잎으로 사는 거다. 너는 너 자신을 살아야 하는 게야. 제발 일하라 않겠으니 숨지만 말아라. 너의 자손을 위해서도, 너의 아버지의 망령을 평생 짊어지고 다니다가 너의 자손에게 물려줄 작정이냐 말이다."

『토지 10 (3부 2권)』 박경리

남들보다 먼저 신식교육을 받아서 선구자로 불리던 신여성 명희다.

"열심히 공부해서 칭찬받고 집에 들어가면 집안 살림 도와주어서 칭찬받고 그것이 내 전부였어, 그것이 교장 선생님은 여성 교육의 선구자라 하셨어."

최고 교육을 받았다고 남들에게 선망의 대상이었으나, 자발적으론 아무것도 못 하고, 원하지도 않은 선생이 된 것을 무거운 짐짝

같이 여겼다.

같은 1920년대를 살고 있는 외국인 여자선교사 미스 헤이워드는 남자들이 하는 집 칠이나 목수 일까지 아주 즐겁게 하고, 정원에 꽃을 피우기 위해 온갖 정성을 들였다. 신여성 교육의 방향성에 대한 과제를 던져 준 것 같다.

'물산장려 운동'에 대해 지식층들의 토론이 길게 묘사되며 심층적으로 다뤘다. 교과서에서 접해보지 못한 이야기였다.

"불매운동도 우리 상품이 있은 뒤 애기 아니겠소? 우리 농토를 수탈하면서도 민족자본의 유출을 두려워한 그네들은, 막는 수단으로 지주들을 보호하고 있지 않소? 물꼬를 꽉 틀어막아 놨는데 되는 것 없어요."

"지금 일고 있는 물산장려 운동은 미약하지만…."

"미친 소리 말어. 개미 한 마리 기어 올라가는 격이다."

"한 마리라도 기어 올라가는 편이 안 기어 올라가는 것 보담이야 낫지요."

"기어 올라간 끝이 어딘 줄 알고나 하는 소리야? 물산장려운동의 지금 실정으로 본다면 극언하여 감상주의, 하나 더 붙이자면 감상주의적 애국심이 중심이 되어 있어."

"조선의 소수 자본가·중산계급의 수중으로 일체의 경제적·정치적 권리를 탈취하여 그 지배권을 장악하기 위한 것으로, '유산계급의 이익 확대를 위하여 마련된 무산자 약탈'이라는 것이며, 이 운동으로 조선의 산업이 다소라도 발달했다 하더라도, 조선인 자본가에게 그 이윤 전부를 빼앗겨 무산 대중의 입장에서 일본인 자본가에게 착취당하는 것과 다를 것이 없다는 것이었다."

"자본가들 좋으라고 하는 운동인 줄 알어? 인도의 경우는 성격이 달라. 그곳에서의 소위 물산장려란 민족자본 육성에 목적이 있기보다, 그러니까 물량이 아닌 간디를 중심한 저항정신의 구심운동으로 봐야 할 거야."

"주권이 없는 곳에 민족자본을 육성한다는 것은 뿌리 없는 나무에 열매 맺기를 바라는 것과 다를 것이 없다. 그리고 되어가는 꼴을 보아, 저항정신의 구심운동과도 거리가 멀어, 사실 물산장려회란 빛 좋은 개살구야, 민족 분열의 씨앗이지."

"유화라는 올가미를 씌운 결과였지. 생각해 보아, 총칼로 죽이느니보다 산송장을 만드는 것이 얼마만 한 이득을 가져오느냐를. 첫째, 백성들의 분노가 손실된다. 일본에 대한 분노보다 매국노, 반역자, 친일 분자에 대한 분노가 더 강하지. 백성들의 분노는 힘이야. 힘을 분열시키는 것은 정복자들의 금과옥조야."

"물산 장려하면서 그나마 나는 깨끗하다는 자위에 빠진다. 유화책의 올가미를 쓰지 않고 총칼에 쓰러졌다면 그 자체가 힘이었고 분노의 불덩어리는 똘똘 뭉쳐서 왜놈들 진지로 굴러갈 수 있는 가능성을 지니게 되는 거지. 내가 물산장려 운동을 반대하는 것도 바로 지금까지 말한 이유 때문이야."

『토지 11 (3부 3권)』박경리

1900년대 우리나라 예술문화에 대한 인지도가 너무 낮음이 안타까웠다. 아버지는 독립운동하는데, 상현은 소설을 쓰는 작가라 수치심을 가졌다. 궁중에서 국악 연주나 춤 공연을 했고, 서민들도 야외에서 오광대놀이 구경하는 것을 설레는 마음으로 가는 등 예술의 맛을 느꼈다. 그럼에도 공연장을 만들거나 예술을 활성화하는 것은 생각지도 못했다.

1785년 괴테는 2년간 이탈리아를 여행하며 『이탈리아 기행』을 집필했다. 『토지』보다 더 옛날이지만, 이탈리아에서는 매일 삶을 재조명하는 연극이 열렸고, 귀족뿐 아니라 일반인 다수가 관람했다고 한다.

예술문화를 삶의 액세서리로 여기는 것이 아니라, 육체를 위해 먹을 것이 필요하듯, 영혼을 위해 필요하다는 것을 알고 백성들에게 공연 공간을 제공했다면, 오히려 삶이 더 윤택해지지 않았을까. 『토지』로 1920년대 예술을 들여다봤다.

"우매한 백성들, 예술이 꽃피기는 아득해요. 민도가 얕으니 예술을 이해할 턱이 없지요. 성악이 다 뭐야? 광대 취급이었을 거구. 애당초 성악공부를 하지 말았어야 하는 건데, 아니면 남의 나라에서 태어나든가." (성악가 모성숙)

특별한 휴가

"그래 글을 쓰자, 문학에 생애를 걸고 승부를 보자, 그러나 한심하다. 자기 모멸을 완전히 배제할 수 없다." (소설가 상현)

"화려한 꿈은 꿈일 뿐이지. 연극이 어떻고 셰익스피어가 어떻고 고상한 인텔리처럼 자처해 보았자 이곳에선 에잇! 얏! 하는 말광대 계집 이상으론 생각 안 해." (작가 강선혜)

"인텔리 여성들은 신식 기생이지요." (배형광)

『토지 12 (3부 4권)』 박경리

❖ 생각 1. 가난이 삶의 지혜를 깨닫게 할까?
집과 가족 없는 혈혈단신 주갑이의 말이다.

"한이 많은 것도 반드시 불행한 거는 아니여라우. 나는 한평생을 이리 살았는디 그래도 후회는 허지 않소. 내 옆에 지금은 없지마는 보고 접은 사람도 많고, 나헌티 잘혀준 사람도 많고. 목이 메어 강가에서 울 적에 별도 크고오, 물살 소리도 크고 아하아 내가 살아 있었고나, 목이 메이면 메일수록 뼈다귀에 사무치는 설움, 그런 것이 있인게 사는 것이 소중허게 생각되더라."

반면 부자인 조병모 남작댁에 출가한 명희와 학교 교장이었던 명빈은 '박제된 인간으로 숨 막힐 것만 같았던 세월이었으며, 행위도 언어도 흔적도 없었다.'며 출구를 찾는 격렬한 감정의 아우성이 분출되지 못하고 가슴을 친다.

❖ 생각 2. '솔직하게 말하는 법'을 어떻게 배울 수 있을까?

간호사 숙희가 전문의를 꿈꾸며 의대를 다니는 가난한 허정윤에게 학비를 보태주며 결혼할 거로 생각한다. 허정윤은 그것에 대해 고맙게 생각했을 뿐, 숙희를 사랑한 적이 없고, 도움을 달라고 간청한 일도 없었고, 바라지도 않았으며, 짐스럽고 귀찮을 때가 더 많았다. 그러나 명백하게 자기 의사를 밝히지 않았고, 비겁하고 교활했음을 허정윤 스스로 느낀다.

❖ 생각 3. '현명한 대처 방법'을 어떻게 배울 수 있을까?

일본 유학 중 유인실이 일본인 오가타를 사랑하지만, 세인의 이목으로 인해 결혼은 할 수 없다고 한다. 오가타와 결혼 못 하니 평생 결혼하지 않겠단다. 그리워하고 보고 싶어 하고 그래도 오가타에게 가는 것을 스스로 용납하지 못했다.

『토지 13 (4부 1권)』 박경리

독립운동 하던 중심인물이 아버지 세대에서 아들의 세대로 이어졌다. 아버지 세대 독립운동은 특정 사람들이 일본 주요인물이나 경찰서를 파괴하는 것이었다면, 아들 세대는 학생 대부분이 동참했고, 칼보다는 정신적인 거부 운동으로 승화되었다. 게다가 한국인뿐 아니라 일본인 중에서도 자신들의 잘못을 지적하는 사람들이 등장했다.

소설을 쓰는 이유, 소설을 읽는 이유가 무엇일지 생각하게 되었다. '재미'는 본래 목적이 아니고 보너스다. 철학자들은 삶의 방향과 길을 딱딱한 언어로 서술했다면, 소설가는 이야기로 푼다. 등장인물들의 대화나 독백에서 '인간답게 사는 것', '자연 속에서 길을 찾는 것'의 가치를 만났다.

남천택의 철학이다.

"다스린다 함은 두말할 것도 없이 고루 족하였는가 보살피는 일이며, 옳고 그름을 판단하는 일이며, 취하고 버릴 것을 선택하는 일, 결국 알뜰하게 살림을 꾸려가면서 정신적이든 육체적이든 백성이 필요로 하는 것을 백성과 더불어 이룩해 가는 일인데,"
"우주의 질서는 벌레나 풀잎에도 축소된 상태로 작용하고,"

강쇠는 지리산 화전민으로서 김환을 따라다니며 독립운동을 하던 힘센 장사로 이름이 드러나거나 지위를 탐하지 않았다. 빚 독촉으로 딸을 청루에 팔겠다는 일인을 피해 무작정 지리산으로 들어온 또병이네 가족이 살아갈 터전을 마련해 주었고, 지리산에서 혼자 사는 아이 몽치를 챙기는 등 대가를 바라지 않고 적극 도와준다. 부유함이나 권력을 바라지 않고 당당하게 이 땅을 밟고 살았던 강쇠의 '자연 속에서 길을 찾는 철학'이다.

> "초목이나 꽃 같은 거는 항상 거기 있었인께. 흙도 항상 내 발밑에 있었인께, 내 것도 남의 것도 아니었던기라."

구석구석에 심겨 있는 철학을 접하게 되어, 부귀, 권력, 명예 등에 흔들리거나 부러워하지 않는 삶을 생각하게 되었다.

『토지 14 (4부 2권)』 박경리

❖ 생각 1. 낮은 곳으로 내려갈 수 있는 사람이 강하다.

5대째 지주이고 명문가 최 참판 댁의 아들 윤국이는 강하다.

첫째, 생활 형편이 어려운 사람들과 함께 생활하는 것을 스스로 선택해서 경험한다.

"하늘은 높고 넓었으며 두려울 것이 없었던 자기 자신의 넓은 가슴, 젊음이 자랑스러웠다. 입은 채 집을 나가서 역 대합실에서 잠을 잤고, 거지를 따라가서 다리 밑, 창고 속에서도 잠을 잤다. 일 전짜리 떡, 이 전어치의 팥죽으로 끼니를 때운 일도 여러 번이었다. 얼마 동안은 중국집의 배달원 노릇도 했다. 장바닥을 싸돌아다니며 역까지 짐을 들어다주고 약간의 돈을 받기도 했다. 장터에서는 금찬이라는 소년을 사귀게되어 그가 가르쳐 주는 대로 성냥을 받아 팔아보기도 했다. 불량배들한테 얻어맞은 일도 있었다."

둘째, 자연을 바라보는 눈이 감동적이다.

"강물은 녹색이 되고 청람 빛이 되기도 하며 하늘색, 때로는 흰색이 가까워질 때도 있다. 그리고 아침에는 황금빛, 저녁놀에는 진홍빛, 우중충한 잿빛일 때도 있다. 그 빛들을 다 가져야지. 하늘의 빛 땅의 빛 모든 것을 내 속에 가져야지."

셋째 부귀, 가문, 학벌에 좌우되지 않고 집안의 하녀나 마을에서 자기네 논밭을 빌려서 농사짓는 사람들도 똑같은 인간으로서 존중하는 마음이다. 그들에게 존댓말을 씀으로써 그들이 황송해하고 친근하게 여긴다. 부모도 없이 객주에서 심부름하는 숙이를 보고 순결하고 들꽃 같음을 느꼈고, 숙이의 마음이 슬픔에 가득 차서 깨끗하게 씻겨져 있다고 생각한다.

넷째, 대단한 위엄의 엄마인 서희에게도 자기의 생각을 표현한다. 하인이었던 아버지가 부끄러워 끌어올리려고 하지 말고, 상전이었던 어머니가 내려오라고 직언을 할 수 있었다.

❖ **생각 2. 낮은 곳으로 내려갈 수 없는 사람이 약하다**

친일 귀족이고 갑부인 조병모 남작의 장남 조용하는 종의 자녀는 마음대로 부려도 된다며 자랑스레 늘어놓는다.

> "내가 언덕 아래로 뛰어내려라, 명령을 한 거요. 무서워서 뛰어내리질 못하더구면. 해서 명령 불복의 형벌로 내가 떠밀었지. 그래 그놈은 절름발이가 되었고 그 후 장질부사를 앓아 죽었다더군. 또 다른 한 놈은 나만 보면 도망을 치는 거요. 어느 날 후닥닥 달아나는 놈을 하인을 시켜 붙잡았지. 붙잡은 뒤 돌로 골통을 깨버렸다 그 말이오. 해서 이마빡에 흉칙한 흉터를 새겨놨소. 하나는 내 발을 씻겨주는데 씻다가 바짓가랑이를 걷어 올리면서 '도련님 너무 말랐어요.' 하더란 말이오. 그는 계집종이었소. 나는 계집종의 코빼기를 걷어찼지. 순식간에 계집종 얼굴은 피투성이, 코피를 쏟더구면."

불쌍하게 죽고, 흉터 생기고, 코피 쏟으며 짓밟힌 사람이 하나님 앞에서 평안을 얻었으리라 위로해 본다.

❖ 생각 3. 독립운동 관점으로 본 일제강점기 사람들

:: 송관수

가로세로 날과 올을 엮듯 조직의 폭을 상당히 넓혀놓았으며, 소지감을 기점으로 한 서울 지식분자들과 줄을 긋고 석이와 강쇠와 더불어 부산 바다, 부둣가와 장바닥을 두더지처럼 밑창을 파놨으며, 용정과 연해주 방면과도 끊임없는 연락망을 구축했다.

"집안은 풍지박산이고, 수풀에 앉은 새 맨크로 바씨락거리기만 해도 자리를 옮기야 한다. 온갖 수모를 복 받듯이 받아 감시로…."

:: 장연학

혜관 없는 자리에서 나사를 조였다 풀었다 하며 평사리와 용정 사람들의 진일 마른일 대소사를 감당했다.

:: 김한복

살인죄를 저지른 사람의 아들로 사람들에게 손가락질받고 살았으나, 아들 영호가 일제에 저항하다가 감옥에 다녀오고, 자신이 독립자금을 나르는 등 독립운동을 하면서 주변으로부터 따뜻한 인정을 받게 되었다.

"후회 안 할 겁니다. 겁이사 나겠지마는요, 발 빼지는 않을 겁니다. 영호하고 약조를 했인께요. 살인죄인으로 세상 끝내기 보담이야 애국자로 세상 끝내는 편이 안 낫겠습니까. 서럽어도 억울해도 이자 나는 기대고 떠받칠 기둥 하나를 잡은 기라요. 사람답게 살자…. 나는 발 못 뺍니다. 나도 이 강산에 태어나서 소리칠 곤리(권리)가 있인께요."

:: **소지감**

'가문의 절손을 막기 위하여.', '홀로 남은 어머님을 위하여.'라며 의병으로 가지 못한 핑계를 대었다. 그렇지만 효도 시늉도 못 했고, 독립운동에 나설 용기가 없었다는 자괴감으로 효자도 독립투사도 못 되었음을 고통스러워한다.

:: **이상현**

소설을 쓰는 자신이 독립운동가 아버지에 비해 부족하다고 여겨 늘 자존감이 낮다. 칼로만 독립운동하는 것이 아니라 붓으로도 할 수 있다는 몰랐기에 힘겨워하며 살았다.

『토지 15 (4부 3권)』 박경리

일제강점기에 일본인 중에서도 일본의 잘못에 환멸을 느끼며 괴로워한 사람들이 있었다.

"전쟁을 주도한 일본 권력자들은 침략한 나라 백성뿐만 아니라, 자국의 백성도 가난하고 무력한 자들을 맨 먼저 침략의 도구로 앞장세워 사지로 몰고 갔다. 애국이라는, 충성이라는 굴레를 씌워서."

자국을 떠나 만주에 사는 일본인들이 하는 말이다.

"뛰어도 소용없고 날아도 소용없어. 일본 전체가 본능의 동물인 게야. 판단이고 자시고 있나? 눈앞에 번쩍번쩍 금덩이만 보였지 발밑에 낭떠러지 있는 것은 생각지도 않아. 펄펄 끓고 있어. 전쟁으로! 일로, 오로지 전쟁으로! 승리는 따놓은 당상, 최대한의 저항이란 것이 침묵과 몸조심, 입이나 빵긋하게 생겼어?"

오가타의 누나의 말이다.

"나는 일본의 들난 모습을 똑똑히 보아야겠어요. 처량한 대로, 갈팡질팡하면 하는 대로 실체를 보아야겠어요. 눈감고 귀 막고 입 다물고 그래서는 안 되겠어요. 국민 전체가 완전히 천치가 돼 있단 말입니다."

일본에 의해 강제 징용된 만주, 중국, 조선인들이 인간 대접을 못 받고 사는 모습을 본 일본인 오가타의 절규다.

"나는 가난을 슬퍼할 수 있다. 그러나 그들은 인간적인 슬픔조차 허용되지 않았던 사람들이다. 사람이 아니라, 우마도 아닌 연장이며, 못 쓰게 되면 내다 버리는 존재, 배고픈 늑대 밥이나 되는 그러한 그들은 인간이었다. 왜 그래야 하는가, 왜 수천 년을 그랬어야 하는가."

『토지 16 (5부 1권)』박경리

백정의 사위가 되어 자녀들이 백정의 자손이라고 손가락질받고, 자신은 의병 활동하면서 숨어다니느라 가족들도 수시로 이사 다녀야 했다. 어머니가 언제 어디서 돌아가셨는지도 모르며 고생하며 살다가 전염병으로 홀로 세상을 떠난 송관수의 유언장이다.

"내가 죽으믄 모두 고생만 하다 갔다 할 기고 특히 영광이 가슴에 못이 박힐 기다. 그러나 나는 안 그리 생각한다. 그라고 후회도 없다. 이만하믄 괜찮기 살았다는 생각이다."

어린 나이에 홀로 되어 조준구에게 전 재산을 빼앗기고, 결국은 모두 되찾은 서희다. 빼어난 외모와 부자이며, 남편과 두 아들 모두 착하고 지혜로워서 많은 사람의 존경을 받는 선망의 대상이다.

자신이 살아온 시간을 뒤돌아본다.

"분(分) 초(秒)로 나누어 보면 흘러가 버린 시간은 얼마인가 천문학적 숫자다. 그 많은 숫자 속에 순수한 자신의 시간이 거의 없었던 것을 서희는 새삼스럽게 깨닫는다. 그것은 서희에게 매우 충격적인 자각이었다. 가문과 자식과 그리고 남편이라는 존재, 그것과 그들을 중심으로 모든 것을 돌게 하였던 자기 자신은, 애정이든 의무든 자기 자신은 시곗바늘 같은 것이나 아니었는지."

길상은 최 참판 댁 머슴으로 살다가 최 참판 댁 유일한 혈손인 서희와 결혼한다. 의병 활동을 하면서도 지도자 역할을 하며 존경 받는 삶을 산다. 세상을 보는 안목과 재능이 있고, 커다란 행운아였던 길상은 자기 삶이 낭비적이라 생각한다.

"마치 무너지지 않기 위하여 지렛대를 받쳐가면서 그것은 정체(停滯) 이외 아무것도 아니었다. 생활도 애정도 바로 그 정체 상태였다. 순환이 안 되었다. 약동도 없었다."

고생하며 살았던 관수는 후회가 없고, 누구나 부러워할 만한 서희와 길상은 허무함을 느낀다. 왜일까? 행복이란 어디서 오는 걸까?
사람들은 더 높은 곳을 바라보며 올라가기 위해 애쓰며 산다. 그러나 서희나 길상을 보면, 누구나 부러워할 높은 정상에 서 있다는 것만으로는 행복하지 않았다. 명희도 뛰어난 미모, 재력, 학력을 모두 갖췄으나 평생을 외로움으로 살았다. 높은 곳이 아니라 주어진 상황을 수용하는 마음인 것 같다.

사람들은 무엇을, 어떻게, 어느 길로 가면 성공한다면서 그 길을 정해주고 가라고 한다. 그러나 누군가가 정해준 길을 어쩔 수 없이 가는 것보다는 내가 하려는 의지로, 내가 하고 싶은 것을 해야 만족감이 큰 것 같다. 아무도 시킨 사람이 없지만, 춥고, 힘들고, 배고프며, 외로운 시간을 견디면서도 독립자금을 마련하고, 의병 활동을 지원했던 관수는 행복하게 세상을 떠났다. 길상이도 하고 싶은 「관음탱화」를 그렸다면 더 행복했을 것 같다.

더 많이 가지려고, 99마리 양을 가진 사람이 한 마리를 더 채우려고 한다. 그러나 더 갖는 것보다는, 다른 사람에게 준 것이 진정한 내 것이다. 서희가 거금의 독립자금을 지원하고, 독립운동하는 집안 자녀들의 학비와 생활비를 지원하며, 마을과 어려운 형편의 양반가에 정기적으로 곡물을 지원했던 것은 남에게 줄 때 진정한 행복을 느꼈기 때문이다.

『토지 17 (5부 2권)』박경리

유교에서는 효도를 중시한다.

조준구가 재산을 잃고 중풍에 걸려서 더 이상 갈 곳이 없어지니까 평생에 꼽추라며 천대만 했던 아들 병수를 찾아왔다. 온갖 약을 구해오라고 하며 임종하기까지 갖은 행악을 부리며 효도를 요구한다. 내가 아니면 병수 네가 이 세상에 태어나지도 못했다고 한다. 이것을 지켜본 친구가 "심청전이 가장 에고이즘의 극치다. 심청전이 없어져야 한다."며 효행이 권리가 된 것이 문제라고 한다.

조준구가 젊었을 때, 서희 할머니 윤씨에게 찾아와서 친정 외할머니 쪽 집안의 손자인 준구 자신에게 예를 갖추지 않으면, 돌아가신 할머니에 대한 효도가 아니라며 눌러앉았다. 양반이 지켜야 할 이기적인 도리로 '효'를 강요한 것이다.

김훈장의 양아들은 의병 활동에 전혀 참여하지 않고, 오로지 선영 봉사가 최대 목표였다. 조상의 묘를 관리하고, 제사를 받드는 효도가 이 세상에 태어나서 해야 할 유일한 도리라고 여겼다.

물론 '효'에 대한 억지스러운 사례다. 집안의 이름을 빛내기 위해 출세하는 것, 자녀가 부모에게 헌신함이 당연한 것은 유교의 '효' 영향이 크다고 여겨진다. 독립된 인격체로서 존중받고 살기보다는 기계의 부속품으로서 얽혀서, '효'는 무조건 따르는 것이고, 강요하는 것이라는 느낌이 든다.

서구에서는 평등과 자유를 추구한다. 어느 집안의 자손이라는 끈이 아니라, 그 사람 자체로 인격이 존중되고, 강요가 아니라 자신의 선택이 중요하다는 문화가 강하게 공감된다.

『토지 18 (5부 3권)』 박경리

보수적 사회였지만 진보적으로 '선택'과 '자유'를 실천한 사람들이 있다. 양현을 친딸, 친동생처럼 아끼고 사랑하는 서희와 윤국이다. 부와 덕과 지성을 갖춘 명문가 최 참판 댁 안주인인 서희가 양현을 며느리 삼고 싶어 하고, 윤국이가 결혼하고 싶어 한다. 그러나 양현은 자신이 친딸이 아니며, 친동생이 아니라는 것이 증명되는 결혼이 받아들여지지 않는다.

양현이는 마약에 빠졌던 기생의 딸이라는 천한 신분이고, 가난한 양반 집안 상현의 숨겨진 딸이라는 불리한 여건이다. 양녀라는 처지라고 무조건 승복하지 않고, 아픔을 겪는 낮은 신분의 송영광을 '선택'하고, 자신이 좋아하는 오빠였던 최윤국과 결혼해서는 안 된다는 생각으로 '자유'를 강행한다.

송관수의 아들 영광이는 최 참판 댁에서 대학 등록금과 제반 비용을 지원하지만, 진학을 접고 자신이 하고 싶은 색소폰 연주자가 된다. 양현이를 아껴서 함께하고 싶으나, 대의를 위한 '선택'과 스스로 만주로 떠나는 '자유'를 강행한다.

몽치는 지리산 속에서 돌아가신 아버지 옆에서 홀로 있던 아이로서, 햇빛과 바람을 맞으며 벼랑과 숲속을 헤맸지만, 주위에서 가르침과 사랑을 받았다. 일자리를 구하고 성인이 되었을 때, 유일한 혈육인 누나가 좋은 신붓감을 찾아 연결해 주면서 결혼하라고 한다. 그러나 몽치보다 나이가 많고 아이가 딸린 과부 모화와 결혼하겠다고 한다. 동정이 아니라, 자신처럼 바람과 파도 속에서도 굳세게 살아가는, 자기 발에 맞는 짚신이란다. 내세울 것 없는 몽치지만, 자기가 원하는 신부를 '선택'하고, 과부와 결혼하는 '자유'를 강행한다.

『토지 19 (5부 4권)』 박경리

모든 사람을 존중하고 진실한 마음으로 소통하며, 무거운 삶의 문제를 들어 올려주는 고마운 지렛대 같은 인물들이 있었다. 공기가 눈에 보이지 않아도 필수이듯, 드러내지 않았으나 사람들이 숨을 쉴 수 있게 하는 진정한 리더의 상이다.

:: 최서희

박제된 것 같고, 거미줄에 걸린 것 같은 고통을 겪으면서도 남몰래 베푸는 서희의 손길이 있었기에 평사리 모든 사람이 살아남았다. 우리나라 역사가 이어올 수 있었다.

김훈장의 손자 범석이가 서희의 아들 환국에게 그의 어머니 서희가 평사리 사람들, 가난한 양반 집안, 의병 활동하는 사람과 주변 사람들에게 베푼 행적을 말했다.

> "사람마다 외롭지 않은 사람이 어디 있을까마는, 자네 어머님은 노상 비단옷 입고 밤길 걷기, 남몰래 하는 일을 어느 누가 알 것인가. 산 곁이 바람을 막아주셨고, 물심양면으로 그러지 않았더라믄 모두 싼싼조각이 났지."

:: 장연학

독립운동하러 떠난 석이네, 홍이네, 영팔이네의 남겨진 가족의 자잘한 일까지 모두 챙기고 평사리 사람들 모두의 소소한 어려움을 지원했다. 커다란 사건을 최전방에서나 측면에서나 항상 적극 추진할 정도의 능력이 있으니 큰 권세를 쥐거나 부를 축재할 수 있지만, 사리사욕 없이 모든 사람에게 베풀고 공정하게 처리했다. 지혜롭고 덕망 있어서 오늘날 우리가 바라는 진정한 리더라 할 수 있다.

> "어쩌면 해도사보다 연학이 쪽이 둔갑술에 능했는지 모른다. 산전수전

다 겪었으며 항상 사건의 전방에서 박쥐처럼 밀착해 살아왔고, 뒷설거
지는 물 한 방울 남기지 않고 그가 해왔으니."

『토지 20 (5부 5권)』박경리

일제강점기를 겪는 고난의 삶을 역사적 사실에 꿰어서 적나라
하게 보여줬다. 더 큰 백미는 힘에 겨운 현실을 살아가는 사람들
의 한(恨)과 강인한 생명력의 인간 탐구다. 한이 깊은 삶을 사랑의
차원으로까지 아름답게 승화시킨 송관수, 주갑이, 조병수, 김길상,
김환 등…. 이러한 한(恨)은 특정한 사람에게만 있는 정서가 아니
라, 누구나 견뎌내고 승화시켜서 정화된다는 것을 말하고 있다.

평사리의 전통적 지주인 최씨 일가 3대와 그 마을 소작인들을
중심인물로, 역사적 상황과 사회의 변모속에 파란만장한 삶이 세
밀하게 그려져 있다. 더불어 강토와 군주와 민족에 대한 오백 년
세월 유교에서 연유된 윤리와 예 숭상에서 온 관혼상제 등을 보여
준다.

그 당시 일본의 모습이다.

"명치유신 기반으로 커진 힘은 군국주의의 찬가와 함께 침략의 촉수

를 외부로 뺐었다. 무사도 정신으로써 달구질을 받아온 국민들 역시
별 저항 없이 검붉게 물든 전쟁의 정열 속으로 휘말려 들어갔으며, 걱
정과 야욕은 애국이라는 덕으로 앙양되고 약탈, 음모와 악행을 아시아
의 평화라는 미명으로 단장한 국가 권력자를 위해 기꺼이 목숨을 던지
게 되었다. 백성을 다스린다는 정치이념은 백성을 사냥 몰이꾼으로 내
모는 정치적 힘 앞에서 무력하고, 착하게 백성을 가르친다는 유교 사
상은 무기를 쥐여주며 끝까지 싸워 이기라는 질타 앞에서는 속수무책
이었다."

오가타가 여행하던 중 한 도시를 표현한 글이다.

"감추거나 은밀하지 않았으며 도시 자체가 자연인 양, 세월은 한가하
게 길바닥에 드러누워 있다."

누구나 이런 평온을 느끼며 살면 되는데, 굳이 남의 것을 뺏어서
더 많이 가지려고 싸웠던, 조선과 일본의 백성들 누구나 고통스러
운 전쟁이었다. 군주의 어리석은 야망으로 인해 일반 백성들이 모
두 아픔을 겪게 되었다. 더 먹은들, 더 입은 들, 더 가진 들, 결국 누
구나 죽는다. 죽으면 한 줌 흙인데….

가족을 떠나 만주에 의병 활동하러 떠나는 이동진에게, 최치수
가 물었다.

"자네가 마지막 강을 넘는 것은 누구를 위해서인가? 백성인가? 군왕
인가?"

사회주의나 민족주의 관점은 백성을 위함이다. 유교 관점은 신
하로서 군왕을 위함이다.

"백성이라 하기도 어렵고 군왕이라 하기도 어렵네. 굳이 말하라 한다
면 이 산천(山川)을 위해서, 그렇게 말할까?"

이동진의 답변이었다. 우리 땅! 바로 '토지'였다.

『자발적 가난』 E. F 슈마허 지음,
골디언 벤던브뤼크 엮음

"복지정책을 통해 사람들에게 생색을 내는 것이 해결책이냐 하면 그
렇지도 않다. 왜냐하면 그것은 물질적 굶주림보다는 도덕적 가치와 관
련된 문제이기 때문이다."
"재능과 안목을 갖춘 사람은 공허한 풍요의 황폐함에 굴복하기보다는
가난을 선호하고 선택한다."

"복 받은 사람이 반드시 부자일 필요가 없으며, 부자들이 불행한 삶을 영위하는 것 또한 드문 일은 아니다. 부가 가져오는 문제들을 해결하려면 단순히 소유를 포기하는 것보다는, 그것을 추구하게끔 하는 가치관의 재정립이 중요하다."

"탐욕스러운 이기주의를 소멸시키기 위한 첫걸음이 바로 '자발적 가난'이다."

"맘껏 휘두르는 권력은 그 힘의 중독성에서 쉽게 빠져나오지 못하며, 오직 가난만이 자연스럽고 무리 없이 신에 헌신하고 봉사하고 고통받으며 인내하는 힘을 가지고 있다. 그러므로 나는 부자로 살지 않으려는 내 결심에 항상 자신감과 의무감을 느끼고 있다. 지금에 와서야 나는 자발적 가난이야말로 진정으로 축복받는 것이며, 세속적인 관점의 부와 비교할 바가 못 됨을 깨닫게 되었다."

"자발적 가난은 자아를 정복한다. 마음의 평화이다."

『명상록』 아우렐리우스

아우렐리우스는 고대 로마의 16대 황제이고, 최전성기를 이끈 5명의 현명한 황제 중 1명이며, 스토아 철학자였다. 그는 유명한 스승들로부터 교육을 받았으며, 선황제였던 안토니누스 피우스의 영향을 자신이 많이 받았다는 것을 고백한다. 치세 기간(A.D. 161~180년)에 황제와 원로원이 좋은 관계를 유지하는 가운데 선정을 베푼 시기로 평가되었다.

윤리적인 삶을 영위하기 위한 지침을 제시하고, 선한 성품이나 미덕을 표현하는 삶이 되어야 하며, 거기에 비추어서 자신의 사회적인 역할과 일들을 해나갈 것을 강조했다.

"내 개인 교사에게서는 전차경주에 나오는 녹색군과 청색군, 또는 검투 경기에 나오는 큰 방패군과 작은 방패군 중에서 어느 한쪽을 편들고 응원해서는 안 된다는 것, 어렵고 힘든 일들을 묵묵히 해나가는 것, 최소한의 것만으로 만족하며 요구하는 것이 별로 없는 것, 내가 해야 할 일들은 스스로 하고 남의 일에는 간섭하지 않는 것, 남을 비방하고 중상모략하는 말에는 귀를 기울이지 않는 것을 보았다."

"섹스토스로부터는 인자함, 가장이 잘 다스려 나가는 가정의 모범적인 모습, 자연과 본성을 따라 살아간다는 것이 무엇을 의미하는 것인가 하는 것, 가식이 없는 위엄과 장중함, 친구들에 대한 존중과 배려, 알지 못하고 말하는 자들과 근거 없는 주장을 내세우는 자들에 대한 인내와 관용을 알게 되었다."

"세베루스로부터는 가족에 대한 사랑, 진리에 대한 사랑, 정의에 대한 사랑을 보았고, 하나의 법률이 모든 사람에게 적용되어야 한다는 것, 평등과 언론의 자유를 토대로 한 정부, 신민의 자유를 최우선적인 가치로 하는 왕정에 대한 사상을 갖게 되었다. 또한 그에게서 그런 사상을 늘 변함없이 일관되게 존중하는 것, 다른 사람들을 기꺼이 도와주고 호의를 베푸는 것, 후히 베푸는 일에 늘 열심을 보이는 것, 모든 일을 낙관적으로 보고 희망을 갖는 것, 친구들의 사랑을 믿고 확신하는 것, 악의적인 목적을 가지고 접근하는 자들에게도 완전히 마음을 열고 대하는 것, 친구들에게 자기가 무엇을 원하고 원하지 않는지를 분명하게 알게 해서 쓸데없는 추측을 하지 않게 하는 것을 보았다."

"잠시 후면 너는 다 타버린 재나 몇 개의 마른 뼈로 변해버리고, 심지어 이름조차도 남지 않게 될 것이다. 이름이 남는다고 해도, 이름이라는 것은 단지 소리와 메아리에 불과하다."

모든 사람은 죽고, 명예, 부, 권세가 다 타버리고 흙으로 돌아간다. 단지 메아리에 불과한 이름을 남기려 하지 말고 하나님이 기뻐하시는 크리스천으로 하나님께 영광 돌리며 살아야겠다.

❖ **큰딸 이은혜**

우리 엄마는 은퇴하기 전에도 그렇게나 일을 많이 하고, 스스로 일을 만들어서 하고, 주말에도 일하고 그렇더니 은퇴 후에도 쉴 줄을 모르신다. 은퇴하자마자 책을 뚝딱 2권을 쓰시고, 우리 삼 남매가 시시때때로 보내는 사진들을 엮어서 두 달에 한 번씩 포토 앨범을 만드시고, 매일매일 블로그를 하시고, 색종이로 다면체 접기를 해서 방 한가득 다면체로 채우는 등 늘 무언가로 바쁘시다. 포토 앨범도 원래는 6개월에 한 번씩 만들던 것이 분기별로 1권씩, 1년에 4권으로 바뀌더니 요즘에는 두 달에 한 번, 휴가철에는 특별 앨범이 나온다. 어느 날에는 갑자기 블로그를 하신다고 해서 그런가 보다 했는데 세 달 뒤에 들어가 본 엄마의 블로그는 신생 블로그의 모습이 아니었다. 3년 이상 꾸준히 해 왔던 것 같은 광대하고 어마어마한 양의 내용이 들어 있어서 너무 놀랐었다.

이제는 또 새로운 책을 쓰신다더니 얼마 지나지 않아 다 썼다고 한번 보라고 하시며 300쪽 넘는 파일을 보내셨다. 동생들은 이미 다 확인했고 이제 나만 확인하면 된다고 하는 재촉에 지금 나는 깊어져 가는 밤을 이 글과 함께하고 있다. 그냥 "다 확인했다."고 하면 될 것을 나도 엄마의 피를 이어받은지라 그냥 넘기지 못하고 있다.

대학교 1학년 때 할머니가 돌아가셨다. 나는 서울에서 학교를 다니고 있다가 갑작스러운 부고를 듣고 급히 고향으로 내려갔다. 지금은 장례식이 다 장례식장에서 하지만 그 당시에는 할머니 댁에서 장례를 치렀다. 손님들이 쉴 새 없이 할머니 댁에 모여들었고, 엄마와 작은어머니들은 주방에서 정신없이 음식을 하시고 나와 삼촌들은 서빙 담당이었다. 손님이 오시면 음식을 나르고, 다 드시고 가신 테이블을 정리했다. 손님들은 밤늦게까지 오셨고, 나는 돌아가신 할머니로 인해 마음이 너무 아프고 팔다리도 아팠다.

자정도 훨씬 넘은 시간, 손님들의 발길이 뜸해져서야 잠시 쉴 수 있는 시간이 생겼다. 하지만 나는 이틀 뒤에 제출해야 하는 과제가 있었다. 이렇게 갑작스러운 일이 생길 줄 모르고 제출일 임박까지 미뤄둔 것이 문제였다. 피곤한 몸을 이끌고 정말 밤새도록 과제를 했다. 새벽에 일어나신 엄마가 아직까지 잠을 자지 못하고 있던 나를 보고 깜짝 놀라셨고 "역시 너도 나를 닮았구나." 하셨다. 당시에는 그 말이 쉬지 못하는 성격에 대한 안타까움이라고 생각했는데, 지금 돌이켜보니 칭찬이자 뿌듯함이 아니었나 싶다.

쉬는 것이 영 어색한 우리 엄마의 은퇴 후 이야기. 시간의 여유가 생겨서 산책하고 음악을 듣고 책을 읽을 수 있어서 좋았다고 썼지만 사실 그게 다가 아니다. 남들은 '일'이라고 부를 것들을 하면서 틈틈이 여행도 하고, 텃밭도 일구고 하신 것이다. 그럼에도 불구하고 은퇴해서 너무 즐겁고 마음이 편안하고 여유롭게 느끼는 것은 이 모든 일들을 사랑하기 때문이 아닐까. 아니면 진짜 여유가 뭔지 모르거나.

엄마가 은퇴하면 많은 것들이 달라질 것으로 생각했지만, 옆에서 지켜본 결과 사실상 큰 차이가 없다. 한편으로는 다행이라는 생각도 든다. 오로지 일만 바라보며 워커홀릭으로 살아왔더라면 '은퇴'라는 것이 상당히 허무한 일일 것이다. 일을 빼앗겼다거나, 밀려났다거나, 혹은 삶의 의미를 잃어버린 것 같은 느낌이 들 수도 있는 일이다. 하지만 엄마는 여전히 열정을 붙들고 살아가신다. 그래서 '은퇴 후 삶의 2막'이라는 표현을 하나 보다.

아마도 '은퇴 후 이야기' 다음 시리즈가 나올 것 같은데, 제발 최소한 2년 후 이야기나 3년 후 이야기가 나왔으면 좋겠다. 은퇴 후 1년 6개월 이야기, 은퇴 후 1년 2개월 이야기는 반대예요, 엄마.

❖ 아들 이정훈

41년의 교직 생활 이후 가보지 않은 길을 도전하며, 뒤도 돌아보고 가장자리와 가운데에도 서보고, 안을 들여다보며 특별한 휴가를 보내시는 엄마를 보니 덩달아 행복합니다.

과거의 추억 중에는 언제 들어도 항상 웃음이 나는 '웃음벨'과 눈물을 맺히게 하는 '눈물벨'이 있었습니다. 몇 번이나 들었던 이야기임에도 엄마의 글을 읽으면서 또다시 웃음보가 터지기도 하고, 여전히 울컥하며 눈물이 나는 것을 보면 아주 강력한 힘이 담긴 벨임이 분명합니다. 이러한 벨들이 그 순간들을 같이 공유하고 웃음과 눈물을 함께 나누고 있는 지금의 시간이 더욱 따뜻하고 소중하게 여겨지게 합니다. 더불어 우리가 살아갈 미래의 방향도 보여줍니다.

책은 시간과 공간을 초월하여 존재할 수 있습니다. 교사로 지내온 41년을 포함하여 총 58년의 학교생활에 대한 기억들을 소중히 모아 엮어주신 책 『특별한 휴가』는 같은 기억과 추억을 공유하는 사람들에게 언제나 어디에서든 그 기억들을 떠올릴 수 있는 '추억의 벨'이 될 것입니다. 각자의 시간을 따뜻하고 소중하게 만들어주고, 언제든지 과거로 돌아가 소중한 추억을 영원히 간직할 수 있는 선물을 받았습니다. 우리들이 이렇게 컸지만, 앞으로도 어떻게 살아가야 할지 엄마의 일기에 꾹꾹 눌러 담아놓은 이야기를 보며 힘을 얻었습니다.

항상 건강하고 행복하게 특별한 휴가를 보내시기를 기도합니다.

❖ 막내딸 이지은

내 기억 속에 엄마는 항상 일이 많았었다. 일이 많아서 스트레스 받는 일도 물론 있었겠지만 그렇게 느껴지진 않았고 오히려 일이 많은 걸 즐기는 것처럼 보였다. 매일 무슨 수학 어쩌구를 준비한다거나 종이를 접고 있거나 학습자료를 개발하고 있거나 시험문제를 내고 있거나 검토하거나….

그렇게 바쁘게 살다가 퇴직하면 심심하지 않을까 걱정했는데 다시 육아도(?) 하고 여기저기 보고 싶은 공연, 연주회, 전시회 등등 찾아다니면서 책도 벌써 3권이나 내면서 심심하긴커녕 더 바쁘게 사는 것 같다.

그런 엄마의 성격을 내가 닮아버렸는지, 항상 뭔가를 위해 연습하고 준비해야 하는 학생이 끝나고 나니 그 여유로움을 즐기기보다는 이것저것 일부러 찾아서 한다. 그런 유전자가 실제로 존재하고 물려받기도 하나 보다.

이 책을 읽으면서 엄마 옛날얘기도 보고, 내 옛날얘기, 가족들 얘기, 재밌었던 추억, 현재 조카들 자라는 얘기 등등 들으니 옛날 기억들도 나고, 나도 그 자리에 있는 것 같아서 재밌었다. 1년 안에도 참 많은 일과 참 많은 생각의 변화가 있는 것 같다. 내년 후년 그리고 앞으로 엄마의 일기에는 어떤 것들이 담겨 있을지 벌써 기대된다.

❖ 남편 이창희

자라며 무성하게 잎이 커지는 나무가 있고, 병들어 쓰러지는 나무도 있다. 그렇게 성장시키는 것은 햇볕, 바람, 물 등이 잘 지원되는 것이다. 그보다 더 중요한 것은 '의지'라고 생각한다. 가족이 더불어 살아가면 의지가 더 튼튼하고 바르게 세워진다. '특별한 휴가'를 맞이한 아내의 일기를 통해 하나님께 영광 돌리는 아름다운 삶의 의지를 다지게 됨을 감사한다.

❖ 저자 이미란

퇴직 1년 차 일기를 출판하려고 5개로 분류하고 각각의 주제를 어떻게 정할지 2개의 안을 놓고 고민하다가 은혜, 정훈, 지은이게 의견을 물었다. 정훈이는 1안, 은혜는 2안, 지은이는 1안과 2안을 섞은 새로운 안으로 답변을 했다. 이렇게 남매지만 생각이 다르다.

은혜는 이해심 많고, 합리적 문제 해결력이 우수하고, 정훈이는 사려 깊고, 창의적인 사고력이 뛰어나고, 지은이는 자존감과 자신감이 높고 공감 능력이 뛰어나다. 그런데 신기하게도 처음에 썼던 세 아이의 이름을 바꿔놔도 그 특성이 맞는다고 생각되어, 세 남매의 성향이 서로 다른 듯하면서 같다는 생각이 들었다. 세 자녀 모두 마음 따뜻하고 성실하게 살아간다. 그런 자신의 성향을 유지할 수 있었던 것은 사위 승진이와 며느리 희원이의 역할도 큰 몫을 했다고 생각한다.

편집이 끝난 일기를 남편, 세 자녀, 사위, 며느리가 검토를 해줬다. 미처 보이지 않았던 부분에 대해 검토 의견을 반영하였더니 거친 원고가 많이 매끄러워졌다. 일기를 공유함으로 가족 간에 미처 나누지 못한 생각을 공유하는 것이 가장 큰 보람이었다, 또한 주변에 퇴직한 사람들과 공유함으로써 '특별한 휴가'를 보내는 작은 힌트가 되기를 소망한다.

특별한 휴가

초판 1쇄 발행 2024. 8. 1.

지은이 이미란
펴낸이 김병호
펴낸곳 주식회사 바른북스

편집진행 박하연
디자인 한채린

등록 2019년 4월 3일 제2019-000040호
주소 서울시 성동구 연무장5길 9-16, 301호 (성수동2가, 블루스톤타워)
대표전화 070-7857-9719 | **경영지원** 02-3409-9719 | **팩스** 070-7610-9820

•바른북스는 여러분의 다양한 아이디어와 원고 투고를 설레는 마음으로 기다리고 있습니다.

이메일 barunbooks21@naver.com | **원고투고** barunbooks21@naver.com
홈페이지 www.barunbooks.com | **공식 블로그** blog.naver.com/barunbooks7
공식 포스트 post.naver.com/barunbooks7 | **페이스북** facebook.com/barunbooks7

ⓒ 이미란, 2024
ISBN 979-11-7263-076-8 03810